Sylvia Renz

. . . einmal nur die Sonne küssen

Roman

Sylvia Renz

Einmal nur die Sonne küssen

Roman

Schulte & Gerth

Für Viola

Best.-Nr. 815 658
ISBN 3-89437-658-9
1. Auflage 2000
2. Auflage 2002
Umschlaggestaltung: Ursula Stephan
Titelfoto: Photodisc
Satz: Die Feder GmbH, Wetzlar
Druck und Verarbeitung: Ebner Ulm
Printed in Germany

1. Teil

Flieg zur Sonne, Garuda!

Glück

„Zu viel Glück macht die Götter neidisch“, behauptete Mutter und dann verdrehte Bagus[1] die Augen und zog hinter ihrem Rücken eine Grimasse. Meine Schwester Bagus hielt nicht viel von den Göttern und noch weniger wichtig waren ihr die Regeln der Adat[2]. Für Bagus gab es nur ein Gesetz: ihren eigenen Vorteil.

Inzwischen ist meine Mutter tot, und ich glaube schon lange nicht mehr an diese „Götter“, von denen unsere Ahnen meinten, sie würden uns mit strengen Augen überwachen und uns nichts Gutes gönnen. Und Bagus, die Märchenschöne, ist verschwunden. Sie kann mich nicht mehr mit ihren Launen tyrannisieren. Die Schurken, an die sie mich verkaufen wollte, haben sie hereingelegt und irgendwohin verschleppt. Vielleicht wäre sie nicht betrogen worden, wenn sie beizeiten die indonesische Nationalsprache[3] gelernt hätte. Mein Vater hat einmal gesagt: „Ein schönes Gesicht erfreut das Auge, zwei geschickte Hände füllen den Bauch, doch ein kluger Kopf bewahrt vor Unheil“, und diesen Satz hab ich mir eingeprägt. Ich war auch ganz zufrieden gewesen mit meinen geschickten Händen und meinem klugen Kopf. Aber dann kam David – und da hätte ich doch lieber mit Bagus getauscht: ihr schönes Gesicht gegen meine ernsten Züge, ihre langen biegsamen Glieder gegen meinen kleinen, schmalen Körper.

Als Kind dachte ich oft, unsere Götter hätten sich einfach vertan, als sie diese makellose Gestalt mit einem steinharten Herzen füllten. Bagus‘ Art hätte eher zu Tante Malam[4]

---

[1] „Sehr schön“

[2] Ungeschriebenes Gesetz der Dorfgemeinschaft, die das Zusammenleben regelt

[3] Bahasa Indonesia, die offizielle Landessprache, entspricht im Prinzip dem Malaiischen. Darüber hinaus werden im Land über 300 Sprachen und Dialekte gesprochen.

[4] „Nacht“

gepasst, deren Gesicht von Narben entstellt ist. Später begriff ich dann, dass die „Götter" daran keinen Anteil hatten, denn Malam hatte sich das Gesicht so schrecklich verbrannt, als sie in eine brennende Hütte rannte, um ein Baby zu retten. Von da an konnte man sie nicht mehr anschauen, ohne dass es einem den Hals zuzog, und viele im Dorf schlugen die Augen nieder, wenn Malam vorüberkam, als könnten sie sich anstecken, wenn sie dieses zerklüftete Gesicht betrachteten. Dabei war Malam freundlich und gut und hatte ein Herz so weit wie das Meer von Baumwipfeln, das sich unter meinem Lieblingsplatz auf dem hohen Kletterbaum ausbreitete – von einem Himmelsrand zum anderen.

Dass Bagus selbstsüchtig wurde, daran trugen vielleicht auch meine Eltern Schuld, die sich ihren Launen beugten und ihr nie ein Nein entgegenhielten. Wie sollte man sonst erklären, weshalb sich Bagus den lieben langen Tag nur um sich selbst drehte wie ein Kreisel um die eigene Achse?

Eigentlich ist das ein elendes Leben, und es bringt kein dauerhaftes Glück, deshalb gönne ich ihr das Feengesicht und die feinen Glieder – was bliebe ihr sonst? Vielleicht nützt ihr die Schönheit im Harem des reichen Mahmud – falls sie überhaupt dort gelandet ist. Ich hätte ihr gewünscht, dass sie dort den ganzen Tag auf einer Ottomane liegen und die anderen Frauen herumscheuchen könnte, wie sie es sich immer erträumt hatte. Allerdings meinte Sumeiken, dass man Bagus höchstwahrscheinlich nach Jakarta gebracht hat und ich solle mir lieber nicht in allen Einzelheiten vorstellen, zu welchem Zweck. Jedenfalls ist sie weit fort und wirft ihren Schatten nicht mehr über meine Tage, und das allein wäre schon Grund genug zum Glücklichsein.

&

Aber da gibt es noch mehr, viel, viel mehr: David ist nach Java zurückgekehrt! Heute stand er in Sumeikens Tür und sah mich an, wie er mich noch nie angeschaut hat, so lange ich ihn kenne – nicht mehr wie eine kleine Schwester, wie seinen guten Gefährten, nein, es lag ein Feuer in seinen Augen, die früher immer so still gewesen waren. Mir wurden die Knie weich unter diesem Blick. Und diesmal habe ich mir nicht von den eigenen Träumen vorgaukeln lassen, dass er mich – vielleicht – eines schönen Tages lieben könnte. Er hat es selbst gesagt. Sogar vor Zeugen, denn Sumeiken saß dabei und – tja, und Samuel, der sich ausgerechnet an diesem Abend mein „Ja"-Wort abholen wollte. Es hat ihm sicher wehgetan, aber ich komme einfach nicht gegen mein Herz an. Außerdem habe ich damals dem Himmelsgott und mir selbst geschworen, dass ich David mein Leben lang lieben werde und keinen anderen Mann anschaue, und dieses Versprechen will ich halten, und jetzt darf ich mich offen dazu bekennen.

Dabei bin ich ziemlich durcheinander.

Als David nach diesem langen stummen Jahr so plötzlich wieder auftauchte und von „Liebe" sprach, hat meine Seele gezittert vor Freude, aber in meinem Kopf brummte es wie ein Bienenschwarm, den man mit einem Stecken aufgestört hat. „Du kommst so einfach daher und redest von Liebe", wollte ich sagen. „Wie stellst du dir das vor? Meinst du, ich würde dir zu Füßen fallen wie eine reife Papaya?", wollte ich sagen. „Ich habe gelernt, ohne dich auszukommen. Ich lebe mein eigenes Leben, ich brauche dich nicht!" Was der Zorn einem so einflüstern will, wenn man einen Kopf aus Jati-Holz[1] hat und gerade erst die Freiheit entdeckt hat, alleine zu entscheiden. Aber dann habe ich doch etwas ganz anderes gesagt, nämlich: „Ich liebe David. Ich gehöre zu ihm." So einen Streich hat mir mein Herz gespielt!

David hat mich in die Arme genommen und herumgewirbelt, bis mir schwindelig war und ich mich fühlte wie der Vogel Garuda, der die Wolken durchstößt, weil er die Sonne küssen will. Ja, geküsst hat mich David auch, und mir stellen sich jetzt noch die kleinen Härchen im Nacken auf, wenn ich an seine Lippen denke – wie sonnenwarme Rosenblätter auf

---

[1] Jati ist eine sehr harte Teakholz-Sorte, aus der man Masken schnitzt.

meiner Stirn, auf meinen Wangen, auf meinem Mund, und sein Atem roch frisch nach Minze.

Jetzt ist er fortgegangen in sein Hotel, und ich stehe in Sumeikens Garten. Das Haus liegt im Dunkeln, auch die Nachbarn haben ihre Lichter gelöscht, und ich schaue hinauf zum Himmel. Wie lange ist es her, als ich den Himmelsgott bat: „Hilf mir, Davids Liebe zu gewinnen!"? Ich hatte die Sehnsucht erstickt, die Hoffnung vergraben, im tiefsten Winkel meiner Gedanken. Doch meine Liebe wollte nicht sterben. Und heute weiß ich auch, warum.

Ja, David liebt mich. Endlich. Endlich hat er's begriffen und diesmal lasse ich ihn mir nicht von einer Irene wegnehmen. Nicht mal von tausend Irenen! Heute würde ich mich nicht mehr von ihr abkanzeln lassen; ich weiß, was ich wert bin. Und wenn mich David heiratet, dann gewiss nicht deshalb, weil er für ein indonesisches Waisenmädchen Mitleid fühlt – in seinem Herzen ist die Liebe aufgewacht.

Morgenfrische

Haben mich die Vögel geweckt mit ihrem Gesang? Oder die ersten Sonnenstrahlen, die den Garten im Morgenlicht baden? Oder hat mich mein Herzschlag nicht mehr schlafen lassen? Die Halme biegen sich noch schwer unter der Last der Tautropfen und übersprühen mich mit Nässe, während ich den Garten durchstreife. Ich will Blumen pflücken für ein Tischgesteck, denn bald wird David zum Essen kommen. Sumeiken muss heute unbedingt in der Klinik ihres Mannes nach dem Rechten sehen und hat „leider keine Zeit" für ein gemeinsames Frühstück. Eigentlich müsste ich in einer Stunde zur Schule gehen, aber ich habe beschlossen, heute mal zu schwänzen. Bisher habe ich noch nie gefehlt; ob es Ärger geben wird? Und wenn schon – in der nächsten Woche beginnen die Abschlussprüfungen, da wird ohnehin nicht mehr viel Neues gelernt.

Tja, welche Blumen pflücke ich? Die Orchideen sind immer noch in ihren engen Betten eingepfercht, die Gerbera beinahe abgeblüht, aber im Lilienbeet finde ich drei Stängel mit aprikosenfarbigen Blüten. Ich nehme einige Blätter des grün-weißen Weihrauchstrauches dazu und noch ein paar Halme. Es dauert, bis ich das Gesteck so komponiert habe, dass es von allen Seiten gleich schön aussieht, und die Lilienstängel sind dabei kurz und immer kürzer geworden.

„Bist du aufgeregt?", fragt Sumeiken, die am Küchenschrank lehnt und ihre traditionellen zwei Gläser Wasser in sich hineinschüttet.

„Ach, woher denn!", will ich sagen, da fällt mein Blick auf meine Hände, die das Zittern nicht verbergen können. Ich schelte mich einen dummen Sittich, eine törichte Ziege, aber es nützt nichts – meine Hände zittern trotzdem.

Sumeiken lacht. „Unsere stolze Jati ist verliebt!"

Als sie längst aus der Küche gelaufen ist, muss ich noch immer darüber nachgrübeln, warum mir so viele Nachtfalter durch den Bauch schwirren. Eigentlich ist es nichts Besonderes für mich, ein Frühstück für David zu bereiten, schließlich hat er viele Monate lang in unserem Dorf gelebt. Nie haben meine Hände dabei geflattert, nie habe ich daran gezweifelt, dass es ihm schmecken würde, nie musste ich mich fragen, ob es ihm so auch recht war. Er war da wie die Sonne, und ich nahm ihn hin wie jeden neuen Tag.

Doch jetzt ist alles anders. Ich bin nicht mehr das kleine, harmlos-naive Badui-Mädchen – ich habe mich im Spiegel gesehen. Das Jahr in Deutschland hat mich sehr verändert, hat mir neue Türen, neue Fenster aufgetan. Heute weiß ich, dass es tausend verschiedene Arten gibt zu leben, von denen manche gut und manche besser sind, und nicht nur eine ist die einzig richtige. Freiheit hab ich mir gewünscht, fliegen wollte ich, und Freiheit habe ich bekommen, aber sie ist schwierig, die Freiheit, denn ich muss wählen und später mit den Folgen meiner Wahl leben. Was ist, wenn ich falsch entscheide? Solche Fragen stelle ich mir heute, und sie wecken in mir eine neue Furcht: die Angst vor dem Absturz.

&

Während ich Mangos in kleine Stücke schneide und sie zu den roten süß-sauren Beeren in die Schale rutschen lasse, sende ich meine Wünsche und Bitten zum Himmel: „Lieber Gott, der du mein Vater geworden bist, lass es gut werden mit David. Ich habe ihn so lieb und ich möchte ihn nicht wieder verlieren. Mach mich so, dass ich ihm gefalle.“ Das Bild von Irene blitzt auf – ihre anmutige Gestalt, die fein gemeißelte Nase, Augen wie Kristall und das Goldhaar um den Kopf geschmiegt wie ein Helm und ein Mund, der – nein, ich darf nicht an sie denken. Er hat *mich* gewählt, er will *mich,* weil er mich liebt.

Und dann – endlich und doch viel zu früh – kommt er mit langen Schritten auf das Haus zu und steht in der Tür und lacht und sieht viel jünger aus, als ich ihn in Erinnerung hatte, sogar jünger als gestern, obwohl die Glut aus seinen

Augen gewichen ist und ich denke: *Schade drum, dieser neue, kämpferische David hat mir so gut gefallen!*

„Selamat sore“[1], sagt er, obwohl es kaum 9 Uhr morgens ist, neigt den Kopf, berührt mit den gefalteten Händen seine Nasenspitze und sagt: „David saya.“[2]

Mir wird ein bisschen feierlich zumute, weil ich merke, dass er uns beide mit diesem kleinen Ritual an unsere erste Begegnung erinnern möchte. Also verneige ich mich auch und sage: „Jati saya“. David deutet auf mich und auf die hölzerne Maske, die Sumeiken im Hausflur aufgehängt hat. Er klopft sich an die Stirn und schüttelt heftig den Kopf, und da muss ich lachen. Es stimmt, dass ich einen harten Kopf habe, aber eine Maske trage ich nicht. Oder doch?

David zaubert aus seinem Stoffbeutel einen kleinen Strauß deutsche Moosröschen, die ein Vermögen gekostet haben müssen, und mir kommen vor Rührung die Tränen, aber ich wische sie schnell weg, während ich David ins Esszimmer führe.

„Du . . . du siehst gut aus“, sagt David und zieht den Stuhl zurück, damit ich mich bequem hinsetzen kann. Diese Geste habe ich immer an ihm bewundert, denn das war etwas Neues für mich. Nach altem Badui-Brauch bedient die Frau den Mann und bei den Moslems müssen die Frauen sogar in einem anderen Raum essen. Immerhin dürfen sie das Essen zubereiten und nachher den Tisch abräumen, während die Männer palavern. Aber in Deutschland essen die Frauen mit den Männern gemeinsam und so lange ein Mann noch nicht mit einer Frau verheiratet ist, verhält er sich höflich und ritterlich und verwöhnt sie, als wäre sie eine Königin.

Bei Ehepaaren habe ich so etwas nicht beobachtet; wahrscheinlich wird eine deutsche Frau durch die Heirat von einer Königin zur Dienerin degradiert. Das ist seltsam, denn eigentlich ist sie doch dieselbe Frau geblieben – was hat sich an ihr verändert, dass man sie nun nicht mehr so hoch achtet?

---

[1] „Guten Abend“

[2] „Ich bin David“

Allerdings behandeln die deutschen Frauen ihre Ehemänner auch nicht gerade mit Respekt. Vielleicht ist dieses höfliche Benehmen nur eine Art Balzritual, um den anderen für sich zu gewinnen, und wenn man ihn endlich „hat", dann wird man wieder ganz normal. Ich werde David danach fragen – später, wenn ich mich gefasst habe.

Im Augenblick klopft mir das Herz noch bis zum Hals; ich kann kaum einen Bissen herunterwürgen. David isst schweigend, was ich ihm zubereitet habe. Wenn sich unsere Augen begegnen, dann lächelt er ein wenig. Ich wage nicht, seine Ruhe zu stören. Er ist mir fremd geworden in diesem knappen Jahr. Oder habe ich mich so sehr verändert? Wo ist das Glück geblieben, das mir gestern durch die Adern jagte? Warum ist mir die Brust so eng, als läge ein schweres Gewicht darauf?

Beklemmung

Nach dem Essen legte David seine Hand auf meine und sagte: „Das hat sehr gut geschmeckt, ich danke dir."

Mir wurden die Wangen heiß und meine Hand zuckte unter seiner. „Möchtest du – noch etwas haben?", fragte ich.

Er stand auf und kam auf meine Tischseite herüber, trat hinter meinen Stuhl und beugte sich über mich. „Habe ich dir heute schon gesagt, dass ich dich liebe?", fragte er zärtlich.

Ich schloss die Augen und ließ mich von dem Taumel mitreißen. Seine Hände strichen durch mein Haar, seine Lippen erforschten mein Gesicht und streiften meinen Mund. Kaum wagte ich zu atmen. Dann – viel zu bald – richtete er sich wieder auf: „Jati, wir haben viel zu besprechen. Gehen wir ein paar Schritte?"

Eigentlich hätte ich zuerst den Tisch abräumen müssen, damit die Fliegen nicht über die Essensreste herfallen können, aber ich wollte David nicht warten lassen. Draußen war es warm geworden. Wir schlenderten zwischen den Häusern durch bis zum Waldrand. Die Fahrstraße für die Automobile ist breit und betoniert, hier ließ es sich besser gehen als auf den schmalen Pfaden, die so schnell von Schlingpflanzen und Lianen überwuchert werden, dass man sie täglich freihacken muss.

„Sumeiken hat mir erzählt, dass du auf die Dolmetscher-Schule gehst", sagte David, und ich nickte.

„Ja. In ein paar Wochen mache ich die Abschlussprüfung für dieses Schuljahr."

„Das trifft sich gut. Dann können wir ja schon bald heiraten", lächelte David. „Wenn es dir recht ist . . .", fügte er hinzu.

„Ja, sicher, aber . . . "

„Aber?", forschte er.

„Vielleicht . . . wäre es möglich . . . könnten wir noch etwas damit warten?"

„Warten? Warum das?"

„Ich – ich kann es nicht erklären. Wir haben uns so lange nicht gesehen. Ich möchte dich erst wieder richtig kennen lernen, verstehst du?"

David zog die Augenbrauen bis zum Haaransatz und hatte plötzlich Knitterfalten im Gesicht.

„Nein, bitte nicht böse sein", flehte ich und warf mich in seine Arme, damit ich sein gekränktes Gesicht nicht sehen musste.

„Aber Jati, ich bin doch kein Fremder für dich . . .", murmelte er mir ins Haar. „Als du mich damals nach dem Brauch der Badui geheiratet hast, wusstest du noch viel weniger über mich . . ."

Ich seufzte. „Damals war ich ein Kind."

Er machte sich von mir los. „Was meinst du damit?"

„Es war alles so selbstverständlich für mich, verstehst du? Du warst der Held meiner Träume, und ich nahm es einfach hin, dass du da warst und immer für mich sorgen würdest. Ich konnte mir keinen anderen Weg vorstellen. Dann brannte das Dorf ab, Mutter war tot, Vater starb, wir wurden aus der Heimat vertrieben – ich fühlte mich, als würde mir der Boden unter den Füßen weggezogen. Du warst der einzige Halt, der mir geblieben war. Ich konnte mir ein Leben ohne dich gar nicht mehr vorstellen. Und dann – hast du mich verstoßen."

David verzog das Gesicht, als ob er Schmerzen hätte, aber ich konnte mich nicht bremsen, ich musste ihm sagen, was die ganzen langen Monate an meinem Herzen gefressen hatte.

„Ich war für dich nur ein kleines Mädchen aus einem Eingeborenendorf, aber du warst für mich alles, meine Welt, verstehst du das? Und als du mich zu anderen Leuten gabst, da ist etwas in mir zerbrochen."

„Jati, wenn ich damals gewusst hätte . . . ich hätte dich doch nie . . ."

Ich seufzte. „David, das weiß ich, ich trage es dir auch nicht mehr nach. Immerhin hast du mich nach Frankfurt mitgenommen, in dein Leben hinein, und ich konnte damals noch nicht ermessen, welches Opfer du mir damit gebracht hast."

Er zuckte die Achseln. „Ich wusste nicht, wie ich dieses Dilemma anders hätte lösen können. Aber lassen wir doch diese alten Geschichten. Jetzt ist doch alles gut geworden."

Wirklich alles? Irgendetwas nagte noch an mir. „David, was ist ein Dilemma?"

Er lachte trocken auf. „Ich vergesse immer wieder, dass Deutsch gar nicht deine Muttersprache ist. Du sprichst es so fließend . . . ein Dilemma ist so was Ähnliches wie eine Falle, in die man geraten ist. Man kommt nicht unbeschadet heraus, egal wie man entscheidet."

Dass du Irene endlich durchschaut hast, tut mir gut. Aber welche Rolle spiele ich dabei? Bin ich auch eine Falle? So was Ähnliches wie eine Fleisch fressende Pflanze, von der man sich nicht befreien kann? Diese Vorstellung gefiel mir überhaupt nicht!

Als hätte David meine Gedanken erraten, legte er mir den Arm um die Schulter und sagte: „Jati, ich steckte damals im Konflikt, eingeklemmt zwischen zwei Versprechen. Mit Irene war ich verlobt gewesen und deinem Vater hatte ich versprochen, für dich zu sorgen."

Au, das tat weh! Ich versuchte zu sprechen, doch meine Stimme klang wie eine Ziegensehne, die man allzu lang der Mittagssonne ausgesetzt hatte. „Ich war also nur eine lästige Pflicht für dich . . ."

David schüttelte verwundert den Kopf, als müsste er seine Gedanken anders sortieren. „Lästige Pflicht? Wie kommst du darauf? Es war eine sehr süße Pflicht, denn du hast mich schon immer bezaubert durch deine Art, nur hatte ich das anfangs nicht gemerkt – oder nicht merken wollen. Ich wollte es einfach nicht wahrhaben, aber ich fand es sehr angenehm, mein Leben mit einer süßen kleinen Schwester zu teilen."

Seine Worte nahmen dem Stachel die Spitze. „Ja, ich fand

es auch schön. Ich wäre damit zufrieden gewesen. Aber warum hast du mich dann doch zu Hofmüllers abgeschoben?“, wollte ich wissen.

Er stöhnte. „Jati, warum quälst du mich mit diesen Vorwürfen? Meine Schuldgefühle haben mich lang genug gemartert und mir allen Schlaf geraubt. Ich will jetzt nichts mehr davon hören!“

Erst mal tief durchatmen!, befahl ich mir. *Nur jetzt nichts Falsches sagen!* Nach einer Weile sagte ich: „Ich wollte dich nicht verärgern. Ich möchte nur begreifen, was in dir vorgeht.“ *Was ist denn so schlimm daran, wenn du einen Fehler gestehst, der ohnehin allen bekannt ist? Bricht dir die Zunge ab, wenn du sagst: Jati, vergib mir?*

Doch David sagte die Zauberworte nicht. Er fand andere: „Jati, du weißt doch am besten, wie es damals gelaufen ist. Irene hat mich unter Druck gesetzt. Sie hat mich praktisch erpresst: entweder du oder sie. Aber ich wollte dich nicht verlieren. Ich wollte dich in meiner Nähe behalten. Wenn ich dich schon nicht täglich sehen konnte, dann wenigstens ab und zu. Und ich dachte, bei Hofmüllers wärst du gut aufgehoben. Ich dachte ja nicht im Traum daran, dass sie dich schlecht behandeln könnten. Und ich ahnte nicht, wie grausam und falsch Irene war.“

Ja, das hat wohl keiner geahnt, der sie nur flüchtig kannte. Mein Kopf sagte Ja zu seiner Rede, aber mein Herz wollte sich damit nicht zufrieden geben. Ich holte tief Luft. „Aber sag mir, wie hattest du dir damals die Zukunft vorgestellt?“

„Auf jeden Fall wollte ich dich nach der Hochzeit zu uns ins neue Haus holen. Auf diese Art hätte ich euch beide bei mir gehabt.“

„Ich verstehe – Irene als Königin und Jati als Sklavin . . .“

Er riss den Arm von meiner Schulter und blieb abrupt stehen. „Jati! So etwas Hässliches darfst du nie mehr sagen, hörst du, nie mehr! Was soll das überhaupt! Anklagen und Vorwürfe noch und noch – ich habe mir diesen Morgen anders vorgestellt!“

Ich senkte den Kopf.

„Ja, und jetzt schmollst du! Typisch! Da gebe ich meine Wohnung, meine Arbeit in Deutschland auf, fliege hierher nach Indonesien, weil ich dich liebe und weil ich dich heiraten möchte. Das hast du dir doch immer gewünscht. Und du? Anstatt dich zu freuen und unser Glück zu genießen, wühlst du in der Vergangenheit herum und reibst mir alles unter die Nase, was dir nicht gepasst hat. Wenn ich das gewusst hätte –" Er brach ab, als wäre er über seine eigenen Worte erschrocken.

Ich biss mir auf die Lippen, bis ich Blut schmeckte und beschwor meine Augen, unbedingt und auf jeden Fall trocken zu bleiben. Aber sie gehorchten nicht.

&

David war verlegen, als er mich weinen sah. Er tätschelte mir unbeholfen den Rücken und schlug einen lockeren Plauderton an, wohl um mich abzulenken. Während er Krims und Krams von unseren Frankfurter Nachbarn erzählte und von seiner Arbeit im Krankenhaus, vom neuesten Forschungsprojekt seines Vaters – er erfindet wieder mal neue Bakterien –, würgte ich an meinen Tränen und grübelte verzweifelt darüber nach, warum ich plötzlich so unglücklich war. War es Unrecht gewesen von mir, nach der Wahrheit zu fragen?

Sicher nicht. Wahrheit macht stark und frei.

Doch wenn es nicht Reue war, die mich weinen ließ, was war es dann?

Liebeskummer

David brachte mich nach Hause und verabschiedete sich. „Ich muss heute dringend nach Jakarta aufs deutsche Konsulat fahren und eine Arbeitserlaubnis holen“, erklärte er. „Dr. Meier hat mir eine Stelle in seiner Klinik angeboten. Außerdem will ich mich nach einer Wohnung umsehen oder nach einem kleinen Haus.“

Das tröstete mich ein bisschen. Immerhin wollte er mich nicht gleich wieder in sein graues regenkaltes Land schleifen. Und wenn er erst einmal hier Arbeit und Wohnung hatte, dann mussten wir auch nicht überstürzt heiraten. Wir konnten in aller Ruhe wieder zueinander finden, uns neu entdecken. Denn eins war mir klar geworden: Der David aus meinen Träumen war nicht derselbe, der heute so hart mit mir gesprochen hatte. Hatte ich sein Bild in meiner Fantasie allzu sehr mit Blumen umkränzt? Oder hatte er sich inzwischen so stark verändert?

Wie auch immer, ich musste erst mal Sumeikens Fahrrad flicken, das sie mir netterweise ausborgte. Ich holte mir Flickzeug und bockte das Rad auf. Der Schlauch klemmte, und ich musste ihn mit einer Mischung aus Geschick und blanker Gewalt aus dem Reifen zerren. Die Schnitte waren tief, ich brauchte lange, bis ich Vorder- und Hinterreifen wieder luftdicht verklebt hatte. Ich lief ins Haus und schaute auf Sumeikens Küchenuhr. Wenn ich mich beeilte, konnte ich noch einigermaßen pünktlich zum Nachmittagsunterricht kommen. Ich wollte nicht mehr über David nachdenken; in meinem Kopf drehte sich ein Mühlrad, es war genug Durcheinander angerichtet worden. Am Abend wollte David wieder kommen, da würden wir weitersehen.

Ich radelte, so schnell ich konnte, und das Herumstrampeln machte mir den Kopf frei. Doch meine gute Laune zischte in sich zusammen wie ein Lagerfeuer im Mittagsregen, als ich das Klassenzimmer betrat.

Samuel saß bleich auf seinem Platz; seine Schultern hingen nach vorn, als hätte er soeben erfahren, dass er das Examen verpatzt hatte. Ich grüßte ihn, aber er hob nicht mal den Kopf und stöhnte nur leise vor sich hin. Ich setzte mich zaghaft hinter ihn und musste mir in den nächsten zwei Stunden seinen gebeugten Rücken anschauen. Die ganze Zeit über hatte er sich nicht einmal gerührt, wenn man davon absah, dass er sich mit der linken Hand ununterbrochen das rotblonde Haar zerwühlte und an den Strähnen herumzerrte, als wären es die Zügel eines bockigen Esels.

Wenn er nicht bis zum Abend eine Glatze haben sollte, dann musste bald etwas geschehen. Ich kritzelte auf einen Zettel: „Sorry, really. I did not plan to break your heart. It just happened. Can you please forgive me – one day?“[1], und schnippte ihn nach vorn auf seinen Tisch.

Er schnupfte auf, als er den Zettel las, drehte den Kopf gerade so weit, dass ich seinen Weltuntergangsblick auffangen konnte. Nach einer weiteren halben Stunde riss er eine Ecke aus seinem Vokabelheft, schrieb etwas drauf und knäulte das Papier zu einer Kugel, die er mir nach hinten warf. Ich fing die Kugel und wollte sie gerade aufdröseln, als eine schwere Hand auf meine Schulter fiel.

„Was geht hier vor? Wird die nächste Revolution vorbereitet? Ein Aufstand gegen die Schule geplant? Gib mir den Zettel!“

Herr Mato, unser Lehrer, ist unglaublich neugierig und steckt seine Nase in alles Mögliche, am liebsten aber in Sachen, die ihn überhaupt nichts angehen. Deshalb hatte ich mir die Papierkugel schon in den Mund gestopft und würgte tapfer.

„Nur durch eine Heldentat gelang es der Agentin, das Leben ihres Komplizen zu retten“, zitierte unser Klassenkasper, der neben Samuel sitzt – ich glaube, er schaut sich jeden Abend einen Kriminalfilm an.

---

[1] „Es tut mir echt Leid. Ich hatte nicht vor, dir das Herz zu brechen. Das ist einfach so gekommen. Kannst du mir eines Tages verzeihen?“

Herr Mato schob das Kinn vor. Er spielt so gern den wilden Mann, in Wirklichkeit ist er ein guter Mensch und für jeden Spaß zu haben. Er ist trotz seiner Neugier in der Klasse sehr beliebt und ich schätze ihn und habe bisher immer getan, was er von mir verlangt hatte. Doch Samuel als Zielscheibe des allgemeinen Gelächters? *Das hat er nicht verdient! Ich darf nicht zulassen, dass die anderen von seinem Liebeskummer erfahren, aber wie?*

„Jati, was stand auf dem Zettel, den du da gerade aufgegessen hast?"

„Ich hatte ihn noch nicht gelesen . . ." Das ist ja noch mal gut gegangen!, dachte ich.

Nun wandte sich Herr Mato an Samuel: „You tell me, Samuel!"[1]

Samuel hob den Kopf eine Hand breit und sagte mit erloschener Stimme: „Not for all the world."[2]

Herr Mato zog die Brauen hoch, weil er nicht wusste, ob das der Inhalt des Zettels gewesen war oder ein kreuzlahmer Versuch zum Widerstand. Samuel ist nämlich nicht gerade ein Rebell. Aber jetzt war die Neugier des Lehrers voll entfesselt.

„Jati, was hast du Samuel vorhin geschrieben?", bohrte er.

„Das ist für die Allgemeinheit nicht interessant, sonst hätte ich es an die Tafel geschrieben", behauptete ich.

„Ich will es trotzdem wissen!", beharrte Herr Mato, und die Klasse rief im Chor: „Wir auch, wir auch!"

Langsam wurde mir heiß. Das fehlte noch, dass unser Drama im Klassenraum diskutiert würde. Andererseits war Samuel bekannt für seine Ehrlichkeit. Er würde bestimmt nicht lügen, auch nicht in einem solchen Fall. Das hatte mir immer so gut an ihm gefallen, weil es mich an die Regeln meiner Kindheit erinnerte. „Ein Badui lügt nicht, auch wenn ihm das Nachteile einbringt", hatte mich mein Vater gelehrt. Und

---

1 „Sag du es mir, Samuel!"

2 „Auf keinen Fall!"

unser Pastor sagt immer: „Jesus Christus ist die personifizierte Wahrheit. Gott möchte, dass seine Kinder aufrichtig und ehrlich sind. Ja heißt Ja, und Nein heißt Nein. Punkt."

Aber was ist richtig in einer solchen Klemme? Kann es manchmal falsch sein, die Wahrheit zu sagen? Vielleicht richtet man damit einen größeren Schaden an als mit einer – Lüge?

„Also, jetzt zier dich nicht länger, Samuel, raus damit, und zwar im Baduidialekt!", forderte Herr Mato.

Samuel seufzte klaftertief, zerwühlte diesmal mit der Rechten sein Haar und murmelte: „Sie sozusagen wissen will, ob ich bin ihr böse bis in alle Ewigkeit."

Alle, die am Übersetzungsprojekt „Bibel in die Baduisprache" mitarbeiteten, mussten feixen.

„Und dafür so ein Theater", brummelte Herr Mato. „Jati kann man nie länger als zwei Minuten böse sein, das ist doch allgemein bekannt!"

Jetzt lachte die Klasse laut heraus, und auch Samuel grinste mit einem halben Mundwinkel, aber seine Augen blieben traurig.

Als die Stunde vorüber war, ließ er mir über seinen Sitznachbarn ein Stück Papier überreichen, was der Klassenkasper als „beglaubigte Kopie des unter immensen Opfern beseitigten Dokumentes" bezeichnete. Darauf stand: „Some day, maybe, we'll be friends again."[1]

Ich atmete auf. Das war immerhin ein Ausblick. Krach mit Samuel konnte ich mir wirklich nicht leisten. Wie sollten wir sonst zusammenarbeiten können? Erst auf dem Heimweg dämmerte es mir, dass wir vielleicht nie wieder zusammenarbeiten *würden*.

---

[1] „Eines Tages sind wir vielleicht wieder Freunde."

Entspannung

Sumeiken hatte aus Früchten und süßem Reis ein Festessen gezaubert. Ihr Mann, den sogar seine Freunde nur „Doktor Meier“ nennen, konnte sich für ein paar Stunden von der Klinik loseisen. Eigentlich hätte er Nachtdienst gehabt.

„Ich bin heilfroh, dass du zu uns kommst, David!“, sagte er und klopfte seinem Freund auf den Rücken. „Wir brauchen dich dringend. Letzten Monat sind wir wieder mal knapp an einer Cholera-Epidemie vorbeigekommen.“ Und er verbreitete sich in Einzelheiten aus dem Klinikalltag.

Sumeiken bedeutete mir heimlich, ich solle endlich auf ein anderes Thema ablenken, denn welche Sauce kann sich schon gegen die plastischen Schilderung eines Magendurchbruchs behaupten! Ich durchforstete mein Hirn, aber es fiel mir nichts zu sagen ein, und ich zuckte hilflos die Schultern.

„Ich sag euch, das Blut spritzte nur so durch den OP“, erzählte Dr. Meier. „Und die OP-Schwester kippte mir der Länge nach um. Stell dir das mal vor, David. Was hättest du an meiner Stelle getan?“

David runzelte die Stirn, sein Blick kam langsam aus unbekannten Regionen zu uns herabgeschwebt. Als er alle Augen auf sich gerichtet sah, sagte er: „Auf jeden Fall ist es ein Haufen Papierkram.“ Dr. Meier starrte ihn verständnislos an, und David bemühte sich um eine Erklärung. „Ich hab ja schon geahnt, dass es kompliziert ist, wenn ein Deutscher eine Indonesierin heiraten möchte, aber so schlimm hatte ich es mir doch nicht vorgestellt. Ach, übrigens, das Dessert schmeckt vorzüglich. So was könnte ich jeden Tag vertragen. Sumeiken, würdest du Jati dein Rezept verraten?“

Sumeiken prustete in ihre Serviette und mir stieg die Röte in die Wangen.

Ich kratzte alle Reste meiner Würde zusammen und sagte: „Eigentlich müsstest du dich an diese Fruchtcreme erinnern – ich habe sie in Frankfurt oft für dich gemacht.“

„Wirklich?“ Er hob den kleinen Löffel ans Licht, als wäre er mit einer seltenen Mikrobenart bedeckt, und schüttelte den Kopf. „Nicht zu fassen. Wie kommt es, dass mir nie aufgefallen ist, wie köstlich dieser Nachtisch schmeckt?“

„Wahrscheinlich warst du mit deinen Gedanken beim letzten Magendurchbruch“, kicherte Sumeiken, und diesmal musste auch Dr. Meier lachen.

„Es ist eigentlich unverzeihlich, sich bei einem solchen Essen über Krankengeschichten zu unterhalten“, gestand er und machte eine kleine, entschuldigende Verbeugung zu Sumeiken hinüber. „Jati, du solltest es dir gut überlegen, bevor du einem Arzt dein Jawort gibst.“

„Nun hetzt du sie auch noch gegen mich auf“, murrte David. „Wie soll ich sie dann jemals überzeugen, dass sie mich heiraten muss?“

„Wieso *muss*?“, wollte ich wissen.

„Weil ich mich sonst aus Sehnsucht nach dir verzehren würde“, behauptete er.

Bumm. Das musste ich erst mal verdauen. Als ich wieder atmen konnte, sagte ich: „Das ist mir neu.“

„Mir eigentlich auch“, gestand er und hob die Schultern. „Ich glaube, es ist mir erst heute Mittag so richtig klar geworden.“

Sumeiken bedeckte ihren Mund mit dem Ärmel, und ihre Augen lachten, aber mir war nicht danach zumute. Ich dachte an das vergangene Jahr, die vielen Tage, Nächte, Wochen, Monate ohne David, und kein Wort, kein Brief.

„Merkwürdig “, sagte ich und versuchte meine Stimme so klingen zu lassen, als spräche ich über fremde Leute, „ich hab im letzten Monat sogar ein halbes Kilo zugenommen. Wie kommt es, dass ich nicht von der Sehnsucht verzehrt wurde?“

„Vermutlich liegt es daran, dass Frauen nicht so tief empfinden wie Männer“, dozierte David und schöpfte sich noch eine Portion Nachtisch.

Sumeiken verschluckte sich und erstickte beinahe an einem Bissen, und Dr. Meier musste ihr kräftig auf den

Rücken klopfen und ihre Arme hochhalten, und hinterher wischte sie sich Tränen aus den Augen und zwinkerte mir zu.

Dr. Meier ließ sich auf seinen Stuhl zurückfallen: „Kinder, Kinder, ein Essen mit euch ist nicht gerade eine Entspannung."

&

Nach dem Essen gingen wir in den Garten. Der Mond schob sich hinter einer Wolke hervor und warf sein Licht über David. Ich sah ihn an und fand ihn schöner als je zuvor, obwohl ich mich doch gerade noch über ihn geärgert hatte. Was war das für ein Zauber – der Mondschein oder der Jasminduft?

David zog mich sanft an sich und streichelte mein Haar.

„Jati, mein Goldherz", sagte er. „Meine Badui-Prinzessin, meine Wunderblume. Du weißt nicht, wie sehr ich dich vermisst habe! Ich liebe dich. Ich möchte alles mit dir teilen."

Das sind Worte, die wohl jede Frau weich machen; sie müsste schon ein Herz aus Sternmetall[1] haben, um solchen Schmeichelworten standzuhalten.

Und warum denn auch standhalten? Langsam fiel die Spannung von mir ab, die Bitterkeit, der letzte Rest von Groll bröckelte zu Boden, der Nachtwind trug sie fort. Jetzt wollte ich nicht mehr über die schwere Zeit nachdenken, die mir David beschert hatte, nicht über die Zweifel, die immer noch in mir nagten wie heimliche Mäuse. Lange standen wir im Licht der Sterne beieinander, ich an seine Brust gelehnt, und ich fühlte mich ihm wieder so nahe wie früher. Er wiegte mich hin und her und flüsterte mir zärtlichen Unsinn ins Ohr. Kann man einer solchen Leidenschaft widerstehen? Ich jedenfalls nicht.

Als mir meine Stimme wieder gehorchte, sagte ich: „David, mein Liebster, ich möchte dir endlich ganz gehören. Wenn du willst, kannst du heute Nacht bei mir bleiben. Mein Bett ist breit genug für uns beide."

---

[1] Das Metall aus einem Meteoriten gilt als äußerst wertvoll

Ich spürte, wie sich seine Muskeln spannten. Er nahm sein Kinn aus meinem Haar und holte tief Luft. Dann schob er mich sehr sanft von sich weg. „Jati, das ist lieb von dir, aber – es wäre nicht richtig. Ich möchte dich vorher heiraten."

„Aber wir sind doch –"

„Ich weiß, ich weiß. Die Badui-Hochzeit. Du hast mir damals die Treue geschworen, dabei wusste ich gar nicht, worum es ging. Aber ich möchte, dass wir beide verstehen, worauf wir uns da einlassen." Vorsichtig nahm er meine Hand, als wäre sie ein zerbrechliches Kleinod. „Jati, ich möchte das Band zwischen uns behutsam knüpfen. Es soll ja ein Leben lang halten. Ich will nicht in dein Leben einbrechen und dich an mich reißen, ohne dass du darauf vorbereitet bist."

„Aber ich bin doch –"

Er legte mir den Finger auf die Lippen, unendlich zart. „Jati, mein Herz . . . Du hast heute Morgen durchblicken lassen, dass dir das Ganze eigentlich viel zu schnell geht. Du wolltest mit der Hochzeit noch eine Weile warten. Zuerst hat mich das irritiert, ja sogar geärgert. Ich fühlte mich verletzt und zurückgewiesen. Aber dann habe ich in Ruhe darüber nachgedacht und bin zu dem Schluss gekommen, dass du Recht hast. Wir müssen uns erst wieder richtig kennen lernen. In aller Ruhe. Ohne Druck."

Ich nickte mechanisch, denn genau das hatte ich heute Morgen ja auch gewollt. Doch diese Gedanken schienen mir inzwischen Horizonte weit weg zu sein. Ich verstand die Welt nicht mehr – und David am allerwenigsten.

Alptraum

In dieser Nacht hatte ich seit langer Zeit wieder einmal einen Alptraum. Wir standen in einer Kirche, jemand spielte Klavier und vorne tanzte eine Frau, die nur mit einem Schleier bekleidet war. Ich wunderte mich darüber, weil so etwas vielleicht in einem Tempel auf Bali denkbar war, wo Religion nur ein anderes Wort für Sinnlichkeit ist und sich viele Kulte um die Fortpflanzung drehen. Doch in einer christlichen Kirche? David hatte sein Gesicht mit den Händen bedeckt und murmelte die ganze Zeit vor sich hin.

„Was ist?", wollte ich wissen. „Was sagst du da?"

„Ich bete darum, dass sie endlich mit diesem Verführungstanz aufhört, damit wir in Ruhe heiraten können", kam es dumpf hinter seinen Händen hervor.

„Warum soll Gott etwas tun, was wir selber erledigen können?", fragte ich. „Wir können ihr doch sagen, sie soll aufhören."

„Du solltest sie nicht unterschätzen", murmelte David. „Ohne fremde Hilfe wird man nicht mit ihr fertig."

„Ach was!", sagte ich und ging auf die Frau zu.

Sie unterbrach ihren Tanz und spreizte die Hände gegen mich, als hätte sie Angst, ich könnte ihr an die Gurgel springen.

„Du kannst gehen", sagte ich so liebenswürdig wie möglich. „Deine Dienste werden nicht mehr benötigt."

„Das könnte dir so passen!", fauchte sie. „Ich tanze weiter, so lange es mir gefällt. Und du kannst mich nicht dran hindern."

„Wirklich nicht?" Ich winkte den Saalordnern zu, die normalerweise eingreifen, wenn etwas in der Kirche danebengeht. Doch die Saalordner blieben an der Tür stehen, als wären sie festgenagelt. Ich ging zu einem von den beiden hin, den ich kenne, weil er vor drei Monaten mit mir zusammen getauft wurde.

„Selamat Siang[1], Simon", sagte ich. „Schön, dass du auch gekommen bist. Ein großartiger Tag, nicht wahr? . . . Übrigens, was hältst du von dieser Show?"

Simon antwortete nicht. Er starrte die Frau an, als wäre er von ihr hypnotisiert worden.

„Ich bin ein bisschen schockiert, dass eine solche Veranstaltung in der Kirche stattfindet", sagte ich. „Außerdem haben wir die Kirche für unsere Trauung reserviert. Unsere Gäste werden bald eintreffen. Wäre es dir möglich, diese Tänzerin zu unterbrechen und hinauszuführen?"

Simon rührte sich immer noch nicht. Ich kratzte meinen Mut zusammen:„Simon, bitte hilf mir!"

Er zuckte nicht einmal mit der Wimper. Inzwischen tanzte sie immer zügelloser. Ihr Schleier verrutschte bedenklich. Außer mir schien das aber niemand zu bemerken; alle blickten interessiert hin und fanden es ganz normal.

Mir brach der Schweiß aus. Ich ging zum Pastor und sagte: „Ich bin hierher gekommen, weil ich heiraten möchte. Würden Sie uns bitte trauen?"

Der Pastor schüttelte den Kopf. „Es tut mir Leid, aber wir haben heute eine andere Veranstaltung. Sie dauert bis Mitternacht oder noch länger."

„Das muss ein Irrtum sein", sagte ich höflich. „Wir hatten die Kirche für heute Nachmittag reserviert. Vor zwei Wochen schon. Sie haben uns zugesagt."

Er zuckte die Achseln. „Solange die Tänzerin nicht müde ist, kann sie keine Macht der Welt aufhalten. Ihr müsst eben ein anderes Mal heiraten."

Ich rüttelte David am Ärmel, doch er blieb reglos, ohne die Hände vom Gesicht zu nehmen. „Komm, wir gehen, David. Heute wird das nichts mehr mit unserer Hochzeit."

David sagte leise: „Warte noch – hab Geduld."

Geduld war noch nie meine Stärke gewesen. Und ich hatte schon zu lange gewartet. Ich ging noch einmal zu der Frau

---

[1] „Guten Tag"

hinüber, die bei ihrem Fruchtbarkeitstanz in eine orgiastische Ekstase verfallen war. Sie kam mir bekannt vor, und als ich näher hinsah, erkannte ich sie: Die Tänzerin hatte Irenes Gesicht und Bagus' Körper. *Es wäre doch gelacht, wenn ich mit einem solchen Weib nicht fertig würde!*

Ich baute mich vor ihr auf. „Verschwinde endlich, das ist meine Hochzeit!", knurrte ich.

„Hochzeit? Wer will dich schon heiraten!", höhnte Irene.

„David will mich heiraten."

„Ach, und du glaubst das?"

Ihr Spott machte mich wild.„Jawohl. Er liebt mich nämlich, hörst du? Mich!", schrie ich.

„Hör mit dem Geschrei auf, so benimmt man sich nicht in einer Kirche", rief Simon von der Kirchentür her.

„Wenn man in einer Kirche so einen Tanz aufführen kann, dann darf man auch schreien! Und wenn ihr nichts gegen diese – diese Tänzerin unternehmt, dann muss ich mir eben selbst helfen!"

Ich sog viel Luft in meine Lungen und spürte, wie ich plötzlich wuchs. Ich pumpte so lange, bis ich zwei, drei Köpfe größer war als „Irene". Dann griff ich mit beiden Händen in ihr goldfarbenes Haar. Das hatte ich schon immer mal tun wollen – Irene an den Haaren reißen! Es war ein wunderbares Gefühl. Ich schüttelte sie kräftig durch, bis ihre Knie nachgaben und sie zu Boden sank. Ich packte sie an den Oberarmen und schleifte sie bis zur Nebentür, die durch einen dunklen Gang nach draußen führt. Doch während ich Irene durch den Gang zerrte, spürte ich, wie eine Verwandlung vor sich ging, und als wir draußen ins Licht kamen, war plötzlich ich es, die das dünne Schleiergewand trug und an den Armen hinterhergeschleift wurde. Wie konnte das passieren?

Der hauchdünne Schleier zerriss, als ich über die rauen Steine schrappte. Ich spürte, wie sich Split und Scherben in meine Beine bohrten.

Ich schrie: „David, hilf mir."

Irene hatte sich inzwischen völlig in Bagus verwandelt. „Dir ist nicht zu helfen", sagte sie hämisch. „Du hast deine eigene Hochzeit verpatzt, weil du dir einbildest, du wärst besser als andere."

Mit aller Kraft riss sie meine Hände von sich los und stieß mich in eine tiefe Schlammpfütze. Dann war sie verschwunden, und der Regen prasselte auf mich nieder.

&

Ich erwachte auf dem Fußboden. Meine Sandalen bohrten sich in mein Kreuz und außerdem war mein Sarong[1], den ich zum Schlafen trug, pitschnass, denn ich hatte beim Runterfallen den Wasserkrug umgestoßen, der auf dem Tisch neben meinem Bett gestanden hatte.

Was für ein verrückter Traum!

---

[1] traditionelle Kleidung aus Baumwolle, die aus einem breiten Stück Stoff besteht, das je nachdem als Kleid oder Halbrock oder Schultertuch getragen wird

Haus

In den nächsten Wochen sah ich David immer nur für ein paar Minuten. Er half in der Klinik aus und musste häufig nach Jakarta aufs Konsulat fahren, deshalb hatte er nur wenig Zeit für mich. In den ersten Tagen war mir das ganz recht; so konnte ich mich allmählich wieder an ihn gewöhnen. Und nach und nach wuchs in mir die Sehnsucht nach David, und ich fieberte an jedem Tag dem Abend entgegen: David spüren, seine Stimme hören und seine Augen sehen mit der neuen Zärtlichkeit in seinem Blick.

Und dann stand er eines Tages schon vor der Haustür, als ich von der Schule nach Haus geradelt kam, und trat von einem Fuß auf den anderen. Zur Begrüßung nahm er mich in die Arme und küsste mich auf die Stirn. Dort, an seine Brust gelehnt, hätte ich immer bleiben können, warm und geborgen. Aber was er dann sagte, jagte mir einen Freudenstrom durch die Glieder: „Ich hab ein Haus für uns gefunden, Jati, hier ganz in der Nähe. Möchtest du es anschauen?"

Sumeiken steckte den Kopf aus dem Küchenfenster. „Lass Jati doch erst mal Luft holen – sie war den ganzen Tag in der Schule und möchte vielleicht erst einmal etwas essen!"

Er schlug sich an die Stirn. „Ja, natürlich! Jati, meine Liebste, ich hab gar nicht daran gedacht, dass du vielleicht müde bist. Wir können auch morgen Abend hingehen – wenn es dir heute nicht passt. Ich hoffe nur, dass uns inzwischen keiner dieses Haus wegschnappt." Ich hörte nur mit einem Ohr hin. In meinem Innern sang es: „Ein Haus für uns – ein Haus für uns." Vergessen war der knurrende Magen, vergessen Durst, müde Beine und Brummschädel – „Ein Haus für uns" wirkte wie eine Wundermedizin. Ich schob Sumeikens Rad in den Schuppen und schloss es ab, dann rannte ich ins Haus und spritzte mir eine Hand voll Wasser ins Gesicht. Ein paar Bürstenstriche, ein frisch gebügelter Sarong (tausend Dank, Sumeiken!), und ich war bereit.

David hatte inzwischen im Garten eine Lilienblüte gepflückt und steckte sie mir mit einer Klemme ins Haar.

„Jati bagus", flüsterte er mir zu. „Wunderschöne Jati!"

Ich konnte nicht anders, ich musste ihm einfach um den Hals fallen und ihm einen Kuss aufdrücken. Weil ich so klein bin und David so groß ist, traf ich nur sein Grübchen am Kinn. Da müssen wir uns auch etwas einfallen lassen. Ich kann doch nicht jedes Mal auf einen Hocker klettern, wenn ich ihn richtig küssen will!

David zog meinen Arm durch seinen und so gingen wir untergehakt die Straße entlang. In diesem Viertel leben Ausländer und Javaner, die einigermaßen Geld haben, deshalb sind die Häuser fest gebaut, Gärten sind angelegt, die Straße ist gepflastert, damit Autos fahren können. Außerdem gibt es hier elektrischen Strom, Wasserleitungen und eine Kanalisation. In meinem Heimatort kannte ich das alles nicht, aber man gewöhnt sich schnell an ein bequemes Leben und will es dann gar nicht mehr anders haben.

Wir hielten vor einem zweistöckigen Haus, das von einer weißen Mauer umgeben war. Die Hauswand war dunkelblau gestrichen und hatte oben einen halbrunden Balkon mit einem goldfarbenen Geländer. Fünf Treppen führten zur Eingangstür, und sie war – wie die Balkontür – oben abgerundet und in der Mitte durchgeteilt wie ein richtiges Tor. Die Fenster, die zur Straße zeigten, waren alle rund. Sie sahen aus wie Augen, die den Besucher mustern, bevor sie ihm Einlass gewähren.

David führte mich die Treppen herauf und schlug eine Bronzeglocke an. Ich hörte Schritte von bloßen Füßen, dann schwangen die beiden Türflügel auf. Eine verschleierte Frau stand vor mir. Sie war groß und schlank und schwarz – so weit ich sehen konnte, denn sie war bis zu den Augen verschleiert.

„Selamat Sore[1]", grüßte ich höflich und verneigte mich, aber die Frau sagte: „Salam". Ihre Armreifen klirrten leise,

---

[1] Guten Nachmittag (15–19 Uhr)

als sie die Hände vor dem Gesicht faltete und sich verbeugte.

Eine reiche Moslemfamilie, dachte ich. *Vielleicht sehe ich sogar einen richtigen Harem?*

David verbeugte sich, und zwar sehr gründlich, dann sagte er: „Ich bin David Schirmer, das ist meine Braut Jati. Ich bin Arzt und werde hier im Krankenhaus arbeiten. Jati geht auf die Dolmetscherschule. Wir werden bald heiraten und suchen eine Wohnung. Dürfen wir das Haus besichtigen?"

Die Frau sagte: „Bitte folgt mir."

Ihre nackten Füße klatschten auf den Terrakotta-Fliesen. Sie führte uns einen weiß gekalkten Flur entlang, der auf einen Innenhof stieß. Dort wuchsen rosa Oleanderbüsche in Tonkübeln und eine violette Bougainvillea rankte sich an der Hauswand entlang. Eine Bank aus Marmor lud zum Sitzen ein. In der Mitte des Hofes plätscherte ein Brunnen vor sich hin; er war mit dunkelblauen und goldenen Mosaiksteinchen ausgelegt und ließ sein Wasser in ein großes Bassin fließen. An einer Stelle war ein Überlauf angebracht, der das Wasser in verschiedene kleinere Becken ableitete.

Die verschleierte Frau deutete auf die Bassins: „Hier kann man sich erfrischen, wenn es heiß ist. Mit dem benutzten Wasser haben wir die Wäsche gewaschen und hinterher noch die Fußböden gesäubert, wenn das Wasser nicht zu schmutzig war. Und danach fließt das Wasser in eine Zisterne und von dort aus in kleine Rinnen, die den Garten bewässern."

Ich stieß David mit dem Ellenbogen in die Seite. „David, das ist wunderbar. Mein Vater wäre begeistert. Kein Wasserfrevel!"

Er guckte mich überrascht an. „Wasserfrevel?"

„Ich erkläre es dir ein anderes Mal", sagte ich, denn die Frau winkte uns weiter. Der gesamte Innenhof war mit rauchblauen Fliesen ausgelegt, und an einer Stelle führte eine Treppe hinauf zu einer Galerie, die ringsherum führte. „Oben sind die Schlafzimmer", erklärte sie, als sie meinen fragenden Blick bemerkte. „Wir werden sie später besichtigen. Zuerst zeige ich die große Halle und die Küche und die Vorratsräume."

Die Halle war ebenfalls weiß gekalkt. Ein riesiger Marmorkamin nahm fast die ganze Wand neben der Türe ein.

„Die Wärme wird durch einen Schacht nach oben geleitet", sagte die Frau. „Wenn es nötig ist, kann man die Schlafzimmer und die Bäder damit heizen. Aber wir haben den Kamin bisher nur einmal benutzt."

An den anderen drei Wänden waren ziemlich weit oben runde Fenster angebracht, die man mit Seilzug öffnen und schließen konnte. Himmelblaue Tuchstreifen waren an der Decke locker aufgehängt und bewegten sich in der Brise, als wären sie lebendige Wesen, die atmen und tanzen.

„Diese Tücher werden nass gemacht", erklärte die Frau, „das kühlt den Raum." Sie zeigte auf ein Rohr, das oben rundherum lief und etwas oberhalb der Tücher angebracht war. „Es hat viele kleine Löcher, und wenn es heiß ist, dann spritzt das Wasser auf die Tücher, damit sie immer feucht sind."

„Genial . . .", staunte David. „Und wie wird das Wasser nach oben gepumpt?"

„Früher mussten zwei Diener dafür sorgen", sagte sie. „Aber dann hat der Hausherr gläserne Kästen auf das Dach montiert und nutzt die Kraft der Sonne."

„Solarenergie, ich fass es nicht . . .", flüsterte David.

Der ganze Raum wirkte dämmerig, aber nicht düster – er strahlte Ruhe aus.

Die Küche war groß und hell, in der Mitte stand ein Kohleherd, daneben waren geheimnisvolle Kästen und Kisten; an der großen Glastür, die zum Garten führte, war eine Parabolschüssel aufgestellt, die mit glänzender Metallfolie ausgeschlagen war.

„Das ist ein Sonnenkocher", sagte die Frau. „Damit dauert das Kochen etwas länger, aber man verbraucht auch keinen Brennstoff."

Sie zeigte auf die Kästen. „In diesen Kochkisten lässt sich der Reis wunderbar körnig garen, nichts brennt an, und es gibt keine Klumpen.“ Sie sagte es leise, als wäre sie angeklagt und wagte keine Verteidigung.

Drei tiefe Spülbecken aus weißem Stein in unterschiedlicher Höhe standen in der Ecke. Sie hatten moderne Hähne, wie ich sie von Deutschland kannte. Ich konnte mich nicht zurückhalten, ich musste sie ausprobieren. Das Wasser rauschte in einem dicken Strahl in das Becken. Schnell drehte ich wieder zu.

Inzwischen hatte die Frau die Türen zu den Vorratsräumen mit ihren blitzblank gescheuerten Steinböden aufgeschoben. Auch die Regale in beiden Räumen waren aus Stein. Obwohl die Vorratsräume leer und sauber waren, hing das Aroma von Ingwer, von Majoran und Rosmarin in der Luft.

Dann stiegen wir über die Treppe in den ersten Stock hinauf. Das große Schlafzimmer hatte Fenster nach Osten. In der Mitte stand ein Podest, ungefähr so groß wie ein Doppelbett. Darüber waren dunkelrote Tücher aufgehängt. Auch diese hier konnte man mit Wasser anfeuchten und den Raum kühlen.

Durch eine kleine Tür kam man in ein kleines Ankleidezimmer mit einer Spiegelwand. Eine weitere Tür führte in ein Badezimmer. Die Badewanne war in den Boden eingelassen und kreisrund. Dunkelblaues Mosaik mit goldenen Sprenkeln setzte sich auch an den Wänden fort. Über zwei runden Waschbecken aus Marmor waren große Spiegel angebracht. Eine Kachelwand ließ sich drehen und führte in einen Toilettenraum, der außerdem drei verschiedene niedrige Wasserbecken hatte. Hier gab es kein Fenster; dafür war die Außenwand mit gemauerten Ornamentziegel durchbrochen, sodass frische Luft hereinströmte.

„Natürlich gibt es hier wie auch in der Küche warmes Wasser“, sagte unsere Führerin. „Es wird durch die Sonnenenergie aufgeheizt. Wir fangen das gebrauchte Wasser auf und leiten es in die Zisterne im Garten . . . Der Hausherr war ein großer Erfinder“, fügte sie hinzu.

David nickte. „Das merkt man. Ich bin beeindruckt . . . Dürfen wir auch die anderen Räume sehen?“

Sie führte uns zum Südflügel und öffnete die Türen der nächsten beiden Zimmer. Sie waren hell und freundlich und hatten einen gemeinsamen kleinen Bade- und Toilettenraum.

David flüsterte: „Das werden die Kinderzimmer!“

Ich wurde rot.

Zwei weitere Zimmer lagen nach Westen. Auch hier gab es ein kleines Bad mit Toilette.

„Ein Zimmer könnte man als Arbeitszimmer verwenden und das andere als Gästezimmer; was meinst du?“, meinte David.

&

Schließlich stießen wir auf einen großen Raum an der Nordseite. Eine hohe Tür führte hinaus auf den halbrunden Balkon, den wir von unten gesehen hatten. Sonst waren keine Fenster darin, deshalb wirkte das Zimmer düster und roch muffig. Kästen und Kisten standen herum, in der Ecke lag eine Schlafmatte mit einer Decke. Zögernd blieb die Frau an der Tür stehen. „Das hier ist mein Raum . . .“

David zog sich sofort zurück: „O Verzeihung! Ich wollte nicht in deine Privatsphäre eindringen.“

„Es ist gut“, sagte die Frau.

Wir gingen wieder in den Innenhof hinunter und blieben am Brunnen stehen. Ich hielt die Hand in den kühlen Strahl, der in der Abendsonne glitzerte, und hörte dem Plätschern zu. Würde er mir seine Geheimnisse verraten? Was hatte er zu erzählen?

Ich liebte das Haus schon jetzt.

David trat hinter mich. „Jati, was meinst du? Gefällt es dir?“

„Ich bin – sprachlos. So ein Haus hab ich noch nie gesehen . . .“, flüsterte ich.

„Ich auch nicht“, gab er zu. „Hoffentlich kann ich die Miete bezahlen.“

Die Frau war am Fuß der Treppe stehen geblieben. David winkte sie näher.

„Jetzt wüsste ich nur noch gern, wie viel Miete dein Hausherr verlangt?"

Sie zuckte die Achseln und wandte den Kopf ab.

David versuchte es noch einmal. „Wir würden das Haus gerne nehmen. Aber wir wissen nicht, ob wir es bezahlen können. Kennst du den Preis?"

Sie sah zu Boden und antwortete nicht. David runzelte die Stirn. „Seltsam . . . sie gibt uns keine Auskunft. Jati, vielleicht kannst du alleine mit ihr sprechen. Ich schaue mir inzwischen den Garten an."

Er schlenderte zum Gartentor und verschwand hinter der Mauer.

Ich wandte mich an die Frau. „Wir würden sehr gerne in diesem Haus wohnen", sagte ich. Sie nickte stumm und ich schöpfte Mut. „Kannst du uns etwas über die Bedingungen sagen – den Mietpreis und was noch dazu gehört?"

Sie fuhr mit dem Finger das Mosaikmuster am Brunnenrand nach und schwieg.

Ich betrachtete ihre Hand. Sie war zart und gepflegt. Welche Stellung hatte die Frau in diesem Haus eingenommen? Ihr Gesicht unter dem Schleier war verborgen, nur am Haaransatz schimmerte eine Haarlocke durch – kraus und schwarz. Wie alt mochte sie sein? Und wer war sie überhaupt?

Inzwischen war David wieder in den Hof gekommen. „Der Garten ist fantastisch!", seufzte er. „Es ist nicht nur ein Obst- und Gemüsegarten, sondern eine richtige Oase. Ich habe selten etwas so Schönes gesehen."

Die Stirn der Frau färbte sich noch dunkler und ihre Augen strahlten auf.

David hatte es bemerkt und sagte: „Wer diesen Garten angelegt hat, ist ein echter Künstler."

Sie sah ihm kurz in die Augen, dann verneigte sie sich. „Kommt in zwei Tagen wieder, wenn die Sonne untergeht. Dann sprechen wir", sagte sie. Ohne ein weiteres Wort wandte sie sich um und ging uns voraus durch den langen Flur zum Ausgang. Wir folgten ihr und sie grüßte stumm zum Abschied.

Entscheidung

Am nächsten Tag schlichen die Schulstunden dahin, als wären sie in Honig getaucht. Ich konnte meine Gedanken nicht zusammenhalten und machte beim Übersetzen viele Fehler. Nach dem Unterricht rief mich Herr Mato zu sich.

„Du bist in letzter Zeit mit dem Kopf in den Wolken. Was ist los mit dir, Jati? Bekümmert dich etwas? Hast du Sorgen?"

Ich schüttelte den Kopf. „Es ist nichts, also nichts Schlimmes . . . nur, also ich habe Besuch bekommen, Besuch aus Deutschland. Ein – äh, ein alter Bekannter, der mir einmal das Leben gerettet hat, ist wieder nach Java gekommen."

Er sah mich scharf an. „Aha. Ich verstehe. Und Samuel hat das Match an ihn verloren. Oder sogar das ganze Spiel?"

O weh. Herr Mato und seine ewige Neugier. Ich biss mir auf die Lippen. *Was kann ich sagen, ohne alles zu verraten? Aber muss ich überhaupt auf solche Fragen antworten? Ich bin ein freier Mensch, frei wie der Vogel Garuda.*

„Ich kenne Dr. Schirmer schon ziemlich lange und gut."

„Oho, du weichst aus. Hm . . . Dr. Schirmer . . . war das nicht der Arzt, mit dem du in Deutschland zusammengelebt hast?"

„Also, es stimmt, dass er mich damals nach Deutschland mitgenommen hat, aber eigentlich haben wir nicht zusammen –"

„Du solltest ihn heiraten!", fand mein Lehrer.

„Aber wie kommen Sie darauf, ich meine, was – was habe ich –"

„Jati, stotter nicht, sprich anständig. Solange du nicht in festen Händen bist, werde ich niemals Ruhe in diese Klasse reinkriegen. Es ist höchste Zeit, dass du dein Nest findest!"

Ich spürte, wie mir das Blut in die Wangen schoss. „Es tut mir Leid. Das – das wollte ich nicht. Ich hab das nicht gewusst. Ich habe nie etwas davon bemerkt, dass es meinetwegen in der Klasse Unruhe gibt."

Er zog eine Augenbraue hoch. „Nicht bemerkt? Das ist wieder mal echt Jati. Sämtliche jungen Männer in diesem Kurs verdrehen sich die Hälse nach dir, bis sie krumm und schief werden. Sie überschlagen sich fast vor Höflichkeit. Die meisten kriegen ja schon rote Ohren, wenn sie nur an dich denken! Und du hast von allem keine Ahnung." Er seufzte und schüttelte den Kopf. „Okay, Jati. Bestelle deinem Doktor einen schönen Gruß – er soll dich fest an die Leine nehmen, und zwar bald! Sonst bin ich imstande und heirate dich selber!"

„– – – ?"

„Und mach den Mund zu, Jati. Ich kann deine Mandeln sehen."

&

Ich radelte nach Hause, warf mein Rad in den Vorgarten und stürmte ins Haus.

„Sumeiken, wo bist du?", rief ich.

Sie stand in der Küche und kochte Reis mit Gemüse für die Abendmahlzeit.

„Weißt du, was Herr Mato heute zu mir gesagt hat?", platzte ich heraus.

„Nein, aber so wie ich dich kenne, wirst du's mir gleich erzählen", murmelte Sumeiken und führte nachdenklich den Kochlöffel zum Mund, schüttelte den Kopf und streute etwas Sambal[1] ins Gemüse.

Ich schnupperte. „Hmm. . . das riecht aber fein. Was ist das Blau-rote da? Gemüsezwiebel?"

Sumeiken schaute auf. „Ich kann mir nicht vorstellen, dass Herr Mato sich für Gemüsezwiebeln interessiert. Habt ihr neuerdings Kochunterricht in der Schule?"

„Nein, wie kommst du darauf? Gib Acht, die Peperoni brennt an!"

Sumeiken fuhr wieder mit dem Kochlöffel in die Pfanne.

[1] Scharfes Gewürz aus getrockneten roten Pfefferschoten

„Wenn du mich auch dauernd ablenkst. Was war denn so wichtig, dass du mir es unbedingt erzählen musst?"

„Ach ja, Herr Mato! Also, er hat behauptet, die Jungs in meiner Klasse wären alle – na ja, sie wären sozusagen hinter mir her. Stell dir das mal vor!"

„Und? War dir das neu?"

„Also, hör mal Sumeiken! . . . Und dann hat er noch gesagt, es gäbe erst Ruhe in der Klasse, wenn ich in festen Händen wäre und David sollte mich ganz schnell heiraten, sonst würde er es am Ende noch selber tun."

Sumeiken lachte laut, und auf einmal rief eine sehr bekannte Stimme herüber: „Einverstanden. Von mir aus können wir morgen heiraten!"

Au, wie peinlich! David hatte alles mitgehört! Er kam in die Küche und legte mir die Arme auf die Schultern. „Dieser Herr Mato scheint ein kluger Kopf zu sein, wie?"

Ich nickte.

„Ein guter Lehrer?"

„Ein ausgezeichneter Lehrer, der sich persönlich um seine Schüler kümmert."

„Vielleicht manchmal ein bisschen zu persönlich?", bohrte David. Seine Stimme klang blechern – was war denn auf einmal mit ihm los?

„Er weiß eben, wie man junge Leute motiviert", sagte ich.

„Das kannst du laut sagen", grinste David, aber sein Lächeln blieb in den Mundwinkeln stecken und kletterte nicht bis in die Augen. „Mich hat er ganz bestimmt aufgestachelt. Am liebsten würde ich dich unter den Arm klemmen und nach Jakarta aufs Konsulat schleppen, damit du endlich den Ehevertrag unterschreibst. Dann kann dich mir keiner mehr wegnehmen."

Er legte mir die Hand unters Kinn und hob mein Gesicht, bis ich ihm in die Augen schaute. „Oder bin ich zu alt für dich – im Vergleich zu deinen Klassenkameraden?"

Er ist eifersüchtig! Auf einmal genoss ich das kleine Spiel.

„Es ist nicht nur das Alter", dozierte ich und bemühte mich um eine ernste Miene. „Man muss auch die unterschiedliche

Herkunft bedenken, die andere Rasse und nicht zu vergessen die Sozialisation.“ Das war Herrn Matos Lieblingsvokabel; endlich konnte ich sie einmal an den Mann bringen.

„Ich sehe schon, darüber müssen wir ausführlich reden“, sagte David, nahm mich an der Hand und zog mich aus der Küche. Er marschierte mit mir ins Wohnzimmer und drückte mich auf einen Stuhl. Er selbst blieb vor mir stehen und verschränkte die Hände hinter dem Rücken.

&

„Ich weiß, dass es nicht einfach ist, eine Ehe zwischen zwei Kulturen und zwei Rassen einzugehen“, begann er und versuchte, seiner Stimme einen festen Klang zu geben, aber es misslang.

„Es werden mit Sicherheit Probleme auf uns zukommen, die wir uns jetzt noch nicht vorstellen können. Aber ich dachte, wir könnten sie überbrücken – mit Liebe, Jati. Ja, das hatte ich gedacht. Aber wenn du . . .“

„Ach, David, ich habe doch nur Spaß gemacht. Denkst du wirklich, ich würde mich für meine Klassenkameraden interessieren? Das sind doch noch halbe Kinder. Sie sind ganz nett, wir können miteinander lachen und manchmal auch ganz ernst diskutieren, aber mehr ist nicht dabei.“

Er wippte auf den Zehen auf und nieder. „Aha. Mehr ist nicht dabei . . . Und Samuel? Er war älter, und er wollte dich *heiraten*.“

Samuel. Tiefe Gespräche über Gott und die Welt. Fröhliche Stunden, mit Lachen gewürzt. Auf Reisen seine verlässliche Hand, die mich auf wackeligen Hängebrücken stützt, die mir mit der Machete den Pfad freihaut, die mit dem Knüppel auf die Giftschlange einschlägt. Und die Bewunderung in seinen Augen. Samuel . . . mein guter Freund.

David hatte mich die ganze Zeit über prüfend angesehen. Sein Blick tauchte in mein Inneres, als wollte er es bis zum Grund erforschen. Ich hielt ihm stand, weil ich wusste, was er dort finden würde. „Ich habe dich gewählt“, sagte ich sanft.

Er stieß die Luft aus und schloss die Augen. „Und Herr Mato?", flüsterte er. „Er ist kein grüner Junge, und er interessiert sich für dich. Er ist dein Landsmann, nicht wahr?"

„Ja, er ist Badui, wenn er auch im Gebiet der äußeren Badui geboren und aufgewachsen ist."[1]

„Er versteht dich wahrscheinlich viel besser als ich ...", bohrte er.

„Natürlich kann er sich ganz gut in mich hineinversetzen, weil wir zu einem Volk gehören und mit den gleichen Regeln erzogen wurden", gab ich zu.

„Vielleicht sollte ich dich freigeben, Jati ... Du hast so viele Chancen, hier in deinem eigenen Land ... Möchtest du es dir nicht noch einmal überlegen?"

Zuerst wollte ich auf ihn zu stürzen und seinen Mund mit meinen Lippen schließen, damit er nicht länger Worte sagte, die ihm das Herz zerreißen mussten. Aber dann spürte ich, dass sein Vorschlag richtig war. Er hatte sich lange Zeit gelassen, bis er seine Entscheidung getroffen hatte, und nun gab er mir das Recht, dasselbe zu tun.

Und auf einmal ahnte ich, dass er das nicht etwa tat, weil ich ihm gleichgültig war; seine Art von Liebe ging viel tiefer als eine Leidenschaft, die den anderen im Sturm erobert, weil sie ihn besitzen will, und die ihn dann bindet mit eisernen Klammern. Weil er mich liebte, gab er mich frei.

Ich ging hinüber zum Fenster und sah hinaus. Es dämmerte schon, und eine Wolkenschicht verhüllte den Himmel, aber mein Gebet würde die Wolken durchstoßen wie der Vogel Garuda, der sich nach der Sonne sehnt.

Leise, in Gedanken, sagte ich: „Vater, mein Vater, ich brauche Rat. Mein irdischer Vater hat gut für mich gewählt, als er mich David zur Frau gab. Hättest du genauso entschieden? Ist

---

[1] Das Volk der Badui hat sich bewusst von der Außenwelt isoliert; wer sich nicht an die strengen Regeln hält, wird ausgestoßen. Es gilt als „Schande", in den Außenbezirken zu wohnen. Die Leute dort sind allerdings offen für den Fortschritt und leben wesentlich „zivilisierter"

es richtig und ist es gut, wenn ich David heirate? Kann ich ihm geben, was er braucht? Ist unsere Liebe so stark, dass sie eine feste Brücke baut über die Kluft der vielen Unterschiede?"

Ich hörte keine Antwort.

„Vater, werde ich glücklich sein an der Seite eines Mannes, der ganz anders ist als ich? In seinem Herzen, in seinem Hirn wohnt so vieles, was ich nicht kenne. Werde ich mich einsam fühlen, allein gelassen und ausgesperrt, wenn er – schweigt?"

Plötzlich wusste ich, dass ich es tragen, ja bewältigen konnte, wenn ich es nur wollte. Es war meine ureigenste Entscheidung, Gott nahm sie mir nicht ab, ich musste sie selbst treffen und selbst verantworten. Aber eins wusste ich: Er würde neben mir stehen und mich stark und mutig machen und mein Herz mit so viel Liebe füllen, wie ich nötig hatte.

&

Ich weiß nicht, wie lange wir beide schweigend nachdachten, dort in Dr. Meiers Wohnzimmer. David hatte sich inzwischen auf einen Stuhl fallen lassen, die Arme auf die Oberschenkel gestützt und das Gesicht in den Händen vergraben. Seine Schultern bebten wie von einem inneren Kampf.

Leise ging ich zu ihm hinüber und legte ihm die Hände auf die Schultern. „Ich danke dir, dass du mir Freiheit gibst", sagte ich. „Diese Freiheit schenkt meiner Liebe Flügel. Ich werde dir das nie vergessen."

Er fuhr auf, sein Gesicht eine einzige Frage.

„Ich habe darüber nachgedacht, David. Ich bin sicher, dass ich mit dir leben will, was immer geschieht. Ich liebe dich."

Er sah mich an, das Blau seiner Augen vertiefte sich, und ich stürzte mich in diese Brunnen und versank darin.

Jamila

Sie hatte schon am Tor auf uns gewartet. Mit einer anmutigen Geste bat sie uns ins Haus und ging voran in die Halle. Die Stehlampen waren angeknipst, die den Raum in ein weiches Licht hüllten. Auf den Terrakotta-Fliesen lag ein flauschiger Teppich aus cremefarbener Wolle und darauf lagen drei Sitzkissen. Ein Tablett mit Teegläsern stand bereit. Wir ließen uns auf die Sitzkissen sinken, David verknotete seine langen Beine und kaute gespannt auf seiner Unterlippe herum. Die Frau ließ sich uns gegenüber anmutig auf ein Sitzkissen sinken und schenkte den Tee ein. Sie reichte jedem ein Glas, ermutigte uns zum Trinken, dann versank sie in Schweigen. David sah mich fragend an und bedeutete mir durch Gesten, ich solle etwas sagen. Ich überlegte, ob ich erst einmal höflich plaudern sollte, wie es in dieser Gegend üblich ist. Man fragt: „Dari Mana?“[1] , oder „Studuh kawin?“[2], weil man zeigen möchte, dass man sich für den anderen interessiert. Aber als ich in die ernsten Augen der verschleierten Frau sah, blieben mir diese oberflächlichen Floskeln im Hals stecken.

„Ich heiße Jati“, sagte ich. „Das ist David, er ist Arzt und wir wollen bald heiraten. Wir suchen eine Wohnung oder ein Haus. Dieses Haus ist wunderschön. Wir würden gerne hier wohnen. Kannst du uns den Mietpreis nennen? Bist du dazu ermächtigt?“

Sie hob das Kinn. „Ja, ich bin dazu ermächtigt. Das Haus gehört mir.“

„Dieses herrliche Haus?“, fragte David überrascht. „Hm . . . warum willst du es vermieten?“

„Ich habe kein Geld mehr. Zuerst habe ich die Möbel verkauft, damit ich essen konnte. Jetzt ist nichts mehr da, was ich

---

[1] Woher kommen Sie?

[2] Sind Sie verheiratet?

verkaufen könnte. Die Vorratskammern sind leer. Das Haus ist alles, was mir geblieben ist."

Sie sagte es ruhig, ihre Stimme blieb unbewegt, aber ihre Augen schwammen in Tränen.

Ich sagte auf Deutsch zu David: „Kann sie hier bleiben? Es ist Platz genug für drei."

David zog die Stirn in Falten und überlegte. Dann nickte er.

Ich wandte mich wieder an die Frau: „Wir wollen dir dein Zuhause nicht wegnehmen. Aber vielleicht dürfen wir mit dir zusammen darin wohnen?"

Überrascht zog sie die Luft ein. „Ich könnte – hier bleiben, wenn ihr das Haus mietet?"

„Es ist dein Haus. Und es bietet genügend Platz für viele Menschen."

Sie atmete schneller. „Du würdest eine andere Frau im Haus dulden?"

„Warum nicht?"

„Ich könnte eure Dienerin sein, ich werde kochen und waschen und die Räume säubern und alles für euch tun, wenn ich nur . . ." Sie brach ab.

Auf einmal sah ich die Fliesenböden der Hofmüllers vor mir und eine Jati, die sich den Rücken rieb und deren Hände rau und rot geworden waren von der Seifenlauge. Ich griff nach den Händen der Frau, die mir gegenübersaß. Sie waren zart und weich, die Nägel waren oval und gut gepflegt. Keine Spur von Schwielen oder Hornhaut.

„Du warst noch nie eine Dienerin", sagte ich.

Sie sah mich an, aber sie gab keine Antwort.

„Für mich ist es ungewohnt, eine Dienerin zu haben – ich bin viel zu jung, um mich bedienen zu lassen. Aber ich möchte dich immer um Rat fragen. So wie ich eine ältere Schwester fragen würde."

„Schwester?" Ihre Augen wurden groß.

„Ich bin damit einverstanden", sagte David. „Aber ich habe eine Bedingung."

Die Frau hob die Schultern, als wollte sie sich schützen – sie musste schlechte Erfahrungen gemacht haben und sie kannte David noch nicht!

„Ich bestehe darauf, dass du aus diesem dunklen Nordzimmer ausziehst. Wähle einen der anderen Räume, oder am besten zwei. Wir brauchen nicht so viel Platz, wir sind ja vorerst nur zu zweit."

Vorerst nur zu zweit? Er denkt also schon an ....

Langsam ließ sie die Schultern wieder sinken und atmete tief aus. „Aber ich kann wirklich im Nordzimmer ... ich habe mich schon daran gewöhnt", murmelte sie.

„Das kommt nicht in Frage. Dieser dunkle Raum ist ungeeignet zum Wohnen. Er wird dich krank machen. Du brauchst Licht und Sonne. Also, wie sieht es aus? Können wir uns jetzt auf einen Mietpreis einigen?"

Sie wischte sich über die Augen und betrachtete dann ihre Hände, als gäbe es dort etwas Neues zu sehen. Schließlich sagte sie: „Ich habe mich erkundigt, wie viel ich für dieses Haus fordern kann. Aber ich werde nur die Hälfte verlangen. Ich brauche wenig zum Leben. Und durch euch bekomme ich wieder eine Familie. Das ist mehr wert als Geld."

Sie stand auf und ging hinaus, und als sie wiederkam, trug sie ein Tablett mit Sesamkuchen und hatte ihren Gesichtsschleier abgenommen; sie betrachtete uns wohl schon als Familienangehörige. Sie war älter, als ich erwartet hätte. Von ihren Nasenflügeln zogen sich scharfe Furchen zu den Mundwinkeln, und die Lippen waren schmal und blass. Aber man sah noch, dass sie einmal sehr schön gewesen sein musste.

Während wir die süßen Sesamkuchen knabberten, erkundigte ich mich: „Wie kommt es, dass du ganz allein hier lebst? In diesem großen Haus?"

„Mein Vater hat es für mich gebaut. Er schenkte es mir zur Hochzeit. Iman, mein Mann, hat es mit seinem Erfindungsgeist verbessert und teuer und kostbar eingerichtet. Aber vor einem Jahr hat er mich verlassen." Sie presste die Lippen zusammen und wandte den Kopf ab.

„Und deine Eltern, deine Geschwister?“, wollte David wissen.

„Meine Familie stammt ursprünglich aus Somalia. Vor zwei Jahren wollten meine Verwandten die alte Heimat besuchen und sind bei einem Schiffsunglück umgekommen“, sagte sie. „Wenn ich sterbe, dann ist unsere Sippe ausgelöscht. Als wären wir nie gewesen.“ Es klang hoffnungslos.

David sagte behutsam: „Jeder Mensch hinterlässt eine Spur. Gott, der uns alle geschaffen hat, weiß von uns. Er führt einen Bericht über alles, was hier geschieht. Auch über dich und deine Familie. Jeder Mensch ist wichtig für Gott. Keiner wird vergessen.“

Die Frau sah ihn eine Weile schweigend an, dann nickte sie. „Ich versuche es zu glauben“, flüsterte sie. „Ich dachte schon so oft, ich wäre von Allah vergessen. Vergessen und verlassen.“

„Das ist die Trauer, die dich so denken lässt“, sagte David ernst. „Aber sie wird leichter. Mit der Zeit wirst du den Verlust überwinden, der dich jetzt niederdrückt.“

„Ich bin schon so lange traurig. Ich glaube, ich kann nie mehr glücklich sein.“

„Im Augenblick siehst du die Welt durch eine dunkle Brille“, sagte David. „Aber das wird auch wieder anders. Eines Tages hast du den Mut, diese Brille abzunehmen. Dann wirst du wieder lachen.“

Ihre Mundwinkel verzogen sich. „Das kann ich mir nicht vorstellen.“

David schloss für einen Moment die Augen. *Jetzt betet er wohl,* schoss es mir durch den Kopf. *Wenn Worte nicht mehr helfen, dann kann man nur noch Gott um Hilfe rufen.*

Die Frau betrachtete ihn stumm, dann holte sie tief Luft, als erwachte sie aus einem Traum. „Wann möchtet ihr einziehen?“

„Ist es dir Recht, wenn wir das Haus jetzt schon mieten? Wir bezahlen dir heute das Geld für diesen Monat und den nächsten. Wenn Jati ihre Prüfung hinter sich hat, kann sie in

Ruhe alles für den Einzug vorbereiten. Ich muss leider schon in der Klinik arbeiten. Aber vielleicht kannst du ihr beim Einrichten helfen?"

Die Spur eines Lächelns huschte über ihre Züge. „Ja . . .", sagte sie.

„Und Sumeiken wird mit uns einkaufen. Mit dem Auto!", freute ich mich. „Sumeiken ist die Frau von Doktor Meier." Er war durch seine Arbeit in der Klinik überall bekannt.

Sie nickte.

„Aber jetzt sag uns bitte deinen Namen, wir wissen ja nicht, wie wir dich ansprechen sollen."

„Ich heiße Jamila[1]", sagte sie und verneigte sich mit Anmut.

David bezahlte die Miete und verabredete das nächste Treffen. Danach verabschiedeten wir uns.

&

Wir schwiegen, als wir das Haus verließen. Ich war wie in ein Märchen eingesponnen. Deshalb zuckte ich regelrecht zusammen, als David plötzlich stehen blieb und fragte: „Jati, du hast neulich von Wasserfrevel gesprochen. Was meinst du damit?"

Ich seufzte. „Wasser ist kostbar. In meiner Welt war das jedem klar, aber bei den zivilisierten Leuten . . . Dabei mag ich eure Art zu leben – so sauber und bequem. Nur beim Baden fühle ich mich immer noch schlecht, weil dabei so viel Wasser verloren geht. Und auch beim Duschen und bei der Spülung der Toilette. Wenn ich daran denke, wie weit ich früher mit dem Krug laufen musste, um ein bisschen lauwarmes, trübes Wasser heimzubringen, das manchmal krank machte, weil es von Bakterien verseucht war . . . Und in Deutschland hatten wir Wasser, so rein, als käme es aus den Bergen, und wir haben damit die Treppe gewischt, wir haben

---

[1] Name von dem arabischen Wort „jamil" abgeleitet: schön, anmutig, gute, freundliche Tat, Liebesdienst, Freundlichkeit

die Wäsche gewaschen, wir ließen uns von der Regenmaschine aufwärmen oder erfrischen, und dann war das Wasser erst mal schmutzig, und es war weg. Es floss in einen unterirdischen Bach und der leitete es in den Fluss, der es ins Meer trug ... Unsere Badui-Gesetze haben so etwas verboten. Manchmal frage ich mich, wie der Himmelsgott darüber denkt. Meinst du, es ist ihm gleichgültig, wie wir mit seiner Schöpfung umgehen?"

David dachte eine Weile nach. Dann sagte er: „Ich glaube nicht, dass es ihm gleichgültig ist. Er wird uns Menschen einmal dafür zur Verantwortung ziehen."

„Wann wird das sein?"

Er hob die Schultern. „Vielleicht schon bald. Ich hab gerade gestern etwas gefunden, das mich daran erinnert. Es stand ziemlich weit hinten in der Bibel, im letzten Buch. Da fliegen drei Engel über den Himmel und warnen die Menschen. Sie erinnern alle Völker an den Schöpfer. Er verdient es, dass wir ihn respektieren und anbeten, denn er hat die Welt geschaffen."

„Und das Wasser!"

„Ja. Dazu gehört das Meer, aber auch die Quellen und Brunnen. Und die Engel warnen davor, dass der Schöpfer Rechenschaft fordert. Immerhin hat die Menschheit schon einen großen Teil der Natur zerstört. Gott ist darüber zornig."

Auf einmal wurde mir kalt. Ich drängte mich näher an Davids Seite. „Müssen wir Angst vor Gott haben? Ich meine, vor seinem Zorn?"

Er legte mir den Arm um die Schultern. „Nein, Jati. Solange wir den Schöpfer ernst nehmen und uns nach ihm richten, haben wir nichts zu befürchten. Schließlich sind wir mit seinem Sohn befreundet." Er zog mich enger an sich. „Ich bin so froh, dass wir beide zu Jesus gehören. Es muss schrecklich sein, wenn man mit dem Menschen, den man am liebsten hat, nicht über seinen Glauben reden kann."

„Und doch wolltest du Irene –" , ich biss mir auf die Lippen. Da hatte ich schon wieder davon angefangen! Dabei freute ich mich so sehr über das „Haus für uns"! Aber David blieb freundlich.

„Ja", sagte er, „heute kann ich mich gar nicht mehr verstehen. Ich muss irgendwie . . . behext gewesen sein. Ich dachte, wenn wir erst einmal verheiratet wären, dann könnte ich Irene irgendwie zu Gott bringen, verstehst du? Sie war ja nicht ganz abgeneigt, sie ging sogar zur Kirche. Und sie erzählte mir jedes Mal haarklein, was der Priester gesagt hatte."

Ich schnaubte. „Das hat sie nur gemacht, um dich zu ködern."

Er wiegte den Kopf. „Kann sein . . . Jedenfalls bin ich froh, dass ich noch rechtzeitig aussteigen konnte. Wie gut, dass ich dich habe, Jati! Ohne dich wäre ich in eine völlig falsche Richtung marschiert."

Meine Wangen wurden heiß. Also hatte auch ich ihn schon einmal „gerettet".

Er lächelte. „Ich werde mein Leben lang dankbar sein, dass Gott uns beide zusammengeführt hat!"

Natürlich machte es mich stolz und froh, diese Worte zu hören. Ich saugte sie auf wie der trockene Ackerboden den Mittagsregen trinkt. Und trotzdem wollte ich nie vergessen, dass solche Versprechen locker über die Lippen flattern, aber wenn man sie in einen Käfig sperren will, dann flüchten sie . . .

Prüfung

Als der Wecker seinen wilden, lauten Tanz begann, gab ich ihm eins aufs Dach und zog die Decke über die Ohren. Aber es half nichts.

Fünf Minuten später klopfte Sumeiken an die Tür und rief: „Jati, aufstehen, heute hast du Prüfung!" Sie klapperte mit Geschirr und Besteck herum und trällerte ein indonesisches Lied, bei dem im Refrain verschiedene Vogelstimmen nachgeahmt werden – natürlich in der Lautstärke, die im Regenwald üblich ist.

Ich quälte mich aus dem Bett. Meine Kleidung hatte ich schon am Vorabend zurechtgelegt; Sumeiken hatte mir die weiße Bluse und den schwarzen engen Rock extra noch gebügelt, und das orangefarbene Halstuch duftete nach Vanille. Sie behauptete, Vanille würde die Nerven beruhigen und die Prüfungskommission versöhnlich stimmen, weil dieser Geruch an Babys und Muttermilch erinnerte. Da ich keine Hebammenprüfung ablegen musste, sondern Dolmetscherin werden wollte, konnte ich nur schwer einsehen, warum ausgerechnet Vanille meine Chancen erhöhen sollte, aber wozu streiten? *Riech ich also heute nach Vanille.*

Sumeiken hatte den Tisch gedeckt, als ich aus dem Bad kam. Weiße Lilien, auf denen der Tau noch glitzerte, standen in einer dunkelblauen Glasflasche vor meinem Teller. Eine Mango war in kleine Würfel geschnitten, damit ich sie mit einer Gabel essen konnte, statt mir das Kinn mit Mangosaft voll zu spritzen. Statt dem üblichen Morgenreis gab es heute frische Vollkornwaffeln mit einer roten Fruchtsauce. Um sie nicht zu kränken, aß ich ein paar Bissen, aber mehr passte einfach nicht durch meinen Hals – er war plötzlich um eine Nummer enger geworden. Sumeiken saß mir gegenüber und studierte mein Gesicht, als müsste sie es auswendig lernen. Ich mag Sumeiken wirklich gern, aber es gibt Tage, da geht sie mir gründlich auf die Nerven – zum Beispiel an diesem Tag.

Endlich hielt ich die Spannung nicht mehr aus und schob meinen Stuhl zurück.

„Ich radle lieber etwas früher los, hab keine Lust, völlig durchgeschwitzt anzukommen“, murmelte ich, aber sie hielt mich am Arm zurück.

„Du hast noch Zeit. Ein solcher Tag ist nichts zum Rad fahren. Heute kutschier ich dich zur Schule. Dr. Meier hat mir das Auto dagelassen.“

Ich musste grinsen, weil sie ihren Mann immer „Doktor Meier“ nennt. Falls er überhaupt mal einen Vornamen hatte, musste der in Vergessenheit geraten sein, jedenfalls benutzte ihn keiner. Sumeiken wuschelte mir mit der Hand durchs frisch frisierte Haar und verschwand in der Küche.

Ich holte erst mal tief Luft. Gut, dass sie weg war, jetzt konnte ich mich eine kleine Weile sammeln. Die Morgensonne lag auf den Blumenbeeten und lockte die Feuchtigkeit zu sich. Der Dunst hing wie eine zarte Wolke über dem Garten, und als ich hindurchstreifte, wurden meine Strümpfe nass vom Tau. Mein Lieblingsplatz hinten am Zaun ist so versteckt, dass man mich vom Haus her nicht sehen kann. Hinter einem breiten Eukalyptusstamm hockte ich mich auf den Holzklotz und schaute zwischen den Zweigen hinauf. Noch zögerte das Blau, mischte sich mit weißem Nebel, aber man konnte schon spüren, dass es ein heißer Sonnentag werden würde.

„Himmelsgott, mein Vater“, sagte ich leise und schloss die Augen. „Bitte hilf mir. Ich habe viel gelernt, aber mein Kopf fühlt sich an wie ein Weidenkorb, mit dem man Wasser holen möchte: Alles läuft unten wieder raus. Immer wieder schießen mir Bilder durch den Kopf, die ich jetzt gar nicht gebrauchen kann – David, wie er sich die Haarsträhne aus der Stirn streicht, das geheimnisvolle Haus, das David für uns gemietet hat, die verschleierte Jamila und ihr trauriges Schicksal, ja, und die Hochzeit, das Fest, unter dem ich mir so gar nichts vorstellen kann. *Bald bin ich Davids Frau, nicht nur nach Badui-Brauch, sondern vor der ganzen Welt.* Wie wird das sein? Damals in Deutschland war ich damit zufrieden, wie seine Schwester neben ihm herzuleben. Das wäre mir jetzt zu wenig. Ich will ihn ganz. Ist das verkehrt, mein Vater? Ist es Unrecht, ihn so sehr zu lieben, dass ich mir wünsche, sein ganzes Herz zu besitzen, dass ich mich nach einer Liebe sehne, die tief ist wie ein Ozean und heiß wie ein Feuer?“

Der Morgenvogel piepste einen Gruß, der Wind fuhr durch die Eukalyptusblätter und überschüttete mich mit einem feinem Sprühregen. Sonst war alles still und meine lärmenden Fragen verstummten. Vielleicht war es gefährlich, eine solch große Liebe herbeizuwünschen. In einem Ozean kann man ertrinken und das Feuer brennt und hinterlässt hässliche Wunden. Vielleicht sollte ich einfach abwarten, still und geduldig, und in Dankbarkeit annehmen, was mir geschenkt wurde?

„Ich will dir einfach vertrauen, Himmelsvater“, sagte ich in Gedanken. „Du meinst es ja immer gut mit mir.“ Ich legte mein Gesicht in die ausgebreiteten Hände und mir war, als würde ich in eine warme Decke gehüllt und umarmt. Ja, er war bei mir, er würde mir auch heute in der Prüfung beistehen. Ich straffte mich und ging zum Haus zurück, mit erhobenem Kinn. Trotz meiner Angst.

&

Sumeiken war aufgeregter als ich. Dreimal würgte sie den Motor ab und einmal hätte sie beinahe ein anderes Auto gerammt, das aus einer Seitenstraße schoss. Sie schimpfte laut und benutzte Worte, von denen sie wahrscheinlich selber nicht geahnt hatte, dass sie sie kannte. Der kleine Parkplatz der Schule war überfüllt; sie ließ mich an der Ecke aussteigen und bestand darauf, dass ich sie durchs offene Fenster umarmte. Beim Aufrichten stieß ich mir die Stirn am Rahmen.

„Oh Jati, das tut mir Leid!“, jammerte sie. „Ausgerechnet heute – du wirst doch keine Gehirnerschütterung haben? Wie fühlst du dich? Ist dir schlecht? Musst du vielleicht brechen?“

Verdrossen rieb ich mir die Beule und biss mir auf die Lippen. „Es – es geht schon . . .", brachte ich heraus. Dann trottete ich hinüber ins Schulhaus.

Herr Mato hatte einen Sitzplan erstellt, an den wir uns halten sollten. Mich hatte er ausgerechnet neben Samuel gesetzt. Ich ging ans Lehrerpult und fragte leise: „Darf ich mich an einen anderen Platz setzen? Ich glaube, das wäre besser. Wir sind sonst beide abgelenkt."

Der Lehrer schüttelte den Kopf. „Ich habe meine Gründe. Ihr beide sitzt in einer Bank und basta. Ihr habt beim Übersetzen immer gut zusammengearbeitet und das ist wichtig. Ich brauche euch als Team."

Samuel wich meinem Blick aus und zog den Kopf ein wie eine Schildkröte.

„Meinst du, das klappt heute?", fragte ich verzagt, da schob er den Unterkiefer nach vorne und brummelte: „Dienst ist Dienst."

Herr Mato beobachtete uns. Vielleicht hatte er Recht, vielleicht war das so ähnlich wie beim Reiten – wenn man vom Pferd gefallen ist, soll man gleich wieder aufsteigen. Und wenn ich jetzt mit Samuel möglichst unbefangen und oft zusammen war, dann heilten seine Wunden vielleicht schneller. Aber konnten wir überhaupt noch unbefangen miteinander umgehen?

Doch ich hatte keine Zeit, darüber nachzugrübeln. Die Blätter mit den Prüfungsaufgaben wurden verteilt und wir stürzten uns sofort auf unseren Text. Früher hatten wir es immer so gehalten, dass jeder die Hälfte übersetzte und dann hatten wir den Teil des anderen korrigiert und der eigenen Übersetzung so weit angepasst, dass beides wie aus einem Guss erschien.

Für Samuel war das viel schwieriger als für mich, weil er von Haus aus Englisch sprach; Indonesisch war zwar für uns beide eine Zweitsprache, aber der Badui-Dialekt war meine Muttersprache. Allerdings war Samuel ein Sprachtalent und erfasste die Bedeutung eines Wortes oft instinktiv; er musste nur selten nachfragen.

Als zweite Aufgabe mussten wir Texte aus dem Englischen ins Indonesische übersetzen. Hier musste mir Samuel immer wieder helfen und die englischen Vokabeln erklären, die ich noch nicht kannte. Wir unterhielten uns im Flüsterton, um die anderen möglichst wenig zu stören. Am Ende des Vormittags verhielt sich Samuel mir gegenüber fast wieder normal und ich atmete auf und dachte: „Wie schön!", aber dann steckte er mir einen Zettel zu, auf dem stand: „Jati, das hat mich heute meinen ganzen Vorrat an Selbstbeherrschung gekostet! Ich ertrage es kaum, dicht neben dir zu sitzen, ohne dich berühren zu dürfen. Tu mir den Gefallen und geh mir in Zukunft aus dem Weg."

Es war mir unbegreiflich, denn ich hatte es als ganz entspannt empfunden, mit ihm zu reden und zu arbeiten. Nun hatte ich also doch einen Freund verloren.

&

Mittags servierte man uns einen Imbiss: Melone und Brot, dann ging es weiter mit der mündlichen Prüfung. Diesmal half mir kein Samuel und kein Herr Mato drückte ein Auge zu. Ich musste den drei Prüfern allein gegenübertreten und auf diese Entfernung nützte auch das Vanillearoma nicht. Die Männer saßen nebeneinander an einem bedrohlich aussehenden Tisch und hatten etwas Unerbittliches im Blick. Ich schickte ein Stoßgebet zum Himmel. Meine Handflächen wurden feucht und meine Knie weich. Aber ich durfte mich nicht setzen.

Die Fragen kamen wie mit dem Bogen abgeschossen; zum Glück waren sie einfach und ich wusste alle Antworten. Nach einigen Minuten betrachteten die drei Prüfer ihre Notizen und verhandelten im Flüsterton. Danach wurden ihre Gesichter etwas freundlicher. Sie nickten und winkten mir, ich könnte mich entfernen.

Die nächsten zwei Stunden hockten wir wie die Krähen auf dem Geländer, das den kostbar gehegten Schulrasen umgab, und machten uns Sorgen. Einer nach dem anderen kam bleich und zitternd aus dem Prüfungsraum; keiner wusste, ob er bestanden hatte oder nicht.

Dann wurden wir gnädig entlassen – mit der ironischen Bemerkung: „Schlaft gut, erholt euch."

Ich machte mich auf den langen Heimweg. Als ich die Straße entlang trottete, hörte ich plötzlich hinter mir ein Auto hupen. Ich achtete nicht darauf, weil ich wusste, dass Sumeiken am Abend wichtige Termine hatte; sie würde mich bestimmt nicht abholen. Dann quietschten Bremsen, eine Autotür wurde geöffnet und eine sehr liebe, sehr bekannte Stimme rief: „Jati!"

Ich stürzte mich in Davids Arme und er hielt mich und wiegte mich wie ein Kind. „War es denn so schlimm?", murmelte er in mein Haar. „Ist ja gut, mach dir nichts draus, ich finde es gar nicht schlimm. Außerdem kannst du den Kurs bestimmt wiederholen, wenn du möchtest."

Ich rückte ein Stück von ihm ab. „Wie kommst du auf die Idee, ich wäre durchgefallen? Die Noten werden erst morgen bekannt gegeben."

Er zuckte die Achseln. „Du warst so aufgelöst, da dachte ich, du brauchst Trost . . .?"

„Wieso Trost? Ich habe mich einfach gefreut, dass du da bist und da . . ."

„Ist ja auch nicht so wichtig . . . Was sagst du zu meinem neuen Auto?"

Ich löste mich aus seinen Armen und spazierte einmal rund um den Wagen herum. Er war nicht mehr neu, an einigen Stellen war das Blech eingedrückt, aber er war groß und wirkte zuverlässig.

„Herzlichen Glückwunsch", sagte ich. „Woher hast du ihn?"

„Ich konnte ihn preiswert kaufen. Du kannst ja jetzt Fahrstunden nehmen, damit du selbstständig herumfahren kannst."

Ich fiel ihm um den Hals. „Du lässt mich mit deinem Auto fahren?"

„Mit unserem Auto", verbesserte er. „Natürlich, warum nicht? Du lernst doch schnell. Wahrscheinlich brauchst du gar nicht viel Unterricht."

Auf der Heimfahrt erzählte er mir alles Mögliche über Hubraum und Pferdestärken, dabei war gar kein Pferd zu sehen. Ich bin auch froh, dass er uns keine leibhaftigen Pferde gekauft hat, denn wo sollten wir sie unterbringen und wer würde sie versorgen? Am besten gefiel mir die Hupe, sie trötete drei Klänge in die Landschaft und alle Leute vor uns zuckten zusammen und machten einen Satz zur Seite.

&

Als wir am Abend noch ein bisschen durch den Garten spazierten, kam ich noch mal auf das Thema „Trost" zurück.

„David, du wolltest mich vorhin trösten, dabei war ich doch außer mir vor Freude. Hast du das nicht bemerkt?"

Er schaute auf seine Schuhspitzen und scharrte ein wenig im Kies herum. „Weißt du, Jati, ich bin ein bisschen ungeschickt, wenn es um Gefühle geht. Ich kann das nicht so richtig – äh . . . einordnen. Wenn eine Frau starke Emotionen zeigt, dann bringt mich das immer durcheinander. Ich weiß dann nicht, wie ich reagieren soll." Er zuckte hilflos mit den Achseln.

Mein kluger David! Er kann bei anderen nicht einmal Freude von Kummer unterscheiden! Und ist doch ein Arzt, der andere heilen soll.

„Wir müssen einfach darüber reden", schlug ich vor. „Ich sage dir, was ich fühle, und dann weißt du Bescheid. Aber du musst mir auch sagen, wie du gerade empfindest."

Seine Stirn zog sich in tausend Falten. „Das ist schwierig. Wie soll ich das in Worte kleiden? Ich denke nicht groß über Gefühle nach, woher soll ich dann immer genau wissen, was ich empfinde?"

Auf einmal war er mir fremd. Wenn er sich nicht einmal selbst richtig kannte, wie sollte ich dann seine Seele ergründen? Ich dachte an den Ausflug zum brennenden Berg. Der

Vulkan hatte gegrollt; es waren Steine gefallen, beinahe wäre David abgestürzt. Mein Vater hatte damals gesagt: „Der Berg erlaubt es nicht, dass wir näher herankommen."

Gab es so etwas bei Menschen auch, dass sie den Weg zu ihrer Seele mit einer Schranke sichern und einem Schild: Zutritt verboten?

Ich wollte David meine Fragen stellen, die mich bekümmerten, aber er winkte ab. „Mach es nicht so kompliziert, wenn man sich lieb hat, dann ist alles andere kein Problem."

Und ich glaubte ihm, obwohl ich ahnte, dass das nur die halbe Wahrheit war.

Diplom

Bis auf einen Mitschüler hatten alle die Prüfung bestanden. Samuel hatte als Bester abgeschnitten und gleich danach kam ich. Alle applaudierten uns und Herr Mato überreichte uns die Diplome und legte mir eine violette Orchideenranke in den Arm. Nach der Feier rief er mich zu sich und gab mir eine dicke Mappe.

„Jati, ich weiß nicht, wie deine Pläne aussehen, aber ich wäre sehr froh, wenn du uns weiterhin helfen könntest. Es ist so wichtig, dass auch die Badui das Evangelium kennen lernen. Keiner von uns beherrscht die Badui-Sprache so gut wie du. Wirst du weiterhin bei unserem Übersetzungsprojekt mitarbeiten?“

„Ich denke schon“, sagte ich. „Einen großen Teil der Arbeit kann ich ja zu Hause erledigen und ab und zu komme ich wieder in die Schule.“

„Vielleicht kannst du uns auch hin und wieder begleiten, wenn wir mit dem Regierungsbeamten in die Dörfer reisen?“

„Ja, ich würde gern wieder einmal in mein altes Dorf gehen. Die meisten werden sich noch an David erinnern. Er hat ja eine Zeit lang bei uns gelebt.“

„David?“ Seine Stirn bewölkte sich. „Ah so. Der unvermeidliche Doktor Schirmer.“

„Was haben Sie gegen David? Sie haben mir doch selbst geraten, ihn möglichst bald zu heiraten.“

Er wandte sich ab und murmelte, er hätte das nicht wörtlich gemeint. Versteh einer die Männer!

Die Schulkameraden schüttelten mir – einer nach dem anderen – nach westlicher Art die Hand, bevor wir auseinander gingen. Nur Samuel war nicht mehr zu finden. Ich suchte ihn im ganzen Schulhaus, ich sah im Schulgarten nach, doch er blieb verschwunden. So konnte ich mich von ihm nicht mehr verabschieden. Schade!

&

Sumeiken hatte ein Festessen gekocht: Reis mit Hühnchen und verschiedene Fruchtsalate.

„Du wusstest aber doch gar nicht, ob ich bestanden habe", wunderte ich mich. „Wenn ich nun versagt hätte?"

„Dann hättest du das schöne Essen als Trost noch nötiger gehabt", behauptete sie. „Außerdem war mir klar, dass du eine gute Note bekommst. Ich weiß doch, was du kannst!"

Inzwischen kamen Doktor Meier und David von der Klinik nach Hause. Während sie sich die Hände schrubbten, wollten sie wissen, wie es mir bei der Prüfung ergangen war. Ich musste ihnen alles haarklein erzählen. Daraufhin strahlten beide Männer vor Freude. Doktor Meier verneigte sich vor mir und sagte: „Jati, Prinzessin der Badui, es ist eine Ehre für uns, eine so tüchtige Dolmetscherin in unserem Haus zu beherbergen."

Bevor ich etwas sagen konnte, hob mich David mit gestreckten Armen hoch und drehte sich im Kreis, bis mir schwindelig war.

„Ich bin so stolz auf dich", rief er, „ich kann dir gar nicht sagen, wie stolz."

Seine Worte flossen in mich ein wie unverdünnter Mangosaft, aber sie hatten auch eine verborgene Schärfe. „Komisch", sagte ich. „Eigentlich fühle ich mich ganz normal. Kein bisschen anders als vorher. Ich sehe auch genauso aus wie immer. Warum dieses Theater?"

„Weil du etwas Besonderes geleistet hast. Das muss man anerkennen, das muss man ehren", erklärte er.

„Ich habe in den letzten Monaten auch nicht weniger ‚geleistet' als bei der Prüfung. Sie war leichter als viele Aufgaben, die ich vorher lösen musste. Was ist denn jetzt anders geworden?"

„Du hast jetzt ein Diplom, das im ganzen Land anerkannt wird", meinte Doktor Meier.

„Warum sind die Menschen aus eurer Welt so verliebt in

ein Stück Papier, das vom Wind fortgetragen werden kann, von der Sonne ausgebleicht, vom Regen durchweicht, bis die Zeichen darauf nicht mehr zu erkennen sind? Was ist denn daran so kostbar?" Darauf wusste keiner eine Antwort. Ich trat einen Schritt zurück. „Es stimmt schon, ich habe in der letzten Zeit viel dazugelernt, aber ganz innen bin ich immer noch dieselbe Jati geblieben, die du lieb hast. So wie sie ist, mit oder ohne Diplom."

„Natürlich liebe ich dich, so wie du bist, und ich werde dich immer lieben!", versprach David. Er nahm mich in den Arm und hielt mich lange, bis ich ruhig wurde. Der Friede, der mich durchströmte, spülte alle Ängste fort.

Sumeikens Reis war körnig und zart, nur das Hühnchen hatte wohl mehr Jahre auf dem Buckel gehabt, als die Verkäuferin am Markt zugeben wollte. Man hatte lange daran zu kauen, deshalb blieb mehr als die Hälfte davon übrig. Aber die Fruchtsalate waren köstlich und versetzten mich in Gedanken zurück nach Hause in mein Dorf. Papayas, frisch vom Baum, sonnengereifte Ananas . . .

Wir haben an diesem Abend noch lange zusammengesessen, wir vier, gelacht und ernst geredet, vieles besprochen und manches geplant, und als David um Mitternacht fortging, da wäre ich am liebsten mit ihm gegangen, weil ich nie, nie mehr von ihm Abschied nehmen wollte.

Freundschaft

Sumeiken staunte, als ich sie durch unser neues Haus führte. „Es wird großen Spaß machen, das alles einzurichten. Wenn das Haus noch etwas größer wäre, dann würden wir unseres verkaufen und mit euch hierher ziehen."

Jamila hatte ihren Gesichtsschleier abgelegt, da kein Mann in der Nähe war. „Ich kann auch in ein anderes Haus ziehen, wenn ihr mehr Platz braucht", sagte sie leise.

„Nein, Jamila, das kommt gar nicht in Frage", sagte Sumeiken. „Das hier ist dein Zuhause, das soll dir keiner streitig machen. Und sag mal, wieso wohnst du in diesem düsteren Raum? Da muss man doch trübsinnig werden."

Jamila schwieg und ließ die Schultern hängen. Sumeiken betrachtete sie eine Weile, dann sagte sie: „Kann es sein, dass du sehr traurig bist?"

„Ich kann mich nicht aufraffen, die Möbel hin und her zu schieben. Ich bin zu müde. Ich habe kaum die Kraft, mir Essen zu bereiten."

Sumeiken warf mir einen Blick zu. „Eisenmangel!", sagte sie. „Leicht zu beheben. Aber jetzt wollen wir mal. Komm, Jati, zu zweit müsste es gehen." Energisch knotete sie ihren Sarong auf und band ihn so, dass sie sich freier bewegen konnte.

Es war nicht schwer, die beiden Kleidertruhen aus dem düsteren Raum zu tragen. Jamila brachte uns einen kleinen Teppich als Unterlage, damit ließen sich die Truhen über die glatten Fliesenböden ziehen. Als Sumeiken die dünne Schlafmatte zusammenrollte, schüttelte sie den Kopf, dass ihre Haare flogen.

„Diese Matte ist viel zu hart für deinen Rücken", sagte sie. „Du brauchst ein anderes Bett. Du musst es weich und gemütlich haben, dann kann deine Seele auch schneller heilen." Sie bestimmte den Westflügel für Jamila. „Da hast du ein Reich für dich und kriegst den ganzen Nachmittag über

Sonne. Du kannst auch den Sonnenuntergang betrachten, und es ist nicht so heiß wie die beiden Südzimmer."

„Aber ich brauche nur ein Zimmer", sagte Jamila leise.

Sumeiken schnaubte. „Du hast vorher ein ganzes Haus bewohnt und möchtest dich jetzt in einem einzigen kleinen Zimmer lebendig begraben? Jati, was sagst du dazu?"

Ich verbiss mir ein Lächeln. „Was soll ich dazu sagen? Bis jetzt hast du alle Entscheidungen getroffen."

Sie starrte mich eine Weile verblüfft an, dann schlug sie sich mit dem Handrücken auf den Mund. „Das ist wieder mal typisch für mich! Dabei ist es doch dein Haus! Entschuldige, ich hab es ganz vergessen – natürlich hast du hier das Sagen."

„Vielen Dank", sagte ich und verneigte mich leicht, dann wandte ich mich an Jamila. „Welche Räume hättest du gern? Möchtest du lieber die beiden Zimmer nach Süden oder nach Westen? Du kannst es dir aussuchen."

Sie zog die Unterlippe ein und murmelte: „Der Südflügel ist doch für die Kinder bestimmt."

„Bis jetzt haben wir noch keine", lachte ich. „Und wer sagt denn, dass sie unbedingt Zimmer nach Süden haben müssen? Westen ist genauso gut."

Jamilas Gesicht zuckte. „Ich würde gern auf deine Kinder aufpassen", flüsterte sie, und ihre Stimme klang sehnsüchtig. Da konnte ich nicht anders, ich musste sie umarmen.

„Ach, Jamila, ich bin so froh, dass du da bist. Wir werden es uns richtig schön machen! Und wenn erst ein Kind da ist . . ."

Sumeiken räusperte sich. „Dann bin ich hier ja wohl überflüssig", knurrte sie und verzog das Gesicht, als wäre sie eifersüchtig. Aber sie konnte diese Szene nicht lange durchhalten, denn Jamila hatte sich sofort aus meiner Umarmung gelöst und war drei Schritte zurückgewichen.

„Es war nicht so gemeint, ich habe doch nur Spaß gemacht!", beteuerte Sumeiken.

Jamila zögerte und ich sagte: „Ich glaube, du bist noch zu traurig für Scherze. Sumeiken wollte mir nur zeigen, dass sie mich gern hat. Wir können alle drei Freundinnen sein, willst du?"

Langsam hob Jamila den Kopf und sah mich an. Ihre Augen waren brennende Löcher und warfen kein Licht zurück. *Diese Frau ist wirklich „zu Tode betrübt". Hoffentlich gelingt es uns, sie am Leben zu halten,* dachte ich.

Sumeiken musste Ähnliches überlegt haben, denn sie sagte:„Komm doch morgen in die Klinik und lass dich einmal untersuchen. Doktor Meier kann dir Medizin geben, die dich wieder stark und fröhlich macht."

„Stark und fröhlich . . .", murmelte Jamila, und man sah ihr an, dass sie es nicht glaubte.

Als Nächstes inspizierte Sumeiken die Küche und die beiden Vorratsräume und rümpfte die Nase. „Hier würde ja eine Ratte verhungern! Hast du in den letzten Tagen überhaupt etwas gegessen?"

Jamila sah zu Boden.

„Weißt du was, ich habe noch so viel vom Frühstück übrig, du kommst erst einmal mit zu uns und isst etwas. Danach fahren wir nach Jakarta und suchen Möbel aus und alles, was man für den Haushalt braucht." Sie wartete nicht auf Antwort, sondern ging zum Ausgang, ohne sich umzudrehen.

„Dann müssen wir uns wohl fügen", sagte ich und zwinkerte Jamila zu, und da endlich kletterte ein verstohlenes Lächeln in ihre Augen.

&

Jamila aß eine winzige Portion Obstsalat und behauptete, satt zu sein. Sumeiken drängte ihr noch ein großes Glas Mangosaft auf und danach hatten Jamilas Wangen etwas Farbe bekommen.

„So, Mädchen", kommandierte Sumeiken. „Jetzt machen wir erst mal eine Liste von den Dingen, die unbedingt nötig sind." Sie schrieb sich in Eifer und murmelte ständig vor sich hin. Am Ende war das große Blatt Papier von oben bis unten voll gekritzelt.

Ich schüttelte den Kopf. „Sumeiken, so viel brauchen wir doch gar nicht. Außerdem – wer soll das bezahlen?"

„Wir haben noch eine hübsche Summe auf dem Konto. Das Geld stammt von verschiedenen Edelsteinen, die uns eine gewisse Häuptlingstochter der Badui überlassen hat. Vielleicht erinnerst du dich daran, Jati . . . es ist dein Familienschatz, und jetzt brauchst du ihn."

Zuerst wollte ich mich gegen ihren Vorschlag wehren, denn das Geld hatte ich ihnen geschenkt als Dank für ihre Freundlichkeit, aber Jamila legte mir die Hand auf den Arm. Es war das erste Mal, dass sie sich einmischte. „Du solltest das Geld nehmen", sagte sie leise. „Es gehört dir."

„Siehst du", triumphierte Sumeiken. „Sie ist meiner Meinung."

„Also gut. Aber ich möchte selbst darüber bestimmen, was gekauft wird und was nicht." Ich überflog die Liste und stöhnte. „Früher besaß ich ein paar Körbe, eine Schlafmatte, eine Decke und zwei, drei Krüge, die ich selbst getöpfert hatte, einige Messer, etwas Werkzeug, ein paar Sarongs und einen Sampur. Mehr war nicht nötig. Und jetzt soll ich das neue Haus mit einem Berg von Dingen füllen?"

„Aber Jati, du *brauchst* diese Sachen!", behauptete Sumeiken. „Sie werden dir das Leben leichter machen."

„Woher weißt du das so genau? Ich erinnere mich gut an Hofmüllers. Sie hatten so viele Sachen, dass wir den ganzen Tag nur damit beschäftigt waren, diese Sachen zu säubern und zu pflegen. Diese Dinge haben uns das Leben schwer gemacht, nicht leicht. Wir haben ihnen *gedient,* verstehst du? Wir waren ihre Sklaven."

Jamila blickte auf. „Ich weiß, was du meinst. Aber mach dir keine Sorgen. Wir werden nur das kaufen, was wirklich nötig ist und uns helfen wird."

Sie sagte *uns!* Sie nahm langsam wieder Anteil am Leben.

Sumeiken hatte es bemerkt und warf mir einen fröhlichen Blick zu. „Auf geht's!", rief sie und klatschte in die Hände. „Ich kann es kaum erwarten."

Einkauf

Auf der Fahrt nach Jakarta brütete ich über der Liste und merzte erbarmungslos alle Gegenstände aus, die mir unnötig erschienen. Jamila saß neben mir auf der Rückbank wie eingefroren; ihr Blick war nach innen gekehrt. Sie hatte sich wieder in ihren Schmerz zurückgezogen. Sumeiken trällerte mehr laut als schön vor sich hin. Sie ging für ihr Leben gern bummeln.

Wenn ich sie nicht bremse, wird dieser Tag in einer einzigen Kauforgie enden, dachte ich, aber ich sollte mich irren. Als sie meine – überarbeitete – Einkaufsliste ansah, nickte sie und sagte: „In Ordnung. Du bist sehr sparsam und bescheiden. David wird sich freuen."

Und dann führte sie uns von einem Kaufhaus zum nächsten und wusste genau, wo wir welchen Artikel etwas günstiger bekommen konnten. Zu meiner Überraschung hielt sie sich mit ihren Ratschlägen zurück und gab mir nur hin und wieder Zeichen, wenn sie einen Fehler im Material entdeckt hatte.

Jamila kroch aus ihrem Kokon, sobald sie ein Stück dunkelblaue Seide zwischen den Fingern spürte. Als wäre sie aus einem Traum erwacht, strich sie über die Stoffballen und gab mit fester Stimme ihre Befehle. Die Verkäuferin hielt sie für die eigentliche „Herrin" und kletterte widerspruchslos auf Leitern, um ganz besonders glänzende Stoffe aus den oberen Regalen zu holen. Jamila entschied nicht an meiner Stelle, aber sie stellte eine Auswahl von herrlichen Stoffen zusammen und deutete darauf: „Kissen, Decken, und Vorhänge für den Schlafraum in Creme und Beige. Das gibt Luft. Die Tücher für das Bad in Dunkelblau und Stahlblau. Für die Kinderzimmer im Südflügel gelb und lindgrün, mit einigen Farbtupfern in Pfirsichfarbe."

„Und welche Farben wählst du für den Westflügel?", wollte ich wissen.

„Da darf ich wohnen . . .“, murmelte sie.

„Ja, und ich möchte, dass du dir deine Lieblingsfarben aussuchst. Deine Zimmer gehören genauso zum Haus wie alle anderen.“

„Aber ich habe kein Geld, um die Stoffe zu bezahlen“, sagte sie.

„Ich bezahle für dich, und du kannst mir später einmal das Geld zurückgeben. Das hat Zeit“, sagte ich und war gespannt, welche Farben sie für sich wählen würde. Sie ließ sich verschiedene dunkle Grautöne bringen.

„Jamila“, sagte ich. „Im Augenblick siehst du alles Grau in Grau, aber meinst du wirklich, dass du dich in einigen Monaten in einer solchen Umgebung immer noch wohl fühlst?“

Sie sah unsicher von mir zu Sumeiken, ließ zögernd die Hände über die Stoffe gleiten. Sie kämpfte mit sich, wollte etwas sagen, schüttelte den Kopf.

„Also gut. Du möchtest Grau haben, und du wirst es auch bekommen. Wenn dir diese Farbe später einmal nicht mehr gefällt, dann können wir aus den Stoffen auch etwas anderes nähen und du suchst dir etwas Fröhliches aus. Wie denkst du darüber?“

Sie war einverstanden.

„Das Nordzimmer lassen wir erst einmal weg, das ist nicht so wichtig“, überlegte ich. „Aber was machen wir mit der Halle?“

„Wir können erst einmal meinen Teppich und meine Sitzpolster drin lassen“, schlug Jamila vor.

„Aber wenn deine Sachen schmutzig werden . . .“, wandte ich ein.

Sie hob den Kopf, und nun lag eine Spur von Stolz in ihrer Haltung. „Ich möchte auch dazu beitragen, dass unser Haus schön aussieht. Dann spüre ich, dass ich – dazugehöre.“

Ein Page brachte uns die Pakete ans Auto. Der Kofferraum war beinahe voll, dabei hatten wir noch kein Geschirr und keine Möbel angesehen.

Sumeiken schleppte uns in verschiedene Möbelgeschäfte, aber wir fanden nichts, was mir gefiel. Die Betten waren allesamt mit kostbaren Schnitzereien überladen oder sie hatten prunkvolle Kopfteile, die mit Goldbrokat bespannt waren. Ich schüttelte den Kopf. „Ich möchte ein einfaches Doppelbett, lang genug, dass David sich gut ausstrecken kann, und breit genug, dass wir uns nicht gegenseitig stoßen."

„Das finden wir hier nicht", sagte Jamila. „Aber ich kenne einen Schreiner, der dir die Möbel so baut, wie du sie haben willst."

Sie lotste uns durch enge Seitenstraßen in ein Viertel, in dem hauptsächlich Moslems wohnten. Bevor wir aus dem Auto stiegen, zauberte sie aus einer Tasche ihres Sarongs für jeden einen Gesichtsschleier hervor.

„Müssen wir das?", fragte Sumeiken. „Als ich Christ wurde, habe ich mir vorgenommen, so etwas nie wieder zu tragen."

Doch Jamila blieb fest. „Es ist besser so", sagte sie. „Vertraut mir."

Und etwas anderes blieb uns ja auch nicht übrig.

Möbel

Vor einem Kaffeehaus hielten wir an. Hier saßen nur Männer, rauchten Pfeife, plauderten oder grübelten über Spielbrettern. Jamila winkte, bis ein Kellner zu ihr herauskam. Sie flüsterte ihm einige Worte zu, er nickte und verschwand in der Tiefe des dunklen Lokals. Nach einer Weile kam ein Junge heraus und musterte uns. Jamila reichte ihm eine Münze, er biss darauf, um zu sehen, ob sie echt war, dann winkte er und rief: „Kommt mit."

Über ein Gewirr von Treppen, Passagen und winzigen Gässchen führte er uns zu einem großen Platz und wies auf eine Werkstatt. Jamila klopfte an die Tür und fragte nach Ibrahim.

Der Schreiner Ibrahim hatte einen wallenden schwarzen Bart, dunkle Augen und einen Lockenkopf. Alles an ihm roch nach frischem Holz. Er musterte uns gründlich, dann wandte er sich an Jamila, die er offenbar kannte. „Wer sind diese Frauen und was wollen sie?"

„Das ist Jati, die Braut eines berühmten Arztes aus Deutschland. Sie wird nach der Hochzeit in meinem Haus wohnen", erklärte Jamila. „Jetzt brauchen wir Möbel."

„Wo sind eure Männer?", erkundigte sich Ibrahim misstrauisch. Wahrscheinlich war der Schreiner nicht gewöhnt, dass Frauen etwas so Wichtiges wie Möbel auswählen durften, ohne einen Mann zu befragen.

„Du weißt wohl besser als ich, wo mein Mann ist", sagte Jamila leise.

Der Schreiner senkte den Blick.

Jamila holte Luft. „Aha . . . Das habe ich mir gedacht. Aber es interessiert mich nicht mehr. Die Zeiten sind vorbei . . ." Sie deutete auf Sumeiken. „Sumeikens Mann heißt Doktor Meier. Er leitet die Klinik in unserer Stadt. Er konnte nicht mitkommen. Und Jatis Mann heißt Doktor Schirmer. Er muss kranke Menschen operieren. Er hat keine Zeit. Deshalb werden wir seine Aufträge ausführen."

„Wird der Doktor mit eurer Wahl einverstanden sein? Ich will keinen Ärger!“

Jamila warf mir einen fragenden Blick zu. Ich deutete eine Verneigung an und sagte: „Natürlich wird David einverstanden sein. Ich weiß, was ihm gefällt.“

„Also gut. Und worüber hat diese andere Frau zu bestimmen?“

„Ich bin nur zur Begleitung da, ich habe das Auto gefahren“, sagte Sumeiken schnell, und Jamila fügte hinzu: „Ich habe meine Freundinnen hierher gebracht, damit sie deine Möbel sehen. Ich habe ihnen gesagt, dass du der beste Schreiner von ganz Jakarta bist.“

Ibrahim liebkoste seinen Bart und sah einen Augenblick lang sehr unbescheiden aus.

„Außerdem kennst du unsere Räume, denn du warst mehrmals in unserem Haus. Wir legen Wert auf deinen Rat.“

Auf einmal wirkte Ibrahim um einen halben Kopf größer. „Kommt herein“, sagte er feierlich und öffnete eine breite Tür.

&

Fast ehrfürchtig betrat ich die Halle. An der einen Wand standen Schränke aus lebhaft gemasertem Holz. Die Formen waren schlicht, aber elegant; die eigentliche Schönheit dieser Einzelstücke lag im Material.

„Bisher habe ich es noch nicht übers Herz gebracht, deine alten Möbel zu verkaufen“, sagte Ibrahim zu Jamila. „Ich dachte, du holst sie eines Tages zurück.“

„Wo sind sie?“, rief Jamila, und ein neuer Glanz trat in ihren Blick.

„Sie stehen im hinteren Raum. Wenn du willst, dann lass ich sie von meinem Helfer herholen und aufstellen.“

„Ja, bitte“, antwortete ich für sie. Ich war neugierig auf die Möbel, die das blaue Haus früher geziert hatten.

„Aber das wird eine Weile dauern. Ich bitte euch um etwas Geduld. Meine Frau wird euch eine Tasse Tee bringen.“ Er öffnete eine Tür, die in einen langen Flur führte. Wir gingen über einen Teppich, in dem man beinahe versank.

Sumeiken stieß mich an und murmelte: „Der ist ein Vermögen wert!“

Wir kamen in einen großen Raum und setzten uns auf die niedrigen Polster. Kurz darauf kam eine verschleierte Frau durch den schmalen Durchgang, der durch einen Glasperlenvorhang abgetrennt war.

„Jamila, du bist es!“, rief sie und umarmte sie herzlich. Mit einem Ruck nahm sie sich den Gesichtsschleier ab und ließ sich auf einem vierten Polster nieder. Sie klatschte in die Hände. Ein Mädchen kam und brachte ein Tablett mit Teetassen und süßen kleinen Kuchen.

Jamila zuckte beim Anblick des Mädchens zusammen und wandte den Kopf ab. Die Frau des Schreiners hatte sie beobachtet und seufzte. Ich betrachtete das Mädchen genauer. Sie war groß und schlank, das dunkelrot gefärbte Haar fiel ihr über den ganzen Rücken. Sie bewegte sich mit der Grazie einer Tigerin und hatte üppige Lippen, die kräftig geschminkt waren. Sie bediente uns mechanisch, nur als sie an Jamila vorüberkam, huschte ein verächtlicher Zug über ihr Gesicht. Jamila wandte sich ab.

Die Frau des Schreiners beugte sich vor und legte Jamila eine Hand auf den Arm. „Sie kann doch nichts dafür, dass sie so aussieht wie ihre Zwillingsschwester“, sagte sie.

„Ich mache ihr deswegen keine Vorwürfe und auch du hast keine Schuld“, sagte Jamila. „Wenn nur Ibrahim –“

„Lass jetzt diese alten Geschichten!“, rief die Frau des Schreiners. „Er konnte doch nicht ahnen, was geschieht, wenn dein Mann unsere Tochter sieht.“

„Er hätte es verhindern können“, beharrte Jamila.

„Er hat es tausendmal bereut, das kannst du mir glauben. Dein Mann stellt hohe Ansprüche. Unsere Tochter ist noch jung und zart.“

Ich schätzte die Zwillingsschwester auf höchstens 17 Jahre; Jamila musste mehr als doppelt so alt sein. Mir kam sie vor wie vierzig, und der Kummer ließ sie noch älter aussehen.

Wir tranken Tee und knabberten an den kleinen Kuchen herum, während die Frau des Schreiners allerhand Tratsch über irgendwelche Bekannten erzählte. Jamila schwieg dazu, nickte ab und zu oder murmelte mitfühlend.

Dann hörten wir ein Räuspern. Sofort nahm die Frau des Schreiners ihren Gesichtsschleier um, Jamila blinzelte uns zu, und wir verschleierten uns ebenfalls. Ein Mann erschien in der Tür und winkte. „Die Damen können kommen, es steht alles bereit."

Er brachte uns in einen großen Raum und zeigte auf eine Sitzgruppe, die aus einer Ottomane, zwei Sesseln und verschieden hohen Sitzpolstern bestand. Ein runder Tisch gehörte dazu und mehrere kleine Tischchen im gleichen Dekor. Ich strich mit dem Zeigefinger über das dunkle, glatte Holz. Die Möbel waren gut gepflegt. Ich verliebte mich sofort in diese Garnitur. In der Ecke standen eine Truhe und eine halbhohe Kommode, die auch noch dazugehörten.

„Die sind wunderschön, Jamila!", seufzte ich. „Wie konntest du sie nur weggeben?"

Sie hob die Schultern. „Ich musste essen."

Das große, breite Bett war wie geschaffen für den Schlafraum im neuen Haus. Es passte genau zu dem gemauerten Podest. Weder Kopfteil noch Fußteil störten den freien Zugang. Ich drückte die Matratze: sie war genau richtig, nicht zu hart, nicht zu weich.

Der Frisiertisch mit dem ovalen Spiegel im Altsilber-Rahmen störte mich ein wenig; ich wollte lieber einen großen Wandspiegel mit Holzrahmen haben.

„Jamila, das ist dein Frisiertisch, er kommt in dein Zimmer und der Spiegel auch", bestimmte ich. „Und außerdem suchst du dir noch ein richtiges Bett aus.

Sie machte überraschte Augen, aber sie widersprach mir nicht. Sie wählte ein schmales, niedriges Bett aus, das ein silberfarbenes Kopfteil hatte.

„Das wird gut zu den grauen Stoffen passen“, meinte ich, und sie lächelte ein wenig.

Die Esszimmermöbel gefielen mir auch. Der Tisch trug hier und dort kleine Kerben, aber das störte nicht. Er sah gemütlich aus, mir war, als würde er mir zurufen: „Komm her, setz dich zu mir, hier haben schon viele Menschen ein gutes Essen genossen.“

Die Stühle waren schlicht und hatten lose Sitzpolster, deren Seide zerschlissen war. Jamila sagte: „Ich kann dafür neue Bezüge nähen, das mache ich gern!“

Wir kauften noch einen Schrank für Jamila und einen Schreibtisch und ein Bücherregal für David, mehrere kleine Tische und Betten für die Gästezimmer, Kisten, Truhen und Sitzpolster. Als Ibrahim hörte, dass ich Jamilas alte Möbel zurückkaufte und noch etliche neue Sachen dazu, strahlte er über das ganze Gesicht. „Ich mache dir einen guten Preis!“, versicherte er und Jamila handelte ihn noch um ein Drittel herunter, weil sie sich genau erinnern konnte, wie viel Geld er ihr für die alten Möbel gegeben hatte.

„Es ist Unrecht von dir, wenn du mehr von Jati verlangst, als du selbst dafür bezahlt hast“, sagte sie.

„Aber die Möbel standen hier am Lager und haben Platz weggenommen“, wandte er ein.

„Es sind gebrauchte Möbel und du weißt genau, dass du sie nicht so leicht an andere verkaufen könntest“, erinnerte Jamila. „Gib uns noch einen Preisnachlass und wir sind zufrieden und kaufen mehr von dir.“

Ich sagte: „Wir werden unseren Freunden und Bekannten erzählen, dass du sehr schöne und haltbare Möbel baust. Dann kommen sie alle und wollen deine Möbel haben.“

Sumeiken machte diese Vorhersage wahr. „Schau doch nur, Jati! Von so einer Wiege habe ich schon lange geträumt“, schwärmte sie. „Und die Kommode passt genau dazu. Und der Schrank! Mein Mann wird begeistert sein.“

Ibrahim lächelte in seinen Bart hinein. „Vielleicht gefallen diese Möbel auch dem anderen Doktor.“

„Bestimmt“, sagte ich. „Aber bis dahin haben wir noch etwas Zeit. Ich verspreche dir aber, dass wir wieder kommen, sobald wir Möbel für ein Kinderzimmer brauchen.“

Er war hochzufrieden und notierte sich Sumeikens Adresse. „Ich bringe euch alle Möbel zusammen, dann habe ich nur einmal die weite Fahrt zu machen“, sagte er.

&

Wir gaben ihm eine Anzahlung, dann verabschiedeten wir uns. Jamila brachte uns wohlbehalten aus dem moslemischen Viertel wieder zum Auto. Auf der Rückfahrt war sie lebhaft und erklärte mir, wie sie ihr Haus damals eingerichtet hatte. Ich merkte schnell, dass sie davon mehr verstand als ich, und verließ mich auf ihr Urteil. Sie wollte unbedingt, dass ich noch mit ins Haus kam, denn sie wollte mir zeigen, wo die einzelnen Stücke am besten zur Geltung kommen würden. Es war spät, als wir endlich in Meiers Haus zurückkehrten. Über der Haustür brannte eine einsame Lampe, sonst war alles still und dunkel. Doktor Meier schlief schon, ich hörte ihn leise schnarchen, als ich auf Zehenspitzen an seiner Tür vorüberschlich. Dann fiel ich ins Bett, so wie ich war. Wahrscheinlich schlief ich schon, bevor mein Kopf das Kissen berührte.

Hochzeitsvorbereitungen

In den folgenden Wochen ging ich oft ins neue Haus. Es machte großen Spaß, die Zimmer einzurichten und mit den Vasen und Leuchtern zu dekorieren, die Jamila aus ihrer Truhe zauberte. Sie war seit unserem gemeinsamen Einkauf in Jakarta verändert – als wäre ein Teil von ihr wieder auferstanden. Nur selten ertappte ich sie noch beim Trauern, dann strich sie mit der Hand über die Polster der Ottomane und bekam feuchte Augen.

Abends kam David zum Essen – Jamila kochte hervorragend und führte mich in die Feinheiten der klassischen indonesischen Küche ein, und im Wechsel zeigte ich ihr einige deutsche Rezepte. David war sehr zufrieden und bedankte sich jedes Mal bei uns beiden. Hinterher saßen wir noch bei einer Tasse Tee beisammen, plauderten ein wenig, bis sich Jamila unter dem Vorwand zurückzog – sie hätte noch zu nähen. Wahrscheinlich wollte sie uns nicht stören.

An einem solchen Abend sagte David: „Jati, wie wäre es mit der Hochzeit in drei Wochen? Ich habe alle nötigen Papiere beisammen und zu diesem Termin könnte sich mein Vater Urlaub nehmen. Bist du damit einverstanden?"

„Ja, natürlich", sagte ich und schmiegte mich an seine Seite. „Kann ich mit meinen Sampur[1] heiraten?"

David schloss die Augen. „Sampur? Wer ist das? Kenn ich den?"

Ich knuffte ihn in die Seite. „Es ist das Festkleid, das ich trug, als Irene und ihr Bruder zum ersten Mal unsere Gäste waren", sagte ich, und hatte das Wort unsere extra betont.

David machte die Augen wieder auf und wurde rot. „Zieh lieber was anderes an. An diesen Abend denke ich nicht so gerne."

---

[1] Traditionelles Festgewand aus einer langen Stoffbahn aus Seide, die entsprechend gewickelt wird

Das konnte ich verstehen. Schließlich hatte er damals nicht gerade eine Heldenrolle gespielt. „Und wenn wir unsere Badui-Hochzeitsgewänder tragen?"

„Ich habe mich in einem Sarong nie zu Hause gefühlt", gestand er. „Ich komme mir albern vor. Kann ich nicht meinen schwarzen Anzug tragen?"

„Muss ich dann ein europäisches Hochzeitskleid anziehen? Da fühle ich mich eingeklemmt. Nein, das gefällt mir nicht!"

Und wir begannen darüber zu streiten. Jeder beharrte auf seiner Meinung, jeder warf mit Argumenten um sich wie mit Lehmbrocken und versuchte den anderen an einer empfindlichen Stelle zu treffen.

Endlich hatten wir uns müde gezankt; jeder saß in einer Ecke der großen Halle und schmollte vor sich hin, und ich hatte zum ersten Mal seit Tagen wieder ernste Zweifel. Würden wir die Kluft überbrücken können, die zwischen unseren Ländern, zwischen unseren Kulturen klaffte, wenn wir uns schon wegen einer solchen Kleinigkeit in die Haare gerieten?

Mir kamen die Tränen, da seufzte David. Er kam zu mir herüber und kauerte sich vor mich hin, so dass unsere Augen auf gleicher Höhe waren.

„Es tut mir Leid, Jati", sagte er. „Ich wollte dich nicht verletzen. Aber du hast manchmal einen furchtbar harten Kopf!"

Ich musste unter Tränen lachen. „Deiner ist auch nicht gerade eine reife Avocado!"

„Also gut, machen wir einen Kompromiss. Ich schlage vor, dass du dir ein schönes indonesisches Kleid schneidern lässt und ich heirate in meinem deutschen Anzug. Wir wollen ehrlich sein – jeder so, wie er es gewöhnt ist. Wäre doch gelacht, wenn wir das nicht schaffen könnten!"

So einfach war das – keiner von uns musste sich innerlich quälen, es gab einen dritten Weg. Ich nahm mir fest vor, diesen dritten Weg nie zu vergessen.

&

Sumeiken packte mich am nächsten Tag in ihr Auto und fuhr mit mir nach Jakarta. Dort kannte sie eine gute Schneiderin. Die entwarf mir ein knöchellanges schmales Kleid mit Stehkragen, das an einer Seite bis zum Knie geschlitzt war, darüber ein halblanges Cape. Wir wählten eine cremefarbene schwere Seide und als Schmuck Perlmuttknöpfe.

„Das wird unser Hochzeitsgeschenk an dich", meinte Sumeiken, und ich war sprachlos. Sumeiken tat mir so viel Gutes! Ich hatte diese Behandlung nicht verdient und konnte mich auch nicht revanchieren. Es war reine Freundschaft, die sie antrieb, Liebe ohne Berechnung, und sie tat mir wohl wie Sonnenwärme auf kalter Haut.

Auf dem Heimweg standen wir lange an einer roten Ampel, da sah ich drüben auf der anderen Straßenseite eine Frau, die mir bekannt vorkam. Sie sah aus wie eine ramponierte Ausgabe von Bagus – die Haare filzig, dunkle Ringe unter den Augen, die Lippen zerbissen. Sie trug ein europäisches Minikleid, das kaum ihren Körper bedeckte. Ihre Beine sahen erschreckend mager aus, und ihre Arme waren mit blauen Malen übersät.

„Warte, lass mich aussteigen!", rief ich. „Da drüben ist Bagus!" Ich rannte hinüber, aber das Gewimmel der Leute hatte sie verschluckt. Fast eine halbe Stunde lang rief ich nach ihr und suchte überall, doch ich fand sie nicht.

Sumeiken meinte: „Vielleicht ist es besser so. Du weißt gar nicht, was du dir antust, wenn du mit ihr redest. Am Ende locken wir die Gauner an, die dich schon einmal entführt hatten. Nein, Jati, du musst auf dich achten."

„Aber sie ist meine Schwester und ich muss . . ."

„. . . du musst überhaupt nicht!", rief sie. „Bagus ist alt genug, sie kann auf sich selber aufpassen. Oder hat sie dir etwa geholfen, als es dir schlecht ging?"

„Nein, das nicht . . . sie hat eher dafür gesorgt, dass es mir schlecht ging . . .", murmelte ich.

„Na siehst du!", triumphierte sie, und damit war das Thema für Sumeiken abgetan. Aber nicht für mich.

In der Nacht sah ich Bagus wieder, diesmal im Traum. Sie hatte den Fuß in unsere Haustür gestellt und sah mich vorwurfsvoll an: „Du hast mein Leben zerstört. Du hast Kiri gegen mich aufgehetzt. Du bist an allem Schuld.“

„Nein, Bagus“, widersprach ich. „Das stimmt nicht. Du hast einen bösen Weg gewählt, und die Folgen musst du tragen.“

„Niederträchtig bist du und schadenfroh!“, schrie sie. Sie packte mich am Haar und zerrte daran herum. „Aber ich werde dir beibringen, wie man gehorcht. Ich bin deine ältere Schwester, du musst tun, was ich sage. Lass mich rein.“

Sie stieß mich mit der Schulter beiseite und trampelte an mir vorbei durch den Flur. Ihre Schuhe hinterließen hässliche Flecken auf den Fliesen. Bevor ich sie daran hindern konnte, war sie die Treppe hinaufgelaufen und hatte eine Tür geöffnet. Es war Jamilas Zimmer im Westflügel.

„Hier werde ich wohnen!“, verkündete sie. „Schaff die Schwarze raus und mach Platz für mich. Außerdem brauch ich Geld. Ich muss mir neue Kleider kaufen.“

Jamila huschte mit gesenktem Kopf an mir vorüber. „Nein, Jamila, bleib, dies ist dein Heim und dein Zimmer. Aber sie war schon fortgegangen und ich blieb mit meiner herrischen Schwester allein.

Die nächsten Stunden schlichen vorüber, während ich ihr das Bad richtete und ihr meinen nachtblauen Bademantel überlassen musste. Dann legte sie sich in mein Bett, das ich bald mit David teilen wollte, und sagte: „Das hier ist noch besser als der Westflügel. Ich glaube, ich bleibe hier. Das Zimmer gefällt mir.“

„Aber das ist mein Schlafzimmer. Hier kannst du nicht bleiben!“.

Sie lächelte ihr berühmtes Bagus-Lächeln und flötete: „Es *war* dein Schlafzimmer. *Ich* werde David heiraten. Du bist ja noch ein Kind!“

Ich erwachte schreiend und konnte mich lange nicht beruhigen.

Hochzeit

Und dann war er da, mein Hochzeitstag. Oder soll ich sagen „mein zweiter Hochzeitstag"? Mir war es beim ersten Mal schon ernst gewesen. Damals hatte ich vertrauensvoll zu allem genickt wie ein Kind und war sicher, dass alles gut werden würde. Heute sah ich eine Menge Probleme voraus, weil ich mehr vom Leben wusste. Aber machte das wirklich einen Unterschied? Damals wie heute war es der feste Entschluss, den anderen zu lieben, der mich bewog, mein „Ja" zu sagen, als der Pastor mich fragte: „Jati, willst du diesen Mann . . ."

Davids Mutter schluchzte in ihr Taschentuch, sein Vater, würdevoll wie immer, lächelte sparsam, Sumeiken und Doktor Meier strahlten, als hätten sie diese Ehe höchstpersönlich gestiftet – und sie hatten ja wirklich ein bisschen mitgeholfen.

Mein Onkel Kiri[1] saß mit Malam[2] und meinen Cousins Ikan[3] und Ayam[4] in der ersten Reihe. Sie waren meine einzigen Verwandten, wenn man von Bagus absah, von der ich jetzt wusste, dass sie irgendwo in Jakarta vor sich hin vegetierte.

Meine Familie war heute traditionell gekleidet, sie trugen heute alle ihre schönsten Sarongs und ich war stolz auf sie. Ich spürte, dass ich dieses Stück Familie brauchte, damit ich nicht ganz und gar in Davids Welt hinübergezogen wurde. Aus den Augenwinkeln schielte ich zu meinen Cousins hinüber. Sie waren zum ersten Mal in einer christlichen Kapelle; falls sie vor Neugier platzten, behielten sie es für sich. Aber ich wusste, dass sie mich später mit Fragen bombardieren würden.

&

---

[1] „Links"
[2] Nacht
[3] Fisch
[4] Hühnchen

Ich kann mich nicht mehr an alles erinnern; wahrscheinlich war ich zu aufgeregt. Nur eins hat sich mir unauslöschlich eingeprägt – vielleicht deshalb, weil ich bis zuletzt eine dumpfe Angst hatte, es könnte noch etwas dazwischenkommen:

Der Pastor hatte sich eine Zeremonie ausgedacht, die Bräuche und Sitten aus verschiedenen Kulturen vereinen sollte. Da er aus Amerika stammt, fragte er, wie es in seiner Heimat üblich ist: „Kennt jemand einen Grund, der dagegenspricht, dass wir diese beiden Menschen in einer Ehe vereinen?"

Es war still in der kleinen Kirche, man hätte ein Reiskorn fallen gehört.

Auf einmal Unruhe hinten in der letzten Bank, ein Mann drängt sich an den Sitzenden vorbei in den Mittelgang. Der Pastor runzelt die Stirn und räuspert sich. David nimmt meine Hand und presst sie, dass es wehtut. Er beugt sich zu mir rüber und flüstert: „Wer ist das?"

„Keine Ahnung!", flüstere ich zurück. „Hab ihn noch nie gesehen."

Inzwischen ist der Mann nach vorn gehumpelt. Die Leute sind ihm mit Blicken gefolgt, sie raunen und tuscheln miteinander, schütteln die Köpfe. David ist wachsbleich geworden, seine Wangenmuskeln haben sich verkrampft. Mir ist auch ganz schlecht, in meinem Bauch tanzen Schmetterlinge und ich kann kaum noch ruhig sitzen vor Anspannung.

Der Pastor steigt vom Podium und geht dem geheimnisvollen Mann drei Schritte entgegen. Sie stehen jetzt genau vor meinen Verwandten und wispern miteinander. Ikan und Ayam bekommen lange Ohren, dann stoßen sie sich mit den Ellenbogen an und grinsen. Malam wirft ihnen einen warnenden Blick zu und Kiri macht „Psst!", da ist der Pastor schon wieder aufs Podium geklettert. Er greift in die Tasche, zieht ein riesiges weißes Tuch heraus und trocknet sich die Stirn. Er wartet, bis der Mann durch die Nebentür verschwunden ist, dann nimmt er das große Bibelbuch zur Hand und holt tief

Luft. Er spricht weiter, als hätte es nie eine Unterbrechung gegeben. „Da niemand einen Einwand hat, frage ich diese beiden jetzt in Anwesenheit der Gemeinde und des ganzen Himmels, ob sie sich ein Leben lang treu sein wollen. Ich frage dich, Doktor David Schirmer, willst du Jati in ehelicher Treue zur Ehefrau nehmen und sie lieben, achten und beschützen, bis dass der Tod euch scheidet, dann bekunde das mit einem lauten Ja!"

Und David sagt deutlich „Ja, das will ich!"

Der Pastor wendet sich zu mir. „Willst du, Jati, diesem Mann hier, Doktor David Schirmer, eine treue Ehefrau sein, ihn respektieren, ihm beistehen und für ihn sorgen, bis dass der Tod euch scheidet, dann sage dazu Ja!"

Und ich sage: „Ja, das will ich."

David beugt sich über mich und gibt mir einen schnellen Kuss auf die Lippen, und die Leute applaudieren und jubeln und dann schnattern viele Stimmen durcheinander und über die Lautsprecher kommt Musik und alles dreht sich um mich, und da wünsche ich mich weit, weit weg. *Vogel Garuda, komm und hol uns hier fort, bring uns in eine Hütte im Wald, wo wir allein sind, nur David und ich . . .*

Aber so einfach ist das nicht mit dem Heiraten. Man muss es bis zum Ende durchstehen, denn schließlich wollen die Gäste auch noch ihren Spaß haben.

&

Als wir Arm in Arm hinausgingen – ganz langsam, im Takt der Musik –, staunte ich über die vielen Leute, die gekommen waren. Sie stellten sich in einer langen Schlange an und gratulierten uns mit Händeschütteln oder einer Verneigung. Jeder drückte uns ein Päckchen in die Hand. Ich wollte die schön verpackten Geschenke nicht einfach auf den Boden legen, denn er war noch feucht vom Mittagsregen, aber wohin damit?

Ikan kam zu mir gelaufen und sagte: „Ayam holt gerade einen großen Korb. Wir kümmern uns um die Geschenke, wenn es dir recht ist."

Ich drückte seinen Arm. „Wenn ich euch nicht hätte! Du bist wie ein Bruder für mich." Er grinste und freute sich. In einer Atempause fragte ich: „Was wollte eigentlich dieser Mann von vorhin, der mit dem Pastor sprach?"

Ikan lachte. „Er wollte wissen, wo er sein Loch graben kann."

„Er hat also nur die Toilette gesucht? Und macht dabei so ein Theater?"

„Vielleicht musste er sehr dringend", meinte Ikan.

Gratulationen

Dann war der letzte Gratulant vorübergezogen und Kiri trat zu uns. Er war immer noch ein schöner Mann, auf den man stolz sein konnte. „Im Namen unserer Familie wünsche ich dir Glück mit dieser Frau. Du hast sie heute zum zweiten Mal geheiratet. Das ist gut, denn heute weißt du, was du tust. Als ich damals meine Frau Malam geheiratet habe, wusste ich noch nicht richtig, was für eine gute Frau sie ist. Ich habe sie schlecht behandelt. Ich war ihr untreu. Aber das Leben hat mir gezeigt, dass so etwas kein Glück bringt. Heute schätze ich Malam wirklich. Sie bedeutet mir viel."

Malam wischte sich mit ihrem Gesichtsschleier die Augen trocken, dann strahlte sie mich an. Ich fiel ihr um den Hals.

„Hast du ein bisschen Angst vor heute Nacht?", flüsterte sie mir ins Ohr.

Ich wollte „Nein!", sagen, „Warum denn, wie kommst du darauf?" Schließlich hatte ich im Dorf oft genug zugesehen, wie der Bock auf die Ziege stieg und der Hahn auf die Henne. Außerdem war ich eine erwachsene Frau und schon weit gereist und kannte vieles, von dem Malam noch keine Ahnung hatte. Aber in ihren Augen wohnte eine Klugheit, die man nicht aus Büchern bekommt, und ich sagte: „Ich möchte gerne von dir lernen." Sie stellte sich auf die Zehenspitzen und steckte mir den Kranz aus Orchideenblüten wieder fest, der sich gelockert hatte. „Nachher reden wir, wenn es nicht so auffällt", flüsterte sie.

Die Gemeinde, zu der ich gehöre, hatte im Garten viele Tische gedeckt und Obst und süße Kuchen aufgestellt. Alle durften mitfeiern. Dass so viele mithalfen, damit meine Hochzeit ein Fest wurde, trieb mir die Tränen in die Augen. Sie kannten mich kaum und doch halfen sie mit, als wäre ich ihre Tochter, ihre Schwester oder ihre beste Freundin.

Kiri fragte mich in einer stillen Minute: „Wie viel zahlst du den Frauen für ihre Arbeit?" Als er hörte, dass keine auch nur eine Münze von mir genommen hatte, staunte er. „Wie kommt das? Bist du mit so vielen Leuten befreundet?“

Ich erklärte ihm, dass wir uns in der Gemeinde wie Brüder und Schwestern fühlen und eine große Familie bilden.

„Auch die Fremden?“, wunderte er sich. „Sie sind noch nicht mal äußere Badui, wie kann man sich da so nahe kommen?“

„Wir haben alle einen gemeinsamen Vater im Himmel, der uns alle geschaffen hat. Keiner ist bevorzugt, keiner ist mehr wert als ein anderer. Vor Gott sind wir alle gleich.“

Er schüttelte nachdenklich den Kopf. „Und stimmt es, dass du mit einer schwarzen Frau im gleichen Haus leben wirst?“

„Ja, das stimmt. Jamilas Eltern kamen aus Somalia und sie ist eine Muslimin.“

„Wie kann man denn mit einem Menschen zusammen leben, der etwas ganz anderes glaubt und ganz andere Bräuche hat?“

„Ich weiß noch nicht, wie es gehen wird. Vielleicht wird es schwierig, vielleicht wird es leicht. Aber ich denke, es wird leicht, denn Jamila ist freundlich und hilfsbereit.“

„Und du hast ein großes Herz, Jati. Ich bin stolz auf dich!“

Mein Onkel Kiri hatte mich gelobt! Das war mir so kostbar, als hätte er mir einen Edelstein geschenkt. Ich verneigte mich vor ihm und sagte: „Ich bin froh, dass du gekommen bist. Du und Malam, ihr seid jetzt meine Eltern.“

„Wenn wir dürfen, werden wir dich oft besuchen. Ich möchte, dass meine Söhne von euch lernen. Sie sollen sehen, wie andere Leute leben. Sie sollen klug werden. Und sie sollen offene Augen bekommen wie du“, sagte Kiri.

„Ihr seid mir immer willkommen!“, versprach ich.

Malam setzte sich zu mir in eine heimliche Ecke und dann erzählte sie mir im Flüsterton, wie es zwischen Mann und Frau ist. Und ich begriff, dass man diese Gesten der Liebe nicht mit dem Bespringen des Ziegenbocks vergleichen kann und nicht mit dem, was der Hahn mit der Henne tut, denn er folgt blindlings seinen Instinkten, während der Mensch dabei fühlt und denkt und diese Gefühle und Gedanken mit seinem Körper ausdrückt.

Früher war Malam nur eine Sklavin für Kiri gewesen, die ihm alle Wünsche von den Augen ablas; heute war sie ihm eine echte Freundin und er fragte sie oft um Rat. Sie verriet mir, wie man als Frau bei der liebevollen Umarmung genauso viel Freude empfinden kann wie der Mann.

„Du musst ehrlich sein, Jati", sagte Malam. „Ich habe erst später begriffen, dass es Unrecht ist, wenn man so tut als ob, nur um dem anderen gefällig zu sein. Du hast einen guten Mann. Er wird dir nicht absichtlich wehtun. Sag ihm immer, was du fühlst, dann kann er sich danach richten."

Ich war froh über ihre Offenheit. Meine Mutter hatte immer nur düstere Andeutungen gemacht; für sie war das Frausein eine Last, der man leider nicht ausweichen konnte. Malam war gerne Kiris Frau, sie war stolz auf ihn, aber sie wusste auch, was sie zu bieten hatte. Obwohl ihr Gesicht so vernarbt war, dass Fremde bei ihrem Anblick zusammenzuckten, war Malam schön. Sie strahlte etwas aus, was man nicht mit Worten beschreiben kann. Und Kiri hatte gelernt, diese Schönheit zu sehen.

Ich würde gern so gut und so freundlich sein wie Malam! Ich denke viel zu viel an mich und zu wenig an andere. Aber ich will mich ändern. Wenn ich nur wüsste, wie!

&

Als es dunkel wurde und die meisten Gäste fort waren, schickte uns die Frau des Pastors weg.

„Ihr seid sicher müde von diesem langen Tag, packt eure Geschenke ins Auto und fahrt heim!", kommandierte sie, und diesem Befehl fügten wir uns gerne!

David hupte dreimal, sobald er das Auto vor dem neuen Haus abgestellt hatte. Sofort sprang die Türe auf und Jamila stand im hell erleuchteten Flur. Sie trug einen hellgrauen Sarong aus fließender Seide und hatte heute den Gesichtsschleier abgelegt.

„Salam, salam!“, rief sie und warf eine Hand voll Blütenblätter über uns. „Willkommen zu Hause!“

David hatte noch nicht gesehen, wie die neuen Möbel in den verschiedenen Räumen aussahen, denn wir wollten ihn damit überraschen. Nun marschierte er gehorsam hinter Jamila durchs Haus und machte „Ah!“ und „Oh!“ und sagte „Wunderschön!“, und hatte ja so Recht damit! Ich drückte ihr den Arm. „Jamila, du hast die Schönheit hergezaubert!“.

Wir hatten die Vorhänge und Tücher zusammen genäht, aber sie hatte sie gebügelt und dekoriert und die Räume mit einigen farblichen Tupfern wie Bodenvasen, Sitzpolstern oder Kissen veredelt. Nur ihre beiden Zimmer waren noch nicht fertig, deshalb versperrte sie uns den Eintritt.

„Möchtet Ihr noch etwas essen? Etwas trinken?“, fragte sie.

„Ja, ich hätte gern noch etwas Tee“, sagte David.

Ich ging in die Küche, aber Jamila verscheuchte mich. „Heute ist dein großer Tag, da wirst du nicht in der Küche arbeiten“, sagte sie.

Nach dem Tee, den wir in der Halle tranken, zog sich Jamila zurück. „Ich wünsche euch eine gute Nacht“, sagte sie. „Salam.“

„Salam und schlaf gut . . . und vielen Dank für deine Hilfe!“, antworteten wir.

Ich wollte die Teetassen in die Küche zurückbringen, doch David nahm mir das Tablett aus der Hand. „Wie wäre es mit einem Bad?“, schlug er vor.

Ich lief ins Badezimmer, dort hatte Jamila schon weiche Tücher zurechtgelegt und eine Duftlampe entzündet. Vorsichtig schlüpfte ich aus meinem cremeweißen Brautkleid und hängte es auf einen Ständer. Das Wasser kam warm aus der Leitung und es war ein Genuss, hineinzusteigen und die Glieder zu strecken. Ich hatte das große runde Bassin noch nie ausprobiert; es schien mir eine Verschwendung zu sein – so viel Wasser für einen einzigen Menschen. Aber dieser Tag war ein besonderes Fest.

Nach einer Weile klopfte es leise. David steckte den Kopf durch die Tür und fragte: „Darf ich reinkommen?" Ich rutschte etwas tiefer in die Wanne, weil mir heiß wurde unter seinem zärtlichen Blick.

&

Die Geheimnisse dieser Nacht kann man nicht mit Worten schildern. David war so zart und einfühlsam, dass ich – nach dem kleinen, scharfen Schmerz zu Anfang – unendlich glücklich war. Ich fühlte mich ihm so nahe wie nie zuvor. Er trug mich auf den Schwingen seiner Zärtlichkeit empor, über die Wolken hinweg bis zur Sonne. In mir war ein Beben – würden wir völlig eins werden, wenn wir der Sonne nahe gekommen wären? Würde sie unsere Seelen verschmelzen zu einer einzigen? Ach, könnte ich doch nur einmal den Kuss der Sonne spüren, hell auflodern in einem Feuer, das aus Davids und meiner Flamme eine einzige macht!

Doch bevor es so weit kam, erlosch unsere Kraft und wir fielen zurück auf die Erde, ermattet. Wir schliefen ein, Arm in Arm, und das letzte Wort, an das ich mich erinnern kann, war: „Jati – bagus. Wunderschöne Jati."

Ehealltag

Eine Woche nach unserer Hochzeit nahmen Davids Eltern Abschied, denn die geheimnisvollen Bakterien, die Davids Vater züchtet, können nicht so lange ohne ihren Herrn und Gebieter auskommen. Davids Mutter wischte sich mit dem Ärmel über die Augen und schniefte. „Wollt ihr wirklich hier bleiben? In diesem schwülen, schrecklichen Land?[1] Mich wundert bloß, dass es dir nichts ausmacht, David. Jati, du bist ja daran gewöhnt, du bist hier geboren. Aber Indonesien ist so weit weg – ich werde euch furchtbar vermissen ...“

Ich fiel ihr um den Hals. Sie drückte mich an ihren Busen, der wie immer nach Vanille duftete.

David legte ihr die Hand auf den Scheitel und begann, mit der anderen Hand gleichmäßig über ihren Rücken zu streichen. Das macht er immer bei kleinen Kindern, wenn sie in die Klinik kommen und sich fürchten oder Schmerzen haben. Es wirkt jedes Mal, und es half auch seiner Mutter.

Nach einer Weile sagte er: „Weißt du was, ihr könnt uns ja alle zwei oder drei Monate besuchen. Wir haben genügend Platz im Haus, da braucht ihr nicht mehr ins Hotel.“ Sie hatten nämlich darauf bestanden, im Hotel zu wohnen; sie wollten uns „nicht belasten“.

„Ja, das ist eine gute Idee“, sagte Mutter und schnaubte ins Taschentuch. „Und Jati, schreib mir oft. Und sag mir sofort, wenn ein Enkelkind unterwegs ist.“ Sie zwinkerte mir verschwörerisch zu, und David wurde rot.

„Meine Liebe“, sagte der Vater zu ihr, „bei dir kribbelt es schon, aber das dauert seine Zeit. Fasse dich in Geduld.“

„Geduld, ich höre immer Geduld. Ich warte schon so

[1] Die durchschnittliche Jahrestemperatur liegt in Java zwischen 22 und 29 °C; die Feuchtigkeit bei 75 %. Die feuchte Jahreszeit fällt in die Monate Oktober bis Ende April, der Regen kommt in tropischen Güssen, die stärksten Regenfälle gibt es im Januar und Februar. Winter oder Sommer wie bei uns sind in Indonesien unbekannt

lange! Und wenn das Enkelkind da ist, dann habe ich auch nicht viel davon, denn es wohnt auf der anderen Seite der Erde und so oft kann ich nicht zu Besuch kommen", jammerte sie.

„Da findet sich bestimmt ein Weg", sagte der Vater, und er sollte Recht behalten. Aber dieser „Weg" sah leider ganz anders aus, als ich ihn mir erträumt hätte . . .

&

Doch damals ging ich wie auf Wolken und war entzückt über mein neues Leben als verheiratete Frau. Jamila war eine gute Lehrmeisterin und an ihrer Seite lernte ich alles über eine gute Haushaltsführung und entdeckte viele neue Speisen – zum Teil aus der moslemischen Küche. David schmeckte es so gut, dass er an der Taille einen kleinen Speckwulst ansetzte. Er sagte dazu: „Das ist mein Rettungsring."

Jeden Morgen, bevor er in die Klinik fuhr, fragte ich David: „David, bist du glücklich?", und dann gab er zurück: „Überglücklich!"

„Hast du irgendeinen Wunsch?", bohrte ich weiter.

„Ich bin wunschlos glücklich. Und du?"

„Ich bin auch glücklich. Aber ich vermisse dich so sehr, wenn du weggehst."

Dann küsste er mich auf die Nasenspitze und sagte: „Du fehlst mir ja auch. Aber jetzt muss ich los, meine Patienten warten."

An seinen Augen sah ich, dass er mich schon halb vergessen hatte, während er durch den Hausflur schritt. Wahrscheinlich vermissen Männer ihre Frauen auf eine andere Art. Ich kann mir nicht vorstellen, dass sie sich so verhalten würden, wie die meisten es tun, wenn sie tatsächlich das Gleiche empfinden könnten wie eine Frau.

Ach, David . . . der Tag wurde mir lang ohne ihn. Er kam erst, wenn es draußen schon dunkel war, und wie damals in Frankfurt musste er dann erst eine Weile Ruhe haben. Jamila hatte das sofort gespürt; sie öffnete ihm schweigend die Tür und brachte ihm eine Tasse Tee in den Innenhof. Hier auf der Steinbank neben dem Brunnen saß er am liebsten und starrte vor sich hin, hielt eine Hand in den plätschernden Strahl oder fuhr mit dem Finger das Muster des blau-goldenen Mosaikmusters nach. Nach einigen Minuten kam er dann zu uns in die Küche, schnupperte an den Töpfen und Pfannen, probierte hier und da und sagte „Hmmm!“, oder „Da läuft mir ja das Wasser im Mund zusammen!“

Jamila freute sich besonders über seine Aufmerksamkeit. Eines Tages, als ihre Zähne im dunklen Gesicht aufleuchteten, weil David ihr ein großes Lob ausgesprochen hatte, fragte ich sie: „Warum bedeutet dir das eigentlich so viel, wenn David sich bedankt? Das macht er doch immer.“

Sie warf mir einen forschenden Blick zu. „Stört es dich? Soll ich mich – zurückziehen?“

„Nein, nein, ich wundere mich nur“, murmelte ich. *Hoffentlich habe ich sie nicht verletzt. Sie ist immer noch so empfindlich!*

„Ich bin es nicht gewöhnt, dass man mich beachtet“, erklärte sie. „Die Männer, die ich bisher kannte, nahmen meinen Dienst für selbstverständlich.“

„Auch dein Ehemann?“

„Der ganz besonders“, sagte sie, und in ihrer Stimme schwang eine Spur Bitterkeit. „Er hatte kein Herz.“

„Aber warum hast du ihn dann –“, ich schlug mir die Hand vor den Mund, weil ich merkte, dass es eine taktlose Frage war. Und richtig, ich erntete einen vernichtenden Blick.

„Jati, du weißt doch, dass Mädchen nicht gefragt werden“, sagte Jamila.

„Mein Vater war immerhin so nett, mich mit David zu verheiraten und nicht mit einem Tattergreis aus dem Ältestenrat“, sinnierte ich.

„Ich traf Iman, als ich gerade 14 geworden war. Iman war damals Mitte zwanzig, ein schöner, großer Mann, aber er hatte ein heißes Blut und wollte sofort –“, sie biss sich auf die Lippen, als hätte sie schon zu viel gesagt.

Ich dachte an das Erlebnis der vergangenen Nacht und spürte eine Wärme im Bauch, die sich langsam in meinem ganzen Körper ausbreitete.

„Ich war groß für mein Alter und mein Vater wollte unbedingt den Brautpreis kassieren, damit mein Bruder auf eine höhere Schule gehen konnte. Deshalb hat er mich noch am gleichen Tag mit Iman verheiratet. Ich hatte keine Ahnung, was zwischen Mann und Frau geschieht, wenn sie allein sind. Meine Mutter war früh gestorben; ich hatte keine Schwester, nur Brüder. Mein Vater hatte mir immer nur erklärt, ich dürfte auf keinen Fall mit Männern *herummachen*. Ich konnte mir nichts darunter vorstellen, aber ich hatte mir angewöhnt, keinen Mann an mich heranzulassen. Und nun war ich plötzlich verheiratet und sollte . . ." Sie atmete tief und schluchzend ein.

Ich legte ihr die Hand auf den Arm. „Hat es sehr wehgetan?"

„Wehgetan?" Sie senkte den Kopf und ich sah, wie Tränen auf ihre Hände tropften. Dann flüsterte sie: „Es war die Hölle. Iman lachte, als er meine Angst sah. Er umarmte mich grob, und als ich mich wehrte, schlug er mich und lachte noch mehr. Mit einer Hand hielt er mich fest, mit der anderen riss er mein Kleid in Fetzen. Ich trat nach ihm, da fesselte er meine Beine. Und dann nahm er den Kris[1] . . ."

Ich sprang auf. „Den Kris?! Wozu denn das? Wollte er dich – töten?"

„Aber nein, er hatte doch so viel Geld für mich bezahlt. Er wollte nur . . . er musste doch . . . nein, das kann ich nicht erzählen. Niemandem."

Immer noch jagte mein Puls, ich konnte mich kaum beruhigen. „Jamila, sag es mir. Was hat er mit dir gemacht?"

Sie schüttelte den Kopf. „Es ist eine alte Tradition, die meine Familie aus Somalia mitgebracht hat. Ich kann nicht darüber reden."

---

[1] Traditioneller Dolch mit gewelltem Blatt

Tabu

Zwei Tage später fand ich Jamila im Garten. Sie hatte sich hinter dem Sojafeld eine Grube gegraben und hockte darin. Sie hatte die Arme über der Brust verschränkt, wiegte sich hin und her und wimmerte leise.

„Jamila, was ist los? Hast du Schmerzen, bist du krank?"

Sie stöhnte nur. Ihre Lippen waren aufgesprungen, ihre Hände verkrampft.

„Komm ins Haus. Ich will dir helfen", sagte ich. Von Malam hatte ich einiges über Krankenpflege gelernt; ich wusste, wie man leichte Krämpfe beheben konnte. Jamila war halb bewusstlos, als ich sie in den Innenhof geschleppt hatte. Ich legte sie auf die Steinbank am Brunnen und lockerte ihre Kleidung. Ihre Beine zuckten und etwas Blut tropfte herunter. Ich kühlte ihre Stirn, ihre Handgelenke und massierte die Hände, dann hob ich die Beine an, damit sie höher lagerten als der Kopf. Ihr Sarong verrutschte, und ich sah, dass ihre Wäsche blutig war.

„Jamila, hast du dich verletzt?", fragte ich. „Jamila!"

Sie schüttelte den Kopf wie benommen, aber sie hatte mich gehört. „Ich habe meine – meine Monatsblutung."

„Hast du immer solche Krämpfe dabei?"

„Ja. Immer", keuchte sie.

„Und wie lange dauert deine Blutung?"

„Acht Tage, manchmal neun."

„Und wie stark blutest du?"

„Es kommen – immer nur – Tropfen . . ." Sie ächzte laut und verlor wieder das Bewusstsein. Ich drehte sie auf die Seite und bog ihren Kopf zurück, damit sie nicht die Zunge verschlucken konnte. Dann schob ich vorsichtig ihren Sarong hoch, weil ich das Blut abwaschen wollte. Jamila trug unter dem Sarong Tuchstreifen, die sie um die Oberschenkel gewickelt hatte; in der Mitte war alles frei. Ich tupfte behutsam mit einem Stück Tuch die Blutstropfen ab – und schrie auf.

Jamila hatte dort, wo normalerweise die verschiedenen Geschlechtsteile sind, gar nichts. Nur eine blasse Narbe zeigte an, das hier einmal weiches, pulsierendes Fleisch gewesen war. Durch eine stecknadelgroße Öffnung drang dunkelrotes Blut. Mir wurde übel, mein Magen revoltierte und ich konnte gerade noch in den Garten laufen und mich dort übergeben.

Inzwischen war Jamila wieder zu sich gekommen. Sie saß auf der Bank und hatte ihren Sarong heruntergezogen. Die Tränen liefen mir übers Gesicht, als ich zu ihr rannte und ich kniete mich vor sie hin und umklammerte ihre Knie. „Was haben sie bloß mit dir gemacht, was ist das nur?"

Sie sah mich an, dann lächelte sie traurig. „Kleine Jati", murmelte sie. „Du hast so etwas noch nie gesehen?"

„Nein. Das – das ist ja furchtbar."

Jamila zuckte die Achseln. „Meine Familie stammt aus Somalia. Bei uns werden die meisten Mädchen beschnitten."

„Beschnitten? Sie haben dich verstümmelt!"

„Ich war sieben, als es bei mir gemacht wurde. Es hat furchtbar wehgetan, aber ich hatte Glück, denn die Frau hat jedes Mal neue Rasierklingen genommen und sie hat die Wunde auch mit einer sauberen Nadel zugenäht. Manche Mädchen sterben, wenn sich die Naht entzündet."

„Aber warum, Jamila, warum?"

„Wenn ein Mädchen nicht beschnitten ist, dann findet es nicht so leicht einen Ehemann. In unserem Land denkt man, dass ein unbeschnittenes Mädchen unrein ist und den Mann betrügt."

„Und deshalb wird das – alles zugenäht?"

„Ja. Es bleibt nur eine kleine Öffnung zum Wasserlassen und für die Blutung. Erst wenn das Mädchen heiratet, wird die Naht aufgetrennt."

„Aufgetrennt???"

„Ich habe dir davon erzählt. Iman nahm seinen kleinen Kris . . ."

Vor meinen Augen drehte sich alles. „Jamila!", schrie ich. „Er hat dich *aufgeschnitten*?"

„Ja, natürlich, sonst wäre er doch nicht mit seinem Ding reingekommen. Ich bin ohnmächtig geworden vor Schmerzen. Als ich wieder zu mir kam, lag ich frisch gewaschen in einem anderen Zimmer und Imans Dienerin hat mir Luft zugefächelt und mir die Tränen abgewischt. Inzwischen hatten sie mich schon wieder zugenäht, aber nicht mehr so weit. Es musste noch etwas Platz bleiben – für Iman. Damals hatte ich es leichter beim Wasserlassen und auch bei der Monatsblutung. Aber als mich Iman verließ, da musste ich mich wieder ganz zunähen lassen. So ist es in meiner Familie Sitte."

„Aber warum? Warum wirst du so gequält?" Ich konnte es immer noch nicht fassen.

„Allah will es so", sagte Jamila. Sie hatte die Augen geschlossen.

„Das glaube ich nicht!", rief ich. „Ich werde Sumeiken fragen. Sie stammt auch aus einer muslimischen Familie. Sie ist bestimmt nicht beschnitten worden!"

„Du kannst es im Koran nachlesen", sagte Jamila. Ihre Stimme war fast tonlos.

&

Es klopfte am Tor. Sumeiken kam mich besuchen. „Du kommst gerade zur rechten Zeit", sagte ich. „Ich möchte Jamila in ihr Zimmer bringen, aber sie ist zu schwer für mich."

„Was ist los? Ist sie krank?"

„Sie hat ihre Monatsblutung – und sie ist beschnitten", sagte ich.

Sumeiken wich einen Schritt zurück, als wäre ich leprakrank.

„Sie haben ihr alles – weggeschnitten und einfach zugenäht . . . es sieht aus wie ein Reißverschluss. Das Blut kann nur in kleinen Tropfen heraussickern."

„Oh nein!", stöhnte Sumeiken. Sie lehnte sich an die Wand. „Das muss ja furchtbar sein. Kein Wunder, dass es ihr schlecht geht. Ich muss mit meinem Mann darüber reden."

„Tu das nicht, Jamila wäre böse auf mich. Aber du könntest

einmal im Koran nachlesen. Jamila behauptet, das wäre Teil ihrer Religion."

Sumeiken schüttelte den Kopf. „Im Koran wird es nicht befohlen. Es ist eine Tradition, die sich in vielen Ländern durchgesetzt hat, vor allem in Afrika."

„Bist du – bist du auch . . .", ich brachte es nicht über die Lippen.

„Nein. Bei uns macht man das nicht", sagte Sumeiken. Sie holte tief Luft. „Ich werde mit Jamila reden. Es wird schwer, denn sie wird nicht gern darüber sprechen. Aber vielleicht kann ich sie überzeugen, dass sie in die Klinik geht und sich behandeln lässt." Sie schüttelte den Kopf. „So viel Kummer, so viele Schmerzen . . . hoffentlich finde ich die richtigen Worte." Sie ging in den Innenhof und setzte sich neben Jamila.

Ich schlich auf Zehenspitzen in den Garten und kniete mich auf die Erde. Ich krallte meine Hände in den Boden. Eine Wut war in mir gewachsen, ein Zorn, der alles überstieg, was ich bisher empfunden hatte. Ich dachte an die vielen kleinen Mädchen, die vertrauensvoll an der Hand ihrer Mutter zur „Beschneidung" gingen und hinterher nie mehr dieselben waren. Ich dachte an die Mädchen, die dabei verblutet waren oder sich eine Infektion geholt hatten. Und an die jungen Bräute in der Hochzeitsnacht. An die Mütter, die sich in Geburtswehen wälzten und hofften, dass die enge Naht endlich aufplatzte, damit das Kind rauskönnte.

„Vater im Himmel, wie kannst du zuschauen?", schrie ich. „Warum werden die Männer, die so etwas fordern, nicht von deinem Blitz getroffen? Warum sagst du den Frauen nicht, dass sie sich gegen die Verstümmelung ihrer Töchter wehren, wenn sie es schon bei sich selbst nicht verhindern konnten?"

Ich trommelte mit den Fäusten auf die Steinplatten am Weg, bis mir die Hände schmerzten. Es wurde kühl, es wurde dunkel, aber ich blieb im Garten, bis ich Davids Stimme hörte und in seinen Armen Trost und Zuflucht fand.

Reparatur

Am nächsten Tag brachten wir Jamila in die Klinik. David hatte ihr gegen die Schmerzen ein leichtes Betäubungsmittel gegeben und sie hing beinahe willenlos zwischen uns, als wir sie zum Auto schleppten. An der Klinik arbeitete eine Frauenärztin, Dr. Halus[1], die sich erbot, Jamila zu untersuchen und notfalls gleich zu operieren. Jamila hatte nichts dagegen einzuwenden, denn Dr. Halus war zwar in Amerika aufgewachsen, aber ihre Schwester war mit einem Moslem verheiratet. Dadurch kannte sich Dr. Halus gut in der muslimischen Kultur von Java aus und hatte öfter im Koran gelesen. Sie konnte Jamila überzeugen, dass der Koran nur die Beschneidung der Männer fordert.

„Dabei wird auch nur das überschüssige Stück Vorhaut entfernt", erklärte sie. „Gewöhnlich macht man das am 8. Lebenstag eines kleinen Jungen. Dann ist die Vitamin-K-Produktion am höchsten, so dass das Blut schnell gerinnt. Gesundheitsprobleme entstehen dadurch gewöhnlich nicht, im Gegenteil. Die Männer können sich viel besser sauber halten und bewahren dadurch auch ihre Frauen vor Gebärmutterkrebs und Infektionen."

Ich hatte in der Bibel schon von der Beschneidung gelesen, aber dass diese Maßnahme so sinnvoll ist, war mir neu. „Wie kommt man aber dann auf die Idee, auch die Mädchen zu beschneiden?", wollte ich wissen.

Dr. Halus zuckte die Achseln. „Das ist eine Tradition, die sicherstellen soll, dass die Frauen vor der Hochzeit noch keinen Geschlechtsverkehr hatten. Bei manchen Völkern wird auch nur die Spitze der Klitoris abgeschnitten. Dadurch geht das Lustgefühl für die Frau zum großen Teil verloren. Vielleicht meinte man dadurch, sich die Treue der Ehefrauen zu sichern. Aber Treue oder Untreue ist weniger eine Sache der

---

[1] Kultiviert, vornehm

Geschlechtsorgane. Das beginnt im Kopf, in den Gedanken, nicht wahr?"

Jamila nickte.

„Ich bin nicht verheiratet, aber ich habe den Verdacht, dass eine Ehefrau noch lieber treu ist, wenn sie auch Spaß daran hat, mit ihrem Mann zu schlafen", sagte Dr. Halus. „Ich halte die Frauenbeschneidung für eine sinnlose Quälerei und deshalb werde ich jetzt versuchen, bei dir wenigstens einiges wieder in Ordnung zu bringen. Ich schicke dich jetzt schlafen. Wenn du aufwachst, wirst du noch Schmerzen haben, aber nach einigen Tagen wird es besser und dann hast du hoffentlich für immer deine Ruhe!"

„Aber unsere Sitte fordert doch . . ."

„Jamila, hör mir zu: Wirst du dich dem erstbesten Mann an den Hals werfen, nur weil die Tür zwischen den Beinen nicht mehr verriegelt ist?"

Jamila verzog das Gesicht zu einem halben Lächeln. „Natürlich nicht. Ich denke gar nicht an Männer."

Ich dachte: *Nur an Iman, weil du ihn immer noch liebst. Nach allem, was er dir angetan hat. Trotz allem.*

„Also? Was möchtest du?"

Sie schloss die Augen und überlegte. Ich dachte schon, sie wäre eingeschlafen, was ich ihr nach all den Schmerzen gegönnt hätte. Doch Dr. Halus war nicht so geduldig.

„Nun? Ich warte!", sagte sie streng.

Jamila öffnete die Augen und sah mich an. „Soll ich es – machen lassen?", flüsterte sie.

Ich nickte und drückte ihr die Hand.

„Und es ist wirklich kein Unrecht?"

„Warum sollte es Unrecht sein, wenn Dr. Halus etwas wieder repariert, was Menschen verpfuscht haben?", sagte ich. „Der Himmelsgott hat uns Frauen anders geschaffen."

„Unrein . . .", wisperte sie.

„Nein, das stimmt nicht", widersprach Dr. Halus. „Am Körper der Frau ist gar nichts unrein und gar nichts verkehrt. Allah hat uns wunderbar gemacht."

„Glaubst du das auch, Jati?"

„Ja. Gott wollte, dass wir Frauen so aussehen. Unsere Organe sind so, wie er sie haben wollte."

„Aber die Sünde! Sie ist uns Frauen angeboren, sie steckt tief in unserem Leib", wandte Jamila ein.

„Das heilige Buch, in dem ich immer lese, sagt nichts davon, dass die Sünde nur in den Frauen steckt. Männer müssen genauso mit Versuchungen kämpfen", sagte ich. „Jeder Mensch auf dieser Erde hat die Neigung, nur an sich zu denken und seine Wünsche ohne Rücksicht auf andere durchzuboxen. Dass wir Böses tun und schlecht handeln, das kommt ja nicht nur aus unserem Körper. Es beginnt in den Gedanken, in der Art, wie wir empfinden und in unseren Worten."

Dr. Halus sagte: „Ja, das stimmt. Ein paar Stückchen Fleisch wegschneiden und hier oder dort etwas zunähen, das macht uns noch nicht zu einem guten Menschen."

Ich nickte. „Damit wir uns verändern, muss in unserem Innern etwas neu werden. Und das können wir nicht selbst machen."

„Wie kommt es aber dann, dass manche Menschen sich verändern und andere nicht?", fragte Jamila.

„Es liegt an unserer Einstellung. Ob wir das überhaupt wollen. Oder ob wir meinen: Ich bin einfach so und die anderen müssen mich nehmen, wie ich bin", sagte ich.

„Also, ein Charakter ändert sich nicht so leicht. Ich kann mir nicht vorstellen, dass man das durch einen reinen Willensakt fertig bringt", sagte Dr. Halus. „Aber jetzt hab ich nicht die Zeit und nicht die Ruhe für eine Diskussion."

„Vielleicht können wir das bei uns zu Hause einmal nachholen?", schlug ich vor. „Besuch uns doch einmal."

Dr. Halus sah mich nachdenklich an, dann nickte sie. „Wir werden sehen . . . Aber jetzt an die Arbeit!"

Als Jamila aus dem Zimmer geführt wurde, sah sie noch einmal zu mir zurück. Ich rief ihr zu: „Keine Angst, Jamila, wir beten für dich. Gott wird dir beistehen."

Sehnsucht

Jamila blieb zwei Tage in der Klinik und wollte keinen Menschen sehen. Wir durften sie nicht besuchen. Am Abend des zweiten Tages wurde sie entlassen. Sumeiken holte sie ab und brachte sie nach Hause.

„Ich muss gleich wieder fort, kriege heut Besuch“, rief sie über die Schulter. „Ach ja, und vergiss nicht, Jamila ihre Tablette zu geben. Dann schläft sie besser.“

Ich nahm Jamila um die Taille, damit sie sich auf mich stützen konnte. Als wir an der Treppe angelangt waren, klammerte sie sich ans Geländer und sah dermaßen mutlos und verzweifelt aus, als hätte jemand von ihr verlangt, den Brennenden Berg im Eilmarsch zu erklimmen.

„Ich glaube, du fühlst dich noch zu schwach. Bleib doch heute und morgen hier unten. Ich bringe dir eine Schlafmatte in die Wohnhalle und was du so brauchst. Waschen kannst du dich in der Küche.“

„Aber ich störe euch – das geht doch nicht . . . ich kann auf keinen Fall . . .“

Mir kamen die Tränen. Diese Frau hatte sich ihr Leben lang für andere aufgeopfert und war es nicht gewohnt, dass jemand auf sie Rücksicht nahm. Ich legte ihr die Hand auf den Arm.

„Bitte nimm mein Angebot an. Du störst uns gar nicht. Ich habe mit David in einer kleinen Hütte gelebt und später in Frankfurt in einer winzigen Wohnung – wir haben viel mehr Platz, als wir brauchen.“

„Aber David setzt sich gerne am Abend in die Wohnhalle und trinkt seinen Tee . . .“

„Den Tee kann ich ihm auch im Schlafzimmer servieren oder in der Küche oder im Innenhof.“

Ich lief nach oben und holte ihre Matratze und eine Decke und einige weiche Tücher. Jamila hatte sich in eine Ecke gekauert und wiegte sich hin und her. Ihre Züge wirkten verschlossen, als trüge sie einen Schleier. Als ich ihr Bett vorbereitete, stand sie schwankend auf.

„Warum tust du das für mich?", flüsterte sie.

„Weil ich dich mag, deshalb", sagte ich und legte ihr kurz den Arm um die Schulter und drückte sie. „Aber jetzt musst du deine Tablette nehmen und ein bisschen schlafen. Morgen früh wird es dir besser gehen."

&

David kam an diesem Abend so spät nach Hause, dass er keinen Tee mehr wollte, sondern nur schlafen, schlafen, schlafen. Ich glaube, er hatte sich nicht einmal gewaschen, als er neben mir ins Bett fiel wie eine reife Mango vom Baum. Jamilas Befürchtungen waren also völlig unbegründet gewesen und ebenso meine Hoffnung auf einen gemütlichen Abend zu zweit. Bevor ich die Lampe auslöschte, betrachtete ich Davids Gesicht. Zwischen den Brauen hatte er eine kleine steile Falte, als müsste er auch noch im Schlaf über ein Problem nachdenken, und die Lippen waren fest aufeinander gepresst. Ich strich mit dem Handrücken leise über seine Stirn, da entspannte sich die Falte und der rechte Mundwinkel verzog sich zu einem halben Lächeln.

„Jati", wisperte er im Traum.

Wie schön, dass er auch schlafend an mich denkt. Vielleicht hat er mich ja längst in alle Kammern seines Herzens aufgenommen? Vielleicht habe ich ihn längst erobert? Aber wenn er mich so sehr liebte, warum wollte er dann nicht viel mehr Zeit mit mir verbringen? Oder lieben Männer so ganz anders als Frauen? Sind sie damit zufrieden, dass sie die Frau ihres Herzens für sich gewonnen haben und sie nun tagsüber im Haus „aufbewahrt" wird und fröhlich parat steht, wenn sie abends müde von der Arbeit nach Hause kommen? Ihm all seine Wünsche von den Augen abliest? Ja, das tu ich gerne, ich bin ja froh, wenn ich David etwas Liebes tun kann.

Aber manchmal zuckt es in meinem Herzen und ich erkenne wieder das alte Ziehen, das ich als junges Mädchen spürte, wenn ich auf den hohen Baum kletterte und über die Wipfel hinwegsehen konnte. Damals dachte ich, das wäre Sehnsucht nach der weiten Welt. Ich folgte meinem inneren Drängen, ich ging hinaus in die Fremde, flog mit dem eisernen Garuda weit fort hinter den Himmelsrand in Davids Land. Doch das Ziehen und Zerren in meinem Herzen blieb mir, und ich meinte, es wäre David, zu dem es mich hinzog mit Macht. Doch nun ist David bei mir, ich gehöre zu ihm, niemand kann uns trennen – und doch fühle ich tief innen ein leises Nagen, einen heimlichen Schmerz.

Was ist das nur?

Heilung

Seit Jamila wieder gesund ist, erkennt man sie nicht mehr wieder. Sie lächelt oft, sie singt in der Küche mit ihrer rauchigen, warmen Stimme. Die Melodien kenne ich nicht, und sie singt in einer fremden Sprache, von der ich annehme, dass es der Dialekt ihrer Kindheit ist. Und sie spricht viel, erzählt aus ihrer Vergangenheit im Nomadenstamm, beschreibt ihre Geschwister, ihre Mutter. Nur von Iman erzählt sie nicht. Trotzdem habe ich herausgefunden, dass er sie nicht nur wegen der falschen Rothaarigen verlassen hat – dieser Schreinerstochter in Jakarta. Er wollte Kinder, und Jamila wurde lange nicht schwanger, und als sie endlich ein Kind erwartete, verlor sie es im vierten Monat. Dr. Halus hat es uns erklärt: Durch das gestaute Monatsblut kam es zu Entzündungen der Eierstöcke, die dann ihre Fruchtbarkeit teilweise oder ganz verloren.

„Das kommt bei diesen ganz beschnittenen und zugenähten Frauen immer wieder vor", meinte sie. „Es wird höchste Zeit, dass dieser grausame Brauch abgeschafft wird. Ich habe mir vorgenommen, in meinem Bekanntenkreis Unterschriften zu sammeln, die ich mit einem Brief an die Regierung von Somalia schicken will."

„Was wird das ändern?", fragte David, der Dr. Halus im Auto mitgebracht hatte, denn wir hatten sie zum Essen eingeladen.

„Wenn man die Beschneidung in meinem Land offiziell verbietet, dann tun es die Leute eben heimlich", sagte Jamila. „Die alten Sitten sind nur schwer abzuschaffen."

„Dann müssen wir eben die muslimischen Lehrer aufklären!", rief Dr. Halus.

„Vergiss die Heiratsvermittler nicht . . .", lächelte Jamila müde.

„Die Veränderung muss in den Köpfen einsetzen", sagte David. „Reinheit und Treue sind Werte, die für den Mann genauso gelten wie für die Frau."

Dr. Halus blies die Wangen auf. „Moment mal, willst du damit sagen, dass Jati deine erste –"

David wurde wieder einmal flammend rot, aber er hielt ihrem Blick stand. „Genau das. Und ich bin froh darüber", sagte er mit Würde, bevor er sich umdrehte und den Raum verließ. Über solche Themen spricht er nicht gern und ich wunderte mich, dass er überhaupt so viel dazu gesagt hatte.

&

Jamila hatte ein köstliches Essen zubereitet und bestand darauf, uns zu servieren. Wahrscheinlich wollte sie dadurch ihre Dankbarkeit zeigen. Beim Abräumen und Geschirrspülen halfen wir alle zusammen, auch David packte zu, obwohl Jamila sich heftig dagegen sträubte. „Unser Herr und Gebieter!", nannte sie ihn, wenn er nicht dabei war. Ich konnte mir lebhaft vorstellen, wie sie ihren Iman verwöhnt hatte.

„Sag mir eins, Jamila. Warum lieben Frauen wie du ihre Männer, obwohl sie immer wieder von ihnen verletzt werden?", fragte ich, während wir das Geschirr in die Regale räumten.

Sie zuckte die Achseln. „Das tun alle Frauen."

Ich wandte mich an Dr. Halus. „In Amerika auch?"

Sie lachte. „Die Amerikanerinnen lassen sich lieber von ihren Männern bedienen."

Jamila zog die Brauen zusammen. „Wirklich? Was sind das für Frauen?"

David schaltete sich ein. „Ich denke, es liegt an der Erziehung. Wenn die kleinen Mädchen beobachten, dass ihre Brüder mehr Rechte haben als sie, dann betrachten sie sich selbst als minderwertig. Sie fühlen sich den Männern unterlegen."

Ich dachte an Irene und ihren schlaffen Bruder Hermann, an den gutmütigen Vater, der nur dann fröhlich wurde, wenn er sich heimlich aus einer geschliffenen Flasche eine bernsteingelbe Flüssigkeit eingeschenkt hatte, die im Hals brannte, dachte an die flachbrüstige „Frau des Hauses" mit den harten Augen und dem kritischen Zeigefinger. In der

Familie Hofmüller hatte man wohl eine andere Philosophie vertreten ...

„Aber woher kommt es dann, dass diese unterlegenen Frauen ihre Männer so gern bedienen?“, bohrte ich nach.

„Sie möchten von den verehrten und angehimmelten Wesen beachtet werden. Sie machen sich nützlich, ja unentbehrlich. Sie werden gebraucht, und je mehr sie gebraucht werden, umso abhängiger werden die Männer, versteht ihr?“, sagte Dr. Halus.

„Nein“, behauptete Jamila.

„Meine Mutter hatte einen Alkoholiker geheiratet“, erzählte Dr. Halus. „Sie wusste das schon vorher, aber sie hatte sich in den Kopf gesetzt, meinen Vater zu retten. Leider wollte sich mein Vater gar nicht retten lassen. Durch ihre Rettungsaktionen hat meine Mutter die ganze Familie auseinander gebracht und sich selbst krank gemacht. Sie hat ihn einfach zu sehr geliebt.“

„Liebe kann nicht falsch sein“, widersprach Jamila.

Ich staunte. Immerhin war sie eine einfache Frau, noch dazu aus Somalia, und Dr. Halus war eine bekannte Ärztin, die in den USA studiert hatte.

Dr. Halus überlegte, dann sagte sie: „Du hast Recht. Wahre Liebe schadet niemandem. Aber es gibt eine Abart der Liebe, die den anderen unfrei macht. Sie bindet ihn fester als mit Ketten, und sie macht ihn klein und abhängig wie ein Baby.“

„Du meinst also, ich hätte meinen Mann auf eine falsche Art geliebt?“, fragte Jamila, die Augen weit aufgerissen.

„Das – das kann ich nicht beurteilen“, sagte Dr. Halus vorsichtig. „Ich weiß nur eins: Immer, wenn wir für einen anderen etwas tun, was er genauso gut allein tun könnte, dann nehmen wir ihm die Gelegenheit, sich stark zu fühlen. Er wird sich ein bisschen weniger achten – und wir achten ihn auch ein Stück geringer. Und wenn das immer wieder geschieht, dann ist eines Tages der Respekt vor dem anderen ganz verschwunden.“

Jamila zog die Unterlippe ein.

„Ich kann nur schildern, was ich in meiner Kindheit erlebt habe", erzählte Dr. Halus weiter. „Nachts, zu einer Zeit, in der andere Kinder längst im Bett lagen, wanderte ich an der Hand meiner Mutter von einer Kneipe zur anderen. Wenn sie meinen Vater endlich gefunden hatte, dann machte sie ihm eine Szene. Mir war das schrecklich, denn ich wollte meinen Vater bewundern. Dass er vor allen Leuten abgekanzelt wurde wie ein kleines Kind, gefiel mir überhaupt nicht und ihm auch nicht. Wenn sie ihn dann am Arm nach Hause zerrte, schimpfte er herum und zu Hause kam es mehr als einmal vor, dass er meine Mutter schlug. Ich glaube, er wollte sich für die Demütigung rächen. Und am nächsten Abend trank er umso mehr. Er hatte einen Grund – eine unerträgliche Frau. Und je mehr er sich deshalb bedauerte, umso mehr Whisky brauchte er."

„Arme, arme Frau . . .", murmelte Jamila.

„Ja, sie war zu bedauern, aber mein Vater ebenso", sagte Dr. Halus. „Sie haben sich gegenseitig das Leben schwer gemacht, weil sie sich nicht mehr respektierten. Die Sucht meines Vaters und die Helfsucht meiner Mutter waren untrennbar miteinander verwachsen wie siamesische Zwillinge."

„Wie hätte es deine Mutter denn besser machen sollen?", fragte David.

„Keine Ahnung. Vielleicht hätte sie ihn für eine Zeit lang allein lassen müssen. Damit er wieder lernt, dass er für sein Leben selbst verantwortlich ist. Aber so lange sie seine Rechnungen bei den Wirten bezahlt hat, so lange er immer wieder in ein gemütliches und aufgeräumtes Haus kommen konnte, gab es für ihn keinen Grund, sich zu ändern."

„Wie – wie geht es den beiden heute?", wollte ich wissen. Ich hatte auf einmal einen Kloß im Hals.

Dr. Halus zuckte die Achseln. „Vater ertränkt seine Gehirnzellen, Mutter keift herum, aber sie zahlt seine Schulden und bezieht sein Bett jeden Morgen neu, wenn er wieder mal alles – na ja . . . Dann ist er zerknirscht und schwört, sich zu bessern. Aber er kann sich nicht ändern. Vielleicht will er auch nicht."

Wir schwiegen lange. Was sollte man auch dazu sagen? Jamila brachte Tee und kleine Sesamkuchen und während David an einem besonders knusprigen Küchlein herumknabberte, sagte er so vor sich hin: „Und es gibt doch einen Weg aus der Sucht!"

„Und der wäre?", fuhr Dr. Halus auf.

„Wenn ein Mensch erkennt, dass er es aus eigener Kraft nicht schafft und sich an den Einzigen wendet, der ihm helfen kann – nämlich an Gott, dann kann er frei werden."

„Kennt ihr denn einen, bei dem das geklappt hat?", zweifelte Dr. Halus.

„Ich hatte in Frankfurt öfter mit Alkoholkranken zu tun, auch mit Drogensüchtigen", erzählte David. „Wenn sie an dem Punkt angelangt sind, wo sie kapitulieren und sich von Gott helfen lassen, dann erleben sie wahre Wunder."

Jamila blickte auf. „Allah ist allmächtig", sagte sie leise.

„Ja. Und wer ihn sucht und ihm vertraut, der wird nicht enttäuscht", bestätigte David.

Dr. Halus verzog das Gesicht, als wäre ihr das Thema plötzlich unangenehm. Dann schüttelte sie die Schultern aus, stand auf und schaute auf die Armbanduhr. „Es wird Zeit, ich muss gehen. Wann kommt ihr mich besuchen, ihr drei?"

„Ich – auch?", staunte Jamila.

„Natürlich. Ich kann zwar nicht so begnadet kochen wie du, aber du gehörst doch dazu", sagte Dr. Halus.

&

Als sie gegangen war, saßen wir noch eine Weile zusammen.

Jamila meinte: „Ich habe nicht gewusst, dass man auf verschiedene Arten lieben kann. Ich dachte immer, Liebe ist Liebe, überall auf der Welt."

David wiegte den Kopf. „Wir sind in unserem Denken geprägt von der Art, wie wir aufgewachsen sind. In manchen Kulturen betrachtet man die Frauen als minderwertig und behandelt sie dementsprechend schlecht. In anderen lernt man es anders."

„Wie hast du es gelernt – David?", wollte sie wissen. Sie nannte ihn zum ersten Mal beim Vornamen, und man sah ihr an, wie viel Überwindung sie diese „Respektlosigkeit" gekostet hatte.

„Meine Eltern haben mir beigebracht, dass Frauen genauso viel wert sind wie Männer. Und in unserem heiligen Buch steht, dass die Männer ihre Frauen so lieben sollen wie sich selbst. Sie sollen sogar bereit sein, ihr Leben zu opfern, um ihre Frauen zu retten."

„Es steht aber auch drin, dass die Frauen sich den Männer unterordnen sollen", wandte ich ein.

„Dürfte nicht schwierig sein, wenn die Männer ihre Frauen pflegen wie kostbare Orchideen", strahlte er.

„Darf ich auch einmal in eurem heiligen Buch lesen?", fragte Jamila.

„Du kannst meine indonesische Bibel haben", sagte ich. „Ich lese im Moment meistens in der deutschen, damit ich Davids Sprache nicht vergesse. Siehst du dort, Jamila, auf dem Regal . . ."

Jamila ging hinüber zum Bücherregal, wischte ihre Hände sorgfältig am Kleid ab und verneigte sich. Erst dann nahm sie das Buch und trug es behutsam, als wäre es aus hauchdünnem Glas.

„Ich werde euer heiliges Buch mit Ehrfurcht behandeln", versprach sie. „Wo stehen die Suren, von denen ihr erzählt habt?"

David nahm ihr die Bibel aus der Hand und blätterte, bis er den Epheserbrief gefunden hatte. Dann legte er ein Lesezeichen ins Markusevangelium und meinte: „Vielleicht kannst du dieses Buch am besten verstehen, wenn du hier zu lesen beginnst."

Aber Jamila schüttelte den Kopf. „Nein. Ich werde von vorne lesen. Der Anfang ist sehr wichtig! Ohne den richtigen Anfang kann es auch kein gutes Ende geben."

David nickte lächelnd, dann wandte er sich zu mir. „Wie war es eigentlich bei dir, kleine Badui-Frau? Wie bist du erzogen worden? Dein Vater war ein gerechter und freundlicher Mann. Ich hatte nicht den Eindruck, dass er dich unterdrückt hat. Und es gab keinen Bruder, mit dem du dich vergleichen musstest."

„Aber eine Schwester. Du hast Bagus nicht gekannt. Sie war schlimmer als drei Brüder", versicherte ich.

„Deine Schwester war die, um die sich alles drehte, nicht wahr?", fragte Jamila. Wir hatten uns in den letzten Tagen oft über unsere Familien unterhalten.

„Ja. Ich musste ihr gehorchen und ihr dienen. Aber es hat mir nicht gefallen. Ich glaube, ich habe Bagus nicht geliebt. Ich hatte eher Angst vor ihr." Plötzlich sah ich sie vor mir, ihren harten Blick, meinte ihre ungeduldigen Finger in meinen Haaren zu spüren. „Wahrscheinlich habe ich heute noch Angst . . .", murmelte ich.

David sah mich zärtlich an. „Sie kann dir heute nichts mehr tun, also beruhige dich."

Aber Jamila schüttelte den Kopf. „Wenn du dich vor ihr fürchtest, dann hat sie immer noch Macht über dich", beharrte sie.

Und sie sollte Recht behalten.

Bagus

Einige Tage später fuhren wir nach Jakarta, weil David verschiedene medizinische Geräte brauchte, die es in unserem Städtchen nicht gab. Auf dem Heimweg standen wir lange im Stau und ich ließ meinen Blick über die Passanten spazieren, die sich auf dem Bürgersteig drängelten. An einer Hausecke lehnte das Jammerbild einer Frau: Arme und Beine mager, der Bauch aufgedunsen, die Haare verklebt. Als sie den Kopf drehte, erkannte ich sie – es war Bagus. Ohne nachzudenken, rief ich: „David, halt an, da drüben steht Bagus!"

Ich kletterte aus dem Wagen und rannte zu ihr hinüber. Sie hob den Kopf, als ich sie mit Namen anrief. Ihre Augen waren müde, als wäre sie zu Fuß von unserem Dorf bis nach Jakarta gewandert, dabei war sie doch von Mahmuds Männern im Auto vor Kiris Haus abgeholt worden. Sie machte nicht den Eindruck einer Frau, die den ganzen Tag lang auf einer Ottomane liegt und die anderen Haremsfrauen nach Herzenslust herumkommandiert – sie wirkte eher wie jemand, der selbst herumgehetzt wird und seit langem keine Ruhe bekommen hat. Mit beiden Händen hielt sie ihren Bauch umfasst und da sah ich, dass sie hochschwanger war.

„Bagus!", rief ich. Sie schaute durch mich hindurch, als wäre ich aus Glas.

Ich berührte sie an der Schulter. „Bagus, du brauchst Hilfe ... komm mit", sagte ich.

Immer noch stierte sie vor sich hin wie eine Schlafwandlerin. Ich packte sie am Arm und zog. Langsam bewegte sie sich von der Hauswand weg, setzte einen Fuß vor den anderen. Ich führte sie zum Wagen. Inzwischen war David ausgestiegen und öffnete die hintere Tür für sie. Sie war zu schwach, um alleine einzusteigen, wir mussten sie schieben und hineinheben.

Als wir weiterfuhren, betrachtete ich sie im Spiegel. Ihre Lippen waren aufgesprungen, und die Augen hatten einen fiebrigen Glanz. Sie antwortete nicht, als ich ihr verschiedene Fragen stellte; sie wirkte wie jemand, der mit offenen Augen schläft.

David flüsterte mir zu: „Sie hat Drogen genommen!"

„Aber das Kind!", platzte ich heraus.

David winkte ab. „Eins nach dem anderen. Ich bringe sie gleich in die Klinik. Wir müssen sie erst mal gründlich untersuchen."

&

Auf der weiten Fahrt nach Hause sagte Bagus kein einziges Wort, sie widersprach auch nicht – sie war gar nicht da. Ihre Schönheit war dahin, ihr Charme, mit dem sie jedermann bezaubert hatte, war verwelkt wie eine Rose, die man zu lange nicht gegossen hat. David fuhr sofort mit ihr ins Krankenhaus und als ich mich an der Pforte von ihr verabschiedete, gönnte sie mir keinen Blick, sondern schlurfte an Davids Arm mit gesenktem Kopf durch den Flur, als hätte sie schon hundert Regenzeiten erlebt und wäre zu müde, um auch nur noch einen einzigen Sommer durchzustehen. Mein Herz fühlte sich an wie ein Klumpen geschmolzenes Erz mit scharfen Kanten; es rieb und scheuerte in der Brust, und ich hätte am liebsten geweint.

Ich saß lange im Auto und dachte über Bagus nach. Konnte man sie in diesem Zustand sich selbst überlassen? War sie fähig, allein zu leben? Wahrscheinlich hatte sich in Jakarta kein Mensch um sie gekümmert, sie hatte nicht einmal genug zu essen gehabt.

Andererseits – konnten wir sie bei uns aufnehmen – in unsere junge Ehe? Bei Jamila hatte ich keinen Augenblick gezögert, so sanft und freundlich und hilfsbereit wie sie war – sie störte nicht. Aber Bagus mit ihrer herrischen Art?

Ich stieg aus dem Wagen und sah hinauf zum Sternenhimmel. „Vater im Himmel, was soll ich tun? Bitte gib mir einen Rat. Bagus tut mir Leid, aber ich habe auch große Angst vor ihr – Bagus ist nur ein anderes Wort für Bauchweh und Tränen. Ich war so glücklich ohne sie. Deshalb kann ich gar nicht begreifen, warum ich sie überhaupt angesprochen habe – es ging so schnell, ohne dass ich darüber nachgedacht hätte. Sag mir, Vater, hast du gewollt, dass wir sie finden? Möchtest du, dass wir für sie sorgen, obwohl sie so – so unausstehlich ist?"

Irgendwann kam David aus der Klinik und nahm mich in die Arme. „Mach dir keine Sorgen, es wird schon alles gut werden", versuchte er zu trösten. „Sie ist entkräftet und leidet unter Drogenentzug, aber das Kind scheint gesund zu sein. Kräftige Herztöne, obwohl es mir ein bisschen klein vorkommt. Sie dürfte im siebten Monat sein."

Ich schmiegte mein Gesicht in seine Halsbeuge und er tätschelte mir den Rücken. „Hab keine Angst, mein Kleines", sagte er und wiegte mich wie man ein kleines Kind wiegt, das sich im Dunkeln fürchtet. „Sobald sie aus der Klinik entlassen ist, kommt sie erst mal eine Zeit zu uns."

Eigentlich war es genau das gewesen, wovor mir gegraut hatte. Aber jetzt hatte er die Entscheidung getroffen, und plötzlich wurde der Klumpen in meinem Magen etwas weicher. Ich musste ja gar nicht alles alleine meistern – ich hatte eine Schulter, an die ich mich lehnen konnte.

Baby

Bagus brauchte zwei Wochen, bis ihr Körper wieder etwas zu Kräften kam. Die gute Kost im Krankenhaus und die Ruhe brachten etwas Farbe in ihre Wangen. Als sie den Drogenentzug überstanden hatte, holten wir sie zu uns. Allerdings war ihre Seele noch lange nicht gesund. Sie konnte keinen Augenblick stillsitzen. Rastlos marschierte sie von einem Raum in den nächsten, nahm hier etwas zur Hand, stellte es dort wieder ab, so dass man ihre Fährte mühelos verfolgen konnte, als hätte sie ihre Fußspuren in die Terrakotta-Fliesen gedrückt.

Niemals sprach sie über das, was sie erlebt hatte; sie redete überhaupt kaum und antwortete nur mit Nicken oder Kopfschütteln, wenn man sie fragte, ob sie etwas essen wollte oder ob sie es gemütlich hätte oder ob sie etwas bräuchte.

Jamila flüsterte mir zu: „Sie ist noch nicht aus ihrem bösen Traum erwacht."

Als ich an meine Alpträume dachte, in denen Bagus meist die Hauptrolle gespielt hatte, schämte ich mich. Was hatte ich denn so Schreckliches von ihrer Hand erlitten? Das waren Kindergeschichten, die längst hinter uns lagen. Früher einmal war ich ihr hilflos ausgeliefert, doch jetzt galt ich als Herrin im eigenen Haus und konnte bestimmen, und zu meinem Erstaunen akzeptierte Bagus, was ich sagte, ohne Widerspruch. Fast konnte man sagen, sie „gehorchte" mir!

Ansonsten war sie den ganzen Tag in Bewegung; sie wanderte mit blicklosen Augen umher, als dürfte sie keinen Augenblick lang innehalten. Zu den Mahlzeiten setzte sie sich seitwärts auf den Stuhl, immer auf dem Sprung, immer bereit zur Flucht. Sie aß hastig und voller Gier, dabei machte ihr doch niemand das Essen streitig! Ohne Dank stand sie auf, auch wenn wir anderen noch längst nicht fertig waren.

Einmal sagte David: „Bagus, ich hätte gern, dass du mit uns am Tisch sitzen bleibst, bis wir *alle* fertig sind." Sie blieb sitzen, aber sie zappelte herum und übertrug ihre Unrast auf uns alle und von da an bestand David nicht mehr darauf, mit ihr gemeinsam am Tisch zu essen.

Manchmal verschlang sie ihre Portion schon in der Küche und wir ließen sie gewähren. Wenn ich sie bat, nicht so viel Unordnung ins Haus zu bringen, sondern die Gegenstände wieder aufzuräumen, die sie auf ihrem Marsch verschleppte, senkte sie den Kopf und nickte zerknirscht, aber bei ihrer nächsten Wanderung nahm sie wieder einen Krug auf und trug ihn an einen anderen Platz, nur um dort ein Körbchen oder ein Kissen zu greifen. Sie musste ständig etwas in der Hand halten, immer etwas Neues.

Ich fragte David um Rat, er zuckte die Schultern und meinte: „Sie war in der Hölle, du kannst nicht erwarten, dass ihr Verstand normal funktioniert. Vielleicht wird es besser, wenn erst das Kind geboren ist."

„Aber sie freut sich gar nicht auf dieses Kind. Sie weint jedes Mal, wenn ich über das Baby rede", sagte ich.

Er dachte eine Weile nach, dann sagte er: „Wahrscheinlich hat sie keinen Mann, der sich um das Baby schert. Außerdem muss sie sich erst darauf einstellen, dass ein neuer Mensch mit ihr in ihrem Körper wohnt.

„Das kann ich nicht begreifen. Es ist doch normal, dass Frauen Kinder bekommen.

Zärtlich strich er mir die Haare aus der Stirn. „Jati, kleine Baduifrau, würdest *du* dich denn freuen, wenn dein Leben von heute auf morgen total umgekrempelt würde, weil du ein Baby bekämst?"

„Ein Kind von dir? Aber ja! Lieber heute als morgen!", rief ich.

„Hm ... wenn es aber vielleicht so aussieht wie ich? Mit hellen Augen und weißer Haut?"

„Das würde mich überhaupt nicht stören", sagte ich.

„Aha, es würde dich nicht stören ... Normalerweise findest du also dunkle Haut schöner als helle!", neckte er.

„Nein, natürlich nicht, das heißt ... wenn ich ganz ehrlich bin ... also ..."

Er hob mich hoch und wirbelte mich durch die Luft. „Ja oder nein?"

„David, lass mich runter, mir wird schwindelig!"

„Erst wenn du geschworen hast, dass du helle Haut und blaue Augen schön findest!"

„Hätte ich dich sonst geheiratet?"

„Vielleicht hast du mich aus anderen Gründen geheiratet!" Er stellte mich auf den Boden und hob mein Kinn.

„Warum hätte ich dich denn sonst heiraten sollen?".

„Manche Frauen lieben einen Mann, weil er klug ist und viel weiß. Oder weil er geschickte Hände hat und viele Dinge reparieren kann. Oder weil er eine dicke Brieftasche hat und der Frau alles kaufen kann, was sie sich wünscht. Und du, Jati, warum liebst du mich?"

„Ich liebe dich, weil deine Augen so viel Licht schenken, so viel Wärme. Ich liebe dich, weil deine Stimme sanft ist wie eine Umarmung. Ich liebe dich, weil du mich wie eine Königin behandelt hast, als du mich zum ersten Mal sahst. Ich liebe dich, weil du mir gezeigt hast, dass ich für dich wertvoll bin, denn du hast mich gerettet. Du hast mir deinen Atem geschenkt. Du hast mich ins Leben zurückgeküsst, als ich schon beinahe gestorben war. Und einmal wärst du beinahe ertrunken, als du mich aus dem wilden Bach gefischt hast. Du hast so viel für mich getan – wie könnte ich dich denn *nicht* lieben?"

David war ernst geworden. Seine Augen tauchten in meine und wurden feucht, und seine Unterlippe zitterte. „Jati . . ."

Ich umarmte ihn mit aller Leidenschaft und er hielt mich lange fest. Dann nahm er mich auf seine Arme, als wäre ich ein kleines Kind, und trug mich die Treppe hoch in unser Zimmer. Behutsam legte er mich aufs Bett und hörte nicht auf, mein Gesicht und meinen Hals mit seinen Lippen zu streicheln, während er mir den Sarong abstreifte.

Die Zimmerdecke drehte sich, als er zu mir kam und mich mit seiner Wärme erfüllte, bis ich meinte, ganz und gar mit ihm verschmolzen zu sein, und in mir jubelte eine kleine Stimme: „Ein Kind von David! Unser Kind!"

Mutterschaft

Ich wunderte mich nicht, als meine nächste Monatsblutung ausblieb. Aber ich wollte mit keinem darüber reden, es sollte vorerst ein Geheimnis bleiben. Jamila wäre vielleicht traurig geworden, weil sie dadurch an den Kummer ihres Lebens erinnert worden wäre. Bagus war immer noch kaum ansprechbar, sie schlich durchs Haus wie ein heimatloser Geist, nicht einmal Kiri und seine Söhne konnten sie aus ihrer Starre hervorlocken, wenn sie uns besuchten. Und Sumeiken war unglücklich, weil sie vor einigen Tagen durch einen schweren Sturz ihr Baby verloren hatte – im fünften Monat. Sie hatte die herrliche Wiege aus Jakarta zu uns gebracht, weil sie nicht an ihre Mutterfreuden erinnert werden wollte.

„Aber warum?“, hatte ich gefragt. „Du kannst es doch bald wieder versuchen?“

Sie schüttelte den Kopf. „Ich will nicht wieder enttäuscht werden. Das könnte ich nicht ertragen.“ Sie hatte sich von mir zurückgezogen und wollte am liebsten allein bleiben.

Jamila sagte: „Lass ihr Zeit. Sie wird es überwinden, so wie ich darüber weggekommen bin.“ Sie bestickte einen Bettüberwurf für Sumeiken, blaues Garn auf grauer Seide. „Du hattest Recht, Jati – heute fühle ich mich in Grau nicht mehr zu Hause. Die gelben Vorhänge sehen viel fröhlicher aus. Aber es war gut, dass wir die grauen Stoffe aufgehoben haben“, meinte sie, während sie Blumen und Vögel stickte. „Und mach dir keine Sorgen um Sumeiken. Ich bete täglich zu Jesus, dass er ihr Herz wieder heilt.“

„Du betest zu – Jesus?“

Jamila nickte, ohne aufzuschauen. „Er ist doch der Sohn Allahs, nicht wahr? Er ist der Schöpfer, und er ist der Bruder aller Menschen. Deshalb bete ich gern zu ihm. Ich meine ... er versteht mich. Er ist zwar ein Mann, aber ich habe in deinem heiligen Buch gelesen, wie er mit Frauen gesprochen hat . . . ganz anders als unsere Männer. Ich vertraue ihm. Ich glaube, er meint es gut mit mir."

Im Stillen sagte ich: „Himmelsgott, ich danke dir! Du hast Jamilas Herz erobert! Du hast sie zu dir gezogen! Hilf mir, dass ich ihr kein falsches Bild von dir male."

&

Am nächsten Tag lief Jamila mit gesenktem Kopf und Gesichtsschleier durchs Haus. Ich wunderte mich, denn in den letzten Monaten hatte Jamila den Schleier nur selten getragen.

„Erwartest du heute Besuch?", fragte ich. „Oder kommt ein muslimischer Händler zu uns?"

Sie schüttelte den Kopf und murmelte etwas, was nicht einmal Herr Mato, mein Lehrer an der Sprachschule, verstanden hätte, dabei kannte er acht Sprachen und drei Dialekte!

„Jamila, was ist los?!", bohrte ich. „Habe ich etwas falsch gemacht? Hat David dich gekränkt?"

„Aber nein!", protestierte sie. „David ist ein wunderbarer Mensch, und du bist mir wie eine Schwester."

Ich musterte ihr abgewandtes Gesicht, das heißt, die wenigen Stücke Haut, die sie mich sehen ließ, und entdeckte unter dem linken Auge ein violettes Mal.

„Du hast dich gestoßen, Jamila. Zeig mir den blauen Fleck, ich gebe dir eine Salbe, damit es nicht so wehtut."

„Nein, es geht schon . . . es ist nichts", presste sie hervor.

Ich ließ sie gehen, aber als ich ihr nachsah, merkte ich, dass sie den linken Fuß nachzog.

Seltsam . . . von einem Sturz hätte sie mir berichtet, so wie wir uns immer unsere kleinen Missgeschicke erzählen und darüber jammern, bis wir lachen müssen und der Schmerz nur noch halb so stark ist, weil jemand daran mitgetragen hat.

In der Nacht konnte ich nicht schlafen, weil mein Magen knurrte wie ein hungriges Leopardenweibchen.

David hörte es und lachte. „Gibt dein Mann dir nicht genug zu essen, kleine Badui-Frau?"

„Ich habe gegessen, aber nicht genug . . .“

Er stützte sich auf den Ellenbogen. „Doppelt so viel wie ich und noch immer nicht genug? Wie wird das enden? Wird Jati zur Kugel?“

Soll ich es ihm jetzt erzählen? Aber ich bin noch nicht ganz sicher – ich wollte mich eigentlich erst von Dr. Halus untersuchen lassen.

„Es ist mir schon ein paar Mal aufgefallen, dass du riesengroße Portionen isst. Ich gönne es dir, versteh mich nicht falsch. Aber . . . vielleicht solltest du deinen Appetit ein bisschen zügeln? Vor allem nicht so viel Süßes in dich hineinschaufeln.“

Ich musste mir den Zipfel meines Kissens in den Mund stopfen, dass ich nicht laut rausplatzte vor Lachen, aber er deutete es falsch.

„Meine liebe kleine Frau, ich glaube, es ist *mein* Fehler. Ich habe mich in letzter Zeit zu wenig um dich gekümmert. Und Bagus ist auch eine große Last, nicht wahr? Kein Wunder, dass du dich leer fühlst und unbefriedigt. Sei mir nicht böse. Ich will es alles wieder gut machen. Was kann ich tun, damit du wieder glücklich bist?“

Ich nahm den Zipfel aus dem Mund und sagte: „Du könntest mir einen Teller Nasi Goreng[1] bringen; in der Vorratskammer steht noch eine ganze Schüssel davon.“

Er setzte sich auf und knipste das Licht an. „Aber Jati, das ist doch keine Lösung! Eine Essstörung muss man anders behandeln. Man darf der Lust nicht einfach nachgeben, man muss die Ursachen erkunden.“

Nun konnte ich mich nicht mehr bremsen. Ich ließ mich aufs Kissen sinken und lachte laut heraus. „Verehrter Wunderdoktor, die Ursache meiner Essstörung ist bereits geklärt. Sie wird schon bald in meinem Bauch herumstrampeln und den Vater treten, wenn er mir zu nahe kommt. Und in ungefähr sieben Monaten wird sie das Licht der Welt erblicken.“

---

[1] Gebratener Reis

David sprang mit einem Satz aus dem Bett. Er beugte sich zu mir und keuchte: „Ist das wahr? Stimmt das wirklich? Du machst doch Spaß, oder?“

„Ich war noch nicht bei Dr. Halus, aber eigentlich bin ich schon sicher. Meine Blutung hat jetzt zweimal ausgesetzt und ich habe ständig Hunger. Tag und Nacht. Da, hörst du, schon wieder!“

David legte den Kopf auf meinen Bauch und lauschte andächtig. Dann stand er auf. „Ja. Höchste Zeit, dass die kleine Baduifrau etwas zu essen bekommt. Was möchtest du denn gern? Reis mit Hühnchen? Bohnensuppe? Mangosalat? Oder Pfannkuchen?“

„O ja, Pfannkuchen mit Obstsalat!“, bettelte ich. David backt die besten Pfannkuchen der Welt. Sie sind hauchdünn und knusprig und schmecken frisch so gut, dass man davon immer zwei Stück zu viel isst.

„Und du bleibst still hier liegen und wartest, bis ich dir dein Essen bringe!“, befahl mein Herr und Gebieter, und ich nickte gehorsam.

Während mein Magen völlig neue Variationen seiner Grunz- und Knurrlaute erprobte, fasste ich mich in Geduld und nutzte die Wartezeit, um für Sumeiken und Jamila zu beten – ja, und auch für Bagus. Und freute mich zwischendurch auf meine Pfannkuchen.

Doch ich sollte vergeblich warten . . .

Hexe

Wenn man ordentlich Hunger hat und aufs Essen warten muss, dann erscheinen die Minuten wie Stunden. Der Zeiger unserer Weckuhr konnte sich von der Elf nicht trennen. Ich nahm ihn ans Ohr und horchte auf sein leises Surren. David hat mir nämlich eine Batterieuhr geschenkt, weil ich oft vergaß, das Uhrwerk neu aufzuziehen. Eigentlich war das angenehm, weil die Uhr dann immer auf halb sechs Uhr morgens zeigte. Das ist eine schöne Zeit – da wird es draußen langsam hell, David liegt noch friedlich neben mir und schnauft im Traum, die ersten Vögel piepsen drauf los, aber ich muss noch nicht aufstehen und kann in Gedanken mit dem Himmelsgott sprechen und mich auf den neuen Tag freuen. Doch David war mit dieser Regelung nicht einverstanden. Als er zum dritten Mal eine Stunde zu spät in die Klinik gekommen war, weil sich die Wirklichkeit nicht nach unserem stehen gebliebenen Uhrwerk richten wollte, besorgte er eine neue Uhr.

Endlich rutschte der Zeiger ein kleines Stück weiter, und mir kam es vor, als hätte er dabei geseufzt. Kribbelig vor Ungeduld übertrat ich Davids „Gebot" und ging auf die Galerie hinaus, schaute übers Geländer. Der Mond schien in den Innenhof und ließ den Wasserstrahl hell aufglitzern, den der Brunnen in den Trog spuckte. Hinten im Garten zirpte eine Grille und ein Vogel gab Antwort. Eine friedliche Nacht . . .

Doch auf einmal hörte ich leises Wimmern und Schluchzen. *Bagus?*

Ich ging leise zu ihrem Zimmer hinüber. Nein, hier war alles still. Wo mochte das herkommen? Ich schlich weiter auf die andere Seite bis zu den Räumen, die Jamila bewohnte. Tatsächlich – hinter ihrer Tür hörte ich das Geräusch wieder. Ich klopfte – da war alles still.

„Jamila?"

„. . ."

„Jamila, wie geht es dir?"

Ein Stöhnen. Behutsam schob ich die Tür auf. Jamila kauerte in der Ecke. Ihre Nase blutete, ihre Haare waren zerzaust und sie drückte ein Tuch gegen ihr Kinn. Ich zog ihre Hand weg und sah, dass dort ein großes Stück Haut abgeschürft war. Ihr rechtes Auge war beinahe zugeschwollen.

Ich rannte zur Tür. „David, komm schnell!“, schrie ich. „Jamila ist verletzt!“

Er war im Nu neben mir. Ich staune immer wieder, wie schnell er zur Stelle ist, wenn ein Mensch Hilfe braucht – und wie lange ich normalerweise auf ihn warten muss. Als ich das einmal so ganz nebenbei zur Sprache brachte, meinte er: „Du hast eben einen Arzt geheiratet.“ Peng. Wahrscheinlich erklärt das alles . . .

Wir brachten Jamila zu ihrem Bett, aber sie wollte sich nicht hinlegen. „Es tut so weh am Rücken“, schluchzte sie.

David überlegte, dann sagte er: „Ich ziehe mich rasch an und hole Dr. Halus.“ Jamila lässt sich nämlich nicht von einem männlichen Arzt untersuchen.

Als er fort war, versuchte ich herauszufinden, was Jamila zugestoßen war. Sie schluchzte nur und schüttelte den Kopf und wollte nichts verraten. Ich lief hinunter und prüfte nach, ob die Gartenpforte verschlossen war. Ich untersuchte alle Fenster und Türen, weil ich herausfinden wollte, durch welchen Eingang der Fremde eingedrungen war, der Jamila so misshandelt hatte. Denn diese Wunden waren nicht durch einen Unfall entstanden, das sah man gleich. Jemand hatte mit einem harten Gegenstand auf sie eingedroschen . . . aber wer?

Dr. Halus kam mit ihrer Arzttasche ins Zimmer gerauscht und schickte David weg, warmes Wasser holen. Ich half Jamila aus den Kleidern und erschrak über die vielen roten und blauen und grünen Male, die sie überall verstreut am Körper trug. Dr. Halus zog die Augenbrauen hoch und schaute mich fragend an. „Was ist denn hier los?“

„Ich weiß es wirklich nicht. Ich sehe das zum ersten Mal“, beteuerte ich.

„So . . . Hm . . . Und David? Könnte er etwas damit zu tun haben?“

Die Röte schoss mir in die Wangen. Wie konnte sie nur David verdächtigen?! Er, der jedem Menschen nur Gutes tat und keiner Fliege etwas zu Leide tun konnte – er sollte diese freundliche Frau verprügelt haben?

„Bestimmt nicht!“, protestierte ich. „Du kennst ihn doch. Er würde niemals einem Menschen wehtun!“

Die Ärztin presste die Lippen zusammen, eine Ader an ihrer Schläfe pochte. „Das sagen sie alle. Ich werde die Polizei verständigen. Dann werden wir die Wahrheit schon herausfinden“, sagte sie, und ihre Stimme klang fremd. „Und bis dahin werde ich Jamila zu mir nach Hause nehmen. Sie ist hier nicht sicher.“

„Nein, bitte lass mich hier bleiben“, bettelte Jamila, die erst jetzt richtig zugehört hatte. „David und Jati sind unschuldig, ich schwöre es!“

„Du willst sie nur schonen, weil du die beiden magst. Aber wenn sie dich misshandelt haben, musst du es sagen!“ Dr. Halus war unerbittlich.

„Bitte glaub mir!“, flehte Jamila. „Sie waren es nicht.“

„Wer sonst hat dich so übel zugerichtet? Kamen Fremde ins Haus?“

„Nein, keine Fremden.“

„Also, wer war es dann?“ Die Ärztin war blass vor Zorn. Ich hatte sie noch nie so außer sich erlebt.

Jamila schluchzte. „Bagus war es. Jatis Schwester . . .“

Dr. Halus fuhr herum. „Hab ich es mir doch gedacht! Bagus! So eine *Rangda*[1]! Dieses Miststück! Sie ist gemeingefährlich! Ich habe es David sofort gesagt, als er sie aus der Klinik abgeholt hat. Aber er wollte nicht auf mich hören. Er ist von der Idee besessen, dass jeder Mensch gut wird, wenn man ihm vertraut. Davon lässt er sich einfach nicht abbringen!“

Hexe; der böse und unheimliche Geist der balinesischen Tänze und Geschichten

Ich dachte an Irene und nickte.

„Bagus also . . . Aber diese Prellungen und Quetschwunden sind nicht alle von heute, oder?“

„Sie hat mich jede Nacht geschlagen“, flüsterte Jamila. „Wenn alle schliefen, dann kam sie in mein Zimmer und –“

„Aber warum hast du dich nicht gewehrt? Eine große Frau wie du – Bagus ist doch viel kleiner.“

„Sie – sie hat furchtbare Kräfte“, wisperte Jamila. „Als hätte sie einen Dämon in sich. Ich kann mich nicht gegen sie behaupten. Und ich wollte sie auch nicht verletzen – das ungeborene Kind . . .“

Dr. Halus seufzte. „Aber du hättest Jati davon erzählen müssen. David und Jati hätten dich beschützt.“

„Ich wollte ihnen keinen Kummer machen. Bagus ist Jatis Schwester, sie hat ein Recht, in diesem Haus zu leben. Ich bin nicht einmal mit ihnen verwandt . . . und ich bin eine Somali . . .“

„Was hat denn das damit zu tun!“, bellte Dr. Halus.

Es klopfte an der Tür. David brachte eine Schüssel mit Wasser und weiche Tücher.

„Deine Schwägerin ist ein psychopathisches Biest“, sagte die Ärztin. „Schaff sie aus dem Haus, bevor sie noch Schlimmeres anstellt. Was sie mit Jamila gemacht hat, ist übel genug!“

David presste die Lippen zusammen und runzelte die Stirn. Ich ahnte, welcher Kampf in ihm tobte. Er, der jedermann nur Gutes zutraute, wurde darauf gestoßen, dass er sich getäuscht und damit andere gefährdet hatte. Und nun sollte er einen Menschen wegschicken, der dringend Hilfe brauchte? Sein ganzes Wesen musste sich dagegen auflehnen.

„Komm, David, wir stehen das gemeinsam durch“, sagte ich und nahm ihn bei der Hand. Schließlich war es meine Schwester, die diesen ganzen Ärger verursacht hatte. Mein Magen rumpelte, als hätte er Steine geladen, und ich grollte leise vor mich hin: *Immer und immer wieder Bagus – wenn man solche Verwandten hat, braucht man keine Feinde mehr.*

Wir gingen langsam hinüber auf die andere Seite der Galerie. Keiner hatte es eilig. Am liebsten wäre mir gewesen, der Zeiger meiner Weckuhr würde für alle Zeiten an der 12 festkleben und nie mehr weiterkriechen. Denn ich fürchtete mich davor, Bagus gegenüberzutreten, dieser fremden, bösen Frau, die doch meine Schwester war und obendrein elend und krank im Kopf und im Herzen.

„Was sein muss, muss sein", sagte David und straffte sich. Dann klopfte er energisch an die Tür und stieß sie auf.

Waisenkind

Bagus lag auf dem Boden in einer Blutlache und stöhnte. Mit drei Schritten war er bei ihr und beugte sich über sie, tastete nach der Halsschlagader.

„Jati, mach Licht! Schau nach, wo das Blut herkommt!", rief David.

In diesem Augenblick schrie Bagus wie eine Ziege, die vom Tiger angefallen wird, und krampfte sich zusammen.

„Sie hat Wehen", sagte ich. „Das Kind kommt."

David rechnete nach. „Etwas früh, aber das macht nichts. Schnell, hol Dr. Halus!"

Ich rannte hinüber zu der Ärztin, dann lief ich ins Badezimmer und füllte einen Krug mit Wasser, holte Tücher und einen Korb.

Den Rest dieser Nacht verbrachte ich im Dauerlauf. Die Treppe hinauf, die Treppe hinunter, kalte Kompressen, warme Umschläge, aus dem Bad in Bagus Zimmer, zwischendurch schnell nach Jamila geschaut, die inzwischen eingeschlafen war, die Backröhre angeheizt, einen Ziegelstein reingesteckt, damit später das Körbchen vorgewärmt würde, die Backschüssel mit kochendem Wasser ausgebrüht, darin wollte ich nachher das Baby baden. Wir hatten weder Kleidung noch Windeln für das Kleine, aber vielleicht konnte Sumeiken etwas ausleihen? Sie hatte nämlich schon die ganze Babyausstattung beisammen gehabt, bevor sie ihr Kind verlor.

Bagus schrie, als würde ihr bei lebendigem Leib die Haut abgezogen. Sie strampelte mit den Beinen, statt ordentlich zu pressen, sie wehrte sich gegen das Kind und verfluchte es mit allen Schimpfworten, die es auf Badui gibt, und ich schätze, sie hat sogar ein paar neue erfunden.

Dr. Halus schüttelte den Kopf und murmelte: „Arme Frau, sie muss Furchtbares durchgemacht haben, dass sie so wütend ist." Ihr Zorn war verraucht, jetzt war sie nur noch Ärztin, dem Leid der Menschen verpflichtet.

&

Gegen Morgen wachte Jamila auf und fühlte sich besser. Sie hatte außer den Prellungen und Hautabschürfungen keine ernsthaften Verletzungen.

„Ich bin doch nicht krank, lass mich aufstehen“, sagte sie. Ich half ihr in die Kleider, da hörten wir von drüben ein wahres Panthergeheul.

„Ist das – Bagus?“, fragte Jamila.

„Ja. Sie kriegt gerade ihr Kind. Sie kämpft gegen die Geburt, aber das Kind ist wahrscheinlich stärker als sie“, sagte ich.

„Das arme Kind . . .“, sagte Jamila nachdenklich. Sie stand auf, etwas schwankend noch, aber dann immer sicherer, ging hinüber zu ihrer Truhe und kramte darin. Als sie sich aufrichtete, hatte sie ein Babyjäckchen und ein weiches Tuch und eine Hand voll Windeln herausgenommen.

„Hier. Du kannst es haben. Ich werde es nicht mehr brauchen . . .“, murmelte sie.

Ich umarmte sie. „Oh Jamila! Du gibst deine Babysachen her? Das ist lieb von dir . . . Ich habe mich schon gefragt, worin wir das Baby einwickeln könnten.“

Das Jäckchen war über und über mit blauen Mustern bestickt, und ich bewunderte es.

„Stell dir vor, Jamila, in einem halben Jahr werden wir es für *mein* Kind benutzen.“

„Wirklich? Du bist schwanger? Wie schön!“, sagte Jamila, und ihre Augen begannen zu leuchten, als hätte man tief in ihrem Innern ein Freudenfeuer angezündet. „Dann werden wir hier im Haus zwei kleine Kinder haben!“

Diese Frau hat eine innere Kraft, von der ich nur träumen kann, dachte ich. *Sie ist von meiner Schwester halb tot geschlagen worden, aber sie schenkt ihre Babykleidung her, opfert ihren Traum, der sich nie erfüllt hat. Und jetzt freut sie sich auf unser Kind, als wäre es ihres.*

Wir gingen zusammen in die Küche und kochten einen

dicken Reisbrei, öffneten zwei Gläser mit eingekochten Mangos. Der Pfannkuchenteig war in sich zusammengefallen, aber er musste trotzdem in die heiße Pfanne, da kannte ich keine Gnade. Als das Frühstück fertig war, luden wir die Schüsseln und Teller auf Tabletts und trugen sie nach oben. Allerdings bestand Jamila darauf, dass ich nur leichte Sachen in die Hände nahm.

In Bagus Raum war es still geworden, der Kampf war vorüber. Dr. Halus und David bemühten sich um ein kleines, blaues Bündel, das schlaff in ihren Händen hing.

„Ein Junge. Er hatte die Nabelschnur um den Hals", erklärte die Ärztin. „Hoffentlich schafft er es, er atmet noch nicht richtig!"

Bagus hob den Kopf aus den Kissen und knurrte: „Ich will es nicht. Macht es tot!"

Dr. Halus schüttelte den Kopf. „Das ist vielleicht eine Mutter ... Aber ich fürchte, der Kleine wird es ohnehin nicht packen. Vielleicht ist es auch besser so. Was hätte er denn für eine Zukunft?"

Jamila stieß mich beiseite und drängte sich zwischen Dr. Halus und David und rief: „Gebt ihn mir, er soll leben!"

Verblüfft überließen ihr die Ärzte das Baby. Sie wischte dem schlaffen Bündel den Mund ab und begann sofort mit der Mund-zu-Mund-Beatmung, als hätte sie ihr Leben lang nichts anderes getan, als halb tote Babys ins Leben zurückzuatmen. Ich holte warme Tücher und rieb und rubbelte dem Kleinen die Arme und Beine, bis sie rot glühten. Endlich ein Gurgeln, Röcheln, ein schwacher Schrei.

„Es lebt! Dein Kind lebt!", jubelte Jamila und wollte es Bagus reichen. Doch die hatte sich zur Wand gedreht und die Decke hochgezogen.

„Bagus!", drängte ich. „Willst du deinen Sohn nicht anschauen? Gib ihm einen Namen!"

„Lass mich in Ruhe", brummte sie. „Ich will es nicht. Hab es nie gewollt."

Jamila betrachtete das Kind. Es war sehr dünn und hatte

tiefe Falten am Hals wie ein alter Mann, der nicht genug zu Essen bekommt. Sein Gesicht war zerknautscht von der schweren Geburt und sah so traurig und bekümmert aus, als wüsste der Kleine, dass er ganz und gar verlassen war.

„Nein. Du wirst nicht weggeworfen“, sagte Jamila. „Ich will dich haben. Ich werde dich lieben wie meinen eigenen Sohn.“ Mit diesen Worten marschierte sie mit dem Kind aus dem Zimmer, und David sagte nachdenklich: „Ab heute gehört Jamila wirklich zur Familie.“

Adoption

Jamila hatte sich eine schwere Aufgabe gestellt. Das Kind war schwach und konnte nicht richtig saugen. Dr. Halus besorgte uns gleich am nächsten Morgen Babynahrung und ein Fläschchen, doch man musste dem kleinen Kerl die Nahrung in den Mund spritzen. Oft verschluckte er sich dabei und hustete, bis er blau wurde. Alle zwei Stunden gab ihm Jamila etwas Milch und sie hielt den kleinen Schlafkorb mit heißen Ziegelsteinen warm und ließ ihn nicht aus den Augen. Bagus blieb einen ganzen Tag lang liegen – mit dem Gesicht zur Wand – und wollte weder essen noch sprechen. Als ich sie bat, etwas Milch abzupumpen für ihren Sohn, sah sie mich an, als hätte ich von ihr gefordert, den Mond vom Himmel zu holen.

„Hörst du mir überhaupt zu?“, fragte ich.

Ihre Augenlider flatterten.

„Was soll denn mit deinem Kind geschehen? Bist du einverstanden, dass Jamila es bekommt? Sie möchte das Baby großziehen.“ Sie schloss die Augen und drehte sich wieder zur Wand. Ich rüttelte sie an der Schulter. „Bagus! Du musst mir antworten! Es ist wichtig!“

„Lass mich in Ruhe“, brummelte sie und zog die Decke über die Ohren.

Ich verließ ihr Zimmer – was hätte ich denn sonst tun können? – und ging hinüber zu Jamila. Ich hatte sie noch nie so glücklich gesehen; ihr dunkles Gesicht wirkte hell und ihre Augen blitzten.

„Ich würde das Kind so gerne behalten . . .“, sagte sie. „Aber es ist das Kind deiner Schwester, und vielleicht möchtest du . . .?“

„Jamila, ich werde es nicht schaffen, zwei Babys gleichzeitig großzuziehen; ich bin froh, wenn du mir den Kleinen abnimmst . . .“

„Ja . . .“, sagte sie und sah sehr zufrieden aus. „Dann

können die beiden zusammen aufwachsen, als wären sie Geschwister."

„Bagus war noch nicht so richtig ansprechbar. In ihrem Zustand wird sie kaum etwas mit dem Kind anfangen können."

„Bagus ist grausam", sagte Jamila nachdenklich und ich konnte nur nicken. Sie hob das Baby an die Brust, als wollte sie es beschützen.

„Wir werden eine Lösung finden", versicherte ich. „Ich werde mit den Behörden sprechen, die für Kinder und Jugendliche zuständig sind. Vielleicht unterschreibt Bagus ein Papier, mit dem sie auf ihr Kind verzichtet. Wahrscheinlich wäre es das Beste für alle."

&

Etwas später am Tag ging ich zu Sumeiken hinüber. Der Spaziergang tat mir gut, ich spürte, wie sich meine verkrampften Muskeln langsam lockerten, und als ich bei ihrem Haus angekommen war, fühlte ich mich schon um viele Pfunde leichter – der Stein, der in meinem Magen lag, hatte sich aufgelöst.

Dr. Meier war auch schon von der Klinik heimgekommen und hörte zu, als ich von Bagus und dem Baby erzählte.

„Morgen holen wir Bagus in die Klinik und untersuchen sie. Ich kenne in Jakarta einen guten Psychiater, der mir einen Gefallen schuldet. Vielleicht kann er helfen", sagte er. „Und was das Baby angeht, so könnt ihr das jetzt noch nicht klären. Bagus muss erst wieder klar im Kopf sein. Man kann von ihr jetzt noch keine Entscheidung verlangen."

„Aber wir müssen das Kind anmelden. Es braucht einen Namen", wandte ich ein.

„Sucht einen Namen aus und meldet es an ihrer Stelle an, das dürfte kein Problem sein", sagte er.

Sumeiken kletterte ins Auto und fuhr mich nach Hause. Das hatte sie lange nicht mehr getan und ich überlegte, ob ich ihr von meinen „Hoffnungen" erzählen sollte, aber sie kam mir zuvor und sagte beiläufig, als ich aus dem Auto stieg:

„Du solltest dich beeilen mit dem Kinderkriegen, damit das Kleine nicht ohne Gesellschaft aufwächst."

Ich holte tief Luft: „Gut. Ich werde deinen Rat befolgen."

Sie warf mir einen scharfen Blick zu. „Jati? Bist du etwa . . . Du verschweigst mir etwas . . ."

„Ich bin im dritten Monat . . .", flüsterte ich. Sie zuckte zusammen, wie ich es erwartet hatte, und wischte sich schnell mit der Hand über die Augen. Doch sie gab sich nicht lange ihrer Trauer hin, sondern straffte die Schultern.

„Ich freue mich für dich", sagte sie, und ihre Stimme zitterte nur ganz wenig dabei.

„Bist du nicht mehr – ich meine –"

„Natürlich tut es noch weh, wenn ich daran denke. Aber das alles wird seinen Sinn haben. Als du deine Eltern verloren hast, Jati, da musstest du auch irgendwie darüber hinweg kommen. Und dann musstest du Deutschland verlassen und konntest David nicht einmal erklären, warum und wieso. Das war hart für dich. Aber du hast es überlebt."

„Ja. Weil ich mit meinem Kummer nicht allein war. Ich wusste, dass Gott sich um mich kümmert, auch wenn ich nicht verstand, warum das alles geschehen war."

Sie nickte. „Genauso denke ich auch. Die Antwort auf das ‚Warum?' habe ich nicht bekommen. Vielleicht kriege ich nie eine. Aber ich habe mich entschieden, weiterhin auf Gott zu vertrauen."

Ich umarmte sie, dann gingen wir ins Haus.

&

Als Sumeiken das verknitterte, rotgesichtige Baby sah, rümpfte sie die Nase. „Bah, ist der hässlich!"

Jamila drehte sich beleidigt weg und trug ihren „Schatz" in ihr Zimmer. Sie kam bis zum Abend nicht mehr herunter. Ich trug ihr das Essen hinauf, und sie verließ den Raum erst, als das Haustor hinter Sumeiken ins Schloss gefallen war.

„Sei ihr bitte nicht böse", sagte ich. „Sie wollte dich nicht kränken. Sie war nur ehrlich."

„*Hässlich* hat sie gesagt!“, grollte Jamila.

„Du siehst ihn mit anderen Augen, weil du ihn lieb hast“, sagte ich. „Und du darfst ihm auch einen Namen geben.“

Das versöhnte sie augenblicklich. Sie sprang auf und lief hinunter in die Wohnhalle, wo die Bücherregale standen. Stundenlang kramte sie in allen möglichen Werken herum und bewegte dabei die Lippen. Als David nach Hause kam und in der Halle seine traditionelle Tasse Tee trank, hatte sie ihre Entscheidung getroffen.

„Ich möchte, dass mein Sohn Arjuna heißt!“, verkündete sie.

„Aha . . . klingt nicht schlecht . . .“, murmelte David etwas ratlos.

„Das ist der Name der Hauptfigur im berühmten Mahabharata-Epos[1]“, sprudelte sie heraus. „An vielen Tempeltoren steht er als Wächterfigur. Er ist stark, er ist klug – ein Held!“

„Ich wusste gar nicht, dass du dich neuerdings für den Hinduismus begeisterst“, sagte ich.

„Tu ich nicht. Ich halte nichts davon, ich bin eine Muslime“, sagte Jamila. „Aber dieser Arjuna gefällt mir. Er läuft nicht einfach davon, er kämpft, auch wenn er sich gegen seine eigene Familie wenden muss.“

David zog die Augenbrauen hoch. „Möchtest du denn, dass Arjuna sich einmal gegen seine Familie wendet? Das könntest zum Beispiel auch du sein.“

Jamila wurde rot. „Natürlich nicht. Ich werde ihm dazu keinen Anlass geben.“

„Wie kommt es, dass dir dieses Epos so gut gefällt? Diese hinduistischen Vorstellungen widersprechen doch an vielen Stellen dem Koran und auch der Heiligen Schrift“, sagte David.

---

[1] Ein Bericht über einen Krieg in Nordindien, der ca. 1400 v. Chr zwischen zwei Vettervölkern entbrannte und durch Lieder und Legenden im Lauf der Jahrhunderte zu einem Mammutwerk angewachsen ist – sieben Mal so lang wie die Ilias und die Odyssee zusammengenommen

„In der Bhagavad Gita[1] steht aber, dass die Seele des Menschen unzerstörbar ist. Deshalb braucht man nicht zu trauern, wenn jemand stirbt. Und dasselbe hab ich in eurem heiligen Buch gelesen. Der Mensch wird von Neuem geboren und dann kann ihm niemand mehr das Leben nehmen, auch wenn es so aussieht, als ob er stirbt. Und im Koran heißt es –"

„Jamila, das müssen wir einmal in Ruhe besprechen, nicht so zwischen Tür und Angel", sagte David. „Im Hinduismus hat das Wort *Wiedergeburt* eine ganz andere Bedeutung als in der Bibel. Das gleiche Wort, aber ein anderer Inhalt. Nach der Bibel ist der Mensch so lange tot, bis Gott ihn wieder aufweckt. Der Tod ist so etwas wie ein Schlaf, verstehst du? Das ist etwas ganz anderes als die Lehre der Hindus."

„Ach so, das habe ich nicht gewusst . . .", murmelte Jamila. „Kann ich den Kleinen trotzdem Arjuna nennen?"

David sah mich an und hob die Achseln. „Was meinst du, Jati?"

„Du solltest ihm einen Namen geben, der zu ihm passt, sein Wesen widerspiegelt", meinte ich.

„Was kann man jetzt schon über sein Wesen sagen? Er ist noch zu klein", sagte Jamila.

„Sein Weinen erinnert mich an die Hirsche, die ich einmal im Wald gehört habe – es klang wie das Bellen eines kleinen Hundes", sagte David.

„Ja, ich weiß, was du meinst – die Muncak-Hirsche[2]. Du hast Recht, genau so hört es sich an."

„Wie wäre es denn dann mit Muncak?", schlug David vor. „So ein Hirsch ist ein majestätisches Tier voller Grazie. Wie gefällt dir das?"

Jamila schüttelte den Kopf. „Du kannst ihn ja mit Muncak ins Register eintragen lassen – für mich wird er immer Arjuna bleiben."

---

[1] Heiliges Buch der Hindus

[2] Eine Hirschart in Java, die ein kläffendes Bellen von sich gibt

David seufzte. „Also gut. Er bekommt beide Namen. Dann kann er sich später einen davon aussuchen."

Und ich dachte: *Welcher Name wird ihn prägen? Wird er ein Held, der die Schwachen beschützt und mutig für das Recht eintritt? Oder wird er sein Leben lang herumkläffen und sich damit durchsetzen? Welches Stück von Bagus würde er in sich tragen?*

&

Ich klopfte an ihre Zimmertür. „Bagus, wie soll dein Kind heißen – Arjuna oder Muncak?"

Sie öffnete die Augen und sah mich an, als wäre ich eine Fremde.

„Bagus, hörst du mich? Bist du damit einverstanden, dass wir deinen Sohn Arjuna Muncak nennen?"

Wieder antwortete sie nicht, sondern schaute mich unter schweren Lidern an. Ich setzte mich an ihr Bett und nahm ihre Hand. Sie war feucht und schlaff wie ein toter Fisch.

„Bagus, du hast heute noch nichts gegessen. Raff dich auf und komm hinunter in die Küche. Ich mache dir einen Fruchtsalat. Oder hättest du lieber Nasigoreng? Mit viel Sambal[1]?"

Endlich machte sie den Mund auf und sagte: „Ananas. Und Mango."

„Gut. Ich bereite alles vor, und du kommst dann. Oder soll ich dir beim Ankleiden helfen?"

Sie schüttelte den Kopf. „Bring es rauf."

Ich wusste nicht, ob ich mich über diesen Befehlston freuen oder ärgern sollte. War das ein Zeichen dafür, dass sie wieder „sie selbst" wurde? Langsam stand ich auf.

„Meine Füße sind müde, weil ich so viel herumlaufen muss", sagte ich. „Es wäre nett, wenn du zum Essen herunterkämst."

Sie bellte mich an: „Bring es rauf, hab ich gesagt!"

---

[1] Chilisauce

Einen Augenblick lang kroch mir Furcht in die Glieder. Die alten Gespenster rührten sich. Aber dann erinnerte ich mich an das, was Jamila gesagt hatte: „Solange du vor ihr Angst hast, hat sie immer noch Macht über dich."

Ich holte tief Luft und sagte fest: „Bagus, du kannst sehr wohl aufstehen. Ich stütze dich auf der Treppe, wenn du willst. Aber das Essen bekommst du unten serviert. Du musst aufstehen und das Gehen üben, denn morgen wird dich David in die Klinik bringen, damit du gründlich untersucht wirst."

Sie warf mir einen verächtlichen Blick zu, drehte sich zur Wand und zog die Decke über den Kopf.

Ich wusste mir keinen Rat und lief hinüber zu Jamila, die gerade den Kleinen wickelte und dabei ein Wiegenlied summte.

„Was soll ich tun? Bagus will Ananas und Mango essen, aber sie besteht darauf, dass ich ihr das Essen ans Bett bringe."

Jamila hielt still und sah mich an. „Möchtest du dein Leben lang ihre Sklavin sein?"

„Nein. Bestimmt nicht!"

„Dann bleib bei dem, was du gesagt hast."

„Aber wenn sie meine Hilfe braucht?"

„Dann soll sie dich höflich bitten. Sie hat kein Recht, dir zu befehlen."

Ich umarmte sie flüchtig. „Danke, Jamila! Ich bin so froh, dass du hier bist."

Ihre Augen wurden feucht, und ich ging schnell hinaus, damit sie das Gesicht wahren konnte.

&

Bagus kam nicht zum Essen herunter, und als David am Abend mit ihr sprechen wollte, konnte er das Zimmer nicht betreten, weil sie es von innen verriegelt hatte.

Er rief durch die Tür: „Bagus, morgen kommst du mit mir in die Klinik. Wenn du nicht freiwillig gehst, dann holen wir dich mit Gewalt. Das dürfte unangenehm sein. Also überleg es dir."

Von innen kam ein undeutliches Geknurr.

David seufzte. „Ich bin todmüde. Es war ein schwerer Tag. Ich würde am liebsten gleich ins Bett gehen. Stattdessen muss ich jetzt noch einmal in die Klinik fahren und ein paar starke Pfleger organisieren, die mir morgen helfen."

Ich sagte: „Es tut mir Leid, dass dir meine Schwester Mühe macht. Ich schäme mich für sie."

„Aber Jati! Dafür musst du dich doch nicht entschuldigen!", sagte er und nahm mich in die Arme. „Sie ist ein erwachsener Mensch, für den du keine Verantwortung trägst."

„Sie ist meine Schwester . . ."

„Darüber musst du dir nicht den Kopf zerbrechen."

„Aber du zerbrichst ihn dir . . . Weißt du was, David, jetzt isst du erst einmal, und danach machen wir einen schönen Spaziergang und gehen schlafen."

„Aber der Transport –"

„– ist erst morgen", fiel ich ihm ins Wort. „Wer weiß, was bis dahin alles passiert?"

Und damit lag ich nicht einmal verkehrt.

Flucht

Am nächsten Morgen klopfte es an die Tür, als noch alles dunkel war.

„Ich bin es, Jamila."

„Ja? Was kann ich für dich tun?", rief David. Er war noch nicht ganz wach, aber für Hilfesuchende hatte er ein drittes Ohr, das niemals schlafen ging. Ich habe das einmal probiert, als er im Tiefschlaf lag und munter schnarchte. Ich flüsterte: „Hilfe!", und David stand gleich darauf senkrecht im Bett und rief: „Wo? Was? Wer braucht Hilfe?"

„Bitte komm", drängte sie.

Er warf sich einen Morgenmantel über – zu einem Sarong hatte ich ihn bisher nicht bekehren können: „Das Stoffgewurstel regt mich auf!" – und lief hinaus. Ich wickelte mich rasch in einen warmen Sarongstoff und ging den aufgeregten Stimmen nach.

„Bagus ist fortgelaufen", erklärte David, als ich zu ihm stieß. „Sie hat unseren Geldbeutel mitgenommen und etwas Obst aus der Küche, aber sonst nichts. Keine Kleider, keine Schuhe. Kannst du dir vorstellen, wo sie hingegangen ist?"

Ich überlegte. Der Geldbeutel hatte schon einen flachen Bauch, damit konnte sie nicht weit gekommen sein.

„Vielleicht ist sie zu Kiri gegangen. Sie kennt sich ja in der Stadt aus", meinte ich.

„Also zieh dich an, Jati. Wir fahren sofort hin. Jamila, bist du so nett und packst etwas Essen in einen Beutel, damit wir nicht so viel Zeit verlieren? Ich weiß nicht, wie lange unsere Suche dauern wird. Wir müssen auch Dr. Meier Bescheid sagen, dass ich erst später in die Klinik komme."

Eilig zogen wir uns an, Jamila richtete uns ein Esspaket her, aber sie war mit dem Herzen nicht dabei, weil der kleine Muncak oben in seinem Zimmer herumjammerte.

„Geh nur zu ihm, ich mach das schon fertig", sagte ich, und sie warf mir einen dankbaren Blick zu und eilte zur Treppe.

David wartete im Auto auf mich, der Motor lief schon. „Wo bleibst du denn . . .“, knurrte er. Seine Brauen waren finster zusammengezogen.

„Es tut mir Leid, entschuldige, aber Jamila konnte nicht –“

„Ist schon gut“, winkte er ab und fuhr mit einem Ruck an, der mich in den Sitz schleuderte. „Also erst mal zu Dr. Meier, damit sie in der Klinik Bescheid wissen.“

Er war zornig auf Bagus, und das mit Recht, aber es gefiel mir nicht, dass nun *ich* seinen Unmut zu spüren bekam. Er brauste durch die verschlafenen Straßen wie ein Urwaldfeuer und war schon aus dem Wagen gesprungen, bevor er das Auto richtig zum Stehen gebracht hatte.

„Bleib drin, das geht schneller!“, rief er über die Schulter und rannte die Stufen zu Meiers Haus hinauf.

Nachdem er Türklopfer und Glocke bearbeitet hatte, wurde oben im ersten Stock ein Fenster hell. Sumeiken steckte ihren verstrubbelten Kopf heraus und gähnte: „Was ist los?“

„Ich bin's, David. Bitte richte Dr. Meier aus, dass ich erst später in die Klinik komme. Bagus ist verschwunden, wir müssen sie suchen.“

„In Ordnung . . .“, gähnte sie. Ihr Kopf verschwand, das Licht ging aus.

„So“, keuchte David, als er sich auf den Fahrersitz schwang. „Jetzt zu Kiri.“

&

Bei Kiri waren schon alle Fenster erleuchtet. Wir klopften leise, damit die Nachbarn nicht gestört wurden, aber das war unnötig. Als wir das große Wohnzimmer betraten, fanden wir alle Bekannten aus der Umgebung im Palaver.

„Bagus war hier!“, rief uns Malam entgegen. „Sie wollte von Kiri ins Dorf gebracht werden, aber Kiri hat sich geweigert. Daraufhin hat sie einen Nachbarn geweckt und der hat sie zu Jusuf gefahren. Er ist aber noch nicht zurückgekommen.“

Die Frau des Nachbarn sagte düster: „Ich ahne Schlimmes . . .“

„Ja“, nickte Kiri. „Als Verbannte darf sich Bagus nicht mehr im Dorf blicken lassen. Auch wenn die Regeln heute nicht mehr so streng eingehalten werden wie früher, könnte es Ärger geben. Ich hab ihr gesagt, sie soll sich das aus dem Kopf schlagen. Ikan und Ayam haben sich ja auch damit abgefunden, dass sie nicht mehr in ihrer alten Heimat wohnen.“

Meine Cousins nickten, aber über Ikans Gesicht war ein Schatten geflogen. Er murrte: „Ich könnte heute schon Häuptling sein!“

„Und zwar ein sehr guter“, nickte David. „Aber warte ab, vielleicht kommt es noch einmal dazu. Die Adat[1] hat sich schon etwas gelockert. Hab Geduld.“

„Solange der alte Ziegenbock Asam noch das Sagen hat, wird es nicht besser“, sagte Ikan. „Wenn Vater es erlaubt, dann werde ich heute auf seinem Motorrad zu Jusuf fahren und ins Dorf hinübergehen. Dann kann ich euch Nachricht bringen.“

„Und wenn wir dich begleiten? Wir könnten so lange bei Jusuf bleiben, bis du uns Nachricht bringst. Vielleicht braucht Bagus medizinische Hilfe; sie ist nach der Geburt noch geschwächt und wird gar nicht so lange laufen können“, meinte David.

„Geburt?“

„Was für eine Geburt?“

„Was hat sie, einen Jungen oder ein Mädchen?“

„Wer ist der Vater?“, schwirrten die Fragen durcheinander. Vorwurfsvolle Blicke streiften Kiri.

Der straffte sich und legte Malam den Arm um die Schulter. „Ich habe Bagus schon seit über einem Jahr nicht gesehen“, sagte er fest.

Malam lächelte ihn an und aus ihrem Blick sprach Vertrauen und Achtung. Dann sagte sie: „Vielleicht kann Jati mit Ikan ins Dorf gehen. Ihr werden sie nichts tun.“

---

[1] Dorfgesetz, das das Zusammenleben regelt

Doch David wiegte den Kopf „Hmm ... – das gefällt mir nicht ... Jati erwartet ein Baby. Ihr darf nichts passieren."

„Natürlich ... Es wäre zu gefährlich, wenn die beiden allein – wisst ihr was, ich begleite euch", sagte Malam. „Ihr werdet Hilfe nötig haben. Und ich kenne mich ein bisschen in Krankenpflege aus."

„Ihr geht nicht ohne mich", polterte Kiri. „Verbannt oder nicht – ich nehme mein Gewehr mit. Das hat beim letzten Mal auch geholfen."

„Wenn ihr denkt, ich bleibe zu Hause, dann habt ihr euch getäuscht!", krähte Ayam, der allerdings schon lange nicht mehr wie ein gerupftes Hähnchen aussah. Er hatte breite Schultern bekommen und feste Fäuste.

David kaute auf seiner Unterlippe. „Am liebsten wäre es mir, wenn wir Jati hier lassen könnten. Ich habe Sorge um sie und das Baby, denn die Holperstraße und die Aufregung werden ihr schaden."

Ich wollte widersprechen, doch er hob die Hände und sagte: „Wäre einer von euch so nett, meine Frau nach Hause zu fahren? Ich möchte ihr den langen Fußweg ersparen und es ist auch noch dunkel."

Die hilfsbereiten Nachbarn mussten plötzlich ihre Fingernägel untersuchen oder nachschauen, ob die Zehen in den Sandalen noch genügend Platz fanden. David schaute von einem zum anderen. Wahrscheinlich merkte er zum ersten Mal, dass wir in dieser Stadt als Außenseiter galten – er, weil er einem anderen Volk angehörte, und ich, weil ich einen Ausländer geheiratet hatte. Diese Leute kamen zwar gern in Davids Sprechstunde und ließen sich von ihm behandeln, oft auch kostenlos, wenn sie nicht bezahlen konnten. Aber sie vergaßen nie, dass er ein „fremder Teufel" war. Obwohl fast jede Familie ein Fahrzeug besaß – einige hatten Bezaks[1], einer einen Dokar[2] und zwei waren stolze Besitzer

[1] Dreirädrige Fahrradrikschas, wobei der Fahrer hinter den Fahrgästen sitzt
[2] Zweirädrige Pferdekutsche mit Dach

eines Bajaj[1] und hätten mich durchaus heimfahren können –, zog sich einer nach dem anderen unter einem Vorwand zurück, bis sie schließlich alle gegangen waren. David runzelte die Stirn und Kiri sagte in die plötzliche Stille hinein:

„Ich kann dich verstehen, ich weiß, wie du dich fühlst. Solange sie dich brauchen, kommen sie zu dir, doch erwarte keine Hilfe von ihnen, keinen Dank."

David fuhr herum und sah mich an. „Hast du – hast du das gewusst, als du mich geheiratet hast?"

Ich nickte langsam. „Ja, David. So wird es immer bleiben. Wir beide gehören nirgends hin. Wir sind fremd in meinem Land und fremd in deinem."

„Und unser Kind?", flüsterte er.

Ich zuckte die Achseln. „Heimatlos. Zwischen allen Meeren."

Ikan hatte von einem zum anderen geschaut. „Wir sind alle heimatlos", erklärte er. „Aber der Priester in eurem Tempel hat gesagt, dass es ein Zuhause für uns alle gibt. Ich habe es genau gehört. Gottes Sohn bereitet unsere Häuser vor."

Ich staunte. „Geht ihr oft in die Kirche?"

Malam sagte: „Ab und zu. Den Jungen gefällt dort es so gut. Und ich habe mich mit der gelbhaarigen Frau angefreundet, die dich damals bei sich aufnehmen wollte, Jati. Erinnerst du dich?"

David schlug sich an die Stirn. „Aber ja. Die Missionare aus Norddeutschland! Sie haben ein Auto. Vielleicht können sie Jati nach Hause bringen."

Ayam rief: „Ich werde fragen", und stürzte hinaus.

Kiri meinte nachdenklich: „Ihr Jesusleute helft euch untereinander, als wärt ihr miteinander verwandt. Das ist mir schon bei eurer Hochzeitsfeier aufgefallen."

&

---

[1] Dreiradmofa, bei dem der Fahrer vorne sitzt und die Fahrgäste auf einer Sitzbank hinten

Es dauerte nicht lange, da hupte es vor dem Haus. Davids Freunde standen mit dem Wagen draußen und sagten: „Natürlich fahren wir Jati zurück. Es ist uns ein Vergnügen."

Sie waren noch ziemlich verschlafen, kein Wunder, es wurde gerade erst hell, aber sie waren freundlich und wollten unbedingt noch den kleinen Muncak besichtigen. Jamila zeigte ihn voller Stolz, und erntete Lob, denn der Kleine sah schon viel glatter aus und wirkte zufrieden.

Den Rest des Tages verbrachte ich mit Herumwandern, bis Jamila mich energisch auf ein Sitzpolster drückte und sagte: „Du musst Bagus nicht nachahmen, davon kommt sie auch nicht wieder zurück."

Dabei war ich mir gar nicht sicher, ob ich sie wieder zurück haben *wollte*.

Geduldsprobe

Meine Geduld wurde auf eine harte Probe gestellt. David kam an diesem Tag nicht nach Hause und auch nicht in der Nacht. Das hatte ich auch nicht erwartet, denn bis zu Jusufs Häuschen musste man einige Stunden durch den Wald fahren, und von dort aus ging es dann zu Fuß oder mit dem Fahrrad weiter. Ich wusste nicht genau, wie lang der Weg war, weil ich die Zeit damals noch nicht mit einer Uhr gemessen hatte – vielleicht brauchte man für den Marsch bis zum Dorf einen Dritteltag oder einen Vierteltag. Ich versuchte mir einzureden, dass es ein gutes Zeichen war, wenn David so lange nicht zurückkehrte.

Aber am Ende des dritten Tages wurde ich richtig nervös. Jamila beobachtete mich und brachte mir einen Beruhigungstee. Sie stellte sich hinter meinen Stuhl und knetete meine verkrampften Nackenmuskeln.

„Jati, du musst vertrauen", sagte sie sanft. „Ich habe das in deinem heiligen Buch gelesen. Du darfst alle Sorgen auf deinen Vater im Himmel werfen, denn er kümmert sich um dich." Überrascht drehte ich mich um, wollte ihr Gesicht sehen. Sie lächelte. „Ich bin so froh, dass ich in eurem heiligen Buch lesen darf", sagte sie. „Diese Suren trösten mich und geben mir Kraft. Ich bete jetzt nicht mehr zu Allah, wie ich ihn früher kannte. Aber ich wage auch noch nicht, den großen Gott des Himmels „Vater" zu nennen. Du hast es gut, du bist von ihm als sein Kind angenommen worden . . . Ich wäre auch gerne sein Kind. Aber ich bin nicht gut genug."

„Jamila, es hat gar nichts damit zu tun, wie gut oder wie schlecht wir sind", sagte ich. „Jesus hat dafür gesorgt, dass jeder zu Gott kommen darf, der das möchte."

„Aber ich wurde nicht als Baby getauft", flüsterte sie. Wenn Jamila besorgt war, dann fiel sie wieder in ihre tonlose Sprechweise zurück.

„Das ist überhaupt nicht notwendig. Ein Baby weiß

sowieso noch nicht, worum es geht. Gott möchte, dass wir uns ganz bewusst und freiwillig für ihn entscheiden. Wenn wir daran glauben, dass Jesus für unsere Schuld bezahlt hat und wenn wir mit Gott versöhnt sein wollen und ihm vertrauen, dann gelten wir als Gottes Kinder."

„Kannst du euren Priester bitten, dass er mich unter das Wasser taucht?", fragte Jamila. „Dann kann ich das besser glauben. Dann habe ich einen Beweis dafür, dass ich wirklich Gottes Kind geworden bin."

„Ja, aber das Wasser von außen genügt nicht. Du musst dich auch innen von Gott sauber waschen lassen", sagte ich zögernd.

„Das will ich. So bald wie möglich."

„Hast du dir auch gut überlegt, was es bedeutet, wenn du Christ wirst? Deine früheren Bekannten werden dich verachten. Vielleicht sind sie sogar böse auf dich."

Jamila lächelte wehmütig. „Das ist nichts Neues. Bevor ich Imans Frau wurde, hat man mich als ‚Schwarze' beschimpft. Nach der Hochzeit ging es mir besser. Iman war reich und überall bekannt. Auf einmal hatten wir viele Freunde, die gern bei uns zu Gast waren. Sie lächelten mich an, sie brachten mir Geschenke, sie gaben mir das Gefühl, als gehörte ich zu ihnen. Doch als mich Iman verlassen hatte, war ich für unsere Freunde tot. Keiner hat mir geholfen, auch nicht, als ich um Hilfe bat."

Sie hob die Hände in einer hilflosen Geste. „Du siehst, ich bin ein solches Leben schon gewöhnt. Aber du und David, ihr habt mir ein neues Zuhause gegeben. Ich gehöre jetzt zu euch."

Ich konnte nicht anders, ich musste sie in die Arme nehmen, und plötzlich wusste ich, dass ich wirklich eine Schwester gefunden hatte. Sie hatte schwarze Haut, und sie war beinahe doppelt so alt wie ich. Sie war in einer anderen Kultur aufgewachsen, hatte andere Lieder gesungen, andere Speisen gegessen. Und doch fühlte ich mich ihr stärker verbunden als einem anderen Menschen – außer David natürlich. Welches Band hatte uns zusammengeknüpft?

Rückkehr

Am Abend des vierten Tages hielt Davids Auto vor unserem Haus. Ich hatte es schon von weitem gesehen, weil ich – unter dem Vorwand, das Nordzimmer aufzuräumen – die ganze Zeit am Fenster herumlungerte. Ich zählte die Leute, die ausstiegen: David (mein Herz wurde leichter), Kiri, Malam und Ayam. Wo war Ikan? Und Bagus? Vielleicht hatte man sie schon in der Klinik abgeliefert? Ich rannte nach unten und rief nach Jamila.

Sie kamen langsam durch den Flur, müde wie Wanderer, die sich durch einen langen Marsch erschöpft haben. Ich führte alle in den Wohnraum.

Malam ließ sich sofort auf ein Sitzpolster fallen und schluchzte.

Alle schienen wie betäubt. David hatte sich auf einen harten Schemel gesetzt und den Kopf in die Arme gestützt, Kiri stand mitten im Raum und ließ die Arme hängen; er sah nach den hohen, runden Fenstern, aber ich bezweifle, ob er überhaupt etwas wahrnahm. Ayam war der Einzige, der halbwegs „normal" wirkte. Dann kam Jamila mit einem Tablett herein und brachte Tee und Sesamkuchen. Kiri nahm sich einen und knabberte zerstreut daran herum.

„So, und jetzt sagt mir bitte, was geschehen ist. Habt ihr Bagus gefunden? Wo ist sie jetzt? Und warum habt ihr Ikan nicht mitgebracht?", fragte ich.

David hob den Kopf aus den Händen und stöhnte: „Frag nicht, Jati. Frag nicht."

Eine kalte Hand krampfte sich um meine Kehle. „Aber ich möchte es wissen", sagte ich.

Die anderen schwiegen.

„Ayam, bitte –", begann ich, doch dann sah ich, wie es in seinem Gesicht zuckte. Was mochte Schreckliches geschehen sein, dass nicht einmal er den Mut aufbrachte . . . ? Ich ging hinüber zu Kiri und legte die Hand auf seinen Arm. Er betrachtete meine Hand, als sähe er sie zum ersten Mal. Dann wanderten seine Augen wieder zum Fenster hinauf.

&

Ich ging hinaus. Dieses furchtbare Schweigen war nicht zu ertragen. David kam etwas später nach und ging mit schleppenden Schritten in die Gästezimmer, holte Kissen und Decken und brachte sie in den Wohnraum. „Deine Familie wird heute hier übernachten", sagte er mit einer Stimme, die ausgedörrt klang. Ich nickte und wartete, dass er zu mir ins Schlafzimmer käme. Aber die Stunden vergingen, und ich war immer noch allein. Der Morgen dämmerte schon, als ich ihn endlich an der Tür stehen sah. Ich winkte ihm, und er setzte sich zu mir auf den Bettrand und strich mir die Haare aus der Stirn.

„Bitte sag's mir", wisperte ich.

Er zog mich in die Arme und hielt mich fest. Dann sagte er, ganz nah an meinem Ohr: „Jati, du musst jetzt stark sein. Kannst du eine schlechte Nachricht aushalten?"

„Ja", hauchte ich.

„Wir haben Bagus gefunden. Sie war in euer Dorf zurückgekehrt. Der Zauberpriester Asam –"

„Was hat der in unserem Dorf zu schaffen?!", brauste ich auf.

„Hör zu. Asam wohnte schon seit Monaten in eurem Dorf. Er hatte die Dorfbewohner mit Drohungen und Prügeln eingeschüchtert, so dass alle nur noch taten, was er befahl."

Ich begann zu zittern. War es Empörung oder Angst?

„Als er Bagus sah, ließ er sie sofort in seine Hütte bringen. Er misshandelte sie, bis sie keinen Widerstand mehr leistete. Und dann wollte er sie für sich haben."

„Heiraten, meinst du?"

„So ähnlich. Er meinte, dass er dadurch seine Stellung als neuer Häuptling festigen könnte, denn immerhin war Bagus die Tochter des letzten rechtmäßigen Häuptlings. Den Töpfer hatte man ja nur als Übergangslösung gewählt."

„Bagus hätte niemals eingewilligt."

Er schob mich ein Stück von sich und lächelte traurig. „Vielleicht doch. Wir kamen gerade während der Hochzeitszeremonie im Dorf an und wurden zum Festessen eingeladen. Asam war sinnlos betrunken. Er konnte nicht mehr gerade gehen. Bagus sollte ihn in die Hütte bringen und bei ihm bleiben. Aber sie weigerte sich. Da hat er sie vor allen Leuten geschlagen. Bagus wurde zornig. Bevor wir eingreifen konnten, zog sie Asam den Kris aus der Scheide und rammte ihm seinen eigenen Kris in den Hals. Seine Leibwächter haben sich sofort auf sie geworfen, aber es war schon zu spät. Dann mischte sich Ikan ein und warf sich auf die beiden Leibwächter. Kennst du die beiden? Sie sind riesig und stark wie Bären. Natürlich konnte es Ikan mit den beiden nicht aufnehmen. Sofort drängten sich auch die anderen Männer hin, eine wilde Prügelei begann, bei der jeder auf jeden eindrosch. Schließlich hob Kiri sein Gewehr und schoss in die Luft. Das brachte die Leute auseinander. Wir konnten die Kampfhähne trennen. Als wir das Menschenknäuel entwirrt hatte, fanden wir –", er räusperte sich und konnte nur mit Mühe weitersprechen – „fanden wir Bagus zerquetscht und Ikan in seinem Blut liegen. Ein Dolch – ein Dolch hatte ihn mitten ins Herz getroffen."

Er schwieg, und ich nahm meinen Daumenballen zwischen die Zähne und biss hinein, weil ich den Schmerz, der plötzlich meine Eingeweide gepackt hatte, kaum noch aushalten konnte. David zog mich wieder in die Arme und hielt mich fest.

Nach langer Zeit sagte ich: „Bitte erzähl weiter. Ich will alles wissen."

„Es gibt nicht mehr viel zu berichten. Die Leibwächter hatten nur ein paar Kratzer abgekriegt. Sie waren sehr schnell wieder obenauf und wollten sich an uns rächen. Kiri hielt sie mit dem Gewehr in Schach und rief die ganze Zeit: „Hört auf, hört auf, zwei Leben für ein Leben, das ist genug."

David holte zitternd Atem. „Am Ende verschwanden sie im

Wald und wir hatten alle Hände voll zu tun, denn viele Dorfleute mussten verarztet werden. Der Töpfer ließ Ikan ein Häuptlingsbegräbnis richten, weil er ihn damit ehren wollte; Bagus wurde hinter dem Dorf begraben. Ich habe die Stelle markiert – vielleicht möchtest du eines Tages das Grab sehen?"

Ich schüttelte stumm den Kopf und er massierte mit einer Hand meinen Rücken und wiegte mich sachte hin und her, und nach einer Weile streichelte ich sein Haar und drückte mich fest an ihn, denn er war genauso bekümmert und brauchte Trost wie ich. Schließlich knieten wir nebeneinander an meiner Bettkante und weinten vor Gott. Als meine Tränen versiegt waren, nahm er mich auf die Arme und legte mich ins Bett zurück.

„Versuch ein bisschen zu schlafen. Du brauchst jetzt viel Ruhe. Ich werde Jamila bitten, dass sie unsere Gäste mit allem versorgt, was sie brauchen."

„Und du?"

„Ich finde jetzt keinen Schlaf. Ich gehe in die Klinik und kämpfe gegen Krankheit und Tod. Das ist *meine* Medizin gegen Herzweh", sagte David und küsste mich auf die Stirn.

Ich war müde vom Warten, müde vom Weinen. Die Augen fielen mir zu.

Zerwürfnis

Stunden später wachte ich auf, weil Jamila mich wachrüttelte. „Verzeih mir, dass ich störe, aber deine Tante Malam braucht Hilfe. Sie weint so sehr und lässt sich nicht trösten. Vielleicht kannst du etwas für sie tun?"

Ich wickelte mich in den Sarong. Er erschien mir kalt, fast feindselig, als wehrte er sich gegen meine Hände. Ich überlegte, ob ich meine Jeans herauskramen sollte und ein T-Shirt – sie kam mir vor wie eine passende Trauerkleidung, denn sie hatten meinen Kummer und meine Verzweiflung eingefangen, als ich diese kalten Monate in Davids Land gelebt hatte. Aber dieses Zeichen hätten meine Verwandten nicht verstanden. Seufzend tappte ich hinüber ins Bad. *Ist das mein Gesicht da im Spiegel – grünlich-blass mit schwarzen Augenrändern und aufgesprungenen Lippen? Egal . . .*

Ich fuhr mit der Bürste dreimal durchs Haar und ging hinunter zu den anderen. Diesmal war mir die Treppe nicht lang genug . . .

&

Malam lag ausgestreckt auf dem Teppich und keuchte vor Weinen. Sie hatte sich die Lippen blutig gebissen und schlug immer wieder mit der Stirn auf den Boden. Kiri und Ayam standen vom Boden auf, als ich hereinkam. Ayam rieb sich die Nase und betrachtete seine Zehen, mein Onkel ließ die Arme hängen.

„So habe ich sie noch nie erlebt", sagte er. Seine Stimme klang hohl. „Hätte nicht gedacht, dass sie eine solche Trauer empfinden kann – und einen solchen Zorn."

„Tante Malam hat ein großes Herz", sagte ich leise. „Darin ist viel Platz für Liebe. Aber auch für andere Gefühle."

„Ich wusste das vorher nicht . . . Hat sie auch so sehr geweint, als ich – als ich damals fortging?"

Ich sah zu Ayam hinüber. Der schüttelte den Kopf. „Mutter war damals auch nicht anders als sonst, vielleicht ein bisschen stiller."

„Wahrscheinlich hat sie ihren Kummer vor den Jungen versteckt", sagte ich. „Sie wollte sie nicht mit ihrem Schmerz belasten. Keinen von uns –", setzte ich schnell hinzu, weil sich Ayams Gesicht verdunkelte. Ob ihm gerade klar wurde, dass er damals, als er bei Kiri und Bagus in der Stadt blieb, einen großen Stein auf ihr schweres Herz gepackt hatte? Sie musste sich doppelt verlassen gefühlt haben.

„Ich war so ein Narr!", brach es aus Kiri heraus. Er hockte sich zu meinen Füßen und griff sich mit beiden Fäusten ins Haar. Es war immer noch dicht, obwohl sich hier und dort schon Silberfäden hineinwoben. „Wie konnte ich eine solche Frau verlassen! Einen solchen Edelstein! Wegen einer dummen Liebelei!"

„Bagus war ein Biest", stellte Ayam fest, und keiner widersprach ihm. „Sie hat meinem Vater dauernd schöne Augen gemacht, einen Tag um den anderen – bis er nicht mehr anders konnte . . . Wäre sie nicht gewesen . . ."

Vielleicht ist diese Sicht der Dinge für sie alle leichter zu ertragen, dachte ich. *Der Sündenbock ist gefunden und der Sündenbock ist tot . . .*

Malam hob den Kopf. Ihr Gesicht war verschwollen, die Äderchen in den Augäpfeln geplatzt. „Deine Schwester hat uns nichts als Unglück gebracht", zischte sie.

Ich fühlte den Stich dieser Anklage, aber ich spürte auch ihren bodenlosen Kummer um Ikan – sie hatte Recht mit ihrem Zorn. Hätte ich von Kiris Mitschuld sprechen sollen? Hätte ich sie daran erinnern sollen, dass Ikan nicht von ungefähr gegen alle Vernunft in diesen Streit eingegriffen hatte – fortgerissen von einem blinden Eifer für die Familienehre, den Malam ihren Jungen von klein auf eingeimpft hatte, ohne zu ahnen, wie teuer sie eines Tages dafür bezahlen müsste?

„Warum musstest du sie hier herbringen?", schluchzte sie. „Hättest du sie doch in Jakarta gelassen!"

Diese Frage hatte ich mir auch schon hundertmal gestellt. Was hatte mich damals dazu getrieben? Liebe? Pflichtgefühl?

„Sie hat meinen Ikan in den Tod getrieben!", kreischte sie. Ihre Stimme kippte um. „Und du – du bist daran schuld!"

Eine heiße Welle flutete durch meinen Körper. War das Zorn oder Verzweiflung? Das Dröhnen in meinem Kopf wurde lauter, meine Knie gaben nach, und bevor der dunkle Wirbel mich packte und alles Licht auslöschte, flüsterte ich noch: „Sie war doch meine Schwester."

Trauer

Die Lampe biss in meine Augen, sogar noch bei geschlossenen Lidern.

„Wach auf, Jati!“, drängte eine bekannte Stimme. Aber ich wollte nicht. Die warmen Wolken hüllten mich ein, sie wiegten mich auf und ab und verhießen Trost.

„Jati, mach die Augen auf!“

Warum? Es war schön, nichts zu denken, nichts zu sehen, nichts zu hören.

„Jati! Das Kind!“

Das Kind? Unser Kind? Ich holte Luft und nahm alle Kraft zusammen. Aber der Mut verließ mich, bevor ich die Augen öffnen konnte.

Dann eine Hand auf meiner Stirn. „Bitte verlass mich nicht“, kam es flehend. Ein heißer Tropfen fiel mir auf die Wange. *David? David weint?*

Ich spürte seinen Atem auf meinen Lippen und spürte seinen leichten Kuss. Meine Arme machten sich selbstständig und umklammerten seinen Nacken.

Er seufzte. „Ich bin ja so froh, ich dachte, ich würde dich verlieren“, flüsterte er in mein Haar. Jetzt konnte ich es wagen, in die helle Welt zurückzukehren, ich war ja nicht allein, David war bei mir.

„Was ist geschehen? Wo bin ich?“

Er strich mir übers Haar und setzte sich auf den Bettrand. „Das wollte ich eigentlich von dir erfahren“, sagte er. „Du hattest ein schweres Nervenfieber. Ich musste dich hierher in die Klinik bringen. In deinen Fieberträumen hast du immer wieder geschrien: ‚Ich bin unschuldig! Ich kann doch nichts dafür!‘ Da muss etwas vorgefallen sein zwischen dir und deinen Verwandten.“

Ich rieb mir die Stirn. „Ich kann mich nicht erinnern. Weiß nicht einmal so genau, was ich geträumt habe. Irgendetwas Schlimmes war passiert, ein Brand oder eine Überschwemmung oder ein Erdbeben ... Viele Menschen kamen dabei um, und der Richter hat mir die Schuld gegeben."

„Welcher Richter?"

„Ach, frag mich nicht. Ich möchte lieber nicht darüber nachdenken, mein Kopf tut weh."

David presste die Lippen zusammen, bis sie schneeweiß waren. „Jamila hat dich auf den blanken Fliesen in der Wohnhalle gefunden, bewusstlos. Deine Verwandten waren verschwunden. Ohne ein Wort, ohne Abschied. Einfach weg. Und du hast im Fieberkrampf die Glieder verrenkt und hin und her gezuckt. Wir hatten große Angst um dich."

Er stand auf und tropfte aus einer braunen Flasche eine klare Flüssigkeit in ein Glas. „Hier, trink das, damit deine Nerven ruhiger werden."

„Wird es auch nicht dem Baby schaden?", wollte ich wissen, bevor ich das Glas austrank.

David runzelte kurz die Stirn, las noch einmal das Etikett auf der Flasche und schüttelte den Kopf. „Nein, mach dir keine Sorgen."

„Aber du hast doch vorhin gerufen: ‚Unser Kind!' Ist es in Gefahr?"

„Ich glaube nicht. Ich wollte dich aus dem Traumland holen, zurück in die Wirklichkeit. Manchmal kann die Freude auf ein Baby Wunder wirken, weißt du."

Ich nahm seine Hand und drückte mein Gesicht hinein. „Ihr beide habt mich zurückgeholt, du und das Baby."

&

Am nächsten Tag konnte ich entlassen werden. Jamila hatte zur Begrüßung ein köstliches Essen gekocht und ich aß, bis ich kaum noch atmen konnte. Der kleine Muncak hatte inzwischen dicke Bäckchen bekommen und jammerte zwar den ganzen Tag über, aber Nachts schlief er durch. Er hatte immer noch einen bekümmerten Zug um die Mundwinkel und sah aus wie ein Greis, der sehr gut gefüttert wird. Doch das durfte man nicht laut sagen – Jamila ließ nichts auf ihn kommen. In ihrer Nähe erlaubte man sich nicht einmal, etwas Schlechtes über Muncak zu *denken*!

Von Malam kam lange keine Nachricht. Zwei Monate später stieß Jamila am Markt mit Kiri zusammen. Er musste dort auf sie gewartet haben. Er redete wirres Zeug und gab ihr einen Brief für David. Darin stand: „Lieber David, Malam ist furchtbar traurig und immer noch böse auf Jati. Ich kann sie verstehen und auch wieder nicht. Ich hoffe, dass sie bald wieder versöhnt ist. Bis dahin werde ich mich nicht mehr melden."

Es traf mich hart, und ich weinte einen Nachmittag lang. „Warum ist Malam immer noch zornig – ich kann doch nichts dafür, dass Bagus so viel Unheil angerichtet hat!", schluchzte ich.

David holte die braune Flasche und flößte mir Tropfen ein, aber ich konnte einfach nicht mit dem Weinen aufhören.

„Wenn ich es nur begreifen könnte! Malam war immer so gütig und voller Verständnis – warum ist sie denn jetzt böse auf mich?"

David streichelte mir den Rücken und murmelte: „Malam hat ein gutes Herz. Aber auch das beste Herz stößt an Grenzen, wenn es nicht aus dem Vorrat Gottes neue Liebe tanken kann. Wir Menschen können einfach nicht aus uns selbst heraus grenzenlos gütig sein, schon gar nicht, wenn wir trauern und vor Schmerz nicht mehr klar denken."

Es tröstete mich ein wenig, dass er es so erklärte, denn dann war es ja nicht mein Fehler und mein Versagen.

Jamila ließ mich in diesen Tagen keinen Augenblick aus den Augen, wobei sie ständig den plärrenden Muncak mit sich herumschleppte. Allmählich versiegten meine Tränen, und ich konnte immer öfter an Malam denken, ohne dass mir ein Messer durch den Magen jagte.

&

Und eines Tages tauchte Ayam an unserer Haustür auf. Jamila führte ihn herein, und er stand am Brunnen im Innenhof, hielt seine Hand in den Plätscherstrahl und guckte in den Garten hinaus, mit Augen, die nach innen schauten. Ich sagte ihm, wie sehr ich mich über seinen Besuch freute, ich richtete ihm Grüße aus an Malam und Kiri, ich versicherte ihm, dass mir viel an ihnen allen lag und ich sie allesamt vermisste. Er nickte dazu und ging schweigend wieder fort.

Von da an kam er oft. Er sprach nicht viel bei seinen hastigen Besuchen, fragte nichts, erklärte nichts, spielte eine Weile mit Muncak oder arbeitete eine Stunde lang in unseren Gemüsebeeten. Ich stopfte ihm die Taschen mit Essen voll, wollte ihn gewinnen, zurückgewinnen.

Aber dann blieb er einen Monat lang aus und als ich David bat, mich mit dem Auto zu Malams Garten zu fahren, fanden wir ihn verwildert. Auch Kiris Haus stand leer und verlassen und keiner der Nachbarn wusste, wohin sie gezogen waren. Das letzte Band, das mich noch mit meinem Volk, mit meiner Stammfamilie verbunden hatte, flatterte im Wind . . .

Familie

Davids Eltern wollten zwei Wochen vor dem Geburtstermin eintreffen. Wir richteten ihnen den Südflügel her. Jamila ließ nicht zu, dass ich etwas Schweres in die Hand nahm – der Staubwedel war gerade noch gestattet. Muncak war nun ein halbes Jahr alt und die Behörden gestatteten Jamila, das Kind offiziell zu adoptieren. Von da an nannte sie ihn nur noch Arjuna, was uns aber nicht störte – Muncak passte einfach besser, denn bis jetzt hatte ich noch nichts Heldenhaftes in seinem Wesen bemerkt. Er hatte nicht einmal die Schönheit meiner Schwester geerbt, und ich wollte lieber nicht darüber nachdenken, wer wohl der Vater gewesen sein mochte. Jamila ließ sich durch diese Überlegungen nicht in ihrer Mutterliebe beirren. Sie meinte, sie würde durch ihre Fürsorge alle schlechten Charakterzüge im Keim ersticken. David hatte da seine Zweifel . . .

Dafür war er felsenfest davon überzeugt, dass unsere Tochter eine vollendete Schönheit sein würde, die Bagus noch weit in den Schatten stellte, außerdem genial wie Davids Vater, der Mikrobenforscher, kontaktfreudig und heiter wie seine Mutter, großherzig wie mein Vater, der Häuptling, lieb und sanft wie ich (oh, wie gut er mich kannte!!!) und von einer grenzenlosen Hilfsbereitschaft und Menschenliebe beseelt, die er auf sich selbst zurückführte. Bescheidenheit kam in seiner Liste nicht vor, und als ich vorsichtig zu bedenken gab, dass wir noch gar nicht sicher wüssten, ob das Baby ein Mädchen oder ein Junge war, denn das Sonargerät stammte wohl noch aus Noahs Arche, wurde er beinahe wütend. Nur die Rücksicht auf meinen schweren Bauch hinderte ihn daran, ein Sofakissen nach mir zu werfen.

„Außerdem könnte das Kind auch einiges von meiner Mutter geerbt haben“, wandte ich ein.

„Und wie war sie, deine Mutter?“, wollte er wissen.

„Ziemlich anstrengend . . . immer nur mit sich selbst

beschäftigt ... leicht verstimmt und reizbar, bitter und nachtragend.“

Er wurde bleich. „Das sagst du mir erst heute?“

Ich musste lachen. „David, als du mich geheiratet hast, waren meine Ahnen im Paket mit eingeschnürt. Das alles hast du mit geheiratet. Hast du dir schon einmal vorgestellt, wie das Kind aussehen könnte, das du gezeugt hast? Vielleicht ist es dir kein bisschen ähnlich.“

„Sie wird aussehen wie du“, beharrte David. „Mehr verlange ich gar nicht.“

Aber er wollte mehr, viel mehr.

Jamila schmunzelte, wenn er solche Reden führte. „Alle Väter, die ich kenne, machen so ein Theater“, tröstete sie, sobald er außer Hörweite war. „Beim ersten Kind sind sie verrückt. Sie bilden sich ein, sie hätten dieses Kind selbst gemacht und geformt. Dabei haben sie nur ein winzig kleines Stück dazugegeben. Alles andere kommt von der Mutter.“

„Und von dem, der das Leben schenkt“, fügte ich hinzu.

„Ja“, sagte sie nachdenklich. „Wir Mütter sind nur ein Gefäß, die Herberge. Der Himmelsgott baut das Kind.“

&

Und dann waren sie da, Schwiegerpapa und Schwiegermama, wie ich sie nennen sollte, aber ich sagte „Vater“ und „Mutter“ zu ihnen und sie hörten es gern. Vater erzählte mir von seinen Bakterien und ich verstand nicht einmal die Hälfte, obwohl ich mir große Mühe gab. Mutter berichtete von Irene, die vor einem Monat geheiratet hatte – einen reichen Fabrikanten, der genau dasselbe herstellte wie ihr Vater.

„Und damit hat sie die Konkurrenz ausgeschaltet“, meinte Vater, „denn später werden beide Betriebe zusammengelegt.“

„Und was ist mit Hermann?“, wollte ich wissen.

Davids Eltern sahen sich ratlos an. „Ja, was ist mit dem Jungen ... Keine Ahnung ... Wir haben schon lange nichts mehr von ihm gehört.“

Ich stellte mir vor, dass er vielleicht in irgendeinem feuchten Kellerzimmer schmachtete, während die Frauen in seiner Familie das Zepter schwangen, und da tat er mir ein bisschen Leid, aber wirklich nur ein kleines bisschen.

Für den Herrn Hofmüller brachte ich aber kein Mitleid auf, denn er hatte seine Frau freiwillig geheiratet, und wenn er sich von ihr tyrannisieren ließ ohne Gegenwehr, dann hatte er es nicht besser verdient.

&

„Wollt ihr nicht zu uns nach Deutschland ziehen, wenn das Kind geboren ist?", fragte Mutter. „Ich meine, es hätte dort viel bessere Berufschancen und außerdem –"

„Meine Liebe, deine Motive sind allzu durchsichtig", tadelte Vater sanft und streichelte ihr die Hand. Sie wurde rot und verteidigte sich.

„Ich meine es ja nur gut. Schau dir nur an, wie Davids Haut sich schält. Die viele Sonne schadet ihm und er sieht völlig erschöpft aus. Ich glaube, das Leben hier ist auf Dauer nichts für ihn."

Erschrocken schaute ich David an. „David? Bist du nicht gerne hier? Hast du Heimweh nach Deutschland?"

Sein Blick strich über mich hinweg zum Fenster und hinaus. Ob sein Herz mitflog, weit übers Meer, hinter den Himmelsrand?

Dann kehrten seine Augen zu mir zurück. Sie waren müde, aber auch zärtlich. Er beugte sich vor und küsste mich auf den Handrücken. „Meine Heimat ist dort, wo wir beide glücklich sind", sagte er.

„Und bist du hier glücklich?", bohrte seine Mutter.

„Wunschlos!", strahlte er, doch als ich genau hinsah, bemerkte ich einen leichten Schatten zwischen seinen Brauen.

Er will es selbst nicht wahrhaben, schoss es mir durch den Kopf. Noch nicht . . .

&

Jamila warf mir einen wissenden Blick zu. Sie trug Muncak auf der Hüfte und stopfte ihm den Mund mit weich gekochtem Reis, damit er nicht ständig quengelte. Er war inzwischen schon so rund, dass ihm das Herumkugeln leichter fiel als das Krabbeln. Ich nahm ihr den Kleinen ab, damit sie ihren Mangosaft in Ruhe austrinken konnte. Er rülpste und streckte die Arme nach dem Reistopf aus.

„Übrigens, Jamila . . . was ich dich fragen wollte . . . meinst du wirklich, es tut dem Kind gut, wenn man es bei jedem Piepser füttert? Er hat doch erst vor einer Stunde gegessen und der Magen braucht auch Zeit für seine Arbeit, mindestens 4 Stunden und –"

„Ich weiß am besten, was meinem Arjuna gut tut, ich fühle es hier drin!", fuhr mich Jamila an. Ihre Augen blitzten und sie riss mir das Kind aus den Armen.

Ich überlegte, ob ich sie darauf hinweisen sollte, dass man ein Kind auch verwöhnen und verhätscheln kann, indem man ihm jeden Willen lässt. Aber sie war schon mit Muncak die Treppe hinaufgestürmt, und ich beschloss, meine „Weisheit" für mich zu behalten. Immerhin war Jamila doppelt so alt wie ich und hatte ihre festen Vorstellungen. Meistens behielt sie damit auch Recht, aber Muncak musste wohl ein Loch in ihren Verstand gekläfft haben, denn sie gab all seinen Launen nach. Und was er für Launen hatte! Schon daran hätte ich ihn jederzeit als Bagus' Sohn erkannt!

&

Vater lächelte. „Jati, ich bin stolz auf deine Kenntnisse in Physiologie. Du hast fleißig bei David gelernt, stimmt's?"

„Ach, das habe ich in einem Buch gelesen", sagte ich.

„Und woher weißt du, dass es ein wahres Buch ist?", bohrte Vater nach. Er geht den Dingen immer auf den Grund.

„Ich habe darüber nachgedacht, und es macht Sinn", erklärte ich. „Ich kenne inzwischen einige Mütter, die ihre Babys immer dann stillen, wenn die Kinder schreien, aber ich bin nicht sicher, ob die Kleinen wirklich aus Hunger brüllen

– vielleicht haben sie ja Bauchschmerzen, weil die Milch noch nicht richtig verdaut wurde?“

„Ich sehe schon, du wirst eine durch und durch vernünftige Mutter“, sagte Vater.

„Ich weiß noch so wenig“, flüsterte ich. „Aber wenn ich unsicher bin, dann frage ich den Himmelsgott um Rat . . .“

Mutter schüttelte den Kopf. „So was hab ich ja noch nie gehört. Glaubst du wirklich, dass Gott sich um Babypflege kümmert? Ich meine – er hat doch so viel Wichtigeres zu tun.“

„Wichtigeres? Man merkt, dass du schon lange kein Baby mehr versorgen musstest . . .“, grinste David. „Für uns gibt es zur Zeit kein wichtigeres Thema als unsere Tochter.“

O weh. Er hat sich in der Idee festgebissen, dabei habe ich eher das Gefühl, dass wir einen Sohn bekommen.

Vaterfreuden

In der gleichen Nacht erwache ich vor Kälte. Meine Decke ist unten herum nass.

„David . . .“, flüstere ich. Er fährt auf und macht Licht.

„Mir ist da was passiert . . . ich weiß selbst nicht, wie, aber – fühl mal, mein Bett . . .“

„Hurra! Die Fruchtblase ist geplatzt, es geht los!“, trompetet er und fährt sich mit allen zehn Fingern durch die Haare, dass sie abstehen wie Stacheln bei einem kampfbereiten Igel. Er hüpft aus dem Bett, als wäre es früher Morgen und nicht Mitternacht, schlüpft in die Hose, streift sich ein T-Shirt über. Dann rast er ins Badezimmer und putzt sich die Zähne. Das ist auch so eine Marotte von ihm – er putzt sich oft am Tag die Zähne, und immer zu unmöglichen Zeiten: vor dem Essen, vor dem Bibellesen, vor wichtigen Entscheidungen, vor jeder Operation und bevor er mich umarmt. Niemals danach. Immer davor. Seltsam, was man so zusammendenkt . . . wenn man – Au, was ist das?

„DAVID! Es tut weh!“

„Ja, das ist normal . . .“, murmelt er vom Badezimmer aus. Aber dann kommt er zu mir hergelaufen – Zahnpastaschaum am Kinn – und sieht ziemlich besorgt aus. „Ist es – schlimm?“

„Nein, ist schon wieder vorbei“, stöhne ich und wische ihm den Schaum ab.

„Du hast aber doch den Vorbereitungskurs besucht, wie ich es angeordnet hatte?“, forscht er.

„Ja ja, ich weiß schon, wie man die Wehen überatmet und was man wann tun muss und warum – aber kein Mensch hat gesagt, wie weh die Wehen tun. Geht das jetzt immer so weiter?“

Er kaut auf seiner Unterlippe. „Ich fürchte, es wird schlimmer.“

Ich denke an Bagus und ihr Leopardengeschrei, ich erinnere mich an die Frau des Töpfers, die so eng gebaut war, dass ihr Kind einfach nicht herauskonnte. Aber dann fällt mir ein, dass die Frauen seit tausend Regenzeiten schon – und länger! – Kinder gebären. Warum soll ausgerechnet ich dabei versagen?

Ich hole tief Luft und sage: „Ich möchte das Kind hier zu Hause kriegen, nicht in der Klinik."

David runzelt die Stirn. „Aber wenn etwas schief geht . . ."

„Du kannst ja für alle Fälle in der Klinik Bescheid geben. Dr. Halus braucht nicht länger als 10 Minuten mit dem Auto, und in dieser Zeit wird schon nichts geschehen."

Er streicht mir die Haare aus der Stirn. „Du hast Recht. Ich werde Jamila wecken und alles vorbereiten."

Ich blinzle nach der Uhr – erst halb eins. „Nein, lass sie schlafen. Das kann ja noch ewig dauern. Es wird ein langer Tag für uns alle."

„Also, ich weiß nicht . . .?"

„Doch, doch. Du kennst das ja, beim ersten Kind zieht sich die Geburt ewig lange hin. Ich hole mir ein Tuch, damit ich trocken liege, und dann werde ich versuchen, noch etwas zu schlafen."

„Bleib liegen!", kommandiert er. „Jetzt wird nicht herumgelaufen. Und als Erstes werde ich nachsehen, ob der Muttermund schon ein Stück offen ist."

Wieder rennt er ins Bad und schrubbt sich die Hände. Dann kommt er zurück, die rechte Hand steckt im Gummihandschuh. Vorsichtig tastet er sich in mich hinein, und sein Gesicht verklärt sich.

Er zieht die Hand zurück und setzt sich auf die Bettkante. „Sag mal, seit wann hast du eigentlich Wehen?"

„Och, eigentlich hat es schon gestern früh angefangen, es hat so ein bisschen gedrückt und gezogen, aber noch nicht richtig wehgetan, und da dachte ich, das können unmöglich schon Wehen –"

Er nimmt mich bei den Schultern und drückt mich. „Du Herzensmädchen! Weißt du was? Der Muttermund ist schon 6 cm weit offen!"

„Ist das gut oder schlecht? Was bedeutet das?"

„Dass es jetzt sehr schnell gehen kann." Er springt auf. „Noch drei Zentimeter, und das Kind ist da! Ich werde Jamila wecken. Und wie erreiche ich jetzt bloß Dr. Halus?"

„Die brauchen wir nicht, das schaffen wir schon allein", lächle ich, aber das Lächeln vergeht mir, als die nächste Schmerzwelle über mich hinwegrollt.

Er tupft mir den Schweiß von der Stirn und läuft zur Tür. „Ich bin gleich wieder da!"

&

Dieses „gleich" kenne ich schon und mache mich auf eine lange Wartezeit gefasst. Aber mir wird überhaupt nicht langweilig. Die nächsten Wehen heben mich hoch wie eine Meeresdünung und lassen mich fallen in ein dunkles, warmes Tal.

Jamila beugt sich über mich, flößt mir heiße Milch mit Honig ein, aber mir wird übel, ich spucke alles aus und schlage ihr die Tasse aus der Hand.

„Ich muss mich übergeben", würge ich.

„Leg den Ärmel vor die Nase!", kommandiert David. Wo ist er denn so plötzlich aufgetaucht?

„Mir ist so komisch, ich kann mich nicht mehr richtig bewegen", keuche ich.

„Du hast zu viel Luft eingeatmet", erklärt David und hält mir eine durchsichtige Tüte vors Gesicht. „Atme da rein, gleich wird es besser . . ."

Und er hat Recht.

Die nächsten Wehen sind noch ärger, aber sobald wieder eine abgeflaut ist, denke ich: „Eigentlich ist es doch gar nicht schlimm."

Aber dann kommt eine Wehe, die reißt mich beinahe entzwei, und auf einmal habe ich den unwiderstehlichen Drang, nach unten zu pressen. Ich kann gar nicht anders als drücken und pressen mit aller Kraft!

David spreizt meine Beine ein wenig und schreit: „Ich kann den Kopf sehen! Noch einmal, Jati, noch einmal!"

Jamila tritt hinter mich und drückt mir den Kopf auf die Brust. Ich atme tief ein, sammle Kraft. Jetzt ist mir alles andere gleichgültig – ich will mein Kind, ich will mein Kind!

Noch zweimal presse ich, so stark ich kann, dann spüre ich, wie etwas aus mir herausrutscht und eine große Leere hinterlässt. Ich fühle mich leicht, als könnte ich schweben, und doch ist da plötzlich auch eine Traurigkeit, die mir das Wasser in die Augen treibt. *Wo bist du, mein Baby? Du hast mich verlassen . . . jetzt schon und viel zu früh . . .*

Ich schelte mich eine dumme Gans, schüttle die Tränen weg und hebe den Kopf noch höher, weil ich es kaum erwarten kann, das Kind zu sehen – unser Kind.

David spürt meinen Blick und sagt mit kaum unterdrücktem Vorwurf – als wäre ich ganz allein dafür verantwortlich: „Es ist ein Junge."

Mutterstress

Jamila beugte sich mit einer Tasse über mich. „Trink das, das ist guuuut.“

Nach drei Schlucken schüttelte es mich. „Was ist das für ein fürchterliches Gebräu? Schmeckt ja – widerlich . . .“, brachte ich heraus.

„Milchbildungstee. Der Doktor hat ihn bei mir bestellt. Du musst sechs Tassen davon trinken, damit die Milch einschießt.“

„Aber mir graust davor . . .“, wandte ich ein.

„Spielt keine Rolle, runter damit, der Doktor hat es angeordnet.“

„Du führst dich auf wie ein Oberhäuptling“, fand ich, aber sie lachte nur. Mit energischen Bürstenstrichen striegelte sie mein Haar und holte einen frischen Sarong aus dem Einbauschrank. Bevor ich mich wehren konnte, hatte sie mich gewaschen und in das neue Tuch gehüllt. Sie schüttelte die Decke frisch auf und räumte alle Spuren der Geburt weg: die Schüsseln und Tücher und was so alles noch herumlag. Die ganze Zeit über trällerte sie vor sich hin. Aus dem Badezimmer hörte ich lautes Protestgeschrei.

„Ich frage mich, was David da drinnen mit ihm anstellt, dass der Kleine so weint – ach, ich hätte ihn so gern noch eine Weile im Arm gehalten“, flüsterte ich.

Jamila warf mir einen strengen Blick zu. „Aber Jati, er muss doch untersucht werden! Vielleicht hat er eine Krankheit und wenn man sie gleich entdeckt –“

„Jaja, ist schon gut!“, warf ich ein. Ich wollte jetzt nicht über die möglichen Krankheiten und Behinderungen meines Kindes nachdenken. Ich sehnte mich nach David, nach seiner zärtlichen Berührung, ich wollte von ihm hören, dass er glücklich war und unser Kind lieb hatte – auch wenn ihm eine „Tochter, doppelt so schön wie Bagus“, vorerst nicht vergönnt war.

„Warum dauert es denn so lange . . .“, jammerte ich.

„Der Doktor weiß schon, was er tut“, sagte Jamila. Seit neustem war David für sie „der Doktor“ – ein höheres Wesen, an dessen Entscheidungen nicht zu rütteln war. Seufzend legte ich mich in die Kissen zurück.

&

Es klopfte an der Tür. Mutter steckte den Kopf durch den Spalt.

„Ja, ist es denn wahr? Ich bin schon Großmama?“, fragte sie und schielte verstohlen auf meinen Bauch. Es war so schön, ihr Gesicht zu sehen – voller Spannung und Vorfreude. Hinter ihr stand Vater und wagte aus lauter Taktgefühl nicht, mich anzuschauen – wahrscheinlich sah ich grauenhaft aus!

„Kommt herein, liebe Eltern“, sagte ich, und ich spürte eine neue Wärme in mir aufsteigen gegenüber diesen Menschen, die mich so selbstverständlich in ihre Familie aufgenommen hatten – von Anfang an.

In diesem Augenblick flog die Tür zum Badezimmer auf und David stand da, von Kopf bis Fuß stolzer Vater, seinen Sohn im Arm. Er machte ein Gesicht, als hoffte er, eine Musikkapelle würde zu seiner Ehre einen Tusch anstimmen oder ein heller Scheinwerfer würde seinen Strahl auf ihn richten. Vielleicht erwartete er auch, dass wir alle „Ah“ und „Oh“ rufen, in einen tiefen Hofknicks versinken und ihm huldigen würden. Doch die Eltern schenkten ihm nur einen kurzen Blick, dann setzte sich Mutter an meine Bettkante. Ohne ihren Sohn und ihren Enkel zu beachten, nahm sie meine Hand und legte ihre Wange hinein.

„Ich bin so glücklich, Jati! Ich danke dir für dieses Kind. Du machst uns alle sehr froh“, sagte sie.

Vater nickte: „Wir sind heilfroh, dass du eine so leichte Geburt hattest. Wir haben jeden Tag dafür gebetet!“

Ich war sprachlos und die Augen wurden mir feucht: so viel Liebe, so viel Wärme! Ich war ihnen wichtig!

David war inzwischen zu uns gestoßen und legte mir das Baby in die Arme. Jetzt konnte ich es zum ersten Mal richtig betrachten. Unser Sohn hatte ein Büschel kohlschwarzes Haar auf seinem runden Kopf. Er war kaum zerknautscht, der Mund hatte schon eine Nuckelblase, und der kleine Daumen eine dicke Schwiele. Der Kleine öffnete ein Auge und schmatzte genießerisch.

Alle lachten.

Jamila sagte: „Er riecht wohl schon die Milch!"

„Komm, leg ihn gleich an", drängte David. „Damit die Milch einschießt."

„Das höre ich heute schon zum zweiten Mal. Bin ich eine Kuh oder was?", sagte ich.

Wieder lachten alle.

„Ich möchte ihn erst ein bisschen anschauen", sagte ich. „Ich muss doch seine Finger nachzählen, am Ende fehlt einer."

„Das ist schon erledigt", sagte David und ließ sich am Fußende nieder. Er strich sich die feuchten Haare aus der Stirn, und erst jetzt sah ich, wie erschöpft er war. Ich streckte die Arme nach ihm aus, und er rutschte ein Stück näher, doch er wich meinem Blick aus.

„Ist irgendetwas mit dem Kind nicht in Ordnung, David?", schaltete sich der Vater ein.

„Der Kleine ist gesund und normal entwickelt, aber . . ."

„Was aber?", bohrte Mutter.

„Ich hatte ja eigentlich mit einem Mädchen gerechnet."

„Jetzt mach dich aber nicht lächerlich!", tadelte der Vater. „Du weißt genau, dass man darüber keine Kontrolle hat, und das ist auch sehr gut so. Wir haben um ein gesundes Kind gebetet, und Gott hat uns erhört."

„Wir würden es auch lieben, wenn es krank oder behindert wäre", widersprach die Mutter. „Kind ist Kind!"

David kaute auf seinem Fingerknöchel. „Vielleicht muss ich mich erst an den Gedanken gewöhnen – ich habe mir das alles etwas anders vorgestellt." Er seufzte und ging mit schweren Schritten hinaus.

Vater hob die Schultern und meinte: „Wahrscheinlich sind

ihm die Nerven durchgegangen. Bei vielen frisch gebackenen Vätern setzt der Verstand aus. Ich gehe mal nachsehen, vielleicht kann ich mit ihm reden."

Mutter verdrehte die Augen. „Männer!", sagte sie mit Nachdruck.

&

Als Vater hinausgegangen war, wandte sich Mutter dem Kleinen zu, und ihr Gesicht verklärte sich.

„Komm, Jati, pack ihn noch mal aus, wir wollen ihn anschauen!", sagte sie, und Jamila machte einen langen Hals.

„Schwester, komm her, du siehst ja kaum etwas!", rief ich ihr zu, und sie lächelte und setzte sich auf einen niedrigen Hocker, den sie ans Bett geschoben hatte.

Vorsichtig wickelten wir das Baby aus den Tüchern. Es hatte einen hübschen kleinen Trommelbauch und schon zwei Speckfalten an den Beinchen. Da sah ich es: Der Kleine hatte an Brust und Bauch helle und dunkle Flecken, als wäre er schmutzig und nur teilweise gewaschen worden. Ich feuchtete einen Tuchzipfel mit der Zunge an und rieb ein wenig, doch die Farbe war echt. Am Rücken waren die dunklen Stellen noch deutlicher zu sehen als vorne, und auch die Beine hatten helle und dunkle Zonen.

„Pigmentflecken", sagte Mutter und zuckte die Achseln. „Na und?"

Sie drückte dem Baby einen herzhaften Kuss auf die Nase, worauf es niesen musste. Jamila half mir beim Einpacken; sie hat durch Muncak viel Übung im Wickeln, dann legte ich meinen Sohn an die Brust. Er wusste sofort, was er zu tun hatte und saugte kräftig. Mir wurde dabei schwindelig, aber nach einer Weile konnte ich es aushalten. Noch einmal schmatzte der Kleine, dann schmiegte er sich enger an mich und schlief ein. Auch mir fielen die Augen zu. Mutter erhob sich und schlich hinaus, Jamila rückte hier und dort noch etwas zurecht, dann löschte sie das Licht, und ich sank in einen wohligen Dämmerschlaf.

&

Am nächsten Morgen erwachte ich zeitig. David saß auf dem Boden neben meinem Bett und untersuchte das Baby, das nackt auf einer Decke lag und wimmerte.

„Der Kleine friert", gähnte ich. „Deck ihn wenigstens zu."

David nickte und wickelte das Kind in Tücher. „Es – es ist nicht so arg, wie ich gestern dachte", murmelte er.

„Was macht dir Unruhe, mein Liebster?"

„Ich weiß nicht – ich dachte, es wird so aussehen wie du, oder auch ein bisschen wie ich, aber . . ."

„Es ist eben ein Mischlingskind, was hast du denn erwartet?", fragte ich.

Er schwieg.

„Wolltest du lieber ein Kind mit goldenen Haaren und meerblauen Augen?", stichelte ich. „Dann hättest du Irene heiraten sollen."

Er warf mir einen gekränkten Blick zu und brummte: „Aber Jati . . ."

„Also? Was ist jetzt? Krieg ich einen Kuss oder nicht? Ich weiß schon gar nicht mehr, wie du schmeckst!"

Er seufzte und beugte sich über mich. Seine Wangen waren feucht. Hatte er etwa geweint? Aus Zorn oder Enttäuschung?

„David???"

Da nahm er mich in die Arme und sagte: „Ich bin so froh, dass du alles gut überstanden hast. Was meinst du, wie viel Angst ich hatte!"

„Aber dafür gab es doch keinen Anlass! Es ging alles so leicht und –"

„Ja . . .". Er holte tief Luft. „Dafür bin ich unendlich dankbar. Trotzdem, du glaubst nicht, wie aufgeregt ich war, als das Kind dann kam."

Ich rückte ein Stück von ihm ab. „Du? Aufgeregt? Du hast doch schon mehr Kinder geholt, als ich Finger und Zehen habe!"

„Weißt du, bei fremden Frauen ist es anders. Total anders. Ich hatte solche Angst, dass ich etwas falsch mache und du und das Kind . . . aber jetzt ist alles gut.“

„Und deshalb hast du so ein Theater gemacht wegen der Pigmentflecken?“

„Ach, die Flecken . . . das spielt keine Rolle. Ich war einfach nur durcheinander. Ich wusste selbst nicht, was in mir abläuft. Freude und Erleichterung und Angst und Sorge . . . Ich bin ja so glücklich . . .“

Ich schloss die Augen und lehnte mich an meinen dummen, klugen Mann. Wunderdoktor oder nicht, von Gefühlen hatte er keine Ahnung.

Jonathan

Wir nannten ihn Jonathan.

Kaum hatte David die Enttäuschung über seine „Tochter“ überwunden, da begann er auch schon, neue Seidenfäden zu spinnen.

„Unser Sohn wird ein mutiger Mensch, ein Mann, der für seine Ideale eintritt, eine echte Persönlichkeit“, behauptete er.

Und ich habe gedacht, nur Frauen leiden unter Mutterblindheit!

„Alle werden staunen über seine musikalische Begabung – ach, übrigens, wir müssen schnellstens ein Klavier auftreiben.“

„David, dein Sohn ist eben mal ein paar Tage alt. Er muss lernen, nachts zu schlafen anstatt zu brüllen. Klavierunterricht liegt noch in weiter Ferne. Außerdem – wer sagt denn, dass er musikalisch ist?“

David streckte die Brust heraus und klopfte sich darauf. „Hier drin spüre ich es“, sagte er und wieder meinte ich, Jamila zu hören. „Ein Vater merkt das. Du müsstest es doch auch spüren.“

„Ich spüre, dass Jonathan eine frische Windel braucht“, sagte ich und ging hinüber zur Wiege. Wie ein Held sah Jonathan ganz und gar nicht aus, eher wie ein beleidigter Buddha. Aber vielleicht war ich ja keine „normale“ Mutter? Mütter finden ihre Babys immer schön und vollkommen. Wahrscheinlich habe ich am eigenen Leib keine solche Mutterliebe kennen gelernt; meine Mutter hatte immer etwas an mir auszusetzen . . .

Jedenfalls finde ich einiges an Jonathan, was nicht vollkommen ist, aber das macht nichts. Wer sagt denn, dass ausgerechnet mein Kind über jeden Tadel erhaben sein muss? Ich genieße diesen kleinen Menschen. Ich kann ihm stundenlang zuschauen, wie er mit den Ärmchen fuchtelt oder mit den Füßen strampelt. Ich höre sein Lallen so gern, die kleinen Laute, die Vergnügen ausdrücken oder Neugier. Ich mag den Duft seiner Haut, am liebsten vergrabe ich meine Nase im dunklen Flaum ganz oben auf seinem Kopf. Ich liebe ihn, weil er unser Sohn ist. Mehr braucht es dazu nicht.

&

Muncak allerdings hatte sich zu einem verwöhnten Balg entwickelt. Jamila schleppte ihn überall mit herum und verlangte von mir, ich solle mit Jonathan dasselbe tun. Aber ich war der Ansicht, dass Jonathan auch mal Ruhe nötig hätte. Es tat ihm gut, dass er seine Milch regelmäßig bekam und zwischendurch Pause hatte – da gab ich ihm etwas Wasser mit dem Löffel. Ab und zu hielt er schon die halbe Nacht still, und ich lernte allmählich wieder, was „schlafen" ist.

David hatte sich rasch wieder vom allwissenden Doktor in einen normalen Vater zurückverwandelt, der – genau wie ich – manchmal ratlos an der Wiege stand und den Kopf schüttelte oder nachts in Panik geriet, wenn er – genau wie ich – nicht sicher war, ob Jonathan aus Hunger schrie oder eine Kolik hatte oder noch etwas anderes. Zum Glück machte er mir bei der Kinderpflege niemals Vorschriften; er sagte immer: „Du bist am meisten mit unserem Sohn zusammen und kennst ihn besser als ich. Tu, was du für richtig hältst."

Heimat

Davids Eltern wollten nach vier Wochen wieder abreisen – die Mikroben, die Mikroben . . . Vater erklärte es mir so: „Alles, was lebt, braucht Pflege."

Das sehe ich ein. Allerdings hatte ich bisher das menschliche Leben als das Wertvollste auf dieser Welt betrachtet und wunderte mich ein wenig, dass er sich um dieser Bakterien willen so leicht von seinem Enkelkind trennen mochte. Aber vielleicht hatte er auch andere Gründe. Ob er seine Frau wieder mehr für sich alleine haben wollte, statt sie mit uns allen zu teilen?

Mutter war ganz vernarrt in Jonathan und verbrachte täglich viele Stunden mit dem Kleinen. Sie erzählte mir auch viel über David, die schwere Zeit, die er im Krankenhaus verbringen musste, weil er als Baby krank war, und allmählich begann ich zu begreifen, warum mein Wunderdoktor so verschlossen war und meinte, er müsste alles Schwere alleine tragen. Er hatte es ja in den ersten Lebensjahren nicht anders gelernt.

In diesen Wochen war mir Davids Mutter vertraut geworden und ich hätte sie am liebsten immer hier bei uns behalten. Doch es zog sie wieder in ihr eigenes Zuhause und das lag nicht nur am schwülen Klima. Immer wieder merkte ich, dass sich Davids Eltern in meinem Land fremd fühlten. Auch nach einem Monat konnten sie sich nicht darauf einstellen, dass die Menschen hier so ganz anders sind als in Deutschland.

&

Mutter kam von ihrem ersten „selbstständigen" Ausflug zum Markt mit hochroten Flecken im Gesicht und zerraufter Frisur zurück.

„Ich habe Schreckliches durchgemacht", schnaufte sie. „Eine Frau war unverschämt zu mir und wurde sogar handgreiflich!"

Ich schob sie rasch in die kühle Halle und führte sie zur Ottomane. Sie ließ sich schwer atmend auf das Polster sinken, Jamila holte ihr einen kühlen Mangosaft, und ich fächelte ihr Luft zu, aber sie konnte sich nicht beruhigen.

„Zuerst fand ich die Frau ganz nett. Sie verstand etwas Englisch, und ich dachte: ‚Wenigstens ein Mensch ist hier, mit dem ich mich unterhalten kann.' Aber dann hat sie mir alle möglichen Fragen gestellt. Sie wollte unbedingt wissen, wo ich wohne, wie lange ich da bleibe, wie viele Kinder ich habe und was David von Beruf ist, wie viel Geld er verdient und solche Sachen. Will sie uns vielleicht ausrauben oder was? Schließlich rückte sie mir auch noch auf den Leib und tatschte meine Bluse an, hob meinen Rock hoch und fasste mir in die Haare. Ich musste um Hilfe rufen! Ein Polizist hat sie dann vertrieben – wer weiß, was sonst passiert wäre."

Vater kam dazu und nickte ernst, als er die Geschichte hörte. „Mir geht es genauso. Ich habe ja jetzt einige Brocken Indonesisch gelernt, aber ich kann nirgendwo hingehen, ohne dass ein ganzer Schwanz von Einheimischen hinter mir herschleicht. Sobald ich mich umdrehe, starren sie mich ganz offen an und einer beginnt mit dem Verhör: ‚Dari Mana[1]?' – Kaum habe ich die Frage beantwortet, fragt er: ‚Mau Kemana[2]?' Und dann greift auch noch eine Frau nach meinem Ärmel und gurrt: ‚Studuh kawin[3]?' Es ist richtig peinlich." Vater streicht sich die Haare zurück, die an den Schläfen grau geworden sind. In dieser Gegend, wo alle Menschen zwei Köpfe kleiner sind als er, fällt er auf wie eine Palme am Strand.

Jamila sagte: „Bitte seid nicht böse. Unsere Leute denken sich nichts dabei, wenn sie solche Fragen stellen. Das gehört in Indonesien zu einer höflichen Unterhaltung. Wir begrüßen uns hier oft mit den Worten: ‚Wo gehst du hin?' Vielleicht gibt

---

[1] „Woher kommen Sie?"
[2] „Wo gehen Sie hin?"
[3] „Sind Sie verheiratet?"

es in eurem Land auch solche Fragen, bei denen es gar nicht auf die Antwort ankommt."

Ich dachte an Frau Hofmüller, die mich jeden Morgen fragte: „Na, Jati, wie geht es dir?", und nur eine einzige Antwort hören wollte: „Danke, gut." Etwas anderes hätte sie geärgert.

Ich erklärte den Eltern, dass die Menschen in Indonesien von Natur aus neugierig und interessiert sind; sie kommen gar nicht auf die Idee, dass sie andere damit vielleicht belästigen. Doktor Meier klagte anfangs darüber, dass ihm die Leute immer „Mister, Mister" ins Ohr gebrüllt haben. Es war das einzige englische Wort, das sie kannten, und sie benutzten es ständig. Nach einigen Monaten hatte er sich aber daran gewöhnt, und heute fehlt ihm etwas, wenn keiner „Mister, Mister!" ruft.

Mutter nickte ergeben; der Sturm ihrer Empörung war bereits zu einer leichten Brise abgeflaut.

Ich sagte zu ihr: „Weißt du, Mutter, deine Bluse ist wirklich wunderschön. Der Stoff ist so weich und glänzend wie Seide, aber viel fester."

„Satin aus Viskose", murmelte Mutter.

„Die Frau, die deine Bluse angefasst hat, wollte dir damit zeigen, wie gut du ihr gefällst, verstehst du? Die Menschen in Indonesien sind sehr freundlich und interessieren sich einfach für alles. In meinem Land gibt es viele verschiedene Gruppen und Völker, die alle versuchen, gut miteinander auszukommen. Deshalb heißt unser Wahlspruch: ‚Bhinnka Tunggal Ika'. Das bedeutet: ‚Sie sind viele, sie sind eins'."

„Man könnte auch sagen: Einheit in Vielfalt", murmelte Vater.

„Und weil wir uns nur dann richtig schätzen können, wenn wir einander auch kennen, deshalb stellen wir so viele Fragen. Wir möchten den Fremden verstehen, dann ist er uns nicht mehr fremd."

Vater strich sich über das Kinn, wie immer, wenn er über einen neuen Gedanken nachgrübelt. Dann sagte er: „Jati, du stammst aus dieser Gegend, woher kommt es, dass du ganz anders bist? Du warst niemals neugierig oder aufdringlich."

„Unser Volk der Badui hat sich schon vor Jahrhunderten in die Berge zurückgezogen, als sich der Islam im ganzen Land ausbreitete. Wir sind von klein auf dazu erzogen worden, Fremden zu misstrauen."

„Ich würde zu gern einmal dein Heimatdorf sehen. Meinst du, wir könnten es besuchen, wenn wir das nächste Mal hierher kommen?", fragte Mutter.

Es gab mir plötzlich einen Stich, als ich an Bagus und Ikan dachte und die vielen anderen aus meiner Familie, die dort in der Erde lagen.

Ich seufzte. „Das ist sehr schwierig. In das Gebiet der inneren Badui werden keine Fremden hineingelassen[1] und auch solche, die ausgestoßen wurden wie Kiri und Bagus, sind nicht gern gesehen. Bei David hat mein Volk eine Ausnahme gemacht, weil mein Vater darauf bestand – schließlich hat er mein Leben gerettet und viele Dorfbewohner von einer schweren Krankheit geheilt. Auch Davids Freunde durften ein paar Tage lang in unserem Dorf bleiben, weil sie die Hütten wieder aufgebaut haben. Aber danach mussten sie gleich wieder fortgehen. Seit Ikan und Bagus im Dorf waren und dort für Aufregung gesorgt haben, sind die Vorschriften noch strenger geworden."

„Aber du hast doch erzählt, dass du mit Samuel und einigen anderen diese Dörfer besucht hast", wandte Vater ein.

„Ja, aber ich bin auch eine Häuptlingstochter und außerdem reiste ich mit einem Abgesandten der Regierung. Wäre ich nicht mit Jusuf und Susu befreundet gewesen und hätte

[1] Die Dörfer der „Inneren Badui" – Cibeo, Cikartawana und Cikeusik in der Gebirgsregion von Westjava – sind für Außenstehende nicht zugänglich. Cibolger an der Grenze zum Gebiet der Badui dient als offizieller Eintrittsort. Da ich sehr wenig Informationen über dieses Volk bekommen konnte, habe ich manches durch meine Fantasie ergänzt und hoffe, dass diese „Lückenfüller" der Wirklichkeit einigermaßen entsprechen – oder ihr zumindest nicht widersprechen

ein anderer Wächter Dienst gehabt als Malams Bruder, hätte man uns den Eintritt verwehrt oder Schlimmeres angetan. In den letzten Jahren sind ab und zu ein paar abenteuerlustige Touristen in das Gebiet der Badui eingedrungen, aber keiner weiß, was aus ihnen geworden ist – sie sind nie zurückgekehrt."

„Wie schrecklich!", sagte Mutter schaudernd. „Und schade. Ich hätte gern mal den Baum gesehen, auf dem du früher herumgeklettert bist."

Ich zuckte die Achseln. „Er ist schon vor Jahren verbrannt, als der Priester Asam ein Feuer legte."

„Hast du manchmal – Heimweh?", wollte Jamila wissen.

„Hmm . . . eigentlich nicht", überlegte ich. „Obwohl ich meinem Sohn schon gerne zeigen würde, wo ich aufgewachsen bin."

„Für Arjuna wäre es auch wichtig", meinte Jamila. „Ein Mensch braucht Wurzeln."

Wurzeln

Abends im Bett dachte ich noch lange über dieses Gespräch nach.

„David", begann ich, „wo sind meine Wurzeln?"

Er streckte die Hand aus und spielte mit meinem Haar. „Deine Wurzeln waren einmal in deinem Dorf. Dann wurden sie gekappt, das Bäumchen wurde in ein anderes Land gepflanzt", murmelte er.

„Ja, in kalte, graue Erde", sagte ich, und mir lief ein Schauer über den Rücken. „Aber dann habe ich die Wurzeln herausgerissen und bin hierher zurückgekehrt."

Er drehte sich zu mir und zog mich in die Arme. „Ich will dir sagen, wo ich zu Hause bin – da, wo mein Herz gerade schlägt. Hier bei dir im blauen Haus, wo die Frau wohnt, die ich liebe, wo mein Kind seine ersten Schritte wagt, wo die Menschen meine Arbeit brauchen. Ich habe meine Wurzeln in javanische Erde gesteckt, und dort wird mein Baum wachsen und gedeihen, bis der Vater im Himmel ihn eines Tages fällt und zur Ruhe legt."

„Aber was ist mit deinen Freunden, deinen Verwandten und Bekannten – fühlst du dich nicht abgeschnitten von denen, die du früher gekannt hast?"

Er seufzte. „Ja, manchmal vermisse ich sie. Man kann eben nicht alles auf einmal haben . . . Aber du solltest unbedingt die Freundschaft mit deinen Schulkameraden am Leben erhalten. Ich glaube, sie wissen nicht einmal etwas von Jonathan."

„Ich habe gar nicht mehr an sie gedacht; es gab so viel Neues . . ."

„Ja, mein Schatz, das kann ich mir vorstellen. Trotzdem solltest du die alten Kontakte pflegen."

„Wozu? Ich habe doch dich und Jamila und Sumeiken und Doktor Meier!"

„Das ist nicht genug", predigte David. „Gute Freunde sind ein Netz, das uns durch schwere Tage hindurch trägt."

„Ich glaube, ich brauche kein solches Netz", widersprach ich aus purer Lust am Widerspruch und David schwieg darauf.

Schade. Immer, wenn es so richtig interessant wird, weicht er aus.

&

Aber er besorgte einen Boten, der Samuel und meinen alten Schulkameraden von der Geburt unseres Sohnes erzählte. Die Klasse schickte eine Abordnung zu David in die Klinik und wollte geschlossen zu einer Gratulationsparty eingeladen werden. Sie kamen eine Woche später und brachten drei Eimer voll Popcorn mit und einen riesigen Obstkorb, der von zwei Männern getragen werden musste. Samuel stand an der Spitze der Delegation. Er überreichte uns einen Strampelanzug, der vorne aufgenäht eine große Applikation trug: die amerikanische Flagge.

„Ihr habt Glück, dass ihr keine Amerikaner seid", erklärte Samuel. „Sonst müsstest ihr jeden Morgen vor Jonathan stramm stehen und die Fahne grüßen."

David verzog das Gesicht, aber er sagte nichts. Am Abend, als alle fort waren, nahm er den Anzug in die Hand und drehte ihn nach links, wedelte damit hin und her. Dann schüttelte er den Kopf und lachte los.

„Was ist? Warum lachst du?", erkundigte ich mich.

„Ich überlege mir gerade, wie dein Kind aussehen würde, wenn Samuel der Vater wäre – die eine Hälfte des Haares wäre rot, die andere schwarz. Dazu Sommersprossen und ganz dunkle Augen. Oder ein Auge grün, das andere braun."

„Darüber macht man keine Witze", sagte ich streng.

„Tut mir Leid, ich wollte dich nicht verletzen . . ."

„Hast du nicht, aber ich finde, wir sollten unser Kind so akzeptieren, wie es nun mal ist. Immerhin ist es ein Stück von uns beiden. Und Gott hat es gewollt, genau so, wie es ist."

„Vielleicht nicht gerade mit diesen Pigmentflecken . . .", wandte er ein.

„Vielleicht gerade doch mit diesen Pigmentflecken. Es sieht interessant aus, findest du nicht? Als hätte er ein Batikmuster auf der Haut."

„Mich erinnert er eher an das Getränk, das Malam für uns kochte, wenn wir sie besuchten."

„Du meinst den grünen Tee mit Ziegenmilch? Ja, du hast Recht, da gab es auch solche hellen und dunklen Inseln. Aber vielleicht wird sich seine Haut mit der Zeit noch verändern."

„Höchstwahrscheinlich wird es schlimmer . . .", murmelte er. Dann nahm er die Schultern zurück und hob den Kopf. „Aber das macht nichts. Unser Sohn wird ohnehin ein tapferer Held und keiner wird wagen, ihn zu verspotten."

Und wie das nun mal bei Vorhersagen ist, die wir als beschränkte Menschen machen, obwohl wir ja überhaupt nicht wissen, was die Zukunft bringt – manche erfüllen sich, andere wieder nicht . . .

Affenliebe

Nicht die ersten Sonnenstrahlen weckten mich in diesen Tagen, auch nicht das Keckern des weiß gefleckten Vogels, der sich seit neustem in unserem Garten eingenistet hat. Es war eine zarte Stimme, die mich aus den Träumen riss, halb fragend, halb weinerlich: Jonathan wollte seine Milch. Er wuchs und nahm zu, wie es sein muss, und blieb dabei immer zart mit feinen Gliedern.

David schüttelte den Kopf, wenn er ihn untersuchte, und meinte: „Er hat doch sehr viel von dir mitbekommen. Von mir stammt höchstens die Unterlippe – vielleicht noch die Nase."

„Ist das schlimm?", wollte ich wissen.

„Aber nein, natürlich nicht, von dir kann man gar nicht genug bekommen", versicherte er und nahm mich schnell in die Arme, und ich fragte mich, ob er nicht vielleicht doch ein wenig enttäuscht war von unserem Sohn, der noch gar keine Anzeichen für ein späteres „Heldentum" erkennen ließ. Im Gegenteil.

Jonathan war sanft und fast immer zufrieden. Er konnte stundenlang im Innenhof auf einer Decke liegen und die Schattenspiele an der Wand betrachten, die hellen Netze und Muster, von der Sonne gemalt und von der Wasserfläche des Bassins zurückgeworfen. Oder er spielte mit seinen Fingern. Oder er versuchte, einen Zeh in den Mund zu stecken, wobei er in seinem Kampf nicht müde wurde: Der Zeh wollte nämlich nicht von den ersten drei Zähnen beknabbert werden und zuckte zurück, aber Jonathan zeigte sich unerbittlich und hielt den Fuß mit beiden Händchen fest. Manchmal siegten die Hände, manchmal der Fuß, und mit diesem Wettkampf konnte er sich stundenlang unterhalten.

Ganz anders Muncak. Er war fett geworden, aber dabei überhaupt nicht gemütlich. Ich kenne manche Leute, die das Leben genießen und sich über Essen so sehr freuen, dass sie es gerne immer bei sich tragen und es zu einem Teil ihres Körpers gemacht haben. Sie lachen gern und strahlen Wärme und Güte aus. In ihrer Nähe fühle ich mich wohl.

Doch Muncak war auf eine gierige Art dick und schrie und zeterte so lange, bis er etwas zu essen bekam. Jamila fütterte ihn oft und reichlich – „damit der Junge kräftig wird“, doch sein Hängebauch machte ihn träge und seine Beine knickten unter ihm weg und wollten den Körper nicht tragen. Sie brauchten das auch gar nicht, weil Jamila ihn ohnehin ständig auf der Hüfte oder am Rücken trug. Beim Kochen steckte sie ihm pausenlos irgendwelche Leckerbissen ins Mäulchen. Der Kleine litt unter Verstopfung und schrecklichen Blähungen, aber Jamila wollte sich von mir nichts sagen lassen. Ich dachte oft darüber nach, wann sie sich so stark verändert hatte, und ob es allmählich gekommen war oder ganz plötzlich. Sie war nicht mehr so sanft und freundlich wie früher. Ich sah sie auch nicht mehr in dem Heiligen Buch lesen oder beten. Sie wirkte fahl unter ihrer schwarzen Haut und erschöpft, weil das kleine Ungeheuer ständig neue Wünsche hatte – und sie erfüllte sie alle.

Ich sprach ab und zu mit David darüber, aber er wollte sich nicht einmischen und meinte: „Jede Mutter hat ihren eigenen Stil.“

Sumeiken war da weniger taktvoll. Als wir wieder einmal zusammensaßen und miteinander Tee tranken, wobei Jonathan friedlich auf seiner Decke herumkugelte und Muncak auf Jamilas Schoß saß und ihr schon zum zweiten Mal die Tasse aus der Hand geschlagen hatte, sagte sie: „Das würde ich mir nicht gefallen lassen!“

Jamila hob die Brauen und sagte: „Was geht das dich an?“ Bei ihrem Göttersöhnchen kennt sie keinen Spaß – weh dem, der es anzugreifen wagt.

Sumeiken ließ sich von dieser barschen Abfuhr nicht bremsen. Sie sagte: „Wenn der Junge jetzt schon so unartig ist, wie wird es erst später?“

„Aber er ist doch noch klein. Er kann nichts dafür!“, protestierte Jamila.

„Kleine Kinder sind klug. Sie lernen schnell. Lass ihn ruhig Geschirr runterwerfen, ohne dass es für ihn Folgen hat, und er wird dieses Benehmen für richtig halten und damit weitermachen."

Jamila schob das Kinn vor. „Ich kann ihn deshalb doch nicht schlagen . . ."

„Schlagen wäre Unfug, aber du könntest ihn daran hindern, dass er noch einmal eine Tasse zerbricht."

„Ich werde diese Tassen ersetzen, wenn dir das so wichtig ist", sagte Jamila und schob sich aus dem Stuhl, bis sie sehr gerade vor uns stand – ganz und gar eine Somali, früher einmal meine „Schwester", nun aber fremd. Sie zog die Mundwinkel nach unten. „Du mischt dich überall ein und verstehst überhaupt nichts von Kindern, du bist keine Mutter."

Damit hatte sie eine lange Nadel in Sumeikens Wunde gestoßen, und nicht einmal aus Versehen. Sie, die selber so schwer unter ihrer Kinderlosigkeit gelitten und deswegen ihren Mann verloren hatte, fühlte sich jetzt als Königin, denn Sumeiken hatte gerade ihre zweite Fehlgeburt hinter sich.

Sumeiken senkte den Kopf, damit Jamila ihre Tränen nicht sah, aber die war schon aus dem Raum stolziert, mit Muncak auf der Hüfte.

&

Ich versuchte in der nächsten Zeit immer wieder, die beiden miteinander zu versöhnen, aber es gelang mir nicht. Jamila sprach nur noch mit Groll von „der Doktorsfrau", und Sumeiken ging ihr aus dem Weg: „Ich will mich nicht noch mal von ihr verletzen lassen."

Es tat mir weh, dass ein Graben zwischen uns klaffte, und daran gab ich Muncak die Schuld.

„Malam hatte Recht", sagte ich einmal zu David. „Bagus bringt Unglück, auch über ihren Tod hinaus. Ihr Sohn ist ein Teufelsbalg. Er weckt Zank und Streit, er holt böse Gefühle ans Tageslicht und er hat Jamila ganz und gar verhext."

„Bitte sprich nicht so von deinem Neffen", sagte David. „Er

konnte sich seine Mutter nicht aussuchen und den Vater schon gar nicht. Und er ist auch kein ‚Teufelsbalg', so etwas gibt es nicht!"

„Nicht? Bist du sicher?"

„Ganz sicher! Kinder sind von Gott gewollt, und zwar alle!", sagte David mit Nachdruck.

„Aber woher weißt du, dass Gott dieses Kind wollte? Es wurde ohne Liebe gezeugt, ohne Liebe empfangen, es wurde ohne Liebe geboren. Weder Mutter noch Vater wollten es haben. Vielleicht sollten solche Kinder gar nicht erst geboren werden?"

Er schüttelte den Kopf. „Das glaube ich nicht. Jedes Kind ist von Gott gewollt. Manche leben leicht, weil sie in eine heile Familie hineingeboren werden wie unser Jonathan. Andere haben weniger Glück. Sie leben schwer und werden anderen zur Last. Aber sie sind nun einmal da, und wir müssen sie in Liebe tragen."

„Liebe, immer nur Liebe!", keuchte ich. „Jamila verzehrt sich mit ihrer Affenliebe wie eine Kerze, die an beiden Enden angezündet ist. Sie macht sich dabei krank und merkt gar nicht, wie sie dem Kind schadet!"

„Sie ist von klein auf dazu erzogen worden, dass sie Männern dienen muss", überlegte David. „Zuerst musste sie immer das tun, was ihr Vater befahl oder was die Brüder wollten. Später hat sie ihrem Mann gehorcht. Und jetzt ist ihr Sohn der König."

„Du meinst also, sie singt das Lied weiter, das sie die ganzen Jahre schon gesungen hat – nur eine andere Strophe?"

„Ja, genau das. Jamila hat eine falsche Art von Liebe erlernt. Sie möchte immerfort gebraucht werden und sich für andere aufopfern, auch wenn das ihr und den anderen schadet. Ich hatte gehofft, dass sie ihre Helfsucht überwindet und ein freier Mensch wird, aber . . ."

„Ein freier Mensch –"

„Der Vater im Himmel möchte, dass wir anderen freiwillig unsere Liebe schenken, nicht aus einem inneren Zwang heraus, weil wir uns sonst nutzlos oder unwürdig fühlen. Er will, dass wir vernünftig lieben und den Kindern Grenzen setzen, damit sie Rücksicht lernen und Verzicht. Nur so werden sie reif und erwachsen", erklärte David.

In solchen Momenten bewundere ich ihn von Kopf bis Fuß, weil ich spüre: Was er sagt, ist gut und wahr.

„Die Gute Nachricht von Jesus macht die Menschen frei", sagte David. „Jesus hat uns freigekauft, wir gehören ihm. Und wenn wir dazu Ja sagen, dann haben wir nur einen Herrn über uns, und das ist unser Gott. Er hat uns geschaffen, er hat uns erlöst. Durch seinen Geist spricht er in alle Bereiche in unserem Leben, er berät uns in allen Entscheidungen. Und er zeigt uns, wo wir falsch denken und etwas Neues lernen müssen."

„Aber Jamila hat doch angefangen, an Jesus zu glauben. Sie war so begeistert von der Bibel. Warum ist sie wieder in ihr altes Denken zurückgefallen?"

Er strich mir die Haare aus der Stirn. „Ach, Jati, das passiert uns doch allen immer wieder. Wenn wir von etwas Neuem so stark gefangen sind, dann verlieren wir Gott aus den Augen. Und schon haben wir uns einen neuen Gott gemacht, dem wir dienen."

Muncak – ein Gott? In den Naturgöttern, die sich meine Vorfahren ausgedacht hatten – Baum, Quelle, Mond und Wind – konnte man wenigstens noch Schönheit und Anmut finden, aber in Muncak? Man muss einmal hören, wie er rülpst . . .

Nervensäge

Jonathan lernte Laufen, als Muncak noch nicht einmal das Krabbeln beherrschte, und Jamila war darüber todtraurig. Und als Jonathan zum ersten Mal bewusst „Mama!" sagte, schlich sie mit nassen Augen aus dem Zimmer, denn Muncak kläffte nur drauflos, wenn er etwas wollte – und warum sollte er auch reden, wenn ihm Jamila ohnehin jeden Wunsch von den Augen ablas?

Seit unserem kleinen Streit mit Sumeiken hatte ich das Thema vermieden und nur mit Gott über das Problem „Muncak" geredet. Ich schämte mich manchmal, weil ich so gar kein bisschen Liebe für meinen Neffen empfinden konnte. *Er kann nichts dafür, dass er Bagus zur Mutter und einen Lumpen zum Vater hat,* predigte ich mir. Aber der Junge ging mir trotzdem furchtbar auf die Nerven.

Dann kam eine Zeit, in der sich Jamila große Sorgen um Muncak machte, weil er apathisch und lustlos wurde. Sein Kläffen wurde heiser, und er stierte den ganzen Tag nur vor sich hin. Jamila beobachtete ihn mit ängstlichen Augen, sie kroch förmlich in ihn hinein, aber sie fand die Ursache nicht. Drei Tage lang blieb seine Windel leer, dann kam das halbverdaute Essen in einer schwarzen Fontäne zum Mund herausgeschossen. David packte ihn ins Auto und raste mit ihm in die Klinik. Die Operation glückte, er blieb am Leben, aber er lag acht Tage ohne eine Bewegung in den Kissen, sodass Jamila außer sich geriet. Sie verkroch sich wie eine Schildkröte in den Panzer und war nicht ansprechbar. Am neunten Tag kam Dr. Halus abends nach dem Dienst zu uns und besuchte Jamila in ihrem Zimmer. Sie ließ die Tür offen stehen, und wir konnten bis in den Innenhof hören, was sie sagte:

„Jamila, du musst wieder essen und unter Leute gehen. Dein Sohn ist am Leben geblieben und wird sich erholen. Du hilfst ihm nicht, wenn du inzwischen aus Traurigkeit gestorben bist. Wer soll ihn dann versorgen?"

Es blieb lange still, dann kam Jamila die Treppe herunter, von Dr. Halus geführt. Ich lief in die Küche und holte eine Portion Nasi Goreng und stellte sie vor Jamila hin. Sie aß mechanisch, aber sie leerte den Teller.

„So", machte Dr. Halus. „Und jetzt gebe ich dir ein paar Regeln für die Zukunft. Dein Kleiner hat ein schweres Magenleiden und eine Darmentzündung. Er muss in Zukunft strenge Diät halten. Vor allem darf er nicht zwischen den Mahlzeiten gefüttert werden. Er bekommt nichts Süßes mehr, nichts Fettes, nicht Heißes und nichts Scharfes. Weich gekochte Hirse oder Reis mit Früchten und etwas Gemüse. Dreimal am Tag, nicht öfter. Und wenn er durstig ist, dann gibst du ihm nur Wasser. Zwei Stunden nach der Mahlzeit und höchstens eine halbe Stunde vor der nächsten Mahlzeit."

Jamila nickte unglücklich.

„Ich weiß, dass es eine Umstellung ist. Aber du musst vernünftig sein. Das Leben deines Sohnes hängt davon ab!"

Als sie ging, blieb Jamila mit hängenden Schultern am Tisch sitzen. David machte mir Zeichen und verließ auf Zehenspitzen den Raum. Ich war dran . . .

Ich legte meine Hand auf Jamilas Arm. „Schwester . . . wollen wir zum Himmelsgott beten, damit er dir Kraft und Mut gibt?"

Sie bewegte die Lippen zu etwas, was wohl ein Ja sein sollte, und schloss die Augen. Nach dem Gebet flüsterte sie: „Glaubst du, er lässt das Kind sterben?"

„Du hast doch gehört, was die Ärztin sagte – Muncak kommt durch."

„Allah nimmt mir alles, woran ich hänge . . . alles, was mir wichtig ist und was ich brauche . . . Was habe ich verbrochen, dass ich so sehr gestraft werde?"

Sie nannte ihn „Allah", nicht mehr Himmelsgott, auch nicht mehr Vater im Himmel. Wahrscheinlich war sie in ihr früheres Denken über Gott zurückgefallen.

Ich nahm sie in den Arm und wiegte sie. Worte bieten keinen Trost, und auf die Frage „Warum?" wusste ich auch keine

Antwort. Ich wusste nur, dass Gott nicht strafen und nicht verletzen will – und trotzdem das Leid zulässt.

Sie legte den Kopf auf die Tischplatte und ließ die Tränen rinnen. „Ich habe solche Angst um das Kind."

Schließlich sagte ich: „Jamila, der Himmelsgott kennt deine Angst. Lege sie ihm in die Hände. Auch das Kind. Lass es innerlich los und gib es Gott."

„Aber dann wird er es töten!", begehrte sie auf.

Ich holte tief Luft und überlegte. Wer kann schon im Voraus wissen, was Gott tun wird? „Überlass es Jesus", sagte ich leise. „Gottes Sohn hat Kinder lieb."

Ihr Schluchzen verebbte, nach einer Weile rieb sie sich mit dem Ärmel die Augen trocken und schnupfte noch einmal auf.

„Wahrscheinlich hänge ich mein Herz immer an die falschen Personen . . .", murmelte sie.

&

Nach drei Wochen konnte Muncak aus der Klinik entlassen werden. Er war bis auf die Knochen abgemagert und konnte nur winzig kleine Portionen essen, aber langsam erholte er sich und lernte – mit fast 2 Jahren – endlich auch Laufen. In den nächsten Monaten wurde der Junge halbwegs erträglich. Er lernte, dass er nicht alles grabschen konnte, was er haben wollte, und er gewöhnte sich langsam daran, auf etwas zu verzichten oder eine Weile zu warten.

Das lag an Jamila. Sie sah sich nun nicht mehr als die Dienstmagd ihres Sohnes, sie übernahm die Führung. Sie überlegte, bevor sie ihm einen Wunsch erfüllte, und für sein Gejammer entwickelte sie taube Ohren, wenn sie dabei auch das Gesicht verzog, als ob sie Zahnschmerzen hätte.

Doch Jonathan konnte seinen Cousin nicht weinen sehen. Wenn keiner darauf Acht hatte, steckte er ihm heimlich Naschereien zu und Muncak begriff sehr schnell, dass er einen neuen Sklaven hatte.

Wenn ich eine solche Szene beobachtete, versuchte ich

einzugreifen, aber ich war nicht immer dabei, denn ich hatte im Haus und im Garten zu tun und war außerdem mit einem Übersetzungsprojekt beschäftigt, und Jamila war auch nicht immer zur Stelle.

Tagsüber tobten die beiden Jungen durchs Haus und leerten Kisten, Kästen und Schubladen und richteten ein großes Durcheinander an, wenn man sie nicht ständig unter Aufsicht hatte, wobei Muncak die Ideen lieferte und Jonathan für die Ausführung sorgte – und dann auch die entsprechende „Belohnung" einkassierte. Wir schlugen die Kinder nicht, aber manchmal mussten wir sehr ernst mit den Jungen sprechen. Einmal musste ich Jonathan einen Abend lang in sein Zimmer sperren, bis er seine Untat einsah und um Verzeihung bat. Er hatte alle Schlüssel im Haus eingesammelt, einen nach dem anderen in die Toilette geworfen und dann hinuntergespült.

„Muncak hat gesagt, das macht Spaß . . .", verteidigte sich Jonathan und Jamila sagte schnell: „Dein Cousin heißt ‚Arjuna'!"

Vorfreude

Am Abend eines ganz normalen Tages – Jonathan hatte im Garten gewütet und alle Lilienknospen aufgedröselt, weil Muncak sehen wollte, welche Farbe die Blumen hatten, dann hatten sie mit erdverschmierten Händen ein Muster an die Hausmauer getatscht und den Abfluss des Bassins mit Taschentüchern verstopft, sodass der Brunnen überlief und den Innenhof überflutete – am Abend eines solchen Tages kam David früher als sonst aus der Klinik und verkündete: „Ich bekomme Urlaub. Wir machen einen Ausflug in den Nationalpark."

„Wer – wir? Alle zusammen oder nur du und ich?"

Er kratzte sich das Kinn, und da er sich am Morgen nicht rasiert hatte, knisterte der frische Bart unter seiner Hand.

„Ich dachte, nur wir beide. Für die Kinder wäre es eine Strapaze. Jamila wird sicher so freundlich sein und eine Woche lang auf Jonathan achten."

Eine Woche lang keine Aufregung mit den Kindern, keine Hausarbeit und keine Übersetzung – nur David und ich! Mein Herz tat einen Sprung. Ich rannte zu Jamila und fragte nach. Sie lächelte und nickte. In letzter Zeit war sie wieder die „Alte" geworden, und ich konnte ihr vertrauen wie einer Schwester. Nur mit Sumeiken hatte sie sich noch nicht versöhnt. Aber das lag auch ein bisschen an meiner Freundin. Seit sie schwanger war, musste sie fest im Bett liegen und durfte sich nicht rühren. Wenn wir uns sehen wollten, musste ich sie besuchen, aber öfter als ein- oder zweimal in der Woche schaffte ich es nicht. David hatte mir immer noch nicht beigebracht, wie man ein Auto fährt, und zu Fuß dauerte es doch eine ganze Weile. Vielleicht war ich das lange Wandern auch nicht mehr gewöhnt?

Aber das sollte sich ja nun ändern . . .

David schrieb eine lange Liste mit Gegenständen, die wir unbedingt mitnehmen sollten. Dazu gehörten auch Nudeln,

Linsen und Reis für uns und unseren Führer, denn der Naturpark am Südwestzipfel von Java ist abgelegen. Dort kann man nicht einfach in einen Laden gehen und einkaufen – es gibt keine Läden.

&

Im Ujung Kulon-Park gibt es noch 60 Nashörner, die letzten der Insel Java. Ich hatte schon viel über sie gehört. Sie sind nur einen Meter hoch, aber sie wiegen 1.500 kg und werden sehr ungemütlich, wenn man sie verärgert. Vielleicht würden wir auch wilden Rindern begegnen oder wilden Schweinen, würden Eichhörnchen sehen und Fischotter und die grüne Riesenschildkröte, die ihre Eier im Ufersand vergräbt. Auch auf die Affen freute ich mich.

David hatte sich in einem Laden in Jakarta einen guten Kris besorgt und eine kleine Stange, mit der man elektrische Stromschläge austeilen und sich damit die Tiere vom Leib halten konnte, wenn es nötig werden sollte. Allerdings gab es auch kleine Tiere, gegen die man sich wehren musste: Die Moskitos in den sumpfigen Flusstälern spritzten den Wanderern gern ihr Gift unter die Haut, und nach dem Urlaub wälzt man sich dann in dem Fieber, das man „Malaria" nennt.

In der letzten Nacht vor dem Urlaub konnte ich vor Aufregung nicht einschlafen, und am Morgen sprang ich im Dunkeln aus dem Bett. Im Osten zeigte sich ein fahler Schein, die Nachtwolken warteten noch darauf, von der Sonne geküsst zu werden und sich darüber rosig zu freuen, die Vögel hockten allesamt in ihren Astgabeln und schliefen noch. Aber meine Seele sang vor Freude. Endlich würde ich David für mich allein haben – der Führer zählte nicht. Jeden Tag und jede Nacht. Wir würden alle Gedanken miteinander teilen. Ich habe das Gefühl, ich lebe doppelt so stark, wenn ich etwas mit David gemeinsam erlebe. Und dieses Mal würden keine Patienten zwischen uns stehen und seine Zeit und sein Herz gefangen nehmen.

Reiselust

Wir verließen das Haus auf Zehenspitzen, denn wir wollten keine Szene von Jonathan erleben. Bisher hatte er nie geweint, wenn ich für einige Stunden das Haus verlassen hatte, weil er sich bei Jamila und Muncak gut aufgehoben fühlte. Trotzdem flatterte mein Magen ein wenig, und ich brachte nur zwei der köstlichen Pfannkuchen herunter, die David am Abend vorher gebacken und jetzt noch einmal kurz in der Pfanne erhitzt hatte. Jamila hatte unseren Rucksack mit Obst und Fladenbrot und Trockenfrüchten gefüllt; ich konnte also unterwegs essen, wenn ich Hunger bekommen sollte.

Unser Auto hustete, als David den Schlüssel ins Zündschloss steckte, doch der Motor wollte nicht erwachen. David klappte die Haube auf und steckte beide Arme in die eisernen Därme hinein. Er tauchte wieder auf und sah plötzlich aus, als wäre er einer von Jamilas Brüdern ... Während ich ihm mit einem sauberen Tuch das Gesicht abtupfte und ihm alles viel zu lang dauerte, weil er wieder zu seinem „Patienten" eilen wollte, sagte ich: „Komisch, so ein Theater hat er noch nie gemacht, vielleicht fürchtet er sich vor dem Naturpark und möchte lieber hier zu Hause bleiben?"

David seufzte: *„Jati, dieses Auto hat keine Seele.* Es ist eine Maschine, weiter nichts. Es kennt keine Angst, keine Freude, verstehst du? Nur ein lebloses Ding."

„Und doch muss es gestreichelt werden und manchmal auch getreten, es hat Hunger wie ein Mensch und Durst und –"

David schlug sich mit der flachen Hand vor die Stirn. „Das ist es! Ich habe gestern ganz das Tanken vergessen."

„Haben wir noch Benzin im Kanister?"

Er lief nach hinten und öffnete den Raum, in dem die Koffer fahren dürfen. Dort hat er immer eine Kiste mit Werkzeug stehen, eine Dose Öl und einen Behälter für Benzin. Normalerweise achtete David darauf, bei jedem Tanken den Kanister aufzufüllen. Er hob ihn hoch und schüttelte ihn vorsichtig, aber dort plätscherte nichts mehr. Er stellte den Kanister zurück, holte unsere Rucksäcke aus dem Wagen und setzte sich neben mich auf die Gartenmauer.

Ich zermarterte mir das Gehirn nach einer klugen Bemerkung, die ihn nicht wütend machen würde, denn der Satz: „Siehst du!“, oder die harmlose Frage: „Und was machen wir jetzt?“, hätten wahrscheinlich den Krakatau ausbrechen lassen und einen Lavastrom ausgeworfen oder zumindest einen Ascheregen.

Schließlich sagte ich: „Ach, David, das macht doch nichts. Bis zur Bushaltestelle ist es nicht weit. Schau, die Sonne kriecht schon aus ihrem Bett und begrüßt den neuen Tag. Wir können genauso gut jetzt schon wandern, dann sind wir für die nächsten Tage in Übung.“

David starrte mich an, dann entspannten sich seine Wangenknochen, und er lächelte. „Du bist ein Prachtmädchen, Jati. Jede andere Frau hätte –“

„Aber ich bin nicht jede andere Frau“, protestierte ich. „Ich bin ich.“

„Ja. Und das gefällt mir so an dir“, sagte er, sperrte das Auto ab und warf den Schlüssel in den Kasten, in den ab und zu ein Brief oder eine Nachricht eingeworfen wird. Dann hielt er meinen Rucksack hoch, damit ich ihn umschnallen konnte, und warf sich seinen auf den Rücken. Er schaute hinauf zum Himmel, der sich zartgolden färbte, und sagte: „Lieber Vater, wir stellen uns unter deinen Schutz. Bitte begleite uns auf dieser Reise!“

Und ich sagte: „Und behüte unsere Kinder und Jamila und das Haus.“

Zusammen sagten wir „Amen!“ zum Zeichen, das wir beide mit diesem Gebet einverstanden waren, dann fassten wir uns an der Hand und wanderten los.

&

In unserem Ort – er heißt Rangkasbitung – liegt die Bushaltestelle außerhalb, und da wir auch noch an der entgegengesetzten Ecke der Stadt wohnen, machten wir uns auf einen langen Marsch gefasst. Die ersten Sepedas[1] und Bezaks[2] zogen an uns vorüber, aber dann hielt ein Dokar[3], dessen Dach mit himmelblauen Troddeln verziert war.

„Hello Mister, mau kemana[4]?", fragte der Kutscher.

David blieb stehen und grüßte mit „Dari Mana[5]?".

„Selamat Pagi[6]", grinste der Kutscher. „Mister aus Alemania, guter *Doktor*, komm und fahre mit meinem *Dokar*." Er zeigte seine Zahnlücken und erwartete, dass wir über sein Wortspiel in Gelächter ausbrachen. Wir machten „Ha ha", damit er zufrieden war.

„Wir möchten gerne zur Haltestelle fahren. Berapa[7]?", fragte David.

„200 Rupien", sagte der Kutscher und stieg ab.

„Ungefähr 10 Cent", murmelte David.

„Für jeden", bestätigte der Kutscher, und als keiner von uns widersprach, fügte er hinzu: „Und noch mal 200 Rupien für die Rucksäcke . . ."

David nickte, und der Kutscher triumphierte: „Natürlich für jeden Rucksack 200 Rupien."

Ich sagte zum Kutscher: „Du passt deine Preise immer den Passagieren an, nicht wahr?", und er strahlte und sagte: „Feine Leute müssen auch fein fahren."

Fein war für ihn wohl dasselbe wie teuer.

Wir kletterten auf die Bank und legten unsere Rucksäcke auf den Boden. Der Kutscher lächelte verschlagen und meinte: „Wenn ihr die Taschen ablegt, dann kosten sie noch einmal 200 Rupien – für jede."

Sofort stand David auf und sagte: „Dann fahren wir mit einem anderen Dokar. Du bist uns zu teuer."

Der Kutscher hob die Hände. „Schon gut, schon gut. Ich fahre euch für 700 Rupien – alles zusammen."

---

[1] Fahrräder
[2] Dreiradrikschas
[3] Pferdekutsche
[4] Wohin gehen Sie?
[5] Woher kommen Sie?
[6] Guten Morgen (bis 11 Uhr)
[7] Wie viel kostet das?

Wahrscheinlich hätte er uns auch für 500 gefahren, aber 700 waren immer noch ein guter Preis.

„Wie viele Kinder hast du?", erkundigte sich David, weil es höflich ist, wenn man sich nach der Familie erkundigt.

„Acht", grinste der Kutscher, „und in zwei Monden kommt das Neunte!", und da überlegte ich, wie viele Male er an einem Tag hin- und herfahren musste, um diese vielen Münder satt zu kriegen.

Die meisten einfachen Leute in unserer Gegend haben viele Kinder, vor allem die Moslems. Die Regierung versucht zwar schon seit Jahren, die Leute zur Vernunft zu erziehen. „Dua Anak Cupak" – zwei Kinder sind genug! heißt der Werbespruch, der in den größeren Orten überall an den Plakatwänden klebt. Die Berater ziehen von Ort zu Ort und erklären den Menschen, dass Java ins Elend stürzen wird, wenn sich die Einwohner weiterhin so stark vermehren.[1] Aber die moslemischen Familien halten es für eine Sünde, in den Lauf der Natur einzugreifen – Kinder sind ein Geschenk Allahs. Dr. Halus meint dazu, allzu viele Geschenke könnte man nur schwer verkraften und das gelte vor allem für die Frauen, die diese Geschenke „auspacken" müssen, aber ihre Männer könnten das nur schwer einsehen.

Der Bis[2], der uns in die Hafenstadt Labuan bringen sollte, fuhr erst in einer halben Stunde. Der Kutscher ließ uns solange in seinem Wagen sitzen und stellte uns tausend neugierige Fragen nach unserer Familie. Er staunte, als er hörte, wie es in Deutschland aussieht und wie man dort lebt. Als wir in den Bus stiegen, winkte er uns lange nach.

---

[1] Java nimmt knapp 7 % der Fläche von Indonesien ein, doch dort wohnen 60 % aller Indonesier. Indonesien hat etwa 193 Millionen Einwohner, davon leben 118 Millionen auf Java, und jedes Jahr wächst die Bevölkerung um weitere 2 Millionen, und zwar hauptsächlich auf Java, obwohl man in jeder Klinik kostenlos Verhütungsmittel bekommt. Die Umsiedelungsaktionen, bei denen ein Teil der Bevölkerung Javas auf andere Inseln verlegt wurde, haben bisher keine Lösung des Problems gebracht

[2] Bus

Sendok

Ich war gespannt auf Labuan, und nach einer und einer halben Stunde sahen wir endlich das Meer vor uns liegen. Am liebsten hätte ich den Bus angehalten, als er über eine kleine Anhöhe fuhr und den Blick freigab. In solchen Momenten wird mein Herz zu groß für meine Brust und ich möchte aufstehen und beide Hände ausbreiten und laut singen! Blau und grün mit weißen Schaumkronen, Wasser bis zum Himmelsrand!

Ich hätte ewig dort stehen und schauen können, aber der Bus fuhr weiter und hielt vor einem Haus, das sich mühsam an einen knorrigen Baumstamm lehnte, damit es nicht umfiel. Wir stiegen aus und marschierten weiter in die Innenstadt. In einem Büro für Fremdenverkehr bekamen wir einen Erlaubnisschein für den Nationalpark. David reservierte Zimmer in einem Gästehaus und kaufte ein Buch mit Landkarte, damit wir uns im Park auch nicht verirrten.

„Wieso verirren?“, wollte ich wissen.

„Der Nationalpark Ujung Kulon ist 760 Quadratkilometer groß“, belehrte mich der freundliche Mann im Büro.

„Ist das viel?“

Er schenkte mir einen nachsichtigen Blick und wandte sich von mir weg zu David. Wahrscheinlich hatte er keine Lust, mit dummen, unwissenden Indonesierinnen zu verhandeln. Hätte er gewusst, dass ich eine Badui war, hätte er mich eher beachtet, denn wir gelten hier im Land als etwas Außergewöhnliches – wie ein Kalb mit zwei Köpfen oder eine Ziege mit einem goldenen Schwanz.

„Sie müssen auf jeden Fall einen Führer mitnehmen, Mister“, sagte der Beamte. „Er bekommt 10.000 Rupien pro Tag, und für seine Verpflegung müssen Sie natürlich auch sorgen.“

„Können Sie mir einen Führer besorgen, der gut kochen kann?“, fragte David, und der Beamte suchte in seiner Liste.

„Ich habe hier einen Mann namens Sendok[1], der sehr gute Zeugnisse hat. Mit ihm werden Sie bestimmt zufrieden sein“, sagte er. Er bimmelte mit einer kleinen Glocke, worauf ein Junge aus einem Hinterzimmer gelaufen kam.

„Hol Sendok her, aber schnell!“, befahl er. Der Junge schaute uns an und streckte uns seine offene Handfläche entgegen.

„Nein!“, donnerte der Beamte und schickte dem Jungen einen Schwall von Schimpfworten hinterher. „Fangen Sie bloß nicht mit Trinkgeldern an, der Junge wird von mir bezahlt“, erklärte er. „Möchten Sie surfen oder tauchen? Das ist in den Korallenriffen auf der Insel Pecuang sehr gut möglich. Aber Sie haben gar keine Ausrüstung dabei ...“

David erklärte: „Ich würde gerne am Meer entlang wandern und die Halbinsel umrunden.“

„Also die Westspitze erobern“, lächelte der Beamte. „Eine schöne Tour. Da gibt es gut ausgetretene Pfade und man sieht fast immer das Meer.“

„Ja, darüber freut sich meine Frau besonders“, sagte David.

„Ach, das ist Ihre *Frau* ...“ sagte der Beamte und riss die Augen auf.

„Was dachten Sie denn?“, knurrte ich.

Er verneigte sich halb und meinte: „Es kommen so viele Europäer mit einheimischen Mädchen hierher ...“

Jetzt musste ich meinen Trumpf doch ausspielen. „Mein Vater war Häuptling der Badui“, sagte ich mit aller Würde, die ich zusammenkratzen konnte. „Er hat mich vor einigen Jahren mit diesem deutschen Arzt verheiratet.“

„Tatsächlich ...“ , der Beamte pfiff durch die Zähne und erhob sich, um mich besser anschauen zu können. „Eine leibhaftige Badui ...“

„Jawohl. Und ich war einige Zeit in Deutschland, aber jetzt wohnen wir in Rangkasbitung.“

„Ich war noch nie in Europa ...“, murmelte der Beamte, und ich konnte ein wenig Neid in seiner Stimme hören.

---

[1] Löffel

„Deutschland ist ein kaltes und graues Land“, sagte ich, um ihn zu trösten, und er machte gleich darauf eine heitere Miene, als er mit David die Weiterreise besprach.

Eine halbe Stunde später kam ein schlanker junger Mann ins Büro und begrüßte uns. „Das ist Sendok“, erklärte der Beamte. „Er wird euch führen. Er kennt den Naturpark wie seine Hosentasche.“

David musterte den Mann, der eine kurze Hose ohne Taschen trug.

„Ich bin in einem Dorf auf der Insel Gili Handeuleum aufgewachsen“, erklärte er. „Aber ich kenne mich auch auf dem Festland gut aus.“

„Und er spricht fließend Englisch“, strahlte der Beamte.

„Das ist gut, aber nicht nötig, denn meine Frau kann mir alles übersetzen.“

Sendok warf mir einen kurzen Blick zu und nickte.

Wir verabschiedeten uns von dem freundlichen Beamten und gingen hinaus.

„Können in zwei Stunden mit dem Schiff *Wanawisata* zur Insel Gili Handeleum rüberfahren“, schlug Sendok vor und führte uns hinüber zum Hafen. „Vorher Lebensmittel einkaufen. Wie lang wollt ihr bleiben und was wollt ihr essen?“

Beim Einkaufen verging die Zeit wie im Flug. Sendok half uns, die Vorräte zu verpacken und verstaute sie in zwei großen Kisten und einem kleinen Karton.

„Kisten bleiben in unserem Hauptquartier in der Ranger Station“, sagte er. „Brauchen uns nicht damit abschleppen.“

Ich war froh, dass wir einen Führer gefunden hatten, der sich auskannte. Ein bisschen erinnerte er mich an Ikan, und als ich es ihm sagte, lächelte er zutraulich und meinte: „So ’ne schöne Cousine hab ich mir schon lang gewünscht.“

Ich wurde rot und sah an Davids Augen, dass ihm dieses Spielchen missfiel. *Ich muss mich vorsehen.*

„Wie bist du eigentlich zu deinem Namen gekommen?“, fragte David, als wir neben unserem Gepäckhügel standen und auf das Schiff warteten.

„Mutter konnte mich nicht stillen, war mit Brust was nicht in Ordnung", erklärte er und ließ mich dabei nicht aus den Augen. „Wurde von Anfang an mit Löffel gefüttert." Er streckte die Arme und ließ die Muskeln hervortreten. „Bin aber trotzdem stark geworden." Ich sah aus den Augenwinkeln, dass er eine Antwort von mir erwartete, und blickte absichtlich in eine andere Richtung. David legte mir den Arm um die Schultern, obwohl er wusste, dass das in der Öffentlichkeit nicht gern gesehen wird. „Ich mache mit meiner Frau eine Hochzeitsreise", sagte David. „Einige Jahre verspätet, aber trotzdem . . . sie hat mir nämlich einen prachtvollen Sohn geschenkt."

„Ah . . .", machte Sendok und bekam drei Falten auf der Stirn, dann wandte er sich ab.

Seereise

Das Schiff war mittelgroß und voll gestopft mit Passagieren, die nur unwillig zur Seite rückten, als wir auch noch zusteigen wollten. Sendok boxte sich mit vorsichtigen Fäusten einen kleinen Gang durch die Menge und fand einen Träger, der unser Gepäck an Bord verstaute. Dann verschwand er im Gewühl. David stand mit hängenden Armen vor der Mauer aus Leibern, die ungerührt abwarteten, wie wir uns von der Gangway aufs Schiff hieven wollten.

Ich flüsterte ihm auf Deutsch zu: „Hast du das Geld auch gut versteckt?"

„Innen in meiner Hose", wisperte er.

„Das ist gut. Hier gibt es nämlich Taschendiebe. Wir nehmen uns jetzt an der Hand, und wenn ich ‚Los!' rufe, dann rennen wir los", sagte ich leise und er nickte. Ich griff in die Innentasche, die ich mir in den Sarong genäht hatte, und nahm eine Hand voll Bonbons heraus. Im hohen Bogen warf ich sie über die Köpfe der Leute, und als sie alle hinaufschauten, war auf einmal Platz für uns. Wir drückten uns gegen die Mauer und sie gab nach und verschluckte uns.

Als das Schiff ablegte, bekamen wir Luft, weil sich die neugierigen Passagiere wieder auf ihre angestammten Plätze verzogen. Wir fanden auch eine Sitzbank, die uns Platz bot, aber nach einer Weile sprang David auf und stöhnte: „Das ist ja nicht zum Aushalten bei diesem Krach!"

Aus allen Lautsprechern dröhnte Musik, aber sie hatte leider nichts mit den fröhlichen Kecapi[1] gemein, deren Zupftöne lang nachklingen und von der Suling[2] nachgesungen werden. Die Trommeln waren hart und metallisch wie Schläge in die Magengrube und ein Mann kreischte dazu im Falsett, als hätte man ihn kastriert. Das Ganze wurde hun-

---

[1] Laute, die wie eine Zimbel gezupft wird

[2] Bambusflöte, die weiche, sanfte Töne von sich gibt

dertfach verstärkt. David kann sich einfach nicht daran gewöhnen, dass es in meinem Land sehr laut ist – jedenfalls überall, wo sich mehr als drei Menschen aufhalten. Auch jetzt verzog er das Gesicht, als hätte er schlimme Schmerzen. Ich suchte in meiner Innentasche und fand etwas Kaugummi, das er sofort weich kaute und sich in die Ohren stopfte.

„Nur wer taub ist, hat in Indonesien kein Problem", behauptete er. Ich dachte an den Lärm auf dem Frankfurter Flughafen, an das Kreischen der Bremsen auf den belebten Straßen, an das Rumpeln und Pfeifen der unterirdischen Bahn – und fand ihn ungerecht.

&

Das Gute am Lärm und am Gestank ist, dass man sie nach einiger Zeit nicht mehr wahrnimmt. David setzte sich wieder neben mich und hielt sein Gesicht in den Seewind. Der frischte auf und als die Wellen immer höher wuchsen und ab und zu einen Klecks weißen Schaum aufs Deck warfen, quietschten die Frauen und Kinder und suchten Zuflucht im Unterdeck.

Der Wind wurde zum Brausen und übertönte das Geplärr aus den Lautsprechern. Immer mehr Leute verschwanden im Abgang.

„Möchtest du auch . . .?", fragte David.

Ich schüttelte den Kopf und band mir den Sarong neu, sodass der Stoff meine Schultern bedeckte und wie ein Schleier über den Kopf gezogen werden konnte. Von der Tür zum Unterdeck her drangen würgende Geräusche herauf und ein Geruch, der nicht unbedingt den Appetit anregte.

Sendok tauchte auf und grinste schadenfroh.

„Du wirst nicht seekrank?", wollte David wissen.

Er schüttelte den Kopf. „Bin es gewöhnt. In einem Fischerboot schaukelt es noch schlimmer."

„Wie lange dauert die Fahrt?"

„Schätze sechs Stunden", meinte er. „Können auch sieben werden – bei dem Sturm."

Er verschwand wieder und kam nach einer Weile mit einer wasserfesten Plane wieder. Er dirigierte uns genau in die Mitte des Oberdecks und band die Plane an den Stangen fest, die rechts und links an den Sitzbänken angebracht waren.

„Gegen das Wasser von oben", sagte er.

Im nächsten Augenblick begann es zu schütten und der Guss verjagte auch noch die letzten Passagiere, die außer uns auf dem Oberdeck ausgeharrt hatten. Ich drängte mich eng an Davids Brust, damit ich vor dem Spritzwasser verschont blieb. Die Plane hielt dicht, und wir blieben trocken.

David sagte: „Sendok, du bist sehr tüchtig, ich werde deinen Lohn verdoppeln!", und Sendok machte ein hoch zufriedenes Gesicht.

Ich hatte das Meer noch nie so wütend erlebt. Die Wellen waren zu hohen Bergen angewachsen. Kaum hatte unser Schiff einen Hügel erklommen, wurde es auch schon in das Tal hinabgerissen. Manche Brecher kamen von der Seite und brachten das Schiff in Schräglage, dann klang von unten her ein tausendfaches Angstgebrüll.

Unser Führer warf einen verächtlichen Blick in diese Richtung und meinte: „Dabei ist erst der Anfang."

Der Himmel hatte sich in eine graue Wolkendecke gehüllt, und jetzt sah man weder Land noch Riff.

„Woher weiß der Kapitän, wie er fahren muss?", rief David.

„Kompass! Kennt sich hier aus."

„Ist hier noch nie ein Schiff gekentert?", fragte ich.

Sendok wischte sich mit dem Ärmel die Nase trocken und sagte: „Geht immer mal eins unter."

David zog mich an sich und sagte mit der Stimme eines Mannes, der keine Furcht kennt: „Hab keine Angst, kleine Frau, es wird alles gut gehen", aber seine Augen bettelten: „Beschütz mich, Mama, ich hab solche Angst."

„Mir macht das nichts aus", sagte ich und drückte Davids Hand. „Mir gefällt es sogar."

Sendok zog fragend die Augenbrauen hoch.

„Das Meer und der Wind gehorchen dem Himmelsgott

und uns kann nichts geschehen, was er nicht weiß und was er nicht duldet. Deshalb fürchte ich mich nicht vor dem Sturm. Wir sind ja nicht allein."

„Weil Kapitän gut ist und Steuermann?"

„Ja, aber die können auch nicht immer helfen. Ich weiß, dass Gottes Sohn bei uns ist. Er hat es versprochen. Er geht immer mit uns", erklärte ich.

„Du glaubst an Jesus", stellte Sendok fest.

„Ja, und woran glaubst du?"

Er bückte sich und band die Schuhriemen neu. Als er damit fertig war, schaute er auf und meinte: „Weiß nicht so genau. Vater ist Hindu, Mutter glaubt an Geister unserer Vorfahren, Bruder ist Moslem geworden und Schwester betet zum heiligen Baum." Er stand wieder auf und verschränkte die Arme über der Brust. „Jeder sagt, sein Glaube richtig und alles andere verkehrt, dabei ist Bruder am schlimmsten. Steht jede Nacht um vier Uhr auf und betet seine Suren, aber laut. Alle im Haus wachen auf und können erst wieder einschlafen, wenn er fertig."

Das war eine lange Rede gewesen und ich wunderte mich, wie gut sich Sendok plötzlich ausdrücken konnte. Nein, er war kein ungebildeter Inselbewohner, er machte sich seine Gedanken. Meine Achtung vor ihm wuchs. Als hätte er meine Gedanken erraten, lächelte er mich an und sagte:

„Wenn ich einen Gott aussuche, dann einen, der Leute dann beten lässt, wenn sie andere nicht stören . . . Außerdem haut er seine Frau."

„Wer? Der Gott, den du dir aussuchst?"

„Nein, mein Bruder."

David zwinkerte mir zu. „Und du schlägst deine Frau nicht?"

Sendok sah mich an und seine Augen wurden groß und weich. „Bin nicht verheiratet."

Am liebsten hätte ich gerufen: „Aber ich!" Doch ich wollte Sendok nicht vor den Kopf stoßen. Wir waren ja auf ihn angewiesen.

Sendok sagte, und wieder sah er mich dabei an: „Und wenn ich Frau hätte, dann würde ich nicht schlagen. Niemals!"

„Und warum nicht?", bohrte David.

Der junge Mann zuckte die Achseln. „Möchte nicht, dass *mir* einer wehtut."

„Genau das sagt mein Gott auch. Behandle den anderen Menschen so, wie du von ihm behandelt werden willst", sagte David. „Und tu nichts, was ihn verletzt. Achte seinen guten Ruf, sein Eigentum, seine Ehe –"

„Glaubt sie das auch?", fragte Sendok und zeigte auf mich.

Ich nickte.

„Hm . . .", murmelte er und wandte sich ab.

Bootsfahrt

Der Sturm flaute ab, bevor wir die Inselküste erreichten. Nach und nach rissen die Wolken auseinander und ließen den blauen Himmel hervorschauen. Immer flacher wurden die Wellenberge, und nun konnte man deutlich die Korallenriffe sehen. Die Musik wurde lauter, die Leute kamen wieder aufs Deck, einige grünlich blass, andere rot und mit einer Alkoholfahne, die sie meterweit vor sich hertrugen, und Sendok raunte uns zu: „Bruder darf keinen Wein trinken, aber Schnaps heißt bei ihm ‚Medizin'".

Ich dachte an Herrn Hofmüller und an seine viereckige Flasche und sagte: „Ich bin froh, dass wir so was nicht brauchen."

David drückte meinen Arm. Ein Mann stellte sich neben uns und zündete sich eine Zigarette an. Sie roch nach Nelken. „Auch eine gefällig?", fragte er.

David sagte: „Danke, ich rauche nicht", aber Sendok nickte eifrig und ließ sich eine Zigarette anstecken.

„Gut, nicht?", brummte der Mann, und die beiden pafften. Als er die Zigarette zu Ende geraucht hatte, zündete er die nächste an der glimmenden Kippe an. Er grinste, als er meinen Blick auffing.

„An manchen Tagen rauche ich drei Schachteln und komme mit einem einzigen Streichholz aus . . .", prahlte er.

Sendok sagte zu mir, als müsste er sich verteidigen: „Kretekzigaretten sind gesund, ist Nelkenöl drin."

„Na, ich weiß nicht . . .", murmelte David. „Wenn man reines Nelkenöl rauchen würde, dann wäre es vielleicht gut, aber der viele Teer im Tabak macht alles wieder zunichte. Was meinst du, wie das schwarze Zeug deine rosa Lungenbläschen verklebt."

Bei dieser Vorstellung bekam ich einen Hustenanfall.

„Ma'af[1]", sagte Sendok und versteckte seine Zigarette hin-

---

[1] Entschuldigung!

ter dem Rücken. „Hab nicht nachgedacht, dass ich auch *ihre* Luft verpeste."

&

Beim Aussteigen hatten wir keine Probleme, denn die Leute machten uns willig Platz. Sendok zauberte unser Gepäck herbei und außer dem kleinen Karton, der Milchpulver enthielt und von außen aufgeschlitzt und restlos geleert worden war, fehlte nichts.

Sendok zuckte die Achseln. „Kann man nichts machen. Pencuris[1] gibt überall." Er pfiff auf zwei Fingern, und eine Truppe von Jungen stürmte auf uns zu.

„Meine Neffen", erklärte er. „Bringen Gepäck in Boot. Boot gehört dem Bruder. Können damit rüber aufs Festland fahren."

„Wie viel kostet die Überfahrt?", erkundigte sich David.

Sendok lächelte sonnig. „Für deine Frau umsonst. Für dich und Gepäck 500 Rupien."

David sah ihn nachdenklich an, aber er widersprach nicht. Im Nu hatten die Jungen das Boot beladen und schnatterten aufgeregt durcheinander. Sie trugen Shorts und waren barfuß und hatten das schwarze, halblange Haar im Nacken mit bunten Bändern zusammengebunden. Sendok klopfte dem einen auf die Schulter, der offenbar der älteste Bruder war, und sagte: „Auf geht's!"

Ich hatte mich kaum auf einer Kiste niedergelassen, als das flache Boot schon übers Wasser schoss wie ein Pfeil. Inzwischen hatte sich die Sonne gegen die Wolken durchgesetzt und wärmte uns den Rücken. Bald war der Hafen mit dem großen Schiff und den Passagieren, die durcheinander wimmelten, nur noch eine Kulisse.

Klarblau leuchtete das Wasser und silberne Fische flitzten neben uns her, als wollten sie diese Wettfahrt gewinnen. Die Jungen legten sich in die Riemen und ihre schlanken, brau-

---

[1] Diebe

nen Rücken waren schon bald vom Schweiß überströmt. Sendok stimmte ein Fischerlied an und die Jungen fielen ein. Der gleichmäßige Singsang hüllte mich ein wie ein warmes Tuch. Ich dachte an Jonathan, an seinen süßen Atem und seine weichen Wangen und spürte ein Ziehen am Herzen. Wie gerne hätte ich ihn jetzt bei mir gehabt!

Aber man kann nicht alles haben. Ich lehnte mich an Davids Schulter, und bald schon fielen mir die Augen zu.

Urlaubsabenteuer

Gegen Abend hatten wir den Strand erreicht. Die Jungen manövrierten das Boot durch die Korallenriffe hindurch und zogen es auf den Sand. Sie hoben die Kisten und Rucksäcke heraus und marschierten mit unserem Gepäck los.

„Wo bringen sie unsere Sachen hin?“, erkundigte sich David.

„Ranger Station. Zimmer sind schon reserviert“, sagte Sendok. „Gleich hingehen.“

Aber ich konnte mich noch nicht vom Strand trennen. Der Blick über das Wasser bezauberte mich. Ganz weit hinten lehnte sich die Sonnenscheibe an den Himmelsrand, als könnte er verhindern, dass sie ins Meer stürzte, doch es war kein Verlass auf ihn, denn sie rutschte ab und glitt langsam in die Tiefe, bis nur noch eine rotgoldene Sichel zu sehen war. Ihr Lichtschein führte in einer schmalen Straße geradewegs zu mir; es sah aus wie eine Einladung: „Komm her, du kannst über das Wasser gehen.“ Am liebsten hätte ich es probiert, aber dann wären wohl meine Schuhe nass geworden.

„Jati, wo bleibst du denn!?“, rief David, und ich drehte mich um und folgte den anderen.

Der Weg war schmal, aber gut zu gehen. Kein Vergleich zu den Urwaldpfaden meiner Kindheit, die man jedes Mal neu aufhacken musste, weil sie so schnell zugewachsen waren. Es wurde rasch dunkel und Sendok zog eine Fackel aus der Kiste und zündete sie an. Dabei achtete er darauf, dass der Lichtschein auf das Stück Weg vor meinen Füßen fiel und ich freute mich über diese Aufmerksamkeit.

Die Ranger-Station hatte helle Fenster. Sendok ging ins Haus und holte den Schlüssel für unser Zimmer. Unser Gepäck wurde ins Haus getragen und dann verschwanden die hilfsbereiten Jungen, bevor wir ihnen ein Trinkgeld gezahlt hatten. Als wir danach fragten, meinte Sendok: „Neffen gehören zum Team.“ Er öffnete eine Kiste und holte Dosen und Schachteln heraus.

„Ihr ruht aus, ich koche", verkündete er und scheuchte uns mit einer Handbewegung hinaus, als wollte er Hühner verjagen.

Unser Zimmer war klein, aber das Bett reichte für zwei Personen aus. David streichelte mir den Rücken und summte ein Lied und ich döste vor mich hin.

Es war schon tiefschwarze Nacht, als Sendok zum Essen rief. Er hatte sich von den Rangern einige Töpfe ausgeliehen und servierte uns Nasi Goreng Istemewa[1] auf Bananenblättern und dazu Papaya, die er frisch gepflückt hatte. Ich aß zwei Portionen und hätte noch eine dritte verlangt, aber die beiden Männer waren schneller als ich und die Pfanne zeigte mir nur noch den nackten Boden. Wir aßen mit den Fingern von Bananenblättern, sodass ich hinterher nur noch die Pfanne auswischen musste. Danach besprachen die Männer den Weg, den wir am nächsten Tag nehmen wollten, und ich ging ins Zimmer und machte mich bettfertig. Es gab keine Dusche in der Ranger-Station, nur eine Wasserpumpe im Hof mit einer Rinne, deshalb verzichtete ich aufs Waschen und kroch unter die Decke, wie ich war; nur die Schuhe zog ich aus.

David kam bald zu mir und erzählte gähnend, dieser Sendok wäre ein prima Bursche, der ihm sogar noch einen Tee gemacht hätte. „Aber jetzt bin ich müde . . ."

&

Ich erwachte von einem leisen Kratzen am offenen Fenster. Das Moskitonetz blähte sich im leichten Wind, und ich setzte mich auf, weil ich draußen einen dunklen Schatten sah.

„Wer ist da?!"

„Ich . . .", flüsterte eine heisere Stimme. „Komm zu Fenster."

Ich überlegte, ob ich David wecken sollte, aber er schlief so schön.

„Cousine, komm zu Fenster", drängte der Fremde. *Aha.*

[1] Gebratener Reis mit einem Spiegelei darüber

Sendok. Was will er bloß?" Leise stand ich auf und ging hinüber. „Was ist denn?"

„Hab ein Tigerjunges gefunden. Mitkommen, ich zeig dir."

„Jetzt, mitten in der Nacht?"

„Morgen hat es die Mutter verschleppt", sagte Sendok. „Jetzt gleich hingehen."

„Ich bin müde und möchte lieber schlafen", sagte ich.

„Aber junge Tiger nix oft sehen", behauptete Sendok.

„Ich habe in meinem Dorf so viele Tigerjunge gesehen, dass es für ein ganzes Leben reicht", sagte ich. „Mein Onkel Kiri war ein großer Jäger, und wenn er ein Muttertier erwischt hatte, weil es unsere Ziegen überfallen hatte, dann haben wir die Kleinen im Dorf großgezogen. Nein, danke, Sendok."

„Baby noch ganz klein", schmeichelte er.

Ich ging zum Bett zurück und sagte über die Schulter: „Ich nehme gerade Urlaub von Babys. Außerdem möchte ich nicht ohne meinen Mann draußen herumspazieren."

„Warum Angst – ich guter Führer!", brüstete sich Sendok.

„Das glaub ich dir aufs Wort, aber ich möchte trotzdem nicht mitkommen. Und bitte sprich nicht so laut, du weckst sonst David auf."

„Dein Mann? Schläft. Kann man nicht aufwecken."

„Woher weißt du das?"

Er lachte. „Versuch es."

Ich flüsterte an Davids Ohr: „Wach auf, David, ich brauche deine *Hilfe!*", aber er schnarchte weiter. Ich rüttelte ihn an der Schulter und rief: „Hilf mir, David." Das ist das Zauberwort, das ihn sonst immer aus dem Tiefschlaf holt. Diesmal nützte es nichts.

Ich rannte zum Fenster: „Was hast du mit ihm gemacht?"

„Schlaftrunk, ganz harmlos, schadet nicht."

„Du hast ihn betäubt! Warum? Was soll das?"

„Rate mal . . .", sagte er träge. Er steckte die Hand durchs Fenster und berührte mein Haar. Ich zuckte zurück.

„Ich habe verstanden und meine Antwort heißt Nein!", sagte ich mit aller Schärfe.

„Ist schon gut, nix aufregen . . .“, murmelte Sendok. „War nur Idee.“

„Aber keine gute! . . . Vorhin hast du gesagt, dass du anderen Menschen nicht schaden möchtest“, sagte ich.

„Klar. Will keinem schaden.“ Wieder lachte er. „Was ich will, tut nicht weh. Macht Spaß!“

„Aber du hättest David damit verletzt.“

„Wieso? Mann schläft. Kriegt nix mit. Wenn du es ihm erzählst, bist du dumm, weil er sich ärgern. Also halt den Mund und komm.“

Ich schnaufte empört. „Sendok, für mich kommt so etwas überhaupt nicht in Frage. Ich liebe meinen Mann. Ich bin ihm treu.“

„Wie du willst“, sagte er und stieß sich von der Hauswand ab. „Hab ja nur gefragt. Selamat Malam[1], Cousine. Schlaf aber gut.“

„Selamat Malam, Sendok.“

---

[1] Gute Nacht

Ausflug

Am nächsten Morgen war Sendok wortkarg, aber freundlich wie zuvor. *Vielleicht habe ich das alles nur geträumt,* dachte ich. *Oder nicht? Auf jeden Fall muss ich vorsichtig sein.* Es hatte keinen Zweck, den Führer zu verärgern. Wir waren schließlich auf ihn angewiesen.

David hatte gut ausgeschlafen und auch ich fühlte mich frisch und abenteuerlustig. Unser Frühstück stand schon bereit: Pfannkuchen mit geriebenen Nüssen und Kokosmilch und dazu Salak-Früchte[1]. Danach packten wir uns kleine Beutel mit Wasserflaschen und Trockennahrung ein, denn unterwegs wollten wir nicht kochen.

Bevor wir losgingen, sagte Sendok: „Lange Hosen und Strümpfe, gibt Schlangen." David bestand darauf, dass ich Jeans und sogar eine langärmelige Bluse anzog. Meine Haut hält die Sonne aus, aber David schält sich ständig ab. Deshalb trägt er auch einen Strohhut, der sehr lustig aussieht.

„Gibt es hier giftige Schlangen?", erkundigte er sich. „Ich habe Verbandszeug mitgenommen, aber Serum habe ich keins dabei."

„Die Ranger haben Gegengift. Wasserschlangen am schlimmsten", meinte Sendok. „Du baden?"

David nickte, und ich schüttelte den Kopf. Ich liebe das Wasser, aber ich möchte nicht im Badekostüm vor einem Mann herumhüpfen, dessen Augen herumwandern . . .

Sendok warf mir einen nachdenklichen Blick zu und grinste. Dann gab er das Signal zum Abmarsch und ging los.

&

---

[1] In Indonesien verbreitete Frucht: hat eine braune Schlangenhaut. Das Fruchtfleisch ähnelt in der Beschaffenheit dem Apfel, teils auch der Walnuss; der Geschmack lässt sich nicht schildern.

Wir wanderten zum Meer und bogen dort in einen Pfad ein, der an der Küste entlang um die ganze Halbinsel führt. Dabei kamen wir an einen kleinen Strand und David konnte der Verlockung nicht widerstehen – er streifte Hose und Hemd ab und rannte über den weißen Sand ins Meer. Ich krempelte meine Jeans ein wenig hoch und watete ein paar Schritte weit hinein. Das Wasser war lauwarm und so klar, dass man kleine Fische beobachten konnte. Sendok legte sich in den Schatten einer Palme, schob den Arm über die Augen und bewegte sich lange nicht. Ich nutzte die Gelegenheit und schlüpfte hinter ein Gebüsch und konnte endlich, in aller Ruhe . . .

Als ich fertig war, geriet ich mit dem bloßen Fuß in ein Loch. Ich zog ihn heraus und wollte weitergehen, da hörte ich hinter mir ein scharfes Zischen. Das Loch war leider bewohnt gewesen, und die Schlange, die ich gestört hatte, nahm mir meinen Besuch sehr übel. Sie entschied sich für Kampf und ich wählte die Flucht, aber sie verfolgte mich. Ebenso schnell wie ich glitt sie den sandigen Hang hinab und ich konnte so viele Haken schlagen wie ich wollte – immer war sie neben mir. Bis ich vor Seitenstechen nicht mehr rennen konnte . . . ich blieb stehen und holte keuchend Atem. Die Schlange sammelte sich, rollte sich ein und hob drohend den Kopf. Doch bevor sie zustoßen konnte, bekam ich einen Stoß in den Rücken und fiel kopfüber in den Sand. Als ich die Augen öffnete, stand Sendok breitbeinig über mir und schlug mit einem Stock auf die Schlange ein, bis sie sich nicht mehr rührte.

Zitternd erhob ich mich und flüsterte: „Terima kasih banyak[1]."

Sendok zwinkerte mir zu und meinte: „Hab dir Leben gerettet und krieg eine Belohnung. Du weißt schon, was für eine."

„Auf keinen Fall", sagte ich und drehte mich von ihm weg. „Das haben wir doch gestern schon geklärt."

Er bückte sich, den Kris in der Hand und schlug der

---

[1] „Vielen Dank!"

Schlange mit einem raschen Hieb den Kopf ab. „Hab noch mal probiert", grinste er. „Nicht böse sein." Er warf sich den Kadaver über die Schulter. „Das gibt gutes Abendessen."

„Aber nicht für mich!", rief ich.

„Du versäumst was", lächelte er.

Ich lief zum Strand hinunter, mir war zum Weinen.

David kam gerade aus dem Wasser gewatet und rief: „Jati, das Schwimmen macht solchen Spaß! Komm doch mit mir rein. Du versäumst etwas!"

Ich sagte zwischen den Zähnen: „Das hat man mir eben schon mal gesagt."

Er schüttelte den Kopf, verständnislos, und ich seufzte. Sollte ich ihm erzählen, was geschehen war – die Freude aus seinem Gesicht auslöschen und seinen Zorn anzünden, ihm diesen herrlichen Tag verderben? Nein. Andererseits wollte ich auch keine Geheimnisse vor ihm haben.

Also schüttelte ich mir den Sand aus den Haaren und murmelte: „Ich habe inzwischen mit einer Schlange Fangen gespielt."

„Mit einer Schlange? Sagtest du SCHLANGE???"

„Ja, aber Sendok hat sie erlegt. Er brät sie zum Abendessen."

„Brr. Pfui bäh", rief David und rannte hinüber zu Sendok. „Sendok, wir essen keine Schlangen. Das Fleisch ist nicht gesund", rief David. „Was ist das überhaupt für eine Sorte?"

Mein „Retter" sagte: „Ganz harmlos. Ungefährlich. Biss ist wie Mückenstich."

Dieser Kerl hat wirklich eine „besondere Belohnung" verdient, aber anders als er meint!, dachte ich.

&

Sendok bastelte aus Zweigen und einer Schnur eine Angel und kletterte in ein Korallenriff. Er war gerade eben noch in Sichtweite, aber er hatte uns den Rücken zugewandt. Also konnte ich doch ins Wasser gehen, der Abstand zu seinen „wandernden Augen" war groß genug.

David zeigte mir einen Graben im Meer, wo die Sonne schräge Lichtstrahlen einwarf und das Wasser smaragdgrün schimmerte. Wir tauchten hinab und ließen uns vom Wasser wieder emportragen. Ich bin das Schwimmen und Tauchen gewöhnt, weil ich als Kind oft im Fluss gebadet habe. Ich kann es lange unter Wasser aushalten. Doch einmal verrechnete ich mich dann doch mit der Atemluft und blieb zu lange unten. Im letzten Augenblick stieß ich mich ab und schoss nach oben. Meine Lungen schmerzten, als wollten sie platzen, in meinem Kopf begann es zu dröhnen, und ich sah schon schwarze Punkte, aber dann – endlich! – war die Wasseroberfläche erreicht. Ich warf die Arme hoch und jappte nach Luft und sah die Sonne! *Diesen Moment will ich nie vergessen!*, nahm ich mir vor. *Diese Helle, diese erlösende Wärme soll mich immer daran erinnern, dass ich leben darf, weil Gott mich liebt.*

Als ich aus dem Wasser kam und meine nassen Haare auswrang, hatte sich David schon wieder das Hemd übergezogen. Er verträgt unsere indonesische Sonne nicht. Obwohl er sich mit dem allerbesten Sonnenschutzmittel einreibt, verbrennt seine Haut schon nach wenigen Minuten. Er stülpte sich den Hut auf und meinte: „Willst du noch ein bisschen hier am Strand bleiben oder können wir weiterwandern?"

Ich wäre gern noch geblieben, wollte mich eigentlich nur kurz aufwärmen und dann wieder schwimmen gehen, aber ich sah Davids Nase, die schon wieder einer reifen Tomate ähnlich sah. Noch mehr Sonne wäre Gift für Davids Haut gewesen. Deshalb warf ich mir das T-Shirt über und schlüpfte in die Jeans, bevor der unvermeidliche Sendok näher kam.

&

Unser Führer hatte drei mittelgroße Fische fürs Abendessen gefangen und in feuchte Bananenblätter eingewickelt.

„Zurück zu Rangerstation?", wollte er wissen.

„Nein, wir wandern noch ein Stück weiter."

„Gut, dann ich vergrab die Fische. Bleiben in der Erde frisch. Hole auf Rückweg."

Wir wanderten weiter der Küste entlang, und hinter jeder Biegung erwartete uns ein neuer Ausblick aufs Meer, das immer wieder anders aussah. Dann führte der Pfad ein Stück ins Landesinnere. Hier war es schattiger, fast ein wenig sumpfig, und wir kamen an einen kleinen Fluss.

„Keine Brücke da, wir waten einfach durch“, meinte David und rollte die Hosenbeine hoch.

Sendok hielt ihn am Arm fest. „Halt! Erst nach Krokodilen schauen.“

„Hier? In diesem niedrigen Wasser? Es geht mir ja kaum bis zum Knie!“, protestierte David.

„Verstecken sich gut, wenn sie Menschen wittern“, sagte Sendok. „Wollen nicht Handtasche werden, aber Jungtiere wissen noch nicht Bescheid. Haben verflixt scharfe Zähne.“ Er brach einen Ast vom Baum und rührte damit das Wasser auf. Als alles still blieb, ging er zu beiden Seiten ein paar Schritte in den Fluss hinaus. Dann winkte er uns.

„In Ordnung. Könnt kommen.“

Vorsichtig überquerten wir den Fluss und kamen auf ein sandiges Ufer. Sendok stocherte mit seinem Stecken hier und dort herum, dann bückte er sich und fegte den Sand zur Seite.

„Hier! Frische Schildkröteneier! Eine Delikatesse!“, behauptete er. Aber mir tat die Schildkröte Leid.

„Es kommt mir vor, als würden wir ihre Babys essen . . .“

Sendok warf mir einen Blick zu, den ich nicht deuten konnte, und murmelte: „Hat auch Tiere lieb!“

Freundschaft

David blieb still und in sich gekehrt, und das enttäuschte mich ein bisschen, denn ich hatte mich so sehr darauf gefreut, den ganzen Tag in seiner Nähe zu sein. Ich wollte mit ihm reden und meine Gedanken mit ihm teilen, seine Empfindungen ergründen. Aber vielleicht musste er vom Alltag abschalten und erst einmal richtig „zu sich" kommen, bevor er wieder offen sein konnte.

Dafür wurde Sendok plötzlich unglaublich redselig und fragte mir Löcher ins Hirn. Obwohl er mir manchmal auf die Nerven ging, gewöhnte ich mich langsam an seine vertrauliche Art und verkrampfte mich nicht mehr, wenn er mich „schöne Badui-Frau" nannte oder „Lieblingscousine". Im Gegenteil es machte mir sogar Spaß; solche netten Sachen hatte außer David noch keiner zu mir gesagt. Die Zeit verflog, und als wir am späten Nachmittag wieder zur Rangerstation zurückwanderten, waren wir schon richtig gute Freunde.

„Dumm von mir, was ich letzte Nacht gesagt hab", murmelte Sendok, als David weiter als sonst zurückgeblieben war und wir ihn kaum noch sehen konnten. „Bin gewöhnt von den Frauen, die hierher kommen. Die wollen, dass man sie verführt. Denken, gehört zum Service, verstehst du? . . . Aber spielen ja nur ein paar Tage herum, dann gehen weg und vergessen." Er zuckte die Achseln. „Ich nehm mit, was ich kriegen kann . . ."

Das Mitleid überflutete mich wie eine heiße Woge. Wie fühlte man sich als „Spielzeug", das nach Gebrauch wieder beiseite geschoben wurde? Leise sagte ich: „Wahrscheinlich bist du oft traurig und einsam."

„Einsam? Ich?" Er schüttelte den Kopf. „Keiner in ganz Labuan so viele Liebesabenteuer. Beneiden mich alle", prahlte er.

„Aber macht dich das satt? Bist du glücklich?"

Er schwieg lange, dann sagte er mit einer Stimme, die klang, als ob man sie über eine schorfige Rinde gezogen hätte: „Bin nicht glücklich. Möchte manchmal heulen. Weiß nicht, was ich machen soll."

Er erzählte mir von seiner ersten großen Liebe. Ular[1] war die Tochter des Dorfältesten gewesen und Sendok wollte sie heiraten. Jahrelang hatte er für die Hochzeit gespart und geknausert, um den Brautpreis aufzubringen, dann war seine Braut plötzlich mit einem anderen davongelaufen.

„Er Chinese, hatte Geld. Fuhr teures Auto", erklärte er. „Hat ihr Sand in die Augen gestreut. Glaub nicht mal, dass sie ihn geliebt hat – der war dick und hässlich und auch viel älter als sie. Ular zog mit ihm nach Bandung. Dort hatte er Ladenkette. Ular kam nach drei Jahren wieder nach Labuan zurück, der hat sie nämlich verlassen. Wegen anderer Frau."

„Und dir lag nichts mehr an ihr?", forschte ich.

„Die hat ein Kind von ihm", knurrte er, als hätte er damit alles erklärt.

„Ist das so schlimm? Ich meine – das Kind war ja zur Hälfte auch von Ular – ein Stück von ihr, oder?"

Sendok schüttelte den Kopf. „Kind vom Chinesen? Mit gelber Haut und schrägen Augen? Könnt ich mich nie dran gewöhnen."

Auf einmal begriff ich, warum David zuerst gestutzt hatte, als er die dunklen Flecken auf Jonathans Körper entdeckt hatte – sein Sohn war ihm fremd vorgekommen.

„Und wenn Ular kein Kind hätte, würdest du sie dann heiraten?"

Er stieß einen Stein vor sich her und überlegte. „Glaub nicht. Die hat den anderen gewählt. Kann nicht verzeihen."

Ich drehte mich um und schaute nach David aus, der gerade einige Blätter in seinen Kräuterbeutel stopfte. Nein, er vermisste mich nicht, und das gab mir einen kleinen Stich in die Herzgegend.

---

[1] Schlange

Ich seufzte. „Eins musst du mir noch erklären, Sendok. Du nimmst Ular übel, dass sie mit einem anderen Mann geschlafen hat."

„Ja", sagte er streng. „Die ist unrein. Könnt sie nie wieder anfassen."

„Aber du hast mir doch vorhin von deinen Affären erzählt. Diese Frauen haben ja vorher auch mit anderen Männern geschlafen und du mit ihnen . . ."

Er drehte sich zu mir und schaute mir ins Gesicht, als hätte ich ihm soeben eröffnet, dass ich in Wirklichkeit eine verzauberte Riesenschildkröte sei.

„Häh? Das ist doch was ganz anderes!"

Ich konnte nicht verstehen, warum es so etwas „ganz anderes" ist, wenn Männer untreu sind, und wieso sie davon nicht „unrein" werden wie die Frauen. Er konnte es mir auch nicht erklären.

„Musst mal deinen Mann fragen", verlangte er.

„David ist der gleichen Ansicht wie ich. Er ist der erste und der einzige Mann für mich, aber ich bin auch seine erste und einzige Frau."

Sendok blieb stehen, sein Unterkiefer fiel herab. Dann schüttelte er den Kopf. „Und dem wollt ich Frau ausspannen", murmelte er. „Schande über mich."

„Ist schon gut, wir wollen nicht mehr darüber reden", sagte ich. „Aber ich kann nicht vergessen, was du über Ular erzählt hast. Wenn ihr euch damals so geliebt habt, dann müsste doch noch etwas übrig sein? Kannst du ihr nicht verzeihen und es noch mal mit ihr probieren? Du denkst doch noch an sie."

„An die Hure? Dass ich nicht lach'!" Es klang aber eher nach Weinen.

„Sendok, sie hat es wahrscheinlich nur mit zwei Männern getan, mir dir und ihrem Mann. Mit wie vielen Frauen warst du schon im Bett?"

Er knurrte etwas Unverständliches und drehte sein Gesicht weg. Dann beschleunigte er seinen Schritt, bis ich nicht mehr mithalten konnte.

&

David holte mich ein und hatte endlich, endlich ein Ohr für mich. Ich erzählte ihm von Sendok und er hörte schweigend zu, nickte hin und wieder und sagte zum Schluss: „Gib Acht, kleine Frau, er hat es auf dich abgesehen."

„Aber nein, das haben wir schon längst geklärt", entfuhr es mir. Er zog die Brauen hoch, in den Augen eine einzige große Frage. Da erzählte ich ihm vorsichtig von Sendoks Antrag und dem Schlaftrunk. Aber David wurde nicht wütend, er grinste nur und meinte: „Deine Landsleute sind ganz schön von sich überzeugt."

Warum ärgert mich diese Bemerkung – etwa weil David auch so selbstsicher daherredet?

„Woher weißt du, dass ich sein Angebot abgelehnt habe?"

Er lachte laut. „Du würdest dich nie mit einem Eingeborenen einlassen."

„Soooo? Und was, bitte schön, bin ich?"

David wurde ernst. „Verzeih mir, so war das nicht gemeint. Ich wollte damit ausdrücken, dass ich dich gut genug kenne, um dir immer zu vertrauen. Du hast zwar einen Kopf aus Jati-Holz, aber ein Herz aus Gold."

„Und was macht dich so sicher, dass ich mich nicht trotzdem verführen lasse? Sendok ist ein hübscher Bursche."

„Das habe ich auch schon bemerkt", sagte David und seine Augen wurden schmal. „Und er ist auch um einiges jünger als ich und vor allem ist er dein Landsmann."

„Eins hast du noch vergessen: Er hat mich heute vor einer Schlange gerettet "

„– die sowieso nicht giftig war –"

„– aber immerhin, sie wollte mich beißen. Er *kümmert* sich um mich."

„Ach was?"

„Ja. Er *redet* mit mir."

David nahm mich in die Arme. „Und was mache ich gerade?"

Ich musste lachen und steckte David damit an.

„Antworte . . .“

Ich schmiegte mich an ihn und seufzte. „Ach David, es ist so schön, dass du dir die Zeit für diesen Urlaub genommen hast. Wie lange haben wir das schon nicht mehr erlebt – nur du und ich? Ohne Muncaks Kläffen, ohne Jamilas kummervolle Augen, ohne Jonathans Streiche . . .“

„Obwohl ich ihn vermisse“, murmelte David und ich nickte.

„Ja. Er fehlt mir auch. Sehr sogar. Aber trotzdem genieße ich jede Minute, die ich an deiner Seite verbringen darf. Ich liebe dich. Habe ich dir das in letzter Zeit schon einmal gesagt?“

„Hmm ja, ich glaube, ich erinnere mich ganz entfernt . . .“

Sein Kuss schmeckte nach Salz, und ich schmolz in seinen Armen dahin wie Mango-Eis in der Mittagssonne. Dabei war es fast schon Abend.

Jemand räusperte sich und sagte mit einer knarzigen Stimme: „Dachte schon, ihr euch verirrt.“

„Nein, Sendok, keine Sorge. Ich habe ja ein Naturkind zur Frau“, sagte David liebenswürdig.

Auf dem Rückweg haben wir nicht mehr geredet.

Überfall

Die Urlaubstage flossen uns durch die Hände wie Wasser. David vergaß endlich seine Patienten und blieb mit den Augen und dem Herzen bei mir. Wir erzählten uns viel, wir lachten miteinander und manchmal saßen wir einfach still da und schauten in die gleiche Richtung. Auch das tat gut, weil unsere Herzen im gleichen Takt schlugen. Sendok hörte auf, mir zweideutige Angebote zu machen. Dafür erklärte er uns Tiere und Bäume und zeigte uns seltene Bäume und Sträucher, die weitab von den Trampelpfaden der Touristen wuchsen.

Einmal hörten wir bei einem Ausflug einen Leoparden schreien, ein anderes Mal stießen wir auf die Fährte eines Nashorns, aber wir bekamen es nicht zu sehen. Wir entdeckten Blüten, die so lockend durch das Blattgrün leuchteten, dass ich meine Hand kaum zurückhalten konnte – aber Sendok warnte: „Blätter brennen wie Nesseln."

Gegen Abend stimmten die Vögel ein seltsam trauriges Lied an; ich nannte es den „Heimwehgesang". Zum ersten Mal seit langem dachte ich wieder an mein Dorf, an meine Eltern, an Ikan und Bagus und manchmal kamen mir dabei die Tränen. Aber auch das tat gut, weil ich mich hinterher viel leichter fühlte.

&

Am letzten Tag unserer Wanderung hatten wir eine Route gewählt, die ein großes Stück in den Park hineinführte. Dort ist der Regenwald noch unberührt, und man muss sich seinen Weg mit der Machete freihauen, so wie ich es aus meiner Kindheit kenne. Die Bäume standen so dicht, dass man keine drei Schritte weit sehen konnte. Wir marschierten hintereinander – Sendok zuerst, dann ich und David bildete den Schluss.

Plötzlich raschelt es neben uns im Unterholz.

Sendok brüllt: „Auf die Bäume!"

Obwohl ich lange nicht mehr geklettert bin, gehorchen mir

die Arme und Beine wie früher. Sogar noch besser, denn mit einer Jeans lässt es sich einfacher klettern als im Sarong. Ich denke nicht nach, ich klammere mich mit Händen und Füßen an den Stamm und schiebe mich höher. Am Baum neben mir keucht Sendok und schwingt sich in eine Astgabel. Aber wo ist David?

Ich schaue nach unten auf den Pfad.

David liegt am Boden, über ihm ein schwarzes Untier. Ich kann nicht sehen, was es da treibt, ich schreie los: „Sendok! Hilf ihm!"

„Bin ich verrückt? Ohne Waffe gegen wildes Babi[1]?", schreit er zurück. Ich greife nach dem nächsten Ast und reiße einige Früchte ab. Sie sind hart und liegen in der Hand wie ein Wurfstein. Ich schleudere ein Geschoss nach dem anderen auf das Wildschwein, und beim dritten Mal treffe ich. Das Tier hebt den Kopf, und ich sehe, dass einer der Hauer mit Blut besudelt ist.

„Sendok! David blutet!", rufe ich, aber unserer starker, furchtloser Führer hockt in seiner Astgabel und hat die Hände vor den Mund geschlagen.

Ein heißer Zorn steigt in mir auf. Ich lasse mich vom Baum rutschen, so schnell ich kann. Die Bestie hat mir den Rücken zugewandt, aber als ich auf dem Boden aufkomme, dreht sie sich blitzschnell zu mir um. Ich packe den Kris, den ich hier immer bei mir trage, und weiche ein paar Schritte zurück.

Ich rufe ohne Worte: „Herr, hilf mir. Rette uns!"

Das Wildschwein kann sich nicht entscheiden, welchen Feind es zuerst erledigen soll, und schaut von David zu mir. Dann schnaubt es und wirft sich mir entgegen. Ich warte halb gebückt, bis es mich beinahe erreicht hat, dann springe ich hoch zum nächsten Ast und werfe die Beine hoch. Das habe ich als Kind mit Kiri geübt, bis meine Arme lahm wurden, aber das Training hat sich gelohnt. Das Tier rast knapp unter meinem Hinterteil durch ins Gebüsch, wo es sich verfängt.

---

[1] Schwein

Sendok ist inzwischen doch von seinem sicheren Baum heruntergekrochen und hat den Elektroschocker aus der Tasche gezogen. Er stellt sich als Schutzmauer vor David hin und ruft: „Höher rauf, Jati, sonst erwischt er dich!“ Ich ziehe mich ein wenig höher und pflücke wieder ein paar von den Holzfrüchten. *Eine Kokosnuss müsste man haben ...*

Das Wildschwein bricht zwischen den Bäumen heraus wie eine Kampfmaschine voller Bosheit und Wut.

„Das Babi kommt zurück!“, schreie ich. Sendok streckt dem Tier die Stange entgegen; es zuckt zurück und quiekt erschrocken auf.

„Nimm den Kris!“, rufe ich, aber Sendok hat keine Hand frei, weil er auch noch die Machete hält. Die schlägt zwar Wunden in Blätterwände und Grasmeere, doch was kann sie gegen einen wilden Eber ausrichten?

„Herr, schick uns Hilfe!“, schreie ich – diesmal laut, nicht nur in Gedanken, als der Eber den Kopf senkt und wieder angreifen will.

Plötzlich dröhnt es über unseren Köpfen. Ein Sturmwind braust in den Wipfeln und biegt sie hin und her. Links und rechts von mir fallen harte Früchte zu Boden, und dieser Hagel trifft auch das Wildschwein. Betäubt schüttelt es den Kopf, und diesen Augenblick nutzt Sendok und fängt meinen Kris und stößt ihn dem Tier ins Auge. Er springt zurück und stößt noch einmal zu, diesmal in die Halsschlagader. Der Eber stürzt zur Seite und stöhnt, Sendok sticht ihm mehrmals in den Bauch, nur um sicher zu gehen. Dann fasst er David an den Armen und schleift ihn auf dem Pfad ein Stück zurück. Als der Hubschrauber zum zweiten Mal über uns wegfliegt, hebt das Wildschwein noch einmal den Kopf und quiekt, dann brechen seine Augen.

&

Mir zittern die Knie, wie ich David so daliegen sehe – das Gesicht wachsbleich, die Augen geschlossen. Sein rechtes Hosenbein ist aufgeschlitzt, dunkelrotes Blut quillt heraus.

Sendok beugt sich über ihn und tastet nach dem Puls. „Was, wenn er nicht mehr . . . ?“

Ich stoße ihn weg. „Du gibst wohl nie auf!“, sage ich, und mein Zorn hat endlich ein neues Ziel gefunden. „David ist schwer verletzt, vielleicht sogar in Lebensgefahr, und du denkst nur an . . .“

„Streitet nicht . . .“, kommt es schwach vom Boden.

„David! Du lebst!“ Ich werfe mich über ihn.

„So ein Kratzer am Bein wird mich schon nicht umbringen“, murmelt er.

Mit dem Kris schneide ich das Hosenbein vollends auf und David hebt den Kopf, weil er in diesem Augenblick schon wieder Arzt ist und nicht Patient.

„Eine Fleischwunde am Oberschenkelmuskel“, sagt er. „Bitte hol die Jodtinktur aus meinem Rucksack und Verbandszeug.“ Er dreht sich auf die Seite, sodass Sendok den Rucksack abnehmen kann. Während wir die Wunde säubern und verbinden, hören wir den Hubschrauber nur noch von weitem.

„Kam zu guter Zeit“, stellt Sendok fest.

„Ja. Ich habe Gott um Hilfe gebeten“, sagte ich leise.

„Der kümmert sich um so was?“, wundert er sich.

„Natürlich. Er sieht alles. Er liest sogar unsere Gedanken.“

„Oh!“, entfährt es Sendok. Danach ist er lange still.

Auf dem Heimweg müssen wir David von beiden Seiten stützen, denn er kann nicht auftreten, sonst würde die Wunde wieder zu bluten beginnen. Schon bald tut mir der Rücken weh, aber ich singe leise vor mich hin, denn ich bin dankbar, dass es so glimpflich abgegangen ist. Als wir bei der Rangerstation angekommen sind, falle ich wie ein Stein aufs Bett und nicht einmal die Aussicht auf ein Abendessen kann mich dazu bewegen, noch einmal aufzustehen. David holt sein medizinisches Nähzeug aus dem Gepäck und näht seine Wunde eigenhändig. Sendok schaut ihm mit offenem Mund dabei zu und geht dann wortlos hinaus.

Heimkehr

Am nächsten Morgen landete der Hubschrauber auf der Wiese neben der Rangerstation. Die Ranger hatten ihn mit ihrem Funktelefon herbeigerufen, denn man konnte David die Strapazen der Heimreise nicht zumuten. Ich sollte als Begleitperson mitfliegen. Während ich unsere Sachen zusammenpackte, kam Sendok zu mir ins Zimmer.

Er sagte: „Bin froh, dass ich euch kennen gelernt habe. Werd euch nie vergessen."

Ich lächelte. „Ja. Wir werden dich auch nie vergessen. Hat dir David schon deinen Lohn gezahlt?"

„Genug, genug", winkte er ab. „Muss dir noch was sagen . . . Hab über dich und David nachgedacht. Als Babi über David herfiel, dacht ich: ‚Schicksal. Der Arme hat Pech gehabt. Und jetzt bist du frei. Aber du liebst deinen Mann wirklich. Hast dein Leben für ihn riskiert."

„Ja. Das ist doch ganz natürlich."

Sendok holte tief Luft. „Nicht für alle Frauen. Aber David hätte das für dich auch getan, oder?"

„Das stimmt. Das hat er mehr als einmal bewiesen."

„Ihr seid glücklich", murmelte Sendok. „Versprich mir was, Jati. Bleib deinem Mann immer treu. Hat es verdient. Und du verdienst auch, dass er dir treu ist. Gute Menschen, ihr zwei."

„Ach, weißt du . . . wir sind ganz normale Menschen. Aber wir gehören einem guten Gott."

Er dachte eine Weile darüber nach, dann sagte er: „Mag sein. Vielleicht wär so ein Gott auch was für mich, wer weiß?"

„Wenn du Gott näher kennen möchtest, dann lies in der Bibel. Ich schenke dir meine Taschenbibel, da steht alles über den Himmelsgott drin, was du wissen musst." Er bedankte sich und ging zur Tür. Ich rief ihm hinterher: „Du kannst mir auch etwas versprechen, Sendok."

Er kam zurück. „Was denn?"

„Geh zu Ular und sprich mit ihr."

„Kann mir nicht vorstellen, dass ich dieses Kind –"

„Immer einen Schritt nach dem anderen, Sendok. Zuerst muss das, was war, ausgeräumt werden. Ihr müsst euch gegenseitig verzeihen. Dann erst kann man an die Zukunft denken."

„Du meinst, gibt Zukunft für Ular und mich?"

„Wenn du ihr verzeihst, warum nicht?"

„Aber warum sollen wir uns verzeihen? Ich hab ihr doch gar nix Böses getan?!"

Ich sah ihn schweigend an, da schlug er die Augen nieder und ging mit hängenden Schultern hinaus. Ob er meinen Rat befolgte? Ob er die Bitterkeit aus seinem Herzen herauskehren ließ? Ob er und Ular doch noch zusammenfanden?

Diese Fragen schossen mir durch den Kopf, als wir in der Eisenlibelle saßen und uns krampfhaft aneinander klammerten, David und ich, während sich der Hubschrauber emporwand und mit seinem Geknatter alle Affen und wilden Rinder verschreckte. Ich sah sie flüchten, wenn der Blätterwald einmal etwas weniger dicht war und einen Blick auf den Boden erlaubte. Der Pilot lachte und bewegte dauernd die Lippen, aber keiner verstand, was er sagte, wahrscheinlich nicht einmal er selbst.

&

Wir wurden auf dem Hof der Klinik ausgeladen. Doktor Meier nahm David sofort in Empfang und schickte mich weg. Ich wartete im Wartezimmer, bis Dr. Halus dienstfrei hatte und mich mit ihrem Auto nach Hause brachte.

Jamila schrie laut vor Freude und Überraschung. Jonathan kam aus dem Garten getapst und umarmte mich mit erdigen Fingern und wischte sein Mäulchen an meinem T-Shirt ab. Muncak stand weiter hinten und wartete ab. Ich gab mir einen Ruck und streckte auch nach ihm die Arme aus. Da kam er langsam herangewatschelt und ließ sich einen Kuss geben.

Dann zeigte er auf Jonathan und sagte: „Jon."

„Das ist sein neues Lieblingswort, mal abgesehen von ‚Nein'", lachte Jamila. „Aber wo hast du David gelassen? Arbeitet er schon wieder? Und wie war euer Urlaub? Habt ihr euch gut erholt?"

So viele Fragen ...

Es wurde eine lange Nacht. Nachdem wir die Jungen zu Bett gebracht hatten, setzten wir uns an den Brunnen und redeten stundenlang. Ich erzählte Jamila vom herrlichen Strand, vom Regenwald im Naturpark, von den Blumen und Tieren, die wir gesehen hatten. Ich erzählte von Sendok und seinem Herzweh, und die Geschichte vom wilden Babi durfte natürlich auch nicht fehlen.

Dann berichtete Jamila von unseren Jungen, die in der einen Woche wieder viel dazugelernt hatten. Jonathan plapperte schon viele Worte nach, Muncak war eher maulfaul und hatte sich bisher damit begnügt, auf die gewünschten Gegenstände zu zeigen und „Eeeeh!" zu machen. Seit neustem rief er Jonathan beim Namen, was Jamila bekümmerte, da sie – wie alle Mütter – gehofft hatte, er würde als Erstes „Mama" sagen. Dabei wäre es doch viel praktischer, den Kindern zuerst „Papa" beizubringen ...

Ich tröstete sie mit vielen Worten und erklärte ihr, dass es unwichtig war, welches Wort die Kinder zuerst sagen könnten – es wäre Zufall –, aber sie glaubte mir nicht.

&

Sumeiken musste immer noch liegen, aber sie fasste sich in Geduld. Dr. Meier hatte eine Hilfskraft eingestellt, die inzwischen den Haushalt führte; die hatte es nicht leicht, denn Sumeiken lag zwar im Bett, aber sie wusste über den Haushalt trotzdem so gut Bescheid, als hätte sie in jedem Zimmer ein paar Augen. Die Helferin – ein Badui-Mädchen – glaubte bereits an Gespenster.

Sumeiken verriet mir das Geheimnis: „Die Kleine macht bei allem, was sie tut, so viel Krach, dass ich sie mit den Ohren verfolgen kann. Deshalb weiß ich auch genau, ob sie den Tisch abgeräumt hat oder nicht." Wir lachten ein bisschen, dann erzählte ich ihr von Jonathan und machte ihr so richtig den Mund wässerig. Sie war überzeugt, einen Jungen zu tragen, und wer wollte ihr das Gegenteil einreden?

David musste wegen dem „lächerlichen Kratzer" vier Wochen lang im Bett bleiben, denn die Wunde hatte sich entzündet und eiterte stark. Das waren glückliche Tage, denn er hatte den ganzen Tag über nichts zu tun und an nichts zu denken als an seine Familie. Wir schoben ihm eine Liege auf die Galerie, dort konnte er an allem teilnehmen, was im Haus geschah. Den Kindern erzählte er lange Geschichten, und sogar Muncak lernte das Zuhören und begann daraufhin, einige Worte mehr zu sprechen. Davids rot gebrannte Nase schälte sich und wurde danach dunkelbraun, die Wunde am Bein heilte langsam zu und David bekam einen Rettungsring am Bauch, der ihn auch in einem mittleren Sturm über Wasser gehalten hätte. Jamila kochte nämlich ausgezeichnet und wenn man sich langweilt und immer nur isst . . .

Eines Abends sagte ich: „David, mir fällt auf, dass du einen Bauch ansetzt. Bist du vielleicht auch schwanger?"

Da prustete er los, weil er sich an meine „Ess-Störung" erinnerte, aber danach wurde er schnell wieder ernst. „Soll das heißen, dass sich meine Badui-Frau ein zweites Kind wünscht?"

„Ja, das soll es heißen", sagte ich schnell, bevor er es sich anders überlegen konnte. Aber als wir dann im Bett lagen, merkte ich doch, dass seine Wunde immer noch schmerzte.

„Wir müssen das eine Weile verschieben", sagte er mit zusammengebissenen Zähnen. „Kannst du es noch ein oder zwei Wochen aushalten?"

Ich küsste ihn auf die Nase. „Na gut. Aber auch keinen Tag länger."

Krise

Es dauerte dann doch länger als ‚ein, zwei Wochen". Das Bein war halbwegs verheilt, da bekam David hohes Fieber mit Schüttelfrost. Dr. Meier tippte auf Malaria, aber das war es nicht. Er pumpte alle bekannten Antibiotika in David hinein, doch das Fieber kam immer wieder. Davids Rettungsring schmolz dahin, sein Bauch verwandelte sich in eine Grube, seine Wangen wurden schmal, seine Arme knochig. Ich bekam Angst um ihn.

„Wir tun, was wir können", beteuerte Dr. Halus, die David pflegte, als wäre er ihr eigener Bruder. „Aber in dieser kleinen Klinik fehlen uns die Möglichkeiten . . ."

„Sollen wir David nach Jakarta bringen? Oder in eine Tropenklinik?"

Dr. Meier fuhr sich übers Kinn und überlegte. „Jati, du wirst es nicht gerne hören, aber ich sehe nur einen Weg. David muss in Deutschland weiterbehandelt werden. Es könnte sein, dass er sich mit AIDS infiziert hat."

„Das kann nicht sein!", schrie ich auf. „AIDS bekommt man nur durch . . . – und das glaube ich nicht. Niemals!"

Die Ärztin tätschelte meine Hand und meinte: „Ganz ruhig, Jati. Wir glauben ja auch nicht, dass er HIV-positiv ist, obwohl der Befund darauf hindeutet. Aber das können wir hier nicht klären. Er muss zurück in seine Heimat."

Niedergeschlagen ging ich nach Hause. Ich wollte nicht gefahren werden, ich brauchte den langen Fußweg, um die Gedanken einzufangen, die mich umschwirrten wie lästige Moskitos.

Im letzten Abendlicht kam ich an. Als ich Jonathan zu Bett brachte, sagte er: „Mami is' traurig un' – Papi krank."

Ich drückte meine Wange an sein Gesicht und kämpfte mit den Tränen. Er fasste mit der Hand in mein Haar und zupfte daran, aber heute war mir nicht nach unserem kleinen Spiel zu Mute. Ob er es spürte? Er seufzte und murmelte: „Jesus wieder gut machen."

Und da konnte ich nur von ganzem Herzen zustimmen.

&

In dieser Nacht weinte ich nicht vor Traurigkeit, ich weinte im Zorn. *Warum lässt du uns nicht in Ruhe, Gott? Warum muss das David geschehen. Ihm, der anderen nur Gutes will? Warum hast du nicht verhindert, dass er von diesem Wildschwein angegriffen wurde? Wir haben immer getan, was du wolltest. Wir haben dich geliebt und allen Menschen erzählt, wie gut du bist. Wo bleibt denn deine Güte, wenn man sie braucht?*

Wütend biss ich auf meine Handknöchel, bis sie rot und blau angelaufen waren. *Himmelsgott, ich weiß nicht, was du dir dabei denkst. Jetzt endlich ist alles so, wie ich es mir nur wünschen könnte. Warum können wir nicht friedlich miteinander im blauen Haus leben – ohne den Schrecken von AIDS, ohne die Rückkehr in ein Land, das grau und verregnet ist? Warum können wir nicht hier bleiben bei Jamila und Muncak, bei Sumeiken und Dr. Meier, bei allen, die uns lieb geworden sind? Warum muss ich schon wieder meine Wurzeln aus dem Boden ziehen? Wie soll mein Lebensbaum wachsen und gedeihen, wenn er keinen Halt hat?*

Und Gott schwieg.

Erst gegen Morgen schlief ich ein, und als ich erwachte, erinnerte ich mich an den Hubschrauber, der gerade zur rechten Zeit gekommen war und an die Hilfsbereitschaft der Ranger, an den freundlichen Piloten, an Sendok und seinen zögernden Wunsch, mehr vom Himmelsgott zu hören. Nein, Gott hatte uns nicht verlassen. Er war immer noch da und er half so, wie er es für richtig hielt. Ich konnte seine Hilfe annehmen – oder weiter rebellieren und mich damit unglücklich machen. Diese Entscheidung fiel mir leicht. Ich wusste schon zu gut, wohin ich eigentlich gehörte.

&

Im Lauf des nächsten Tages wurde mir der Weg klar, als hätte sich der Nebel plötzlich aufgelöst: David musste nach Deutschland. Ich fürchtete mich vor der Reise, die ich mit einem kranken Mann und einem kaum dreijährigen Kind zu bewältigen hatte. Aber noch viel mehr fürchtete ich mich davor, dass wir vielleicht nie wieder zurückkehren würden.

„Lass den Kleinen bei mir“, schmeichelte Jamila. „Dann weiß ich auch sicher, dass ihr wieder heimkommt. In euer blaues Haus . . .“

„In *dein* blaues Haus.“ Ich warf mich in ihre Arme. „Jamila. Ich habe Angst.“

„Ich auch, ich auch! Was wird aus mir, was wird aus Muncak, wenn ihr nicht mehr zurückkommt?“, jammerte sie.

„Dr. Halus lebt allein und hat mich gefragt, ob sie für einige Zeit hier wohnen darf, wenn wir fort sind. Sie wird dir so viel Miete zahlen wie wir. Dann hast du Geld für dich und für Muncak.“

„Und eure Sachen?“

„Wir können die ganz persönlichen Dinge ins Nordzimmer räumen. Es ist ja nicht für lange . . .“

&

Jonathan war aufgeregt wie vor jedem Abenteuer. Als ich ihm seine „deutschen Kleider“ anzog – die Großeltern hatten ihm einen niedlichen Anzug geschickt – rief er: „Zu Oma und Opa gehen!“

Jetzt zahlte es sich aus, dass er besser Deutsch sprach als Indonesisch.

Die Missionare aus Norddeutschland wollten uns nach Jakarta fahren, denn Dr. Meier hatte eine lebenswichtige Operation zu machen und meine Freunde aus der Gemeinde besaßen keine Autos. Von Sumeiken hatte ich mich schon am Abend zuvor verabschiedet.

Muncak stand in der Haustür und plärrte: „Jon! Jon! Jon!“, und Jonathan winkte ihm fröhlich zu. Das Herz war mir schwer, als ich Jamila zum letzten Mal küsste und unser schönes Haus mit einen Abschiedsblick umarmte. Doch mir war, als hätte es sich jetzt schon vor mir verschlossen.

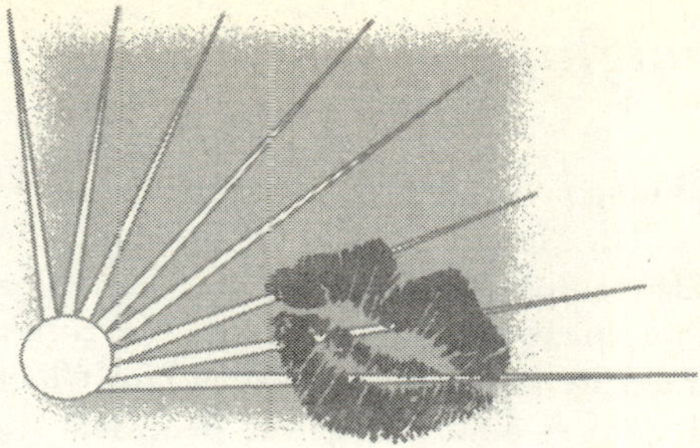

2. Teil

Hinter dem Himmelsrand

Rückflug

David hing neben mir im Gurt wie eine zerbrochene Gliederpuppe. Dr. Meier hatte ihn für reisetauglich erklärt und mit Medikamenten voll gepumpt, aber auf halber Strecke übermannte ihn wieder das Fieber und er zitterte so stark, dass sogar die Stewardess Angst bekam. Zum Glück war ein Arzt an Bord und gab ihm eine Spritze. Trotzdem – oder gerade deshalb – war David den ganzen Flug über „nicht ganz da". Die Dame, die auf der anderen Seite des Mittelganges saß, betrachtete seine glasigen Augen und meinte: „Seine Seele ist auf Java geblieben."

Das konnte man von meiner auch sagen, aber ich musste mich zusammenreißen, denn Jonathan war außer sich vor Spannung und Aufregung und hüpfte auf seinem Fensterplatz auf und nieder. Immer wieder zeigte er nach unten und jauchzte, wenn er wieder ein Schiff oder eine kleine Insel entdeckt hatte. Wir sahen zu, wie die Sonne im Sinkflug im Meer versank wie ein Riesenballon, der durch den Schnabelhieb einer Wildgans einen Riss in der Seidenhülle bekommen hat und das Gas nicht mehr bei sich behalten kann, und Jonathan rief „Sie geht unter! Sie geht aus!", und wollte mir nicht glauben, als ich ihm erklärte, dass die Erde eine Kugel ist und dass uns die Sonne nicht verlässt, sondern nur an anderen Orten scheint.

Er brach in Tränen aus, und ich musste ihn lange auf den Knien wiegen, bis er sich beruhigt hatte, und als er endlich eingeschlafen war, erinnerte ich mich an damals. Wie lange war das her? Sechs Jahre? Mir kam es vor wie ein ganzes Leben . . .

&

Davids Eltern hatten einen Krankenwagen bestellt, der David sofort nach Heidelberg in eine Spezialklinik für Tropenkrankheiten bringen sollte. Die Sanitäter holten ihn im

Flugzeug ab, nachdem die anderen Leute hinausgegangen waren. Ich wollte David einen Kuss auf die Wange drücken, aber der Arzt packte meinen Arm und schob mich beiseite.

„Das sollten Sie lieber nicht tun", sagte er finster.

„Und wieso nicht? Ich glaube nicht an die Diagnose!", begehrte ich auf.

Er zuckte die Achseln. „Das können Sie halten, wie Sie möchten, aber wir können kein Risiko eingehen." Er winkte einem dritten Sanitäter: „Sie sorgen dafür, dass die ganze Sitzreihe desinfiziert wird. Hat der Patient sich erbrochen?"

Die Stewardess wich zurück. „N-nein, ich glaube nicht", stotterte sie.

„Hat er gehustet, geniest, geblutet?", wollte der Arzt wissen.

„Nein. Er hat seine Körperflüssigkeiten bei sich behalten", sagte ich. „Außer natürlich . . ."

Der Arzt wandte sich an den dritten Mann. „Also auch die Toilette desinfizieren."

„Ich bitte Sie! Als ob er aussätzig wäre!", sagte ich.

„Solange wir nicht genau wissen, woran Ihr Mann leidet, müssen wir gründlich vorgehen", erklärte er. „Es war sehr verantwortungslos, dass Sie Ihren Mann in einer Linienmaschine transportiert haben!"

„Hätten Sie ihn lieber im Gepäckraum untergebracht? Oder hätten wir vielleicht schwimmen sollen? Zu Fuß wären wir ja nicht weit gekommen."

„Es gibt überhaupt keinen Grund für dumme Witze", sagte er streng.

Ich fand das, was ich gesagt hatte, weder dumm noch witzig. Ich war müde und ich war es Leid, für die Fehler der anderen getadelt zu werden. Dr. Meier hatte gesagt, der Flug wäre kein Problem, Davids Krankheit wäre nicht ansteckend und er könnte durchaus in einer normalen Maschine fliegen. Und wir hatten ihm geglaubt. Doch dieser Arzt machte ein Theater, als hätte ich eine Königskobra aus meiner Handtasche kriechen lassen. Vielleicht konnte man ihn ablenken, bevor er noch andere schlimme Sachen sagte.

„Kannten Sie David von früher?“, fragte ich. „Ich meine, bevor er nach Indonesien ging und mich geheiratet hat?“

„Ach, Sie sind mit ihm *verheiratet*?“

„Ja. Was dachten Sie denn?“

Er zog die Nase hoch und musterte mich. Offenbar war er vom Ergebnis nicht besonders beeindruckt. Dann schweiften seine Augen hinüber zu Jonathan. Er schürzte die Lippen und zeigte auf meinen Sohn. „Aha.“

„Nein, nicht wegen des Kindes!“ Ich wurde wütend. „Wir haben schon lange vorher geheiratet. Wir lieben uns nämlich!“

„Liebe . . .“, sagte der Arzt verächtlich.

„Die gibt es, auch wenn ihnen das unwahrscheinlich vorkommt, weil sie damit noch keine persönlichen Erfahrungen gemacht haben!“, sagte ich, um den Arzt zu ärgern. Es gelang mir auch, denn er zuckte zusammen, als hätte ich ihn geschlagen, und die Mundwinkel zogen sich nach unten.

Na großartig. Du beleidigst einen Mann, der nur seine Pflicht tut. Und dann wunderst du dich, wenn du in Deutschland überall anstößt. Ein guter Anfang, Jati, bravo, bravo!, sagte eine Stimme in meinem Innern. Ich strich mir über die Stirn und holte tief Luft, aber das Kratzen in meinem Herzen wollte nicht weichen.

Also gut. Also gut, ich seh's ja ein!, sagte ich ohne Worte, und augenblicklich wurde es in mir still.

Ich schaute dem Arzt in die Augen und sagte: „Was ich da eben gesagt habe, war gemein. Bitte verzeihen Sie mir. Es tut mir Leid.“

Er schwieg und sah an mir vorbei zum Fenster hinaus. Inzwischen hatten die Sanitäter meinen Mann auf die Trage geschnallt und trugen ihn hinaus. Ich wischte mir schnell die Tränen aus dem Gesicht und nahm Jonathan an die Hand.

„Komm, wir gehen zu Oma und Opa“, sagte ich und schob mich an dem Arzt vorbei zum Ausgang hin.

Der Arzt sagte: „Sie können froh sein, dass Sie hier Familie haben. Alleine hätten Sie es schwer."

Ich drehte mich nach ihm um. „Ja, das weiß ich. Ich habe hier schon einige Zeit gelebt. Und es *war* schwer."

„Sie kommen trotzdem hierher zurück?"

„Ja. Ich möchte nicht von meinem Mann getrennt sein", sagte ich.

„Die Liebe, nicht wahr?"

„Ja. Die Liebe", seufzte ich.

„Sie haben also gewusst, worauf Sie sich einlassen", murmelte er.

„Ich glaube ... obwohl man natürlich nicht alles vorher überlegt hat."

„Natürlich ...", stimmte er mir zu. Er zeigte wieder auf Jonathan. „Der Junge zum Beispiel ... wahrscheinlich wäre er in Ihrer Heimat besser aufgehoben."

„Da bin ich nicht sicher. Er war in meiner Heimat auch nicht ganz zu Hause", sagte ich. „Er ist eben ein Kind, das zwei Welten in sich vereint."

„Tja ... von so welchen haben wir schon viel zu viele in Deutschland", sagte er.

Rot und heiß schoss es mir in die Wangen. „Sind das für Sie Menschen zweiter Klasse, nur weil sie eine dunkle Hautfarbe haben? In meinem Land geht man anders mit Gästen um", sagte ich. „Da wird keiner verachtet, nur weil er anders ist. Die deutschen Ärzte in meiner Stadt wurden von allen geschätzt und höflich behandelt."

Aber er verstand mich nicht. Er plusterte sich auf und sagte: „Natürlich, das waren ja auch Deutsche!"

Ich biss mir auf die Lippen, bis ich Blut schmeckte, dann drehte ich mich weg. Während ich Jonathan auf den Arm nahm und vorsichtig die Gangway hinunterkletterte, zermarterte ich mein Gedächtnis nach einem Wort, das diesen Mann und seine Haltung beschreiben könnte. Es fiel mir erst unten an der Treppe wieder ein, und ich schrie zu ihm hinauf: „Alter Nazi!" Aber der Wind riss mir die Silben von den Lippen.

Großeltern

Auf dem Frankfurter Flughafen guckt keiner nach der Hautfarbe. Menschen aus aller Herren Länder laufen hier herum. Und doch war ich froh, als die Großeltern am Gate auf uns warteten und Jonathan in die Arme schlossen. Davids Vater schob den Wagen mit unseren Koffern, Großmama setzte Jonathan oben drauf und mich nahmen sie in die Mitte.

Die Fahrt zu ihrem Haus kam mir vor wie ein Traum, ich nahm alles nur wie durch einen Schleier wahr, denn der kleine Hammer, der schon die ganze Zeit von innen an meine Schläfe geklopft hatte, war zu einem großen Hammer angewachsen und hatte auch noch eine Zange zur Verstärkung geholt. Im Auto schlief ich ein, und sie mussten mich rütteln und halb aus dem Wagen zerren, bis ich richtig wach wurde.

Das Essen stand schon bereit und Jonathan verlangte einen zweiten Teller Gemüsesuppe, womit er sich das Herz seiner Großmutter für weitere hundert Jahre erobert hatte. Die Großeltern stellten viele Fragen und ich gab Antwort, so gut ich es vermochte, aber dann fielen mir wieder die Augen zu. Ich weiß nicht, wer mich in ein Bett brachte – ob es Davids Vater war? Jedenfalls schlief ich einen ganzen und einen halben Tag, ohne auch nur einmal aufzuwachen und fühlte mich danach wie frisch aus dem Ei geschlüpft.

&

Die Großeltern hatten uns die Mansardenzimmer hergerichtet. Das waren zwei kleine Räume und ein großes Zimmer mit einer Giebelwand aus Glas. Außerdem gab es ein Bad und eine kleine Kochnische im großen Zimmer.

„Es ist ja ein bisschen klein“, sagte Großmama zögernd. „Ihr seid von zu Hause etwas anderes gewöhnt, aber vielleicht geht es in der ersten Zeit, bis David wieder hier ist . . .“

Ich umarmte sie und bettete meinen Kopf an ihren weichen Busen. „Ich bin so froh, dass wir bei euch wohnen dürfen", sagte ich. „Ich will dir auch bei allem helfen, damit du nicht so viel Arbeit mit uns hast."

Sie lachte. „Das mache ich doch gern! Aber vielleicht möchtest du dir einen Job suchen und dann kann ich Jonathan versorgen."

„Einen Job? Daran habe ich noch gar nicht gedacht . . ."

„Wir wissen ja nicht, wie lange David im Krankenhaus bleiben muss. Er hat eine Krankenversicherung, aber die deckt nicht alle Kosten ab. Versteh mich nicht falsch, aber . . ."

Ich hatte verstanden. David verdiente kein Geld, sondern kostete welches. Jonathan kostete Geld und ich konnte auch nicht von der bloßen Atemluft leben. In Deutschland kostet alles Geld – Blumen, Früchte, Brot, Fisch, sogar das Wasser muss man bezahlen, und wenn man der Natur das wieder zurückgibt, was von ihren guten Nahrungsmitteln übrig bleibt, dann darf man das auch nicht kostenlos tun.

„Aber zu Hofmüllers gehe ich nicht!", sagte ich. Es kam schärfer heraus, als ich es geplant hatte, und Vater schaltete sich ein.

„Du wirst auf keinen Fall eine Stelle als Dienstmädchen annehmen", sagte er streng. „Du bist Dolmetscherin und wirst andere Arbeit finden. In dem Beruf, den du gelernt hast."

„Ja. Vielleicht in der indonesischen Botschaft . . . oder in einer Firma", überlegte seine Frau.

„Vielleicht bekomme ich Übersetzungsaufträge und kann sie zu Hause erledigen", sagte ich. „Das wäre mir am liebsten, denn ich möchte nicht den ganzen Tag von Jonathan weg sein. Er muss auf seine gewohnte Umgebung verzichten, er hat seine Heimat verloren, er muss ohne seinen Vater auskommen. Ich glaube, es wäre zu viel für ihn, wenn ich auch noch fort wäre."

Die Großeltern nickten. „Du hast vollkommen Recht, Jati. Ein Kind gehört zur Mutter", sagte Davids Vater.

„– und ihr beide gehört zu uns!", ergänzte Davids Mutter. „Wir sind eine Familie."

Und sie hielt, was sie versprochen hatte. Wenn ihre Freundinnen zu Besuch kamen und sich über das „farbige Kind“ wunderten: „Wo habt ihr das denn aufgegabelt? Aus der Dritten Welt?“, und wenn ich dann mit der Teekanne hereinkam oder den Kuchen auftrug, dann sagte sie jedes Mal:

„Das ist Davids Frau Jati, unsere Schwiegertochter. Sie hat uns einen wunderbaren Enkel geschenkt. Ist er nicht süß?“

Und Jonathan nahm den Finger aus der Nase und machte einen Diener, wie es ihm Jamila damals beigebracht hatte, und alle lachten und sahen mich plötzlich mit anderen Augen an: ich war jemand, denn ich war eine Schwiegertochter. Die Schwiegertochter eines berühmten Forschers, die Frau eines anerkannten Arztes. Außerdem die Mutter eines süßen Enkels. So konnte man es mit mir aushalten.

Kulturprobleme

Wenn ich einkaufen ging oder mit Jonathan zum Kinderarzt musste, dann achtete keiner groß auf mich, denn es waren viele ausländische Frauen in der Stadt und viele Kinder, die in zwei Welten zu Hause waren. Und wenn ich mit dem Zug nach Heidelberg fuhr, um David im Tropeninstitut zu besuchen, dann sah ich mehr Ausländer als Deutsche und fühlte mich nicht fremd.

Auch die Klinik war international besetzt. Die Ärzte, die Schwestern, die Patienten stammten aus allen möglichen Ländern. David war mit einem Chinesen auf dem Zimmer, der aus Java stammte. Beide hatten die gleiche Krankheit und mussten keine Ansteckung befürchten. Ich dagegen musste sehr vorsichtig sein. Ich durfte David nicht küssen, nicht aus seinem Glas trinken, mich nicht von ihm anhusten lassen. Ich trug einen besonderen Krankenhauskittel und eine Haube, einen Mundschutz und Latexhandschuhe. Wenn keiner zusah, dann streifte ich sie ab und streichelte David mit meinen bloßen Händen. Ich wollte kein Gummi zwischen uns spüren.

Immer noch wusste man nicht, welcher Virus die Fieberschübe erzeugte; dass es kein AIDS war, tröstete nur schwach.

„Wir hoffen, dass sich der Körper mit der Zeit gegen diese Eindringlinge wehrt und sie bekämpft", meinte der Stationsarzt, als er mir Davids Zustand erklärte. „Ansonsten können wir nicht viel tun, außer dass wir die Fieberschübe beobachten und Krämpfe verhindern, die zu Gehirnschäden führen könnten."

Als ich fragte: „Wie lange wird es dauern, bis er wieder gesund wird?", zuckte er die Achseln. „Das wissen wir nicht. Wir haben noch zu wenig Erfahrung bei dieser Krankheit. Ich glaube nicht, dass sie sich verschlimmert, sie bessert sich eher und zwischen den akuten Anfällen geht es Ihrem Mann einigermaßen gut. Aber wir können ihn trotzdem nicht entlassen, weil wir nicht mit Sicherheit wissen, ob und wie stark diese Krankheit ansteckt. Wir beobachten das."

Und David sagte: „Jati, meine tapfere Badui-Frau, hab Geduld. Auch wenn ich hier im Bett liege, diene ich der Menschheit."

„Ja, du bist ein Versuchskaninchen", sagte ich. „Wie eine Ratte im Labor."

„Aber sagen Sie doch nicht so was . . .", rügte Herr Li, der außer Indonesisch auch noch perfekt Deutsch sprach, weil er ein deutsches Kindermädchen gehabt hatte und 15 Jahre lang mit einer Deutschen verheiratet war.

„Sie hat mich verlassen, als sie hörte, dass ich vielleicht AIDS habe", erzählte er.

„Aber Sie haben doch gar kein AIDS", widersprach ich. „Weiß das Ihre Frau nicht?"

„Ich habe es ihr geschrieben, aber sie hat nicht geantwortet", sagte er. „Vielleicht war es nur ein Vorwand."

„Vorwand?"

„Ja. Ich glaube, meine Frau war mit mir nicht glücklich. In Indonesien verstanden wir uns gut, da gab es keine Probleme, denn wir waren beide fremd in diesem Land. Meine Eltern stammen aus China. Obwohl ich in Java geboren wurde, galt ich immer als Ausländer. Meine Frau war damals Reiseleiterin, so haben wir uns kennen gelernt. Da ich damals schon gut Deutsch verstand, hatten wir viel Kontakt, wir haben uns verliebt und ziemlich schnell geheiratet. Ich machte ein Kunstgewerbegeschäft auf und verkaufte auch Möbel und Antiquitäten. Unser Geschäft lief gut, und unsere Jungen hatten viele Freunde und waren zufrieden. Dann kam es zum Regierungswechsel und zu Unruhen. Auf einmal waren wir Chinesen an allem schuld. Die chinesischen Geschäfte wurden geplündert, auch unseres. Von heute auf morgen war ich ein armer Mann. Meine Schwiegereltern schickten uns das Reisegeld, wir kamen hierher und wollten uns eine neue Existenz aufbauen." Er seufzte. „Das war nicht leicht. Wir probierten es mit einem China-Restaurant, aber das lief eher schlecht. Unser Koch taugte nichts. Dann versuchte ich in verschiedenen Firmen Fuß zu fassen, aber die hatten alle ihre Schwierigkeiten. Und als es den großen Börsenkrach in Südostasien gab, da machten diese Firmen dicht und ich stand wieder auf der Straße."

Er setzte sich im Bett auf und schenkte sich aus der Thermoskanne Tee ein. Ich nahm an, dass er seine Fassung wiedergewinnen wollte und schaute taktvoll in die andere Richtung. Nach einer Weile erzählte er weiter.

„Meine Frau fand eine gute Stelle als Sekretärin und ich kümmerte mich um den Haushalt. Mit ihrem Geld kamen wir einigermaßen über die Runden. Dann wurden unsere Jungs eingeschult. Fu ist nur 11 Monate älter als Liang, deshalb gingen sie in dieselbe Klasse. Wir wollten, dass sie sich gegenseitig beistehen."

„Wieso beistehen?", wollte David wissen. „Gab es Probleme?"

Herr Li lächelte mit den Lippen, aber seine Augen blieben ernst. „Meine Söhne sind nicht besonders hübsch, wissen Sie. Kinder mit mongolischen Augen und einer Haut wie Milchkaffee werden nur dann akzeptiert, wenn sie sehr gut aussehen. Und wenn sie die richtigen Kleider tragen, die richtigen Turnschuhe. Aber dafür fehlte uns das Geld. Unsere Jungs standen immer am Rand, sie wurden von den anderen Kindern nie eingeladen. Sie gehörten nicht dazu."

„Das war sicher sehr schwer für Fu und Liang", murmelte ich.

„Liang hat einen hellen Kopf, er begreift schnell und hat sich durch seine guten Noten hochgearbeitet. Und Fu ist flink und reagiert wie ein Blitz. Ich habe ihm schon als Kleinkind etwas Karate beigebracht und das war ihm sehr nützlich. Wenn die Klassenkameraden etwas angestellt hatten, dann wollten sie es immer unseren Jungs anhängen. ‚Das waren die Schlitzaugen!', hieß es dann. Liang und Fu wurden vom Lehrer bestraft, aber Fu hat sich dafür gerächt." Er seufzte. „Ich musste dreimal Schweigegeld bezahlen, damit sich die Eltern wieder abgeregt haben. Das machte alles nur noch schlimmer. Meine Frau hat nachts viel geweint, sie wurde damit nicht fertig. Und als dann noch meine Krankheit dazu kam, hat sie mich verlassen."

„Und Liang und Fu?", schrie ich auf.

Herr Li wandte den Kopf ab. „Sie kamen ins Heim", sagte er gepresst. „Sie schreiben mir jede Woche. Es ist sehr schwer für sie, sie sind unglücklich, aber sie halten zusammen."

„Wie furchtbar", flüsterte ich. „Wo ist dieses Kinderheim? Ich möchte die Jungen besuchen. Vielleicht kann ich sie auch einmal hierher bringen."

„Ich gebe Ihnen die Adresse", sagte Herr Li, und auf einmal sah er zehn Jahre jünger aus. „Das Heim ist in Frankfurt. Die Jungen wollten mich schon lange einmal besuchen, aber ohne Begleitung dürfen sie dort nicht raus und hier nicht rein." Er öffnete die Nachttischschublade und suchte zwischen den Papieren. „Ich werde Ihnen auch eine Vollmacht ausstellen, damit Sie die Kinder mitnehmen können", sagte er.

„Und wo ist Ihre Frau heute?", fragte ich.

„Ich habe keinen Kontakt mit ihr. Sie zahlt dem Kinderheim einen Betrag und sie zahlt auch einen Teil meiner Krankenhauskosten, weil wir nicht gut versichert waren." Er seufzt. „Mehr kann ich nicht von ihr verlangen." Er vertiefte sich ins Schreiben.

&

David legte den Arm über die Augen und stöhnte.

„Hast du Schmerzen, David? Was ist los?"

Er schluckte schwer.

„Soll ich nach der Schwester klingeln? Brauchst du Medizin?"

Er nahm den Arm vom Gesicht. Seine Augen standen voller Tränen. „Jati", flüsterte er mir ins Ohr, als ich mich über ihn beugte. „Wirst du mich – auch – verlassen?"

„Das ist doch Unsinn, David", sagte ich fest. „Ich bleibe bei dir, ich halte zu dir. Wir schaffen das schon, wir sind ja nicht allein."

„Wird unser Jonathan – einsam sein? Muss er auch – um sich schlagen, damit ihn die anderen – wenigstens – respektieren?"

Die Worte kamen zerhackt.

Ich nahm Davids Gesicht in meine Hände und küsste ihn auf die Stirn. „Das glaube ich nicht. Jonathan ist ein richtiger Sonnenschein. Alle Nachbarn lieben ihn. Und bis er zur Schule gehen muss, wird noch viel Wasser den Neckar herunter fließen. Bis dahin sind wir vielleicht längst wieder zu Hause und lachen über das, was uns jetzt den Kopf so schwer macht."

Er schwieg lange. Dann richtete er sich mühsam auf und sagte: „Jati, du musst jetzt sehr tapfer sein. Es ist nicht sicher, ob ich wieder richtig gesund werde. Ich hoffe es, aber keiner kann es mir garantieren. Keiner weiß, ob ich wieder als Arzt arbeiten kann. Aber in einem Punkt sind sich hier alle einig: ich darf nicht mehr zurück nach Indonesien. Es wäre zu gefährlich. Der Infekt würde wieder aufflackern, und das wäre mein Ende."

„Das heißt also . . . nie mehr?"

„Ja. Genau das heißt es."

Schock

Ich weiß nicht mehr, wie ich an diesem Tag die Klinik verlassen habe. Ich kann mich an den Heimweg nicht mehr erinnern. In meinem Kopf dröhnte eine Trommel: „Nie mehr ... nie mehr ... nie mehr ..."

Am Frankfurter Hauptbahnhof wurde ich von zwei Männern angesprochen, aber ich hörte nicht auf das, was sie sagten. Ich ging einfach mitten zwischen ihnen hindurch wie jemand, der mit offenen Augen träumt. Und dann marschierte ich immer weiter, immer weiter. An einer Ampel wollte ich die Straße überqueren, ohne auf das Licht zu achten. Eine Frau hielt mich am Ärmel fest und rief: „Halt!" Ich riss mich los und tat einen Schritt, aber die Autos hupten laut, das weckte mich halbwegs auf.

Ich sah mich um und erkannte keinen Straßennamen. War ich etwa, ohne es zu merken, in eine fremde Stadt gewandert? Es war längst dunkel geworden, ich fror in meiner dünnen Jacke.

An der Ecke sah ich ein Café und ging hinein, bestellte mir einen Tee, doch er war fade und lauwarm; ich konnte nicht einmal meine Hände an der Tasse wärmen. Ich ließ ihn stehen und wollte zahlen. Die Kellnerin schaute an mir vorbei; erst als ich ihr aus Versehen eine Mark Trinkgeld gab, verzog sie die Lippen zu einem Viertellächeln. Da nahm ich meinen Mut zusammen.

„Bitte, können Sie mir helfen? Ich habe mich verlaufen. Ich suche den Pfefferweg, aber ich weiß nicht mehr, wie ich dort hinkomme."

Sie kratzte sich mit dem Bleistift am Kopf, dann ging sie zur Theke und sprach mit dem Wirt. Der schaute argwöhnisch herüber und tuschelte mit ihr. Schließlich holte er das Telefon und wählte eine Nummer an. Die Kellnerin brachte mir einen frischen Tee, diesmal heiß, und meinte: „Auf Kosten des Hauses. Wärmen Sie sich richtig damit auf."

Ich dankte ihr und dachte: *Wie nett die Leute doch sind, wenn man ihnen etwas Geld gibt.*

Ich achtete nicht auf die beiden Polizeibeamten, die das Lokal betraten, sondern rührte weiter in meinem Tee. Immer noch hämmerte es in meinem Kopf: „Nie mehr . . . nie mehr . . ." Ich schaute erst auf, als sich einer der Polizisten vor mir aufbaute und sagte: „Na, Puppe? Heute Abend noch keinen Freier? Oder brauchst du nicht mehr anschaffen, weil du genügend Klunker gehamstert hast?"

Ich muss ihn wohl ziemlich verwirrt angeschaut haben; er versuchte es mit Englisch. Sein Kollege kam dazu und fasste mich am Arm. Ich versuchte mich loszumachen, weil ich es nun mal nicht mag, wenn mich fremde Männer berühren.

„Achtung, sie haut ab!", schrie der ältere von beiden.

„Lassen Sie mich los", sagte ich. „Bitte!"

Sie zogen ihre Hände zurück und sagten: „Ach, du sprichst Deutsch."

„Jawohl", sagte ich.

„Das stand nicht in der Fahndung", murmelte der jüngere Polizist. „Zeig mal deinen Ausweis her."

Ich suchte in meiner Jeanstasche nach, da war kein Ausweis, auch nicht in meiner dünnen Jacke.

„Es tut mir Leid, ich habe ihn nicht dabei", sagte ich.

Der Ältere zog die Augenbrauen hoch. „Nicht dabei? Vielleicht haben wir gar keinen, was? Vielleicht auch keine Aufenthaltsgenehmigung? Vielleicht sind wir schwarz in Frankfurt und gehen für den schönen Ludewig anschaffen? Und Juwelen klauen?"

„Ich kenne diesen Herrn nicht, für den Sie anschaffen, und dass Sie Juwelen stehlen, finde ich grundschlecht. Außerdem weiß ich nicht, wieso Sie sich für Schwarze halten, Sie sind doch beide blond?", wunderte ich mich.

„Mach keine blöden Witze, Puppe, sonst setzt es was!", drohte der Jüngere.

„Ich möchte Sie auf keinen Fall zum Zorn reizen. Ich heiße Jati Schirmer. Mein Mann ist Arzt –"

„Und ich bin der Bürgermeister von Frankfurt!", polterte der Ältere. „Wo hat er denn seine Praxis, der Herr Gemahl, hm? Seine Telefonnummer, aber dalli!"

„Mein Mann liegt zur Zeit in der Tropenklinik in Heidelberg", sagte ich. „Auf der Station 3. Sie können gern dort anrufen und sich erkundigen."

„Dämliche Ausrede. Was Gescheiteres fällt dir wohl nicht ein. Aber jetzt ist Schluss mit dem Geschwafel. Du kommst mit."

„Aber warum? Ich habe nichts getan!", rief ich.

„Das sagen alle", meinte der Ältere. „Wenn du nicht sofort aufstehst, werde ich ungemütlich."

Ich wandte mich an die Leute vom Nebentisch. „Bitte helfen Sie mir!" Die ganze Zeit über hatten sie mit offenem Mund zugehört und mich angestarrt. Jetzt auf einmal war die Maserung im Holztisch anscheinend hochinteressant. Die Polizisten winkten energisch und ich stand auf und ging langsam zur Tür.

Im Vorbeigehen frage ich die Kellnerin: „Warum haben Sie das getan?", aber sie wich meinem Blick aus.

Verdacht

Auf der Polizeiwache ging es zu wie in einem Ameisenhaufen, in den man mit dem Stock hineingestochen hat. Leute kamen und gingen, Telefone schrillten, Beamte hämmerten auf ihre Schreibmaschinen ein. Ein Betrunkener taumelte an mir vorüber und leerte seinen Mageninhalt über meine Schuhe. Ich konnte nicht ausweichen, weil der Gang zu eng war und ich zwischen den Polizisten eingeklemmt war.

Schließlich brachten sie mich in ein kleines Zimmer. Ich musste mich auf einen Stuhl setzen und in eine helle Lampe schauen.

„Puh, Sie stinken vielleicht . . .“, stöhnte ein Beamter, der seine Uniformjacke ausgezogen hatte und heftig schwitzte. „Aber das ist ja bei euch allen so. Wozu gibt es eigentlich Wasser? Hm?“

Was sollte man darauf antworten?

„Also gut. Schauen wir mal . . .“ Er schaute auf ein Blatt Papier und dann mir ins Gesicht. „Aha. Eindeutig. Kein Zweifel. Geben Sie die Tat zu?“, fragte er. Es klang beinahe höflich.

„Ich weiß nicht, was Sie meinen“, sagte ich. „Mein Name ist Jati Schirmer. Ich habe meinen Mann in der Tropenklinik in Heidelberg besucht. Auf dem Heimweg habe ich mich verlaufen, weil ich in Gedanken versunken war. Sonst wäre ich schon längst zu Hause bei meinen Schwiegereltern und meinem kleinen Sohn.“

„Hmm . . .“, machte der Beamte und schob seinen Stuhl zurück. „Warum wollen Sie uns eigentlich anlügen? Das bringt doch nichts. Wir wissen längst Bescheid. Sie brauchen doch nur ein Geständnis abzulegen, und wir lassen Sie in Ruhe.“

„Was für ein Geständnis? Ich habe nichts zu gestehen.“

„Sind Sie ganz sicher? Denken Sie noch einmal in Ruhe darüber nach“, drängte er.

Ich schüttelte den Kopf.

„Wir haben Sie doch gesehen! Sie sind auf dem Videofilm deutlich zu erkennen. Hören Sie auf mit dem Theater."

Ich knetete meine Fingerknöchel. Der Beamte sah es und lächelte böse. „Ganz schön nervös, nicht wahr? Wie lange wollen Sie denn noch die Unschuldige markieren?"

„Ich weiß immer noch nicht, wovon Sie reden. Ich sagte Ihnen schon, dass ich in Gedanken war und dabei die Orientierung verloren habe. Ich wohne noch nicht so lange in Frankfurt. Da kann das schon einmal passieren. Aber es ist doch kein Verbrechen, in ein Café zu gehen und einen Tee zu trinken, oder?"

„Das Teetrinken nimmt Ihnen auch keiner übel. Aber was haben Sie davor gemacht? Im Kaufhof? Und in welchem Schließfach haben Sie die Beute verstaut?"

„Ich war in keinem Kaufhof, ich habe auch kein Schließfach und weiß von keiner Beute. Das Einzige, woran ich mich erinnere, ist ein Fußgängerüberweg und eine rote Ampel. Und ich wäre beinahe bei Rot über die Straße gegangen. Eine Frau hat mich noch festgehalten, und ein Auto hat gehupt und –"

„Sehen Sie, jetzt erinnern Sie sich!", triumphierte er. „Da haben wir es. Soll ich Ihrem Gedächtnis noch ein wenig nachhelfen?"

Er drehte den Lampenschirm, sodass mich das Licht blendete.

„Bitte, darf ich telefonieren?", sagte ich.

„Wen wollen wir denn anrufen, hm? Vielleicht den schönen Ludewig?"

„Ich kenne keinen Ludewig, das habe ich vorhin schon gesagt. Ich möchte meinen Schwiegervater anrufen, damit er mich hier abholt. Dr. Schirmer."

Er nahm den Hörer von der Gabel und sah mich fragend an. Ich diktierte ihm die Nummer. Er lauschte eine Weile in den Hörer und sagte dann: „Tut mir Leid, Kleine, da ist nur der Anrufbeantworter dran." Er duzte mich jetzt, ein schlechtes Zeichen!

„Ich möchte trotzdem etwas sagen!“, beharrte ich, aber er hatte schon aufgelegt. Ich sprang auf und stampfte mit dem Fuß. „Ich habe das Recht, einen Anwalt anzurufen!“, sagte ich mit aller Energie, die ich aufbringen konnte.

Er schaute auf die Uhr. „Um die Zeit wirst du keinen mehr erwischen. Aber ich habe deine Mätzchen satt. Wenn du den Schlüssel nicht freiwillig rausrückst, muss ich ihn mir leider holen.“

„Das dürfen Sie nicht!“, schrie ich. „Ich möchte sofort eine weibliche Beamte hier haben!“

Er hob die Hände. „Ja, natürlich. Es war ja nicht böse gemeint. Nur nicht so empfindlich . . .“

Wieder wählte er eine Nummer. „Brigitte soll herkommen. . . . Und Sina . . . Nein, keine Ärztin . . . eine Leibesvisitation . . . geht in Ordnung.“

„Du hast eine letzte Chance“, sagte er. „Wenn sie den Schüssel bei dir finden, bist du dran. Gibst du ihn freiwillig her, dann hast du bessere Karten.“

„Ich trage nur meinen Hausschlüssel bei mir“, sagte ich.

„Na bitte, das ist doch schon mal ein Anfang“, sagte er und streckte die Hand aus. Ich gab ihm den Schlüssel – was blieb mir anderes übrig?

Ein paar Minuten später kamen zwei Polizistinnen ins Büro. Eine davon hatte oliv-farbene Haut und schwarze Augen. „Ich heiße Sina“, sagte sie und streckte mir die Hand entgegen.

Ich nahm sie und schüttelte sie. „Ich bin Jati Schirmer“, sagte ich.

„Woher kommst du?“

Bei ihr störte mich das „du“ überhaupt nicht, vielleicht witterte ich in ihr eine Kameradin?

„Ich bin auf Java geboren. In einem Dorf der Badui“, sagte ich.

„Ach? Davon habe ich schon gelesen“, sagte Sina. „Ich bin in Berlin-Kreuzberg geboren, aber meine Eltern stammen aus Istanbul.“

Ich nickte. „Die größte Stadt der Türkei."

„Und Kreuzberg ist beinahe die zweitgrößte", lachte Sina.

„Merkt man dir aber nicht an, dass deine Eltern aus der Türkei stammen, du sprichst richtiges Deutsch."

„Du aber auch. Wie kommt das?"

Ich zuckte die Achseln. „Mein Mann hat es mir beigebracht. Sprachen interessieren mich. Ich bin Dolmetscherin."

„Welche Sprachen?"

„Indonesisch-Englisch und verschiedene Dialekte, die es in meinem Land gibt."

Sie nickte. „Und wie bist du da reingeraten?"

„Was meinst du mit ‚reingeraten'"?

„Na ja, den Schlamassel im Kaufhof. Die haben ja alles auf Video", behauptete sie.

„Was habt ihr dauernd mit eurem Video? Ich war heute gar nicht im Kaufhof. Ich war in Heidelberg, habe meinen Mann in der Klinik besucht, und auf dem Heimweg habe ich mich verlaufen. Ich setzte mich in ein Café, da kam die Polizei."

„Und dein Ausweis?"

Ich zog die Unterlippe ein. „Der hängt zu Hause. In der anderen Jacke."

„Und wo ist ‚zu Hause'?", bohrte Sina.

„Das habe ich eurem Kollegen schon gesagt. Im Pfefferweg Nr. 79. Bei Schirmer. Das sind meine Schwiegereltern."

„Die rein zufällig nicht zu erreichen sind . . .", murmelte der schwitzende Beamte.

Sina warf ihm einen scharfen Blick zu. „Das beweist noch gar nichts. Niemand ist dauernd zu Hause!" Sie wandte sich wieder zu mir. „Wir können es ja später noch einmal mit dem Anruf probieren."

„Ja bitte! Ich würde auch gerne etwas auf den Anrufbeantworter sprechen."

„Warum nicht?" Sina ging zum Schreibtisch und nahm den Hörer ab. Der Beamte rollte seinen Stuhl ans andere Ende des Zimmers und sah verdrießlich aus.

„Kannst du mir sagen, welcher Text auf den Anrufbeantworter gesprochen ist?“, fragte sie.

„Natürlich. Der Anrufbeantworter wurde von meinem Schwiegerpapa besprochen. Er sagt: Hier bei Familie Schirmer. Im Augenblick kann keiner Ihren Anruf entgegennehmen. Bitte versuchen Sie es später noch einmal oder hinterlassen Sie nach dem Piepton eine Nachricht.“

Der Beamte zuckte die Achseln. „Das beweist noch gar nichts. Das kann sie schon irgendwann einmal abgehört haben. Sie braucht schließlich ein Alibi.“

Sina warf ihm einen verächtlichen Blick zu. „Die Frau, die wir suchen, spricht kein Deutsch oder nur sehr wenig. Sie wird nicht ausgerechnet den Ansagetext von Dr. Schirmer und seine Adresse auswendig gelernt haben.“

Der Beamte wuchtete sich aus dem Sessel hoch. „Was willst du damit sagen?“

„Hey, reg dich nicht auf“, mischte sich die zweite Polizistin ein. „Wir möchten dich nur vor einem peinlichen Lapsus bewahren. Du bist diese Woche schon zwei Mal ins Fettnäpfchen getreten.“

„Also, jetzt die Nummer!“, kommandierte Sina.

„Ist im Speicher“, brummte der Beamte.

„Ich habe das Mädchen gefragt“, beharrte Sina.

Ich diktierte ihr die Nummer und sie wählte und horchte, dann schüttelte sie den Kopf. „Kein Anschluss unter dieser Nummer. Da, hör selbst!“

Mir wurde heiß. „Ich glaube, ich habe die Zahlen verwechselt. Bitte . . .“

Sina legte langsam den Hörer zurück und kam um den Schreibtisch herum. Jetzt schoss mir das Wasser in die Augen. „Bitte, Sina . . .“, flüsterte ich.

Sie zögerte, dann ging sie zurück zum Telefon. *Himmelsgott, hilf mir!*, flehte ich stumm. Ich atmete ein paar Mal tief ein, bis ich ruhig geworden war. Dann sagte ich die Zahlen noch einmal und dieses Mal war es richtig. Sina nickte, während sie den Text des Anrufbeantworters hörte, und sagte nach dem Signalton: Herr Schirmer, bitte rufen Sie das Polizeirevier 2 an. Es geht um Ihre Schwiegertochter Jati. Das heißt, falls Sie eine haben . . ." Sie gab die Telefonnummer an und legte auf.

„Nun warten wir einfach ab . . ."

„Vielleicht könnte ich mir inzwischen dieses Videoband einmal anschauen", sagte ich.

„Warum nicht?", meinte Brigitte. „Gehen wir rüber in den Videoraum."

„Und was ist mit der Leibesvisitation?", wollte der Beamte wissen.

„Die läuft uns nicht weg", meinte Sina.

„Und wenn sie den Schlüssel irgendwo versteckt?"

Brigitte seufzte. „Mensch, Heini, du liest zu viele Krimis. Wo soll sie ihn denn verstecken? Wir haben sie doch unter Kontrolle! Außerdem ist noch gar nicht sicher, ob sie die Frau ist, die wir suchen."

&

Der Videoraum war düster und roch nach vielen Menschen, die sich nicht gewaschen haben. Ich ließ mich auf einen Stuhl sinken, während Sina das Band aus einer Schublade nahm und in den Rekorder steckte. Zuerst konnte ich kaum etwas erkennen. Die Kamera zeigte einen Verkaufsstand für Schmuck, der von einigen Kunden umlagert wurde. Eine junge Frau sprach mit dem Verkäufer. Als er ihr den Rücken zudrehte, griff sie über den Tisch in die Lade und zerrte eine Hand voll Ketten heraus, steckte sie blitzschnell in ihre Jackentasche und verschwand im Gewühl der Leute.

„Was – das soll ich sein?", rief ich.

Sina spulte die Stelle noch einmal zurück und ließ sie über einen Computer laufen. Hier konnte sie jedes Detail anhalten und vergrößern. Sie betrachtete das Gesicht auf dem Video und verglich es mit meinem. Tatsächlich war mir die Diebin ähnlich. Sie hatte schwarzes Haar wie ich, trug auch eine dunkelblaue Jacke über hellen Jeans. Sogar die Größe stimmte.

„Weißt du jetzt, warum dich die Polizisten mitgenommen haben?", fragte Sina.

„Ja", sagte ich. „Aber ich war es nicht."

Brigitte sagte: „Kannst du das beweisen?"

Ich zog meinen Fahrschein aus der Jackentasche. „Wann ist der Schmuck geraubt worden?"

Sina vergrößerte die Zeitmarke auf dem Bild. „Um 16.40 ungefähr."

„Um diese Zeit saß ich im Zug. Hier ist der Stempel."

„Na gut. Den könnte dir jemand anders zugesteckt haben. Einer, der dir ein Alibi besorgt hat."

„Und wer soll das gewesen sein?"

„Keine Ahnung. Als du den Schmuck ins Schließfach gepackt hast, hat dir einer den Fahrschein gegeben. So stellen sich das unsere Kollegen vor."

„Aber es stimmt nicht."

„Wir können dich morgen mit dem Schmuckverkäufer vom Kaufhof zusammenbringen. Der wird sich erinnern."

„Also muss ich heute Nacht hier bleiben? Eingesperrt im Gefängnis?" Der Hals wurde mir eng.

Sina legte mir die Hand auf den Arm. „Keine Sorge, du bekommst eine warme Decke und ein Kissen. Wir geben dir eine saubere Zelle. Dafür sorge ich schon."

Ich schlug die Hände vors Gesicht. *David. Jonathan. Sie sind auf meine Hilfe, auf meine Liebe angewiesen. Und jetzt bin ich selber hilflos . . . Bin ich ganz und gar verlassen?*

Brigitte führte mich in einen anderen Raum. „Vielleicht sollten wir die Leibesvisitation jetzt machen. Zieh dich erst mal aus. Dann legst du dich auf diesen Tisch . . ."

„Ich soll mich hier vor euch ausziehen? Alle Kleider?"

Sina nickte. „Das ist doch nicht so schlimm. Oder hast du etwas zu verbergen?"

„Nein. Aber es ist mir trotzdem peinlich."

„Wieso denn das?", machte Brigitte, aber Sina sagte: „Das kann ich schon verstehen. Leider muss es sein . . ."

Aber dann musste es doch nicht sein, denn es klopfte an

der Tür, und ein anderer, fremder Beamter sagte: „Ist hier eine Jati Schirmer drin?“

Ich zog meine Jacke wieder an und ging zur Tür. „Jawohl. So heiße ich.“

„Ihre Schwiegereltern sind da mit Ihrem Ausweis. Ich möchte Sie im Namen unserer Dienststelle um Entschuldigung bitten. Wir haben Sie leider verwechselt, Frau Schirmer. Das kommt ab und zu vor. Wenn Sie eine Entschädigung wünschen, dann sind wir selbstverständlich dazu bereit. Ihr Anwalt kann sich mit uns in Verbindung setzen.“

„Ich hätte gern meinen Hausschlüssel zurück“, sagte ich.

Sina grinste und sagte: „Den holen wir uns.“

Sie ging vor mir her bis zu dem Büro mit der hellen Lampe. Der Beamte tippte gerade etwas am Computer. Ich räusperte mich und als er aufblickte, sagte ich nur: „Schlüssel . . .“

Er wurde rot und öffnete eine Lade. Der Schlüssel steckte in einer durchsichtigen Tüte und trug ein Etikett. Er riss es auf und holte widerwillig den Schüssel heraus, drehte ihn hin und her und zuckte die Achseln. „Ist sowieso kein Schließfachschlüssel“, murmelte er.

Kapitulation

Die Großeltern konnten sich lange nicht beruhigen, als ich ihnen auf der Heimfahrt von meinem Abenteuer erzählte.

„Das darf nicht noch einmal geschehen!", sagte Davids Vater. „Du musst immer deinen Ausweis bei dir tragen."

„David hat mir das schon einmal gesagt, aber ich wollte es nicht glauben. Ich konnte mir nicht vorstellen, dass bei euch ein Mensch weniger gilt als ein Stück Papier."

„Jati, ein Ausweis ist mehr als ein Stück Papier. Es ist ein offizielles Dokument, verstehst du? Es macht dich glaubwürdig!"

„Mach ihr nicht auch noch Vorwürfe", schimpfte Davids Mutter. „Sie hat schon genug ausgestanden! Beinahe wäre sie eingesperrt worden! Stell dir das mal vor! Wenn das dir passiert wäre!"

„Mir wäre so etwas nicht passiert", sagte er, „weil ich Referenzen habe. Die Leute kennen mich. Deshalb müssen wir dafür sorgen, dass Jati in unseren Bekanntenkreis eingeführt wird. Deine Kulturschnepfen sind nicht genug."

„Ich bitte dich! Nichts gegen meinen Literaturkreis!"

„Ja ja, ich hab es ja nicht so gemeint. Sie sind ganz nett, außer vielleicht der Frau Wagenschmidt-Oberdreher, die kann ich nicht ausstehen."

„Dabei findet sie dich ganz bezaubernd, ich kann gar nicht verstehen, was du immer hast."

„Ist schon gut, ist schon gut", sagte er. „Ich wollte damit sagen, dass wir unbedingt die Verwandtschaft mit Jati bekannt machen müssen. Kannst du vielleicht nächste Woche eine Feier organisieren?"

„Das wollte ich ja schon lange, aber du hast gemeint, wir sollten erst mal abwarten, bis es David besser geht. Ach, übrigens, du hast uns heute noch gar nichts über seinen Zustand gesagt, Jati!"

Ich sagte ihnen, was mich so schockiert hatte – David

konnte nie mehr in Indonesien leben. Doch diese Schreckensnachricht war für sie gute Botschaft.

„Das hat doch auch etwas Gutes", sagte Mutter. „Dann bleibt ihr immer hier und ich kann mein Enkelkind genießen."

Auch der Vater spürte nicht, wie sehr mich die Aussicht bedrückte, für immer in diesem grauen Land gefangen zu sein. „David hat hier ganz andere Berufschancen", sagte er. „Du wirst schon sehen, sobald er gesund ist, bekommt er eine gute Stelle. Ich habe schon dafür gesorgt. Dort warten sie auf ihn. Er wird doppelt so viel verdienen wie ein normaler Arzt."

Als ob das wichtig wäre . . .

„Und Jonathan hat hier auch viel bessere Möglichkeiten", schwärmte die Großmama. „In unserem Viertel hat ein ganz moderner Kindergarten aufgemacht. Sie betreuen die Kinder nach Montessori."

Sie betonte es, als wäre das so etwas Ähnliches wie ein Jadestein oder ein Amethyst. Leider konnte es mich nicht trösten.

&

Jonathan schlief schon, als ich in sein Zimmer trat. Er hatte die Hand unter die Wange gelegt, sein Mund stand halb offen, ein Fuß schaute unter der Decke hervor. Eine Locke hing ihm in die Stirn. Ich schob sie behutsam zur Seite, da lächelte er im Traum und murmelte: „Jamila . . ."

In der Nacht überkam mich mein ganzes Elend. Ich weinte, bis ich keine Tränen mehr hatte. Als ich kaum noch Luft bekam, weil mein Hals zugeschwollen war vom Schluchzen, stand ich auf und ging hinüber ins Badezimmer. Ich machte Licht und betrachtete mein Spiegelbild.

Wer bist du? Eine Frau, die sich entschieden hat für einen Fremden . . . Du wolltest David, und damit hast du auch sein Land gewählt. Er hat auf seine Heimat verzichtet. Er hat alles aufgegeben, was ihm teuer war – seine Wohnung, seinen Beruf, seine Eltern, seine Freunde. Bist du bereit, für eure Liebe ein Opfer zu bringen?

Mein Herz zitterte bei dieser Frage.

Liebst du David mehr als das blaue Haus mit den geschnitzten Möbeln, mehr als den Brunnen im Innenhof, mehr als den heißen Wind, der schwer vom Duft der Verheißung aus dem Obstgarten herüberweht? Liebst du ihn mehr als die hohen Bäume mit den Wipfeln, die im Wind tanzen und sich dem Mittagsregen beugen, mehr als die Lilienblüten und die blauen Orchideen, leuchtend im Morgentau?

Ja doch, ich liebe ihn! Aber muss ich deshalb alles andere aufgeben?

Bist du bereit, auf die vertrauten Laute deiner Kindheit zu verzichten? Auf das Nasi Goreng, wie es Jamila bereitet, auf die frische Papaya, in der Sonne gereift, auf die Ananas, die Kokosmilch, weil du nun mal nicht alles haben kannst – ihn und deine Heimat?

Ich kann ohne diese Dinge leben, aber ohne David? Kann ich ohne David weiterleben?

Jati, bist du bereit, eine Fremde zu sein in dem Land, an dem David hängt? Dem einzigen Land, in dem er gesund werden, ja leben kann?

O ja. Tausendmal ja.

Und nimmst du in Kauf, von seinen Landsleuten verachtet zu werden, riskierst du, draußen zu stehen im Dunkeln, während sie drinnen Feste feiern – so wie er in deinem Land auch nie völlig angenommen, nie ganz zu Hause war?

Ich fragte mich das alles und fand lange keine Antwort, weil ich spürte, dass meine Liebe zu David stark war – und doch zogen mich feine Seidenfäden zurück in das Land, das ich zurückgelassen hatte, weit hinter dem Himmelsrand. Ich hatte keine Kraft, diese Fäden zu zerreißen, obwohl ich es wollte. Ich hatte keinen Mut, die Vergangenheit einfach abzuschneiden, denn die Zukunft kannte ich noch nicht – und die Gegenwart gefiel mir nicht.

Aber vielleicht gefiel sie mir deshalb nicht, weil ich mich gegen sie wehrte? Weil ich mir mein Leben so ganz anders vorgestellt, so ganz anders gewünscht hatte?

Ich fiel auf die Knie und flehte: „Vater im Himmel. Du bist der einzige Vater, der mir geblieben ist, denn meine Eltern haben mich schon lange verlassen und auch mein Mann ist mir keine Stütze und mein Sohn ist noch zu klein . . . was soll ich tun? Wie kann ich meine Seele halten, dass sie nicht nach Hause drängt? Und wo bin ich denn zu Hause? Kann ich in einem Land glücklich sein, wo sich die Sonne meist hinter Nebelschwaden verkriecht und keinen Mut hat, die Wolken beiseite zu schieben? Kann ich es ertragen, dass die Kälte in meine Finger beißt und der Wind an meinen Haaren zerrt? Werde ich es aushalten, wenn man mich nur die ‚Schwiegertochter' nennt, die ‚Ehefrau', die ‚Mutter' – und keiner mich selber sehen will, mich, Jati?

Und werde ich nicht daran zerbrechen, dass mein Sohn von seinen Kameraden weggestoßen wird, weil er anders ist als sie?"

Ich hörte keine Antwort.

„VATER! Meine Wurzeln hängen haltlos in der Luft, mein Stamm schwankt im Wind, beim nächsten Stoß wird er stürzen und alles um sich her zu Boden reißen! So hilf mir doch!"

Lange lag ich dort, den Kopf zwischen meinen Knien, bis meine Beine taub geworden waren und die Hände kalt von den Fliesen. Von drüben tickte leise ein Wecker. Auf einmal spürte ich mit jedem Tick und jedem Tack ein Körnchen Ruhe auf mich niederrieseln, als wäre ich das untere Glas einer Sanduhr, und eine leise Stimme sang: „Du kannst es tragen, Jati, aber lass los, lass los. Es ist nicht zu schwer, wenn du dein Lebensboot an *meinem* Thron verankerst. Bei mir bist du sicher, bei mir bist du zu Hause."

Und da fand ich Frieden.

Kontakte

Ich hatte in den ersten Wochen in Deutschland keinen Kontakt zu meiner Gemeinde gesucht. Ich war böse auf Gott und wollte nichts mit seiner Familie zu tun haben. Aber auf Dauer kann man das nicht durchhalten. Ich spürte schon bald, dass mir der Gottesdienst fehlte. Dabei waren Davids Eltern nicht ungläubig, sie beteten vor dem Essen und gingen ab und an zur Kirche. Doch das war mir nicht genug. Ich hatte es anders erlebt – die Freunde in meiner Gemeinde waren mir ein Ersatz für die verlorene Familie geworden. Damals war für mich selbstverständlich gewesen, dass sie für mich da waren wie ich für alle anderen, die es nötig hatten. Darüber wurde nicht geredet, es war einfach so, und keiner dachte darüber nach.

Diese Stütze fehlte mir allmählich; ich fühlte mich wie ein Taucher, dem die Luft knapp wird.

„Mutter, ich möchte heute gerne in die Stadt gehen und einen Besuch machen. Kann ich Jonathan bei dir lassen?", fragte ich.

„Aber gern", sagte sie und gab mir einen Kuss. Damals verging kein Tag ohne eine zärtliche Geste, eine herzhafte Umarmung. Das hatte ich in meiner Kindheit nicht erlebt, aber es gefiel mir. Und es gefiel auch Jonathan, der unter ihrer sanften Hand aufblühte wie eine Malvenblüte im Mittagssonnenschein. Hier bei den Großeltern war er der Prinz und musste keinen Cousin bedienen und dessen Launen ertragen. Vielleicht hatte er mehr unter Muncak gelitten, als ich es wahrgenommen hatte.

„Soll ich etwas für dich besorgen, wenn ich schon in der Innenstadt bin?"

„Nein, meine Liebe, ich habe alles, was ich brauche. Geh du ganz unbelastet bummeln. Hast du genügend Geld zum Einkaufen?", fragte sie.

„Ich möchte gar nicht einkaufen, ich möchte nur einen Pastor besuchen, der mir damals geholfen hat."

„Pastor Fischer“, nickte sie, denn sie kannte die Geschichte.

„Ja. Ich habe mich noch gar nicht bei ihm bedankt. Außerdem suche ich eine Gemeinde.“

„Du kannst doch mit uns in die Kirche gehen“, sagte sie. „Da hast du keinen weiten Weg.“

„Ja, aber es ist nicht ganz dasselbe, weißt du . . .“

„Wie du meinst“, lächelte sie. „Nimm dir Zeit. Ich gehe mit Jonathan in den Zoo.“

Als ich vor dem gelben Haus stand, verließ mich beinahe der Mut. Warum hatte ich nicht schon längst geschrieben, angerufen, mich gemeldet? Der Pastor würde denken: „So eine undankbare Person! Solange es ihr gut geht, braucht sie keine Gemeinde, aber wenn sie in Not gerät, dann kommt sie angelaufen.“ Und er hatte ja so Recht!

Ich weiß nicht, was mich trotzdem dazu brachte, einen Fuß vor den anderen zu setzen und die Stufen hinaufzusteigen. Jedenfalls klingelte ich und versuchte, mein jagendes Herz zu beruhigen.

„Ich möchte gern zu Pastor Fischer“, sagte ich zaghaft zu der älteren Frau, die mir die Türe öffnete. Und ich fürchtete mich vor der Antwort: „Er hat jetzt keine Zeit“, oder „Was wollen Sie von ihm?“ oder „Der ist schon lange nicht mehr hier.“ Dann hätte ich mich umgedreht und wäre fortgegangen ohne eine weitere Frage.

Aber die Frau lächelte und winkte mich herein. „Er hat im Augenblick noch einen Besucher, aber wenn Sie sich inzwischen zu mir ins Büro setzen möchten? Es wird sicher nicht lange dauern.“

Sie führte mich zu einer Sitzecke und brachte zwei Gläser und eine Flasche Mineralwasser.

„Die Luft ist hier drin so trocken“, erklärte sie. „Da bekommt man immer Durst. Geht es Ihnen auch so?“

Ich nickte und griff nach dem Glas, das sie mir eingeschenkt hatte. Sie plauderte über dies und das, und ich antwortete einsilbig mit Ja oder Nein und hasste mich dafür, denn sie meinte es gut und wollte mich nicht so schweigend dasitzen lassen.

Nach einer Weile sprang die Tür auf, ein junger Mann kam heraus und verabschiedete sich mit einem Winken.

„Hier ist Besuch für dich“, sagte die Dame, die mir immer noch Gesellschaft leistete, obwohl sich auf ihrem Schreibtisch ein Gebirge von Schriftstücken türmte.

Pastor Fischer sah mich fragend an, überlegte kurz, dann lachte er über das ganze Gesicht. „Jati, die Prinzessin der Badui!“, rief er.

&

„Wie kommt es, dass Sie sich an mich erinnern?“, wollte ich wissen, nachdem ich mich von meiner Überraschung erholt hatte.

„Du kannst mich ruhig mit Du anreden, wir gehören ja zu einer Familie“, sagte er. „Ich habe mir deinen Namen gemerkt, weil deine Geschichte so ungewöhnlich ist. Außerdem habe ich Post bekommen von meinem Kollegen, der in deiner Stadt Gemeindepastor ist.“

„Du kennst ihn?“

„Nicht persönlich, aber wir haben uns ein paar Mal geschrieben. Er hat mir berichtet, dass er dich taufen durfte und einige Zeit später mit David Schirmer getraut hat. Von ihm weiß ich auch, dass du jetzt in Frankfurt wohnst bei deinen Schwiegereltern. Ich habe sogar deine Adresse – schau, hier steht sie.“

Er öffnete eine Mappe und zeigte auf ein Stück Papier. „Ich hatte vor, dich heute Nachmittag anzurufen, weil ich dich besuchen wollte. Dich und deine Familie. Nun bist du mir zuvor gekommen.“

„Aber warum?“, stammelte ich. „Warum kümmert ihr euch um mich?“

„Das weißt du doch, Jati. Wir gehören alle zusammen. Unsere Gemeindefamilie umspannt die ganze Welt. Ob Indonesien oder Deutschland, das spielt keine Rolle.“

Mir kamen die Tränen. „Und ich war so böse auf Gott, dass ich gar nicht mehr zur Gemeinde gehen wollte", flüsterte ich.

Er reichte mir ein Papiertaschentuch. „Möchtest du mir sagen, was dich bedrückt, Jati? Wir können es gemeinsam vor Gott bringen. Vielleicht können wir auch irgendwie helfen. Bist du in Geldnot? Brauchst du eine andere Wohnung? Oder Hilfe bei der Jobsuche? Ich habe gehört, dass dein Mann schwer krank ist."

„Ich bin mit allem versorgt, was ich brauche", sagte ich. „Davids Eltern sind so gut zu mir! Sie haben mich aufgenommen wie ihre eigene Tochter. Mir fehlt nichts. Aber ich mache mir Sorgen um David. Er liegt schon seit über einem Monat in der Klinik, und das Fieber will einfach nicht verschwinden. Es kommt immer wieder und er ist schon ganz schwach und kann kaum noch laufen."

„Das liegt an der langen Bettruhe. Sobald er wieder aufsteht und sich bewegt, kommt die Kraft zurück."

„Meinst du wirklich?"

„Ja. Darum musst du dir keine Sorgen machen. Aber wie wäre es, wenn ich deinen Mann in Heidelberg besuche? Ich könnte den Gemeindeleiter mitnehmen, damit David spürt, dass eine Gemeinde für ihn betet."

„Das . . . das wäre wunderbar!"

„Gut. Die Adresse von der Klinik habe ich mir schon besorgt. Ich werde übermorgen dort hinfahren und mit deinem Mann sprechen. Was kann ich sonst noch für dich tun?"

Ich zog die Unterlippe ein. Konnte ich ihn wegen Fu und Liang fragen? Oder war das – unverschämt?

„Du hast noch etwas auf dem Herzen, das sehe ich dir an", lächelte Pastor Fischer. „Heraus damit, Jati."

„Ja, also . . .", begann ich. „Im gleichen Zimmer wie David liegt ein Herr aus Indonesien, der Chinese ist und mit einer deutschen Frau verheiratet war."

„Ein Augenblick. Er ist Chinese, stammt aber aus Indonesien und wohnt in Deutschland, richtig?"

„Ja, er heißt Herr Li und hat zwei Söhne. Seine Frau hat

ihn verlassen und die Kinder in ein Heim gesteckt. Sie möchten ihren Vater so gerne einmal besuchen, aber sie dürfen ohne Begleitung nicht nach Heidelberg fahren."

„Gut. Dann werden wir das miteinander verbinden. Ich hole dich übermorgen ab, wir fahren ins Kinderheim und dann alle gemeinsam nach Heidelberg. Vielleicht kannst du inzwischen schon mal mit der Heimleitung telefonieren, damit wir uns nicht lange mit Formalitäten aufhalten müssen."

„Ich weiß gar nicht, wie ich dir danken soll", sagte ich.

Wieder lächelte er. „Aber das ist doch selbstverständlich. Wir lassen unsere Schwester nicht im Stich! Hier ist übrigens eine Liste mit Telefonnummern von Leuten aus unserer Gemeinde, die in eurer Nähe wohnen und altersmäßig zu euch passen."

Ich schaute die Liste an. Zehn Namen, zehn Adressen. Und ich hatte mich allein gefühlt!

„Einige Namen haben ein Kreuzchen daneben stehen", sagte ich. „Was bedeutet das?"

„Das sind Familien, die andere zu sich einladen zu einer Gesprächsrunde. Ich weiß nicht genau, wann sie sich treffen und welches Thema sie behandeln, aber du kannst das selbst herausfinden."

Ich stand auf, weil ich ihm nicht noch mehr Zeit wegnehmen wollte. „Vielen Dank für alles. Ich freue mich schon auf übermorgen."

„Ja. Wir werden Gott bitten, dass er alles zum Guten wendet."

Im Vorzimmer schlug die ich Adresse des Kinderheims im Telefonbuch nach. Es war mit der U-Bahn gut zu erreichen. Ich rief bei der Heimleitung an und fragte, ob ich einen kurzen Besuch machen könnte. Eine halbe Stunde später stand ich vor dem Haus, einem düsteren Backsteinbau. Von hinten hörte ich Kinder rufen und lachen. Die Heimleiterin führte mich in ihr Büro. Ich zeigte meinen Ausweis und die Vollmacht von Herrn Li und erklärte, was ich vorhatte.

„Dagegen ist nichts einzuwenden", meinte sie. „Die beiden Jungs leiden sehr darunter, dass sie keinen Besuch kriegen. Die Mutter war noch nicht *ein* Mal hier, stellen Sie sich das vor!"

„Ich kann es nicht begreifen. Mein Sohn ist noch klein, gerade knapp 3 Jahre, aber ich könnte ihn unmöglich in ein Heim geben. Und wenn ich verhungern müsste!"

„Frau Li verdient nicht schlecht, sie könnte ihre Söhne bei sich behalten, aber sie will nicht. Sie lebt jetzt mit einem anderen Mann zusammen."

„Kann ich Fu und Liang einmal sehen?"

Die Heimleiterin schaute auf ihre Uhr. „Vielleicht sind sie schon von der Schule zurück, ich werde nachfragen." Sie wählte eine Telefonnummer am Hausapparat und ließ die Jungen ausrufen. Einige Minuten später klopfte es leise an der Tür.

„Herein mit euch", rief die Heimleiterin freundlich.

Zwei Jungen schoben sich durch den Spalt. Sie schauten zu Boden und hatten die Hände ineinander verkrampft.

„Hier ist eine Frau aus Indonesien."

Die Jungen blickten hoch und starrten mich an. Ich legte die Hände zur Begrüßung zusammen und sagte: „Selamat siang[1]!"

Liang lächelte und antwortete: „Selamat siang."

Aber Fu schaute störrisch auf den Boden und sagte: „Es ist schon nach Eins . . ."

„Tatsächlich, du hast Recht, Fu."

Jetzt blickte er auch auf und fragte: „Woher kennst du meinen Namen?"

„Ich kenne deinen Vater. Er liegt im gleichen Krankenzimmer wie mein Mann. Er hat von euch erzählt. Möchtet ihr ihn besuchen?"

Beide nickten. „Aber wir dürfen hier nicht alleine raus", murmelte Fu.

---

[1] Guten Tag (11–13 Uhr)

„Ich weiß. Deshalb möchte ich euch morgen Nachmittag abholen. Wir fahren mit dem Auto nach Heidelberg in die Klinik."

„O ja", seufzte Liang. „Ich habe Papa schon seit Monaten nicht mehr gesehen! Ist er sehr krank?"

„Er bekommt immer wieder Fieber, genau wie mein Mann. Aber es wird schon besser", sagte ich.

„Mama hat gesagt, der Papa hätte AIDS, weil er etwas ganz Schlimmes gemacht hat", flüsterte Fu.

„Das stimmt nicht. Euer Papa hat sich irgendwo mit einem Virus angesteckt, aber es ist nicht AIDS, und er kann auch nichts dafür. Er ist ein guter Mensch, euer Papa."

Liang seufzte erleichtert auf. „Ja. Das stimmt. Wir möchten so gerne wieder mit ihm zusammenwohnen."

„Sobald er wieder gesund ist, holt er euch hier raus", versprach ich. „Das hat er mir selbst gesagt."

Die Heimleiterin lächelte. „Also gut. Jetzt könnt ihr wieder auf euer Zimmer gehen."

„Oooch, jetzt schon?", quengelte Fu. „Wir möchten gerne noch länger mit der indonesischen Frau reden."

„Ich habe mich noch gar nicht vorgestellt", sagte ich schnell. „Ich heiße Jati Schirmer."

„Frau Holzkopf", grinste Fu über meinen Namen.

„Aber Fu!", tadelte Liang. „Du benimmst dich wieder mal daneben."

„Es macht nichts. Also, ich stamme aus einem Baduidorf und habe einen deutschen Arzt geheiratet. Jetzt lebe ich mit meinem Sohn bei den Großeltern."

„Wie alt ist Ihr Sohn?", wollte Liang wissen.

„Er wird nächsten Monat drei."

„Ach, noch so klein", sagte Fu und drehte sich weg. Für ihn war ich nicht mehr interessant. Aber Liang stellte noch viele Fragen. Wir gingen hinüber in den Tagesraum. Dort setzte sich Fu vor den Fernseher und schaltete mit der Fernbedienung von einem Kanal zum anderen. Ich merkte aber doch, dass er heimlich zuhörte, was ich mit Liang redete.

Als es draußen dämmerig wurde, stand ich auf. „Ihr müsst bestimmt noch Hausaufgaben machen. Und ich muss zu meinem Sohn. Er war heute im Zoo."

„Da würden wir auch gerne mal hingehen", sagte Liang sehnsüchtig. „Wir waren einmal mit Papa dort, aber das ist schon lange her."

„Stellt euch vor, ich war noch gar nie dort!", sagte ich.

Liang schmiegte sich beim Abschied an mich, Fu streckte mir die Hand entgegen. Ich steckte jedem noch eine kleine Tafel Schokolade zu – als Gute-Nacht-Gruß. Sie blieben in der Haustür stehen und winkten mir nach.

&

Als ich nach Hause kam, war ich zum ersten Mal seit langer Zeit so richtig vergnügt.

„Na, hast du dich gut amüsiert?", fragte Vater. „Du bist so fröhlich."

„Du hast dich doch nicht etwa mit Männern getroffen?", bohrte Mutter, aber sie lächelte dabei.

„Genau das", sagte ich. Da wurde sie ernst.

„Ja. Zuerst habe ich Pastor Fischer besucht und dann die beiden Söhne von Herrn Li, von dem ich euch erzählt habe."

„Also diesen Liang und Fu?", fragte Großmama. Sie hat ein gutes Namensgedächtnis.

„Ja. Die beiden wohnen in einem Kinderheim und sind sehr traurig. Übermorgen holen wir sie ab und fahren zusammen nach Heidelberg."

„Wer ist *wir*?", erkundigte sich Vater.

„Pastor Fischer und ein Leiter meiner Gemeinde kommen mit dem Auto hierher und dann fahren wir ins Kinderheim und –"

„Jetzt hab ich's verstanden", lächelte Vater.

Und Mutter sagte: „Das ist eben unsere Jati. Andere Frauen bummeln durch die Läden oder trinken Kaffee in der Stadt, aber sie läuft in die Kirche und besucht Waisenkinder."

„Liang und Fu sind keine Waisenkinder", wandte ich ein.

„Für mich sind es doch Waisenkinder, weil sich die Eltern nicht um sie kümmern!“ Sie nahm mich in den Arm und drückte mich fest. „Ich bin stolz auf dich.“

Als ich mich abends beim Zähneputzen im Spiegel betrachtete, war ich froh. *Jetzt weiß ich wieder, wer ich bin!*

Herzenskummer

Pastor Fischer hielt Wort. Pünktlich um halb zwei klingelte er an der Haustür. Ich begrüßte den Gemeindeleiter, einen älteren Herrn mit grauen Haaren. Er hieß Doktor Kühn. Ich dankte ihm, dass er sich für diesen Besuch Zeit nahm.

„Ich habe jetzt immer Zeit für Menschen, die mich brauchen, weil ich meine Arztpraxis dem Schwiegersohn überlassen habe“, erklärte er lächelnd.

Während Pastor Fischer den Wagen durch den dichten Verkehr zum Kinderheim lenkte, erzählte ich von David und Herrn Li und den beiden Jungen.

„Es ist wirklich ein Drama“, seufzte er.

„Ich habe meine Mitarbeiter in der Gemeinde verständigt. Sie treffen sich heute Nachmittag in kleinen Gruppen und bitten Gott, dass er eingreift.“

„Und das nützt etwas?“, zweifelte ich.

„Davon bin ich überzeugt. Wir wissen nicht, wie Gott helfen wird. Vielleicht schenkt er sofort Heilung, das habe ich immer wieder erlebt. Manchmal wird der Patient erst allmählich gesund und auch das hat seinen Sinn.“

„Ich kann überhaupt keinen Sinn darin sehen, dass Menschen krank sind und leiden“, sagte ich grimmig. Diese Männer hatten gut reden; es waren ja nicht ihre Angehörigen, die krank waren.

Dr. Kühn sagte: „Aus unserer Perspektive können wir oft keinen Sinn erkennen, aber Gott hat den Überblick. Ich denke an die Geschichte von Josef, der als 17-Jähriger von seinen Brüdern als Sklave nach Ägypten verkauft wurde. Hat er damals schon erkannt, weshalb seine Anwesenheit in Ägypten dringend nötig war? Sicher nicht.“

Pastor Fischer nickte. „Und als er dann auch noch unschuldig ins Gefängnis kam, wird er gefragt haben: ‚Warum passiert das gerade mir? Wo ich doch Gott gehorsam war und mich anständig verhalten habe? Was hat es mir eingebracht?‘“

„Wahrscheinlich hätte jeder von uns so gedacht", murmelte ich.

„Das ist nur menschlich", stimmte Dr. Kühn zu. „Aber die Geschichte geht weiter. Josef freundet sich im Gefängnis mit dem Vorkoster des Pharao an. Dadurch hat er plötzlich Beziehungen zum Königshof. Und als die große Krise kommt, erinnert sich der Vorkoster an Josef und lässt ihn holen. Josef kann den Traum des Pharao deuten, weil Gott ihm dabei hilft. Außerdem macht er vernünftige Vorschläge. Der Pharao nimmt ihn ernst und macht ihn zum zweiten Mann im Staat. Josef kann durch seine Maßnahme eine wirtschaftliche Katastrophe verhindern. Ganz Vorderasien wird vor dem sicheren Hungertod gerettet und seine Familie dazu. Als Josef einige Zeit später über seine Lebensgeschichte spricht, da sieht er auf einmal den Sinn, der dahinter steckte."

„Also mussten die Brüder so böse handeln, damit etwas Gutes herauskam?", fragte ich.

„Nein, so habe ich es nicht gemeint. Die Tat der Brüder war durch und durch schlecht. Trotzdem hat Gott diese Untat benutzt und am Ende etwas Gutes daraus gemacht."

„Kann er das auch durch diese Viruskrankheit tun? Das kann ich mir gar nicht vorstellen!", platzte ich heraus.

Die Männer waren eine Zeit lang still, dann sagte Dr. Kühn: „Ich habe es selbst erlebt. Meine Tochter bekam im Alter von vier Jahren Leukämie. Zuerst waren wir fassungslos. Dann haben wir die besten Spezialisten aufgesucht." Er seufzte. „Weißt du, Jati, durch die Krankheit meiner Tochter bin ich Gott viel näher gekommen. Ich habe in diesen Monaten Vertrauen gelernt, habe gespürt, wie ich getragen und gestützt wurde. Ich habe auch meine Prioritäten anders gesetzt, wenn du weißt, was ich damit meine."

„Andere Dinge an die erste Stelle setzen, nicht wahr ...", sagte ich.

„Ja. Geld und Auto, Haus und Urlaub, das war mir auf einmal nicht mehr wichtig. Ich habe in dieser Zeit einen Partner in meine Praxis aufgenommen, damit ich für meine Tochter mehr Zeit hatte. Wir haben unser großes Haus verkauft und sind in ein kleines gezogen, sonst hätten wir die Behandlung nicht finanzieren können. So konnte ich jeden Tag mehrere Stunden mit meiner Tochter verbringen, so lange wir sie noch bei uns hatten."

Auf einmal hatte ich einen dicken Kloß in der Kehle. „Ist sie – ich meine, ist sie nicht gesund geworden?"

Er schüttelte den Kopf. „Leider nicht, Jati. Viele haben für sie gebetet, aber Gott hat auf unsere Bitten anders geantwortet, als wir es wünschten. Und trotzdem kann ich heute dazu Ja sagen. Unsere Kleine ist nicht unter Qualen und schrecklichen Schmerzen gestorben wie so viele Krebspatienten. Sie ist friedlich eingeschlafen und ich weiß, dass ich sie eines Tages umarmen werde – wenn Jesus unsere Erde besucht und die Toten auferweckt."

Ich wischte mir die Augen trocken. „Aber ich kann immer noch keinen Sinn darin sehen, dass das Mädchen sterben musste . . ."

Pastor Fischer hob die Schultern. „Jati, dies ist nun mal ein Planet, auf dem jetzt noch das Böse herrscht. Wir alle sind dem Tod unterworfen, ob wir gut sind oder böse, ob wir alt sind oder jung. Der Tod ist die Konsequenz unseres Zustandes – wir sind von Gott getrennt, der die Lebensquelle ist. Aber als Kinder Gottes haben wir eine Hoffnung, die über den Tod hinausreicht."

„Weißt du", sagte Dr. Kühn, „ich war zuerst auch am Boden zerstört und sehr, sehr traurig. Aber mit der Zeit heilte mein Herz, weil mir klar war, dass wir immer wieder loslassen müssen und Abschied nehmen – und diesen Abschied auch überleben. Wir dürfen uns nicht mit allen Fasern an einen Menschen hängen oder an Dinge oder an Ideen. Nur Gott darf unsere Seele besitzen, weil er auch richtig damit umgeht."

Da hatte ich Stoff zum Nachdenken für die nächste halbe Stunde . . .

Eroberung

Fu und Liang waren schon abmarschbereit, als wir ins Kinderheim kamen. Die Heimleiterin sagte: „Die beiden haben Ausgang bis zur Schlafenszeit."

„Gegen zehn Uhr?", fragte Pastor Fischer.

„Ja, das geht. Ich wünsche euch einen schönen Tag, ihr Jungs, und seid brav."

Sie nickten – Liang mit Überzeugung, Fu ohne – dann kletterten sie zu mir auf die Rückbank des Wagens.

„Na, seid ihr aufgeregt?", fragte Pastor Fischer, der sie ab und zu im Rückspiegel beobachtete. Liang nickte dreimal mit großen Augen, Fu zog die Mundwinkel herab. „Aufgeregt? Pff ... Wir fahren doch bloß nach Hei-del-berg ..." Er dehnte die Silben verächtlich. Aber er hatte die Augen zu schmalen Schlitzen verengt, als wäre er unsicher und müsste sich hinter einer Maske verstecken. Wovor fürchtete er sich? Vor einer Enttäuschung? Oder hatte er Angst, den Vater ganz zu verlieren? War er früher bestraft worden, wenn er seine Gefühle zeigte?

Liang sprach ganz offen von seiner Sehnsucht, wieder mit dem Vater zusammenzuleben. Auch die Mutter vermisste er und wünschte sich, sie bald wieder zu sehen.

Fu zog die Nase hoch und brummelte: „Mit dieser Schlampe möchte ich nichts mehr zu tun haben!"

Wir schwiegen betroffen, dann sagte Dr. Kühn: „Du bist ihr böse, weil sie euch verlassen hat, nicht wahr?"

Er knirschte: „*Sie* ist böse."

„Oder könnte es sein, dass sie es einfach nicht mehr ausgehalten hat, so wie wir manchmal davonlaufen, wenn uns etwas zu schwer ist oder unangenehm und wir meinen, wir könnten es einfach nicht schaffen?", fragte Pastor Fischer.

Fu warf ihm einen vernichtenden Blick zu. „Wenn sie uns lieb hätte, dann wäre ihr nichts zu schwer."

Liang begann zu schluchzen. „Vielleicht ist sie fortgegangen, weil ich ihr so wenig geholfen hab. Und dann habe ich noch die teure Vase zerbrochen. Es ist mir aus Versehen passiert, aber Mama hat trotzdem deshalb geweint. Und dann war ich auch frech und habe Widerworte gegeben . . ."

Ich legte ihm den Arm um die Schultern. „Nein. Deshalb ist sie bestimmt nicht fortgegangen. Ihr beide könnt nichts dafür."

„Auch Fu nicht? Der hat sich nämlich immer mit den Jungs aus der Klasse geprügelt", sagte Liang.

Fu schob den Unterkiefer vor und ballte die Fäuste. „Alter Petzer!", knurrte er.

„Wenn es doch wahr ist . . .", trumpfte Liang auf. Dann überkam ihn wieder das Weinen.

„Nein. Keiner von euch hat Schuld. Eure Mutter ist weggegangen, weil sie es wollte. Es war *ihre* Entscheidung. Sie hat euch damit sehr wehgetan. Vielleicht hat sie vorher nicht überlegt, wie traurig sie euch macht. Aber ich glaube eigentlich nicht, dass sie dadurch etwas Böses tun wollte. Mütter machen das nicht absichtlich . . .", sagte ich.

„Wie war denn deine Mama?", erkundigte sich Fu.

„Hm . . . also meine Mama hat sich nicht so viel um mich gekümmert", musste ich zugeben. „Ich glaube, sie war enttäuscht, dass ich kein Junge war. Sie hatte sich immer einen Sohn gewünscht, wisst ihr? Und ich war eben nur ein Mädchen . . ."

Fu riss die Augen auf. „Aber Mädchen sind doch ganz toll!"

Ich wunderte mich, dass er das mit seinen knapp elf Jahren schon begriffen hatte. „Tja, Fu, das finde ich auch, aber meine Mama hatte schon ein Mädchen, und meine Schwester war sehr schön und ich – na ja, ich war eben nur ich, versteht ihr?" Ich biss mir auf die Lippen. Wie sollte ich das den beiden Kindern erklären, wenn ich es selber nicht verstand?

Aber Liang hatte verstanden. Er nahm meine Hand in seine tränennassen Hände und sagte: „Unsere Mama hat uns wenigstens gern gehabt, als sie noch da war . . ." .

Jetzt schnupfte auch Fu und rieb an seinen Augen herum.

Und ich wollte diesen Jungen einen schönen Nachmittag bereiten! Warum bin ich nur so ungeschickt!, schimpfte ich mich aus. *Warum mache ich alles verkehrt?*

Dr. Kühn drehte sich halb zu uns um und sagte: „Verlassen werden, das tut weh . . . das kann ich verstehen . . . Aber weint nur, Jungs, lasst die Tränen raus. Sie drücken euch sonst das Herz ab. Ich weine auch immer, wenn ich sehr traurig bin. Und nachher geht's mir besser."

Die beiden schluchzten noch eine Weile, und ich streichelte mit jeder Hand einen Kinderrücken, bis sie sich beruhigt hatten.

&

„Jungs, habt Ihr Lust auf ein Eis?", fragte Pastor Fischer und zwinkerte mir im Rückspiegel zu. „Ich muss nämlich tanken. Ihr könnt mir dabei helfen. Und nachher sucht ihr euch was aus der Tiefkühltruhe aus."

Sofort ging in ihren Gesichtern die Sonne auf. Sie kletterten aus dem Wagen und befolgten die Anweisungen, als würden sie jeden Tag ein Auto betanken. Danach folgten sie dem Pastor in den Kassenraum und ich sah, wie er jedem Jungen eine Münze zusteckte.

Aber sie trugen keine Eistüten, als sie wieder zu mir in den Fond stiegen: Liang hatte eine Tüte mit Kokosmakronen gekauft. „Die isst unser Papa so gern", erklärte er.

Und Fu streckte mir die geschlossene Faust entgegen und seine Stimme klang, als hätte man sie mit Sandpapier bearbeitet: „Da, das ist für dich!" Als er die Hand öffnete, lag ein Schlüsselanhänger darin mit einem kleinen Tiger.

„Oh, ist der hübsch", rief ich und betrachtete ihn von ganz nah. „Er erinnert mich an das Tigerbaby, das mein Onkel Kiri aus dem Wald mitgebracht hat."

„Ein Tigerbaby? Erzähl!", „Ja, bitte bitte!", bettelten die Jungen, und so nahm ich sie mit in mein Dorf, das ich schon so lange nicht mehr gesehen hatte und wahrscheinlich auch nie mehr sehen würde. Aber heute tat mir dieser Gedanke nicht einmal weh. Ich war froh über die Bilder, die in meinem Inneren lebten und die mir keiner wegnehmen konnte.

Ich machte die Jungen mit der krummen Cecil bekannt, die immer wieder neue Muster in ihre Matten webte, mit dem Töpfer und seiner Frau, die mit einem halben Sarong auskam, weil sie so dünn war, mit Malam und ihren knusprigen Sesamkuchen. Bagus tänzelte durchs Dorf, den Wasserkrug auf der Schulter, und wie immer zog sie alle Augen hinter sich her, als wären sie an unsichtbaren Fäden festgemacht. Der Heilige Berg spuckte Rauch und Asche aus, Kiri kletterte auf die höchsten Wipfel und zeigte, wie man ganz schnell am Stamm hinunterrutschen konnte, ohne sich dabei zu verletzen. Mein Vater gab seine weisen Ratschläge und Asam, der hinterhältige Zauberpriester, fing sich in seiner eigenen Falle, als er unser Dorfschwein in der Quelle ertränkte und dann das stinkende Wasser trinken sollte.

Ich erklärte gerade, wie man einen Stoff mit Batik färbt, als wir vor der Klinik hielten.

„DAS war schön . . ." seufzte Liang und rieb sein Gesicht an meinem Ärmel.

Fu guckte mich an und sagte zaghaft, als ob die Worte in seiner Kehle festklemmten: „Äh – freu-freust du dich echt wegen dem – dem Schlüsseldings?"

Da nahm ich ihn in den Arm und drückte ihn kurz. Er drehte das Gesicht weg, aber ich sah doch, dass er ein bisschen lächelte.

Gebet

Eigentlich wollte ich David und Herrn Li mit diesem Besuch überraschen. Aber dann meinte Vater, so eine Überraschung könnte auch Schäden anrichten, vor allem bei Fieberkrankheiten, wo das Herz ohnehin angegriffen ist.

„Außerdem solltest du den Mann nicht um das Geschenk der Vorfreude bringen“, sagte er. „Eine tüchtige Portion Vorfreude stärkt die Abwehr besser als teure Spritzen.“

Er musste es ja wissen, denn er hantierte ständig mit Bakterien und ähnlichen Lebewesen herum, ohne sich jemals damit anzustecken. Ich beschloss, auf ihn zu hören. Deshalb hatte ich am Tag zuvor auf der Station Bescheid gegeben und Herrn Li ausrichten lassen, dass seine Söhne zu Besuch kämen.

„Geht ihr beiden erst mal alleine ins Zimmer“, schlug ich vor, während wir die Atemmasken umlegten und uns gegenseitig die Kittel zubanden. „Wir kommen später nach.“

Fu warf mir einen dankbaren Blick zu. Die beiden gingen hinein und ich hörte einen unterdrückten Schrei, dann Lachen und Weinen zugleich. Pastor Fischer lächelte mit einem halben Mund und Dr. Kühn nickte versonnen. Nach einer Weile betraten wir das Zimmer.

Herr Li hatte seine Arme um die beiden Jungen geschlungen, die rechts und links von seinem Bett standen. Wir wandten schnell den Blick ab und stellten uns mit dem Rücken zu ihnen an Davids Bett.

Ich stellte Pastor Fischer vor und Dr. Kühn, aber David winkte ab und strahlte, als hätte man ihm soeben den Regenwald von ganz Indonesien geschenkt. Er zeigte auf das andere Bett und flüsterte: „Ihr glaubt gar nicht, wie er sich gefreut hat. Ich habe selten so ein glückliches Gesicht gesehen wie seines, als seine Söhne ins Zimmer kamen. Das war eine gute Idee!“

„Und wie geht es dir?“, wollte ich wissen.

„Auf und ab, der große Durchbruch lässt noch auf sich warten", murmelte er. „Langsam bin ich es leid." Er hob die knochigen Arme. „Schaut euch das an, kein bisschen Muskel mehr an mir. Und meine Haare werden grau. Ich sehe aus wie ein Gespenst!"

Wir widersprachen nicht, denn David sah wirklich zum Erschrecken aus. Der Magen krampfte sich mir zusammen und ich hätte ihn am liebsten in die Arme genommen und gewiegt, wie man ein kleines Kind tröstet. Aber das hätte ihn vor den anderen Männern klein gemacht. Ich musste sein Gesicht wahren – jetzt vor allem, da er so elend geworden war.

Ich setzte mich auf den Bettrand, Dr. Kühn ging hinaus, weil er mit dem Stationsarzt sprechen wollte – Fachleute unter sich – und Pastor Fischer zog sich einen Stuhl heran, damit er sich leise mit uns unterhalten konnte, ohne Herrn Li und seine Söhne bei ihrer Wiedersehensfeier zu stören.

„Darf ich einfach du sagen?", begann er. „Jati und ich sind ja schon lange gute Freunde. Und da wir zu einer Gemeinde gehören . . ."

„Aber gern", sagte David. „Ich bin froh, dass Jati wieder Anschluss hat. Es ist schwer für sie."

„Wir wollen es euch etwas leichter machen", sagte Pastor Fischer, „soweit wir das überhaupt können."

Inzwischen war Dr. Kühn wieder hereingekommen und sagte: „Der Arzt ist nicht übermäßig zufrieden mit dem Befund. Er weiß sich keinen Rat mehr. Aber das ist wahrscheinlich nichts Neues . . ."

David zeigte auf seinen Nachttisch. „Ich habe in der Schublade einiges an Informationsmaterial gesammelt."

Dr. Kühn nahm die Mappe heraus und blätterte sie durch. „Ja", murmelte er, „so viel hatte ich auch schon herausgefunden. Ich habe mich in den letzten Tagen intensiv mit diesem Virusinfekt beschäftigt, habe mir auch aus dem Tropeninstitut in Hamburg den neusten Stand schicken lassen."

„Das Virus mutiert ständig, die Immunabwehr ist überlastet und kurz vor dem Zusammenbruch. Wir stehen hier vor einer Wand", sagte David, und es klang so, als spräche er von einem x-beliebigen Patienten.

Ich nahm seine Hand. „David, mein Liebster, wie soll es denn jetzt weitergehen?"

„Das möchte ich auch gern wissen", seufzte er.

Pastor Fischer sagte: „Ich habe einen Vorschlag. Wir wäre es, wenn wir diese Situation gemeinsam vor Gott bringen und ihn um Hilfe bitten? Ich weiß, dass jeder von uns schon oft darum gebetet hat. Und doch zeigt unser Beten mehr Wirkung, wenn wir es gemeinsam tun."

David nickte und setzte sich im Bett auf.

„Können wir auch für Herrn Li beten?", fragte ich.

Im anderen Bett gab es eine Bewegung, und wir drehten uns um. „Habe ich richtig gehört – ihr wollt für mich beten?", rief Herr Li.

„Ja, das heißt, wenn Sie nichts dagegen haben – wir möchten es Ihnen natürlich nicht aufdrängen . . .", sagte Pastor Fischer.

„Aber ich bin gar nicht religiös", sagte Herr Li. „Meine Eltern waren Buddhisten und mein Kindermädchen war katholisch, bloß ich habe nie an ein höheres Wesen geglaubt."

„Wir vertrauen einem Gott, der sich um die Menschen kümmert und der uns hilft", erklärte Pastor Fischer.

„Ja ja, ich weiß Bescheid, auch über Jesus, das gehört ja schließlich zur Allgemeinbildung . . ."

„Sie wissen, dass Jesus viele Menschen geheilt hat, als er auf der Erde lebte."

„Das hat mich schon fasziniert. Aber es ist lange her und heute gibt es wahrscheinlich keine Wunder mehr", sagte Herr Li – es klang mutlos. „Außerdem gehöre ich nicht zur Kirche."

„Aber Jesus hilft nicht nur denen, die zur Kirche gehen", sagte ich. „Alle Menschen sind seine Kinder und er hat alle lieb."

„Uns auch?", fragte Liang.

„Ja. Euch ganz besonders." Pastor Fischer zog eine Bibel aus der Jackentasche und schlug einen Vers auf. „Der jüdische Dichter und König David hat geschrieben: ‚Mein Vater und meine Mutter verlassen mich, aber der Herr nimmt mich auf.' Gott will sich besonders um Kinder kümmern, die ohne Eltern aufwachsen müssen. Und Jesus selbst hat gesagt, dass das Himmelreich den Kindern gehört."

Da kniete sich Liang neben das Bett seines Vaters. „Ich will für dich beten, Papa."

Fu stand unschlüssig daneben, die Hände in den Hosentaschen, aber als er seinen Bruder knien sah, hockte er sich daneben und senkte den Kopf.

Herr Li sagte: „Also gut. Ich bin einverstanden. Es kann ja nichts schaden. Das Schlimmste, was passieren kann, ist, dass gar nichts passiert." Er lächelte verlegen.

Dr. Kühn sah fragend zu Pastor Fischer hinüber. Der nickte und kniete sich ebenfalls auf den Boden.

Ich nahm Davids fieberheiße Hände in meine – die Latexhandschuhe hatte ich längst abgestreift.

Der Pastor holte Luft und wollte gerade ansetzen, da sagte eine klare Kinderstimme: „Gott, wenn es dich gibt, dann mach bitte meinen Papa gesund. Wir haben ihn so lieb und wir brauchen ihn." Liang seufzte vor Erleichterung, dass er sein Gebet hinter sich hatte, und stieß seinen älteren Bruder mit dem Ellenbogen an. „Jetzt bist du dran", sagte er. „Aber laut, damit Gott es auch hört."

Fu setzte an: „Jesus . . .", dann stockte er und brummte: „Ich hab noch nie gebetet!"

„Es ist ganz leicht, bei mir ging es ja auch!", drängte Liang. „Das ist so wie Telefonieren."

„Also gut . . . Jesus. Hier spricht Fu. Unser Papa ist sehr krank. Und der Mann von Jati ist auch krank. Die Ärzte können nix mehr machen. Ich hab gehört, dass du Leute heilen kannst, Jesus, weil du ein Gott bist. Also, wenn es dir nicht egal ist, wie schlecht es uns geht, dann mach unseren Papa gesund. Und auch den Dr. David, damit Jati nicht mehr traurig ist. Ich weiß aber nicht, ob du das möchtest . . . ich meine, du bist ja Gott und man kann dich zu nichts zwingen. Aber unsere Heimmutter sagt immer, wir dürfen dich trotzdem um alles Mögliche bitten und dann sollen wir abwarten. Das machen wir jetzt. Ende."

Pastor Fischer verbiss sich ein Lächeln und sagte: „Amen!" Und Dr. Kühn meinte: „Diesem aufrichtigen Gebet kann ich mich nur anschließen, Herr. Ich bitte dich, erhöre uns."

Ich wagte nicht, laut zu sagen, was ich Gott innerlich entgegen schrie: *Erbarme dich, Herr und hilf uns!*

Wunderheilung

In diesem Augenblick kam die Schwester herein. „Was ist denn hier los?“, wunderte sie sich.

Pastor Fischer stand auf und sagte: „Wir haben gerade für die Patienten gebetet.“

„Und das soll helfen?“ Ihr Gesicht war ein einziges Fragezeichen.

Liang strahlte sie an. „Klar. Noch nie was von Jesus gehört?“

„Ja, schon . . . aber . . .“

Fu sagte mit dem ganzen Ernst eines Elfjährigen: „Wir haben ihn um Hilfe gebeten. Jetzt ist er dran.“

Die Schwester trat an Davids Bett. „Und wie fühlen Sie sich?“

„Unverändert . . .“, sagte er matt.

„Das habe ich mir gedacht. Und Sie, Herr Li?“

Herr Li hatte die Beine über den Bettrand geschwungen. „Ich möchte aufstehen. Ich fühle mich auf einmal so stark wie lange nicht mehr.“

„Langsam, langsam, Herr Li . . . Sie kippen uns um“, warnte die Schwester und hakte ihn unter. Er angelte mit dem Fuß nach seinen Pantoffeln, schlüpfte hinein und richtete sich auf.

„Wirklich, Jungs“, sagte er. „Das ist einfach großartig. Ich habe Kraft, als wäre ich nicht mehr krank. Ich werde jetzt durchs Zimmer gehen.“

„Herr Li, jetzt übertreiben Sie mal nicht. Sie sind seit Monaten nicht durchs Zimmer gegangen. Ihre Muskeln sind zusammengeschnurrt, Sie können gar nicht alleine – Herr Li!!!“

Herr Li hatte sie mitsamt ihren Einwänden beiseite geschoben und spazierte ohne fremde Hilfe durchs Zimmer.

„Ich muss den Stationsarzt holen!“, kreischte die Schwester.

Fu grinste und knuffte Liang in die Seite. „Sie glaubt es nicht!"

Der Stationsarzt kam angerannt und mit ihm eine ganze Horde von Männern und Frauen im weißen Kittel. Herr Li stand aufrecht da und lächelte die ganze Zeit, flankiert von seinen Söhnen.

„Wir bringen ihn ins Labor und machen eine Blutprobe", schlug ein Assistenzarzt vor. Die erkenne ich immer an ihren guten Ideen, die von den älteren Ärzten grundsätzlich verworfen werden.

Und richtig, der Stationsarzt hob die Hände: „Nur nichts überstürzen. Das kann ein letztes Aufflackern der Körperabwehr sein, bevor sie ganz erlischt. Man kennt das ja von vielen Moribunden, bevor sie ex gehen."

Fu ballte die Fäuste und trat einen Schritt vor. „Hier geht keiner ex und keiner ins Labor", sagte er streng.

Und Liang sekundierte: „Papa ist gesund, das sieht man doch. Da braucht man kein Blut abzapfen."

Pastor Fischer mischte sich ein. „Bitte, meine Herren, ich verstehe Ihr wissenschaftliches Interesse, aber könnten Sie uns bitte noch eine Weile allein lassen? Die Besuchszeit ist ohnehin bald abgelaufen, dann müssen wir gehen, und dann stehen Ihnen die Patienten wieder zur Verfügung."

„Aber –", setzte der Stationsarzt an.

Dr. Kühn lächelte. „Ich kann Sie verstehen, Doktor. Aber ich bin auch sicher, dass Sie die psychologische Komponente nicht unterschätzen und im Hinblick auf die ganzheitliche Befindlichkeit des Patienten und des Beziehungsgeflechtes eine zeitliche Verschiebung der Untersuchung erwägen könnten, vor allem in Anbetracht der –"

„Natürlich, natürlich", sagte der Stationsarzt hastig und drehte sich auf dem Absatz um. Im Hinausgehen murmelte der Assistent, den man immer wieder „vorlaut" geschimpft hatte: „Wenn er wirklich geheilt ist, könnte man aus seinem Blut . . ."

Dr. Kühn lief ihm nach und fasste ihn am Ärmel. „Einen Augenblick. Was sagten Sie gerade?"

Der Assistent lief rot an. „Ich habe nur laut gedacht.“

„Ja. Und etwas sehr Vernünftiges. Sie denken an Antikörper, nicht wahr?“

Sofort vertieften sich die beiden in ihr Fachlatein und bombardierten sich mit Worten, die aus vielen unaussprechlichen Silben mit lauter -zyten bestanden.

Liang zupfte mich am Ärmel. „Was reden die da?“

Ich flüsterte: „Sie überlegen, ob man aus dem Blut von deinem Papa eine Medizin machen könnte, die David beim Kampf gegen die Viren hilft.“

Er nickte. „Das ist eine gute Idee. Ich glaube, das würde meinem Papa gefallen.“

Der Assistenzarzt war sich noch nicht so sicher. Er setzte sich ans Fußende von Herrn Li, streifte die Handschuhe ab, klappte den Mundschutz weg und kratzte sich am Kopf.

„Herr Li“, begann er. „Wenn wir davon ausgehen, dass Sie tatsächlich geheilt sind, obwohl wir noch keinen objektiven Befund haben, könnte man erwägen – . . .“

In diesem Augenblick kam die Schwester wieder herein. „Wo bleiben Sie denn? Ich suche Sie überall!“, herrschte sie den Assistenten an. „Der Oberarzt braucht Sie im OP.“

„Ach ja, natürlich, das hatte ich ganz . . . Dann muss ich leider . . .“

„Und ziehen Sie gefälligst Ihren Infektionsschutz wieder an. Sie geben ein schlechtes Beispiel!“ Damit rauschte sie aus dem Zimmer, und der Assistenzarzt folgte ihr mit hängenden Schultern.

„Hui“, machte Fu. „Das ist vielleicht – ’ne Dampfwalze!“

Herr Li lachte. „Und bei der Behandlung soll man gesund werden.“

Vertrauensfrage

David schloss die Augen und legte den Kopf aufs Kissen. Ich beugte mich über ihn.

„Bist du sehr enttäuscht?“, fragte ich leise.

Er schüttelte den Kopf. „Nein, Jati. Ich bin sehr froh, dass Gott meinen Freund Li geheilt hat. Für mich gibt es da keinen Zweifel. Und er wird auch mich gesund machen, wenn es in seinem Plan steht. Zu seiner Zeit und auf seine Art. Hab nur Geduld.“

Ich wischte mir die Augen. „Es ist schwer. Ich habe schon so lange gehofft und gebangt.“

„Lass es einfach los. Gib deine Sorge ab, Jati. Wir können nichts tun. Wir haben diese Krankheit in Gottes Hand gelegt, jetzt ist es seine Sache.“

Er lächelte. „Und jetzt geh nach Hause und warte ab, wie Fu gesagt hat. Ein aufgeweckter Bursche.“

„Ja. Ich mag sie beide.“

„Übrigens würde ich gern meinen Vater bitten, dass er sich nach einem Haus umschaut. Wir können nicht auf Dauer bei meinen Eltern wohnen. Das ist für sie nicht gut, und für uns auch nicht.“

„Aber solange du im Krankenhaus liegst . . .“

Er nahm meine Hand. „Er soll sich schon einmal umsehen und mir das Geld vorstrecken. Das Haus sollte noch eine kleine Einliegerwohnung haben für Li und seine Söhne.“

Ich schnappte nach Luft. Da lag er halb tot zwischen den Laken mit einem Gesicht wie einer, der schon Abschied genommen hat vom Leben, mit Armen, durch die man beinahe hindurchschauen konnte, so mager und zerbrechlich, mit einem Kopf, der nur noch von einer dünnen Schicht grauer Strähnen bedeckt war, mit Falten auf der Stirn und um den Mund, die ein unbarmherziger Griffel eingegraben hatte. Und er machte Pläne für seinen Bettnachbarn!

„David, ich fass es nicht . . .“, murmelte ich.

„Das macht nichts, Jati . . . tu einfach, was ich dir gesagt habe. Suche ein schönes Haus in einer ruhigen Gegend, groß genug für uns drei oder für vier, und unten soll eine Dreizimmerwohnung drin sein. Aber verrate noch nichts davon, ich möchte Herrn Li damit überraschen."

„Ich hoffe nur, dass sein Herz eine solche Überraschung verkraftet", sagte ich.

„Du hast Recht, ich sollte ihn lieber darauf vorbereiten, denn Vorfreude ist eine gute Medizin", meinte er, und ich dachte: *Wie ähnlich er seinem Vater ist!*

&

Auf der Heimfahrt waren die Jungen fröhlich, fast ausgelassen und schwatzten dummes Zeug. Wir ließen sie gewähren, denn es war höchste Zeit, dass sie wieder lernten, wie Kinder zu empfinden. Nachdem wir sie im Heim abgeliefert hatten, fuhren wir zu mir nach Hause, das heißt zu Davids Eltern in den Pfefferweg.

„Ich würde gern noch auf einen Sprung mit hineinkommen, Jati", bat Pastor Fischer.

„Ich auch", sagte Dr. Kühn. „Wir möchten deine Familie kennen lernen und deinen kleinen Sohn."

Jonathan war noch auf und bezauberte die Männer sofort durch sein drolliges Reden. Die Großeltern setzten sich zu uns und wollten wissen, wie der Besuch verlaufen wäre.

Dr. Kühn sagte: „Ich glaube, dass Gott eingegriffen hat. Der Bettnachbar von David, ein Herr Li – Sie haben von ihm gehört? Ja, also, er hat sofort eine Besserung gespürt. Er ist aufgestanden und im Zimmer herumgelaufen, und man sah ihm nicht mehr an, wie krank er war. Natürlich muss man noch die Befunde abwarten, aber ich bin zuversichtlich."

„Und David? Was ist mit David?", drängte Mutter.

Pastor Fischer und Dr. Kühn wechselten Blicke, dann musste der Pastor unbedingt seine Schnürsenkel überprüfen und Dr. Kühn putzte sich umständlich die Nase.

Mutter sah von einem zum anderen und runzelte die Stirn.

„Hat das Gebet meinem Sohn nicht geholfen? Hat Gott diesen heidnischen Chinesen geheilt und meinen David nicht?" Ihre Frage schnitt durch den Raum wie ein Tranchiermesser.

Da sagte ich: „David möchte, dass wir ein Haus kaufen mit einer Einliegerwohnung. Vater, könntest du dich einmal danach umsehen? David meinte, du könntest uns das Geld erst einmal vorstrecken."

„Ja, das ist kein Problem", murmelte Vater und massierte sich das Kinn. „Aber warum muss das jetzt sein? Ich meine, er liegt doch noch in der Klinik und man weiß nicht, wie lange es noch dauern wird."

„Du hast doch gehört, dass er bald wieder gesund wird", widersprach Mutter. „Das will er doch damit sagen, nicht wahr? Jati, das bedeutet es doch, oder?" Ihre Stimme war schrill geworden.

Ich ging zu ihr hinüber und umarmte sie. „Mutter, es wird alles gut. Hab Vertrauen. Hab Geduld."

Ich sagte es so oft, bis ich es selber wollte: Vertrauen und Geduld haben.

Hoffnung

Unsere Geduld wurde auf eine harte Probe gestellt. David lag in den nächsten Wochen weiterhin matt und blass auf dem Kissen, während unser Freund Li schon längst auf einer Leiter herumkraxelte und Tapeten in die Zimmer unseres neuen Hauses klebte. Die Jungen waren wie umgedreht, seit sie wussten, dass sie bald wieder mit ihrem Vater zusammenleben durften. Sie neckten und prügelten sich, sie lachten und spielten Fangen im Haus und verhielten sich immer mehr wie ganz normale Kinder, die wissen, dass sie ein Zuhause haben, auch wenn sie sich mal danebenbenehmen. Wir holten sie oft aus dem Heim und ließen sie mithelfen. Manchmal bestand ihre Hilfe darin, dass sie mit Jonathan und der Großmama in den Zoo gingen. An anderen Tagen halfen sie Tapeten abreißen und schmierten Spachtelmasse in die Löcher, die der frühere Besitzer des Hauses sehr großzügig gebohrt hatte.

„Das ist kein Haus, das ist ein Schweizer Käse", brummte Vater, als er das Haus genauer unter die Lupe nahm. „Aber die Bausubstanz ist gut, die Lage ist gut und für den Preis war nichts Besseres zu kriegen."

Das Haus stand in einer ruhigen Wohngegend im Nordosten von Frankfurt. Die Wehrheimer Straße lag abseits vom Verkehrsgetümmel; die zweistöckigen Häuser hatten kleine Vorgärten und etwas größere Gärten auf der Rückseite. Eine Grundschule und eine Realschule waren keine fünf Gehminuten entfernt und der Supermarkt war schnell zu erreichen.

Das Haus war nicht mehr neu, die Zimmer waren verschachtelt und hatten hohe Decken mit Stuck und Doppeltüren mit Messingklinken. Auf der Frontseite waren die Zimmer mit bunt bemalten Erkerfenstern geschmückt. Und die Haustür war „reiner Jugendstil", wie mir Li versicherte, der etwas davon verstand. Von der Küche aus führte eine schmale Treppe hinunter in den Vorratskeller.

„Das war früher für die Dienstboten", erklärte Li. „Sehr praktisch. Aber wir sollten die Bäder renovieren. Die haben es dringend nötig."

Eine kleine Minute lang dachte ich mit Wehmut an mein Badezimmer im blauen Haus . . . Aber dann ruckte ich mit den Schultern und schüttelte die Gedanken ab. Jetzt war ich hier, und ich wollte mit ganzem Herzen hier sein!

„Du wirst schon sehen, wir machen was aus dem Haus, Jati!", versprach Li. Er war hoch zufrieden mit seiner hellen Dreizimmerwohnung im Obergeschoss. Unter dem Dach hatten wir sogar noch zwei Gästezimmer ausbauen lassen, die wir nach Bedarf verwenden konnten.

„Ich kann euch gar nicht genug danken, dass ich erst mal ohne Miete bei euch wohnen darf – bis ich eine Arbeit habe. Dann kriegt ihr das Geld zurück, mit Zinsen und allem", sagte Li immer wieder.

„Zinsen sind unnötig, du tust schon genug für uns, mach dir keine Sorgen", beruhigte ich ihn dann.

Er war immer noch krankgeschrieben, obwohl er sich längst gesund fühlte. Seit dem Gebet bei diesem schicksalhaften Krankenbesuch hatte er kein Fieber mehr bekommen. Aber die Ärzte wollten noch abwarten und sicher gehen. Alle drei Tage fuhr Li nach Heidelberg zur Blutspende. Da er dieselbe Blutgruppe hatte wie David, konnte der Vorschlag des jungen Assistenzarztes tatsächlich umgesetzt werden und es half!

Während ich etwas Gelb in die weiße Farbe mischte, erinnerte ich mich an meinen letzten Besuch in der Klinik:

„Wir haben eine Behandlung entwickelt, die Ihren Mann heilen wird", hatte der Oberarzt trompetet und die Brust herausgestreckt wie zu einer Ordensverleihung als wäre es sein Gedanke gewesen und sein ganz persönlicher Verdienst.

„Herr Doktor, wenn mein Mann gesund wird, dann liegt es daran, dass Gott ihn heilt und dass er einem von Ihren Kollegen eine rettende Idee gegeben hat", wandte ich ein. „Und ein bisschen verdanken wir es auch Herrn Li, der bereit ist, sein Blut zu geben, damit mein Mann weiterleben kann."

„Das habe ich doch die ganze Zeit gesagt, Frau Schirmer!“, schnaubte der Oberarzt. „Ich sagte: ‚*Wir* haben eine Behandlung entwickelt.‘“

Als ich mich bei dem jungen Assistenzarzt bedanken wollte, winkte er ab und meinte: „Auf diesen Gedanken hätte jeder kommen können.“

„Aber Sie hatten ihn und Sie haben ihn geäußert“, sagte ich.

Er zuckte die Schultern. „Es war gar nicht so einfach. Ich musste es so hinstellen, als wäre der Oberarzt auf die Idee gekommen, sonst . . .“

„Ich bin froh, dass es Sie gibt“, flüsterte ich.

„Danken Sie Gott“, lächelte er. „Ich habe jeden Tag für die beiden Patienten gebetet, und ich bin glücklich, dass ich als sein Werkzeug dienen konnte.“ Er winkte mir und ging aus dem Zimmer, nach anderen Patienten schauen, die seine Hilfe brauchten.

&

Dann kam der Tag, an dem David zum ersten Mal ohne Hilfe das Bett verlassen konnte. Inzwischen hatte ich mit dem Geld der Großeltern und mit Lis Sachverstand Möbel gekauft. Einige wertvolle Stücke hatten wir gebraucht erstanden, denn Li hatte immer noch ein Herz für Antiquitäten und kannte gute Adressen. Fu und Liang wehrten sich gegen richtige Betten, sie wollten ihre Matratzen auf den Boden legen und benutzten eine Abstellkammer als Kleiderschrank. Ihr Zimmer wurde mit großen Polstern möbliert und einer Musikanlage, die sie über eine Annonce zu einem günstigen Preis kaufen konnten.

„Wozu brauchen wir einen Schreibtisch?“, maulte Fu. „Ich mache meine Hausaufgaben immer auf dem Boden.“

„Ich auch“, sekundierte Liang und Li zuckte die Achseln und meinte: „Also dann . . . haben wir wieder Geld gespart –“,

„– das du später für orthopädische Behandlungen und Krankengymnastik ausgeben wirst“, warnte ich.

Eines Tages – es war Mitte September – war das Haus bereit für uns. Die Möbel standen an ihren Plätzen, die Küchenschränke waren eingeräumt und Mutter hatte sogar schon den Kühlschrank mit guten Sachen angefüllt. Eigentlich wollte ich nicht ohne David in das Haus ziehen. Doch die Ärzte konnten uns noch nichts über einen Entlassungstermin sagen. Das neue Schuljahr sollte am nächsten Tag beginnen; Li hatte eine Halbtagsstelle in einem Antiquitätengeschäft bekommen, es gab keinen Grund, noch länger zu warten.

Ich hatte Pastor Fischer Bescheid gesagt und er wollte mit einigen Freunden kommen und unseren Einzug feiern. Aber ich hatte nicht damit gerechnet, die halbe Gemeinde vor unserm Haus anzutreffen. Sie brachten Körbe und Kisten mit, der Leiter der Pfadfindergruppe hatte Tische und Bänke organisiert und baute sie gerade mit Fu und Liang im Garten auf. Die Sonne wärmte uns den Rücken, als wir zusammensaßen und plauderten und uns freuten.

Großmama meinte: „Deine Gemeinde macht mir Spaß. Ich glaube, ich komme auch zu euch. Nur einmal in der Woche für eine Stunde Kirche, das ist zu wenig."

Auch Li hatte Interesse und besuchte regelmäßig den Gottesdienst. „Wenn man so was erlebt hat wie ich, dann kann man beinahe nicht anders, als an Gott zu glauben", sagte er. „Und ich verstehe jetzt auch viel besser, was Jesus meint, wenn er davon spricht, dass wir durch sein Blut gerettet werden."

&

Liang und Fu waren begeisterte Pfadfinder geworden. Klein-Jonathan ging in den Kindergarten und hatte einen großen Club von heimlichen Verehrern um sich geschart. *Er ist noch nie zurückgewiesen worden, weil er anders ist – wie schön für ihn!*, dachte ich, wenn ich ihn so fröhlich herumwuseln sah. *Wie gern würde ich ihm diesen Schmerz ersparen.* Aber das wünscht sich wohl jede Mutter, und leider gehört dieser Wunsch zu den vielen, die auf dieser Erde nicht in Erfüllung gehen.

Zu Hause

Es war auf den Tag genau ein Jahr nach unserer Rückkehr, als David aus der Klinik entlassen wurde. Er galt als geheilt, musste sich aber noch schonen. Vater hatte ihm eine Stelle in der medizinischen Forschung verschafft; er würde einen Teil seiner Arbeit zu Hause erledigen können.

Inzwischen hatte ich den Führerschein gemacht und ein kleines Auto gekauft. Davids Eltern hatten mir das Geld geschenkt. Ich hatte mich zuerst dagegen gewehrt und wollte auf einer Rückzahlung bestehen, denn ich verdiente ein bisschen Geld durch Übersetzungen von Briefen und Dokumenten. Hin und wieder holte man mich auch, wenn sie einen Dolmetscher für Verhandlungen oder Vorträge brauchten. Aber Mutter sagte: „Wozu sollen wir das Geld auf der Bank horten? Es gehört ohnehin euch, wenn wir einmal nicht mehr sind." Sie sind so lieb zu mir, als wäre ich ihre echte Tochter!

Jonathan hüpfte aus dem Auto wie ein Gummiball. „Wir holen Papa ab. Wir holen Papa ab!", verkündete er jedem, der uns begegnete. David war in der Klinik zu einer traurigen Berühmtheit geworden; die sensationelle Heilung seines Zimmergefährten Li und seine eigene, langsame Genesung hatten viele Rätsel aufgeworfen. Deshalb wurden wir von vielen Leuten gegrüßt.

Und dann stand ich vor seiner Zimmertür und fühlte mich plötzlich wie eine junge Braut, die sich heimlich mit dem Geliebten trifft. Jonathan zappelte an meiner Hand und missbrauchte den Lilienstrauß, den er unbedingt tragen wollte, als Staubwedel. „Gehen wir rein? Gehen wir jetzt zu meinem Papa?"

„Warte noch", sagte ich. Ich schloss die Augen und sagte: „Herr, du hast alles gut gemacht. Ich habe immer noch keine Antwort auf die Frage Warum, aber ich weiß, du bist da und verlässt uns nicht. Ich danke dir."

Dann erst drückte ich die Klinke nieder.

&

David freute sich über das Haus, das er bisher nur von Fotos kannte. Er lobte die Renovierungsarbeiten, er bewunderte unsere Auswahl der Tapeten und Stoffe (ach, wie gern hätte ich Jamila um Rat gefragt!), er probierte die Sessel aus und legte sich auf die Couch. Nach dem Festessen, das Mutter zubereitet hatte und bei dem Liang und Fu wie ausgebildete Kellner servierten, nahm er mich an der Hand und rief Jonathan zu sich.

„Bitte kommt einmal alle ins Wohnzimmer", sagte er. „Ich danke euch allen für dieses Heim. Und ich wünsche mir, dass sich Gott und seine Engel darin wohl fühlen. Ich wünsche mir, dass es hier keine bösen Worte gibt, die man nicht mehr zurücknimmt, dass keiner unfreundliche Gedanken züchtet und in sich füttert, bis sie zu großen Bosheiten angewachsen sind. Ich wünsche mir, dass keiner in diesem Haus einem anderen grollt, anstatt sich offen auszusprechen. Ich wünsche mir, dass wir alle Missverständnisse und alles, was uns trennt, am Abend geklärt haben, damit wir ruhig und in Harmonie einschlafen."

Liang und Fu betrachteten ihre Schuhe, und Li murmelte: „Mir platzt oft der Kragen, dann schimpfe ich mit den Jungs. Aber ich möchte Geduld lernen und alles in Ruhe sagen."

„Ich geh nachher unser Zimmer aufräumen", sagte Fu.

Und Liang krähte: „Und ich spül das Geschirr."

David lächelte mich an. „Wir haben alle gute Vorsätze, aber sie werden nicht viel nützen, weil wir schwache Menschen sind und immer wieder in unsere Gewohnheiten zurückfallen. Wenn wir aber Jesus einladen, dass er mit uns hier wohnt, dann wird sich etwas ändern."

„Jesus kann mein Zimmer haben", erklärte Jonathan ernsthaft. „Ich schlafe sowieso immer in Mamas Bett."

„Ja, das wird sich jetzt auch ändern", sagte David. „Jetzt schlafe *ich* bei Mama im Bett."

Jonathan zog einen Flunsch.

„Aber Johnny, du bist schon viel zu groß für Mamas Bett“, fand Liang.

„Und der Papa? Der ist noch viel größer!“, rief Jonathan.

Wir lachten alle. *Wie gut das tut, nach all dem Kummer, der Last, den Zweifeln – einfach lachen, gelöst und entspannt. Ja, es ist alles gut geworden.*

Einbürgerung

In den Wochen danach konnte man zuschauen, wie David sich erholte. Sein Haar wuchs nach, zum Teil hellbraun, zum Teil grau, aber es stand ihm gut. David gehörte zu der Sorte Mann, die immer besser aussehen, je älter sie werden. Seine Muskeln wurden wieder fest, die Falten in seinem Gesicht glätteten sich, er lachte viel und spielte stundenlang mit Jonathan. Auch Liang und Fu gehörten zur Familie. Wenn Li keine Zeit hatte, dann hockten sie bei uns im Wohnzimmer und machten ihre Aufgaben, neckten Jonathan oder halfen in der Küche. Oft aßen wir gemeinsam zu Abend.

Bei einem solchen Essen sagte Li: „Eigentlich finde ich es jetzt gar nicht mehr so schlimm, dass unsere Mutter weggegangen ist. So gut ist es uns vorher nicht gegangen."

Liang nickte und meinte: „Und in der neuen Schule sind sie in Ordnung. Zu mir hat noch keiner ‚blödes Schlitzauge' gesagt oder so was."

„Das sollten die mal probieren!", knurrte Fu. Er hatte sich lange nicht mehr geprügelt. Dafür gab er den Pfadfindern in seiner Gruppe Karate-Unterricht.

Die Großeltern kamen zwei bis dreimal in der Woche zu Besuch, und wir freuten uns alle über das Zusammensein.

„Weißt du, Jati, so ist es am besten", sagte Mutter. „Ihr lebt euer Leben, und wir unseres und wenn wir euch sehen wollen, dann können wir das – und trotzdem behält jeder seine Freiheit."

Sie wohnten nicht weit von uns entfernt, Jonathan konnte den Weg schon alleine finden, obwohl ich ihn ungern alleine gehen ließ, denn man hörte so viel von Kindern, die nie an ihrem Ziel ankamen. Aber auch da musste ich lernen, loszulassen und mehr zu vertrauen.

&

Als David seines Jahresurlaub hatte, zeigte er mir sein Land. Zuerst fuhren wir an die Ostsee und tobten in den Wellen herum. Wir beobachteten das Spiel der Seehunde und wanderten stundenlang in den Dünen herum. Am Nordseestrand sammelten wir Muscheln und hielten unsere Nase in den steifen Wind. Wir streichelten Heidschnucken in der Lüneburger Heide. Wir hörten in Hamburg die Übersee-Dampfer tuten und spuckten in Rüdesheim in den Rhein. Wir suchten im Schwarzwald Pfifferlinge. Im Bayerischen Wald pflückten wir Heidelbeeren. Wir umrundeten den Chiemsee mit dem Fahrrad und fuhren durch unzählige Tunnels.

Wir ruderten mit dem Boot von Hagnau nach Meersburg und nahmen die Fähre hinüber nach Konstanz. Wir fuhren mit der Seilbahn auf den Fender, wir kraxelten auf der Zugspitze herum. Wir standen drei Stunden und eine halbe in der Warteschlange, eingeklemmt in ein Rudel japanischer Touristen, die aufgeregt durcheinander schwatzten, aber wir ertrugen es geduldig, weil Jonathan unbedingt das Märchenschloss Neuschwanstein anschauen wollte.

Und als ich das alles gesehen hatte, ließ das innere Nagen und Scheuern nach. Ich entdeckte, das Davids Land einen Zauber hatte, den ich vorher nie wahrgenommen hatte, weil ich mich innerlich davor verschloss. Aber nun wollte ich offen sein und lernen.

„Der Herbst gefällt mir", sagte ich, als der erste Nachtfrost in die Blätter biss und rotgoldene Farben hervorzauberte. „Wie das Laub raschelt – scht-scht – und wie hübsch die Hagebutten ihre roten Röcke zeigen."

Ich zog meinen Schal enger um den Hals und steckte die Hände in die Manteltasche, während ich den Nebelfetzen zusah, die in den Baumwipfeln festhingen wie Herbstdrachen, die man dort vergessen hat. Der Atem stand wie eine kleine Wolke vor meinem Mund, und ich atmete tief ein, sog die herbe, würzige Novemberluft in die Lungen.

„Ja, der Herbst gefällt mir. Obwohl ich gegen ein bisschen Sonnenschein auch nichts einzuwenden hätte . . ."

David steckte mir einen Umschlag unter das Kopfkissen.

„Für meine kleine Badui-Frau“, stand auf einer Karte. „Zehn mal Solarium vom Feinsten.“

Ich fiel ihm um den Hals. „Du schenkst mir Sonne.“

„Ja. Sonst wird mir meine Blume welk und traurig.“

&

Der Dezember brachte die ersten Flocken. „Zucker im Garten“, schrie Jonathan und lief auf Strümpfen hinaus. „Aber kalt ist er!“ Der Schnee auf den Straßen verwandelte sich in braunen Matsch, aber um den Jahreswechsel gab es Papp-Schnee und wir fuhren in den Taunus und bauten einen mannshohen Schneemann mit einer sauren Gurke als Nase. Liang und Fu hatten Schlitten mitgenommen und sausten mit Jonathan die steilsten Hänge hinunter.

„Ich kann nicht zuschauen“, jammerte ich und barg mein Gesicht an Davids Brust.

Er lachte. „Du musst vertrauen, Jati. Du warst auch einmal ein Kind und bist auf die höchsten Bäume geklettert.“

„Ja, und einmal bin ich runtergefallen. Und wenn du nicht gekommen wärst . . .“

Er schloss mir den Mund mit einem Kuss. Seine Lippen waren warm und schmeckten nach mehr . . .

&

„Die Blumen wachen auf!“, rief Jonathan im März, als die ersten Krokusse ihre Blätter durch die harte Kruste stießen. Ich sah die Knospen am Fliederbaum schwellen und betrachtete meinen Bauch, der sich durch nichts, aber auch gar nichts dazu bewegen ließ, ein Nest zu bauen für Jonathans Schwester oder seinen Bruder.

„Vielleicht isst du zu wenig“, meinte David und wir mussten schrecklich lachen, obwohl mir eigentlich zum Weinen war. Er spürte es und nahm mich in die Arme.

„Überlass das Gott. Er weiß, was für uns gut ist, besser als wir.“

Aber ich wollte es nicht einsehen. Ich ging zur Frauenärztin und ließ mich untersuchen, dann schleppte ich David mit. Das Ergebnis: David war durch die lange Krankheit beinahe unfruchtbar geworden. Es bestand eine kleine Chance, durch künstliche Befruchtung ein Kind zu zeugen, aber keiner konnte uns garantieren, ob diese umständliche Prozedur auch etwas nützen würde.

Ich weinte ein bisschen und überlegte hin und her. Manchmal konnte ich nachts nicht schlafen vor Kummer und war dann am Tag sehr müde. Dabei brauchten Fu und Liang eine Pflegemutter, die ein Herz für sie hatte, nicht nur zwei Hände!

&

Der Mai ließ das helle, vorsichtige Grün aus den Knospen kriechen, und im Garten wuchsen die Gänseblümchen. Ein Amselpaar hatte sich in der Hecke eingenistet und verteidigte sein Revier mit wildem Schimpfen und lautem Morgengesang.

„Ich liebe dieses Lied", sagte ich zu David. „Es ist so schön, dass ich weinen könnte."

„Aber es ist doch nur eine Amsel", meinte er.

Im August hörten die Lieder auf. „Was ist los, unsere Amsel singt nicht mehr?", fragte ich David. „Ist sie krank? Hat sie etwas Falsches gefressen?"

Er schaute von seinem dicken Folianten auf, in dem er las. „Die Amseln singen nur bis zur zweiten Brut. Wenn sie zum zweiten Mal im Jahr ihre Eier ausgebrütet haben, dann ist Schluss mit den Liedern."

„Vielleicht sollte ich mich doch nicht auf ein zweites Kind versteifen", murmelte ich. „Am Ende kann ich danach nicht mehr singen."

„Aber Jati! Was hat denn das damit zu tun?", sagte David und runzelte die Stirn.

Manchmal versteht er die einfachsten Zusammenhänge nicht, dachte ich. Aber ansonsten ist er, für einen Mann, eigentlich ganz in Ordnung.

Schulbeginn

Jonathan sprach seit Wochen von nichts anderem mehr. Er übte täglich stundenlang vor dem Spiegel den Schulweg, obwohl Liang und Fu mit ihm lieber draußen trainiert hätten.

„Da seh ich doch nicht, wie mein neuer Schulrucksack aussieht", wandte er ein. „Ich freu mich so, ich freu mich so!"

Die beiden warfen sich Blicke zu.

„Schule ist nicht besonders schön", warnte Fu.

Liang stupste ihn mit den Ellenbogen in die Seite. „Mach ihm bloß keine Angst. Er wird es schon schaffen."

„Sicher", nickte Fu. „Schaffen wird er's schon, bloß wenn ihn einer haut . . . Den nehm ich mir vor!"

Worauf Liang behauptete: „Jonathan ist ganz anders als wir. Den haut keiner."

Ich betrachtete mir meinen Jonathan am Abend genauer und fand, dass die beiden Jungen Recht hatten. Jonathan war außergewöhnlich mit seiner zartbraunen Haut, den Zimtaugen unter Brauen, die wie die Flügel einer Möwe geschwungen waren. Seine Nase war schmal und schnurgerade, der Mund voll und immer zum Lachen bereit, womit er in der rechten Wange ein Grübchen hervorlockte. Das dunkle Haar schmiegte sich seidig um den Kopf.

Großmutter brachte es auf den Punkt: „Jonathan ist der hübscheste Junge weit und breit."

Aber David verbot ihr, so etwas vor den Ohren des Jungen zu sagen, er wollte nicht, dass sein Sohn übertrieben eitel würde, wobei er sich als Maß nahm.

Ich konnte mir nicht erklären, woher unser Sohn seine Schönheit hatte; ich war dankbar für dieses Geschenk. Jeden Abend und jeden Morgen kniete ich am Fenster und bat den Himmelsgott um Klugheit, damit ich die richtigen Gedanken in Jonathan hinein pflanzte, so dass er später ein liebevoller Mensch würde, der das Gute und Edle schätzte. Neid und Boshaftigkeit sollten in ihm keinen Nährboden finden.

Manchmal musste ich tief einatmen und bis zehn zählen, wenn Jonathan mich mit großen Augen ansah: „Ach bitte, Mami, nur ein einziges Mal . . .“ Dann biss ich mir auf die Lippen und dachte an Bagus und an ihr schreckliches Ende. Sie hatte sich ihren Willen immer erschmeicheln und ertrotzen dürfen. Meine Eltern hatten ihr nicht gewehrt, bis sie im Übermaß selbstsüchtig geworden war. Das sollte mir eine Lehre sein! Und tatsächlich half mir die Erinnerung an Bagus, fest zu bleiben und Nein zu sagen, wenn ich Nein meinte. Jonathan begriff sehr schnell, dass er mit Schmollen und Tricks nicht viel weiter kam, da gab er seine Szenen auf und benahm sich meistens vernünftig.

Er war ein angenehmer und pflegeleichter Junge. Vielleicht hatte eine gute Hand seine Erbanlagen so erfreulich gemischt. Vielleicht lag es auch daran, dass er selten böse Worte hörte. In unserem Haus bemühten sich alle um einen höflichen Umgangston. Wir waren freundlich zueinander. Auch Liang und Fu hielten sich an diese Hausregeln. Deshalb kamen die Schüchternen und Sanften unter den Nachbarskindern gerne zu uns; unser kleiner Garten war eine Oase, in der nicht gerauft und nicht gezankt wurde.

Dabei waren uns alle Kinder willkommen, solange sie sich gegenseitig mit Respekt behandelten. Wer andere herumschubsen wollte oder Schimpfworte benutzte, wurde weggeschickt.

„In der Freizone machen wir das nicht“, erklärten die Kinder den „Neuen“.

Ich blieb meistens im Hintergrund, aber in Hörweite, damit ich eingreifen konnte, wenn die Kinder ihre Meinungsverschiedenheiten nicht alleine lösen konnten. Dann sprachen wir miteinander oder spielten verschiedene Szenen so lange durch, bis sie gelernt hatten, einen Kompromiss zu schließen. Der Kontakt mit den Nachbarskindern hatte mir darüber hinweggeholfen, dass wir kein zweites und drittes Kind in die Welt setzen konnten. Meine Tage waren bisher mit Singen, Spielen, Malen und Basteln ausgefüllt.

Aber nun kam Jonathan in die Schule und ich ahnte, dass sich mein Leben gründlich ändern würde.

In der Nacht vor der Einschulung konnte ich nicht schlafen. Ich stellte mir vor, wie sich mein kleiner, zarter Junge gegen die ungehobelten Lümmel behaupten sollte, die ich beim Schultest gesehen hatte. Ich hörte im Geist die bösen Worte, die sie ihm an den Kopf werfen würden. Und wie sollte er sich gegen die Püffe und Knüffe wehren? Er war noch nie im Leben geschlagen worden. Nicht einmal Fu hatte je die Hand gegen ihn erhoben. Und er wusste noch nicht, dass fremdartig aussehende Kinder manchmal als Menschen zweiter Klasse behandelt werden. *War es richtig, den Jungen derart abzuschirmen? Wie wird er den Schock verkraften, wenn er nun aus dem warmen Treibhaus in die kalte Außenluft gestoßen wird?*

Ich wälzte mich Stunde um Stunde im Bett, bis David seine Hand auf meinen Nacken legte und meinte: „Lass ihn los, Jati. Du kannst ihn nicht mehr beschützen. Du musst vertrauen."

Da wurde ich ruhiger und konnte mich entspannen.

&

In den kommenden Wochen merkte ich, dass ich mir unnötig den Kopf zerbrochen hatte. Jonathan passte sich schnell an das Schulleben an. Und als er eines Tages mit einer blutigen Nase nach Hause kam, weil ihn einer aus der vierten Klasse verprügelt hatte, da nahm er es hin als ein neues Abenteuer. Er wusch sich das Gesicht und zog ein neues T-Shirt über.

„Kann ich mal eben zu Fu raufgehen?", fragte er.

Fu war noch nicht aus der Schule zurück, aber gleich nach dem Mittagessen hörte ich die beiden im Garten fachsimpeln. Liang schleppte eine Schaumgummimatratze herbei und dann wurde eisern geübt.

Am nächsten Tag kam Jonathan mit einem blauen Auge von der Schule, aber er trug den Kopf hoch.

„Der war immer noch schneller als ich", sagte er. „Ich muss noch mehr üben."

Am dritten Tag kam er mit einem zerfetzten T-Shirt heim und strahlte. „Er hat mein Hemd zerrissen, aber mich hat er nicht erwischt", sagte er stolz.

Von da an rührte ihn kein Mitschüler mehr an.

Allen Unkereien zum Trotz ging Jonathan gern zur Schule. Er lernte schnell und war bei Lehrern wie bei Schülern beliebt. Und ich hatte nicht den Eindruck, dass er sich darauf etwas einbildete. Er hielt es für normal: „Ich hab die anderen Kinder ja auch gern. . ."

Entfremdung

Jonathan feierte seinen 18. Geburtstag mit der gesamten Klasse. Ich staunte wieder einmal darüber, wie er es schaffte, so viele Menschen für sich einzunehmen. Natürlich lag es auch an seinem Aussehen; in einer Zeit, in der die meisten jungen Leute mit Pickeln herumlaufen, behielt er seinen Milchkaffee-Teint. Er war immer noch schlank und groß für sein Alter, aber bei ihm wirkte es niemals ungelenk. Er bewegte sich schnell und harmonisch. Seine Hände waren schmal, die Finger lang mit ovalen Nägeln, und wenn er Klavier spielte, dann schaute ich am liebsten immer nur auf diese Hände. Er hatte die Musikalität seines Vaters und meine Begabung für Sprachen geerbt, worüber seine Lehrer nicht immer glücklich waren, denn er ahmte sie nach und konnte so gut sächseln wie schwäbeln. Zweimal hatte man ihn deshalb schon zum Rektor zitiert . . .

Unsere Freunde lobten seine guten Manieren, meine Nachbarinnen beneideten mich um seine guten Noten – als ob ich etwas dafür oder dagegen getan hätte! Liang und Fu verteidigten ihn gegen alle Angriffe von eifersüchtigen Mitschülern, denn die gab es auch, hier wie überall. Jonathan war ein Sonnenkind.

Deshalb konnte ich nicht verstehen, warum er sich plötzlich gegen mich verschloss und nicht mehr singend und pfeifend durchs Treppenhaus stürmte. Er warf seinen Schulrucksack nicht mehr in die Ecke, er kam leise ins Zimmer, den Kopf gesenkt. Er stocherte in seinem Teller herum, auch wenn es Pizza gab mit viel Thunfisch, wie er es mochte, und er schwänzte die Pfadfinderstunden.

Ich fragte David um Rat. „Er ist in der Pubertät“, brummte er und hob dabei kaum den Kopf aus seinem Buch.

„Ich bitte dich! Unser Sohn ist 18. Achtzehn, verstehst du? Er hat die Flegeljahre schon lange hinter sich gelassen, er hat sich ganz normal entwickelt, er hat eine gute Beziehung zu

Gott, zu uns, zu allen Verwandten und Bekannten, er hat ein Ziel und will Arzt werden, so wie du – also, was hat der Junge?"

David murmelte vor sich hin und kritzelte etwas auf seinen Zettel, da merkte ich, dass seine Seele schon wieder weit fortgeflogen war.

Li konnte ich auch nicht fragen. Er baute zur Zeit ein neues Geschäft auf und hatte kaum Zeit für die Probleme seiner Söhne, die sich regelmäßig bei mir Luft machten.

Und die Großmama meinte: „David war auch immer so still und nachdenklich und in sich gekehrt. Das ist bei manchen Menschen normal."

Aber ich kannte meinen Jungen anders und ich wollte es nicht einfach hinnehmen, dass er mir fremd geworden war.

&

An einem Nachmittag saß ich gerade mit einem Buch im Garten, das heißt, ich lag auf einem Badehandtuch im Gras. Da stieg mir ein widerlicher Gestank in die Nase. Ich sah mich um und bemerkte unter einem Strauch ein ungebetenes Geschenk: hier hatte sich ein Hund erleichtert. Ich sprang auf, zog Gummihandschuhe an und beseitigte das Ärgernis. Nachdem ich eine halbe Kanne Wasser auf die Stelle geschüttet hatte, ließ das Stinken nach, und ich konnte mich wieder meiner Geschichte widmen.

Am nächsten Tag stank es wieder, diesmal lag die Bescherung mitten auf dem Rasen, und am dritten Tag war der Gartenweg markiert. Ich beschloss, dem Übeltäter aufzulauern.

Der Hund kam um die Mittagszeit, wenn alle anständigen deutschen Frauen in der Küche stehen und brutzeln und braten und schrappen und raspeln und sich zwischendurch die Hände an der Kittelschürze abtrocknen. Er hatte schmutzigweißes, lockiges Fell und trug die Nase hoch wie ein Edelfräulein. Dass es trotzdem kein Fräulein war, merkte ich, als er unseren Kirschbaum bewässerte. Der Hundeherr beschnüffelte mein Erdbeerbeet, wühlte mit spitzer Pfote zwischen Basilikum und Zitronenmelisse herum und pflanzte sich dieses Mal genüsslich in ein Polster aus Waldgras, das ich besonders liebe, weil es so weich ist. Nach der „Eiablage“ stolzierte er quer über den Rasen und schlüpfte durch eine Lücke im Jägerzaun.

Ich sprang mit einer Flanke über den Zaun, denn ich hatte keine Zeit, das hintere Tor aufzuschließen. Der Hund war inzwischen bis zum Ende der Straße getrabt und verschwand dort in einer Klappe, die in einen Bungalow führte.

„Aha! Jetzt weiß ich, wo du wohnst!“, knirschte ich. Ich lief zurück in den Garten und holte einen kleinen Karton. Mit einer Zange nahm ich die Würste auf und legte sie behutsam auf eine dicke Lage Seidenpapier, deckte sie zu, sprühte einen dichten Nebel Raumdeospray darüber. Dann schrieb ich auf ein Blatt echtes Büttenpapier:

„Liebe Nachbarn, Ihr Hund hat bei uns etwas verloren, das wir Ihnen hiermit zurückbringen.“

Ich klebte den Deckel fest und wickelte das Päckchen in goldene Alufolie. Ha!, dachte ich, als ich das Päckchen hinüber zum Bungalow trug. *Das wird eine Überraschung.*

Doch die Überraschung war ganz auf meiner Seite, als ich das Türschild las. Da stand: Hofmüller-Überreuther.

Und als ich es noch nicht glauben wollte, hörte ich eine Stimme, die ich eigentlich nie, nie mehr hören wollte. Sie rief: „Ach hier bist du, Rimini. Komm zu mir, komm zu Frauchen.“ Ich ließ das Päckchen fallen und floh.

Herzdrücken

Jonathan wurde blass und hatte dunkle Ringe unter den Augen. Unwillkürlich musste ich an die Zeit denken, in der ich bei Hofmüllers als unbezahltes Dienstmädchen gearbeitet hatte. Wahrscheinlich hatte ich damals genauso elend ausgesehen. Aber der Zusammenhang wurde mir erst einige Tage später klar, als ich eine Hose zum Waschen nach links drehte und ein Foto aus der Tasche fiel. Ein vertrautes Bild: feine Züge, wie aus Porzellan gegossen, eine gerade Nase, ein sinnlich geschwungener Mund, die Augenbrauen wie Vogelflügel am Himmel, die Haare goldfarben. Irene. *Irenes Tochter,* korrigierte ich mich, denn auf der Rückseite stand in einer gestochenen Schrift: „Von Marie-Luise in Liebe."

Am Abend suchte ich Jonathan am Klavier auf. Er mag es nicht, wenn man ihn beim Spielen stört, aber das war mir diesmal einerlei.

„Ich habe etwas in deiner Hosentasche gefunden", sagte ich und reichte ihm das Foto. Er wurde rot bis unter die Haarwurzeln und wandte das Gesicht ab.

„Möchtest du mir von ihr erzählen?"

Er schüttelte den Kopf.

„Sie sieht der Frau sehr ähnlich, mit der dein Vater verlobt war, bevor er mit mir zusammen kam", erklärte ich.

Er zuckte zusammen, als hätte ich ihn geschlagen und holte tief und zitternd Luft.

„Jonathan! Sag mir, was dich bedrückt. Vielleicht kann ich dir helfen."

„Nein", brach es aus ihm heraus. „Du kannst mir schon gar nicht helfen. Du – du bist daran schuld."

Mir wurde es eng in der Brust. „Wie kannst du so etwas sagen? Was habe ich damit zu tun?"

„Sie – sie will mich nicht mehr, weil du, – weil du meine Mutter bist."

„Irene? Oder Marie-Luise? Ich verstehe dich nicht."

„Zum Donnerwetter, Mutter, stell dich nicht dumm! Ich liebe Marie-Luise. Zuerst war sie auch in mich verliebt – ich dachte es jedenfalls. Wir sind ein paar Mal miteinander weggegangen. Aber dann hat sie mich im Schwimmbad gesehen, verstehst du, die Flecken auf meinem Rücken, auf meinem Bauch, auf den Beinen. Überall Flecken. ‚Pfui!', hat sie geschrien, ‚das sieht ja scheußlich aus!'. Und alle haben gelacht und gerufen: ‚Tüpfelhyäne! Schokoshake!' Und noch Schlimmeres." Er holte tief und zitternd Atem. „Und jetzt will sie nichts mehr mit mir zu tun haben." Er betrachtete das Bild, und seine Augen wurden groß. „Das ist alles, was mir von ihr geblieben ist. Ein Foto. Ein Stück Papier."

Die Knie wurden mir weich. Das war der Moment, den ich schon lange gefürchtet hatte. Jonathan warf mir meine Herkunft vor, meine Hautfarbe, meine Wurzeln.

„Wenn mein Vater eine Deutsche geheiratet hätte ...", begann er wieder, aber ich schnitt ihm das Wort ab.

„Jonathan, du redest Unsinn. Wenn dein Vater eine andere Frau geheiratet hätte, dann gäbe es dich nicht. Dann wärst du nicht du, verstehst du? Du wärst überhaupt nicht da. David hätte vielleicht gar keinen Sohn oder einen ganz anderen, einen blonden Jungen oder einen rothaarigen. Vielleicht hätte er auch nur Töchter, wer weiß?" Ich holte Luft, sie schien mir dick und schwer wie schwarzes Öl. „Du musst dich eben mit mir abfinden. Ich bin eine Prinzessin der Badui und ich bin stolz darauf. Gott findet mich so gut, dass er mich zu seiner Tochter haben wollte. Dein Vater findet mich so gut, dass er mich zu seiner Frau gemacht hat. Wenn ich für dich nicht gut genug bin, dann tut es mir Leid, dann –"

Auf einmal sah ich nur bunte Kreise und hörte ein lautes Dröhnen und dann gar nichts mehr.

&

Jonathan hatte mich aufgefangen und auf die Couch gebettet. Er kniete an meinem Kopfende und schluchzte. Seine Tränen netzten mein Gesicht.

„Verzeih mir, Mama, es tut mir Leid", weinte er. „Aber es tut so weh. Ich kann es kaum aushalten."

Ich strich ihm über das Haar. „Junge, das kann ich verstehen. Das glaub ich dir. Ich weiß, was du durchmachst. Ich habe auch oft um deinen Vater geweint."

„Meinst du, dass sich Marie-Luise eines Tages anders entscheidet?"

Ich setzte mich auf. „Wenn sie die Tochter ihrer Mutter ist, dann wirst du nicht viel Freude an ihr haben", sagte ich.

Er schob die Unterlippe vor wie ein trotziges Kleinkind.

„Frag deinen Vater. Lass dir von ihm erzählen, wie Irene war und wie sie dachte. Was für sie wichtig war und welche Ziele sie verfolgte. Das hat sicher auch die Tochter geprägt. Beobachte Marie-Luise mal ganz genau. Ist sie innerlich gut? Hat sie Verständnis für andere Menschen? Oder denkt sie nur an sich – an Mode und Filme und solchen Schnickschnack."

Jonathan putzte sich die Nase. „Gut. Ich will sie in der nächsten Zeit beobachten. Ich glaube nicht, dass du Recht hast. Ich glaube, dass Marie-Luise ein wunderbares Mädchen ist."

„Für dich ist sie das ganz bestimmt", sagte ich. „Aber ist sie das wirklich? Ich sage dir nur eins: Die Familie Hofmüller bringt uns nur Kopfweh und Herzdrücken. Sogar ihr Köter!".

„Aber Mama!", sagte er vorwurfsvoll. „Das ist ein italienischer Rassehund. Er heißt Rimini und war sehr teuer!"

„Ist mir egal", sagte ich. „Was er macht, stinkt."

Abwechslung

Jonathan trauerte lange um Marie-Luise. Er hatte sein Versprechen gehalten und sie in den Tagen nach unserem Gespräch sorgfältig beobachtet. Und was er sah, gefiel ihm nicht. Trotzdem hatte er sein Herz an sie gehängt und kam lange nicht darüber hinweg, dass sie ihn abgewiesen hatte. Ich hielt das für einen Glücksfall, konnte ihn aber leider nicht davon überzeugen.

Dann hieß es plötzlich, die Firma Überreuther wäre bankrott und Marie-Luises Vater spurlos verschwunden – man munkelte, er hätte Steuerschulden, die in die Millionen gingen. Als der Möbelwagen vor dem Bungalow am Ende der Straße stand, schauten viele Nachbarn zu, einige aus Mitgefühl, andere aus Schadenfreude, wieder andere aus purer Neugier. Ehrlich gesagt gehörte ich auch dazu, allerdings aus rein wissenschaftlichem Interesse. Ich schaute mit dem Fernglas aus dem Dachfenster, weil ich mich vergewissern wollte, dass Irene ihren Modeköter auch wirklich mitnahm, was Jonathan bestätigte, der in nächster Nähe gestanden hatte, wohl in der Hoffnung auf ein letztes Abschiedswort, auf ein Lächeln, vielleicht sogar auf ein Kärtchen mit der neuen Adresse? Er wurde bitter enttäuscht und wenn seine Trauer vorher dunkelgrau gewesen war, dann wurde sie jetzt nachtschwarz.

&

Nach einem halben Jahr wurde es mir zu dumm.

„David, der Junge braucht Abwechslung“, sagte ich. „Er muss einen Tapetenwechsel erleben. Er braucht neue Eindrücke, die ihn aus seinem Loch herausholen. Wie wäre es mit einem Urlaub in Indonesien?“

David schob die Brille von der Nase auf die Stirn. Neuerdings muss er eine Lesebrille tragen. Seine unermüdliche Forscherei hat ihm die Augen verdorben, aber sonst ist er noch ganz der Alte.

„Warum ausgerechnet Indonesien?“, fragte er. „Wir könnten doch auch in den Schwarzwald fahren.“

Ich sah ihn an und wartete. Bei David muss man etwas Geduld haben, weil er in Gedanken oft weit fort ist und dann einfach nicht begreift, worum es geht. Vater hat mir erklärt, dass es bei allen Genies vorkommt, und ich bin stolz drauf, mit einem Genie verheiratet zu sein. Obwohl es mir manchmal lieber wäre, wenn David ein ganz normaler Ehemann wäre, der öfter mal zuhört, was ich sage, und dann auch versteht, was ich meine.

Er schlug sich an die Stirn. „Natürlich! Indonesien! Deine Heimat!“

Na bitte, wer sagt's denn? Nur Geduld braucht der Mensch.

Er lächelte, und dabei verklärte sich sein Gesicht wie immer. Ich liebe es so sehr, wenn es sich in diese tausend kleinen Mimikfalten aufteilt. „Weißt du, Jati, ich vergesse manchmal, dass du nicht von hier stammst. Du hast dich so gut eingelebt, dass man dich beinahe für eine Deutsche halten könnte.“

Ja, aber frag mich nicht, was es gekostet hat.

„Du hast natürlich Recht, der Junge sollte seine andere Heimat kennen lernen. Immerhin ist er ja auch zur Hälfte . . . wie soll ich sagen?“

„Badui“, helfe ich.

„Na ja, also . . . irgendwie schon, aber . . .“

„Kein Aber. Er ist zur Hälfte Badui, er hat das Erbe meiner Väter genauso in sich wie deines. Und wir sollten ihm endlich zeigen, wo er geboren wurde und wo er seine ersten Jahre verbracht hat. Sumeiken lädt uns immer wieder ein. Wir sollten endlich mal hinfahren.“

„Das hätten wir eigentlich schon längst tun können“, überlegt David. „Warum kamen wir bloß nie auf die Idee?“

„Du kamst nicht auf die Idee, willst du sagen.“

„Wieso? Warum hast du nie etwas davon erwähnt, dass du Heimweh hast?“

Er stand auf und zog mich in die Arme. Jetzt kamen mir doch

die Tränen. „Ich habe es immer heruntergeschluckt, weißt du“, schluchzte ich. „Sonst wäre es zu schwer geworden.“

„Und ich dachte, du fühlst dich hier zu Hause“, sagte er.

„Ja, das tu ich auch. Wirklich, David“, beteuerte ich. „Aber du weißt ja, wie das ist . . . Du hattest damals auch Sehnsucht nach Deutschland.“

„Woher weißt du das? Kannst du Gedanken lesen?“, fragte er und hielt mich ein Stück von sich weg, um mir ins Gesicht zu sehen.

„Nein. Aber ich habe es gefühlt. Ich weiß, wie groß das Opfer war, das du mir gebracht hast. Und das machte es mir leicht – oder leichter – meine Heimat aufzugeben und deine zu wählen. Trotzdem würde ich gern mal wieder unser Haus sehen – und Jamila – und Sumeiken . . .“

Er streichelte mir den Rücken. „Jawohl, meine Prinzessin. Dein Wunsch ist mir Befehl.“

&

Das Tropeninstitut hatte keine Bedenken gegen einen kurzen Aufenthalt in Indonesien, da in den ganzen Jahren kein Fieberschub mehr aufgetreten war. Also packten wir unsere Sachen und unseren deprimierten Jonathan und stiegen ins Flugzeug.

Keinen Flug habe ich so genossen wie diesen, denn diesmal wusste ich genau, was mich erwartete und was hinter mir zurückblieb, und ich wusste nun, dass ich zwei „Heimaten“ hatte – Deutschland und Indonesien –, und in beiden ließ es sich gut leben. David drückte meine Hand und zeigte mir die kleinen Schiffe, tief unten auf dem blauen Samtteppich des Ozeans. Dann gerieten wir in ein Wolkenfeld und wurden ordentlich durchgeschüttelt.

Jonathan hob den schwermütigen Kopf und sagte: „Mir ist schlecht!“ Ich gab ihm einen Kaugummi, die Stewardess brachte ein heißes Tuch, das er sich auf die Stirn legte. Es rumpelte ein paar Mal, dann stieß der Silbervogel durch die Wattedecke und stieg auf zur Sonne.

„Der Garuda“, sang ich, „er will die Sonne küssen!“

Die Leute, die neben uns saßen, guckten mich komisch an, aber es kümmerte mich nicht. Was wussten sie schon . . .

Sumeiken holte uns vom Flughafen ab. „Wie ich mich freue!“, jubelte sie. „Dr. Meier konnte leider nicht mitkommen, er muss wieder mal operieren, wir haben auch gar kein Privatleben mehr, aber er lässt euch grüßen. Claire ist zu Hause geblieben, sie bereitet das Essen vor, damit wir –“

„Claire? Wer ist Claire?“, unterbrach David ihren Redestrom. Das sieht ihm gar nicht ähnlich, aber es zeigte immerhin, dass er zugehört hatte, und schon dafür muss man dankbar sein.

„Meine Tochter“, sagte Sumeiken. „Du weißt doch, dass wir eine Tochter haben.“

„Ja, stimmt, ich erinnere mich, dass du von deinem Baby geschrieben hast.“

„David!“, rief ich. „Das ist 17 Jahre her. Claire ist kein Baby mehr.“

Jetzt erst horchte Jonathan auf. „Versteht eure Tochter Deutsch?“

„Natürlich“, sagte Sumeiken. „Sie spricht außerdem Englisch und die indonesische Hochsprache und ein paar andere Dialekte.“

„Ich denke, ihr werdet euch schon verständigen“, lächelte David, und in seinen Augen tanzte ein Funke.

Und da hatte er endlich einmal etwas Richtiges vorausgesagt.

Daheim

Seit sechs Wochen sind wir nun schon auf Java; die Zeit rauscht an uns vorüber wie der Wind an den Kokospalmen. Abgesehen von einigen Ausflügen ins Land sind wir meistens bei Sumeiken. Unser früheres Haus ist nämlich voll besetzt. Jamila und Dr. Halus haben sich inzwischen meiner früheren Gemeinde angeschlossen und mit Unterstützung des Pastors ein Heim für verlassene Frauen eröffnet. Im Garten haben sie noch zwei Wohnhäuser gebaut. Dort leben jetzt 30 Frauen mit unzählig vielen Kindern, die sich am liebsten im blauen Haus aufhalten. Kann man verstehen, denn dort ist es immer noch wunderschön. Da es uns aber zu unruhig war – man konnte nicht einmal in Ruhe reden –, blieben wir nur einen Nachmittag dort.

Mein Neffe Muncak hat sich leider nicht zum Helden entwickelt. In der Schulzeit war er auf Abwege geraten, hatte öfter mal einen Ladendiebstahl begangen und wurde schließlich beim Drogenhandel erwischt. Er wurde zu 5 Jahren Haft verurteilt, und nach seiner Entlassung tauchte er unter. Seither hat niemand mehr von ihm gehört.

Jamila weinte, als sie davon erzählte. Wir versuchten sie zu trösten. Immerhin hatte Muncak eine echte Chance gehabt – eine Pflegemutter, die ihn liebte, ein Zuhause, genug zu essen, und das ist schon mehr, als die meisten bekommen. Jamilas Fürsorge und bedingungslose Liebe hatte aber sein Wesen nicht verändert. Waren die ererbten Charakterschwächen zu stark? Oder *wollte* er sich nicht bessern? Das werden wir wohl nie herausfinden.

&

Dr. Meier hat sich endlich ein paar Tage frei genommen, damit wir gemeinsam etwas erleben. Heute waren wir in Cibolger, an der Stelle, die heute offiziell als Eintrittsort für das Gebiet der inneren Badui gilt. Aber wir bekamen keine

Genehmigung, da es zur Zeit Unruhen in den Badui-Dörfern gibt und dann keiner für unsere Sicherheit garantieren kann. Immerhin konnte ich Jonathan die Landschaft zeigen, in der ich aufgewachsen bin.

Jetzt ist es Abend geworden und wir sitzen in Sumeikens Garten und trinken Tee und plaudern, während ein sanfter Wind unsere Haare fächelt und die Blumen ihren Duft verschenken. Ein später Vogel piepst ein paar Töne, David hat seine Hand in meinen Nacken gelegt, natürlich sittsam unter meinem Haar versteckt, und streichelt mich ab und zu mit dem Zeigefinger. Es kitzelt, aber ich mag es. Ich genieße seine Nähe wie am ersten Tag unserer Ehe. Vielleicht ist es heute nicht mehr so neu und prickelnd wie am Anfang, aber dafür hat das Vertraute auch seinen Reiz.

Wieder einmal bin ich sehr dankbar, dass ich David heiraten durfte. Er ist ein guter Mann. Er hält zu mir und behandelt mich immer noch mit Respekt und großer Fürsorge. Ja, unsere Herzen sind sich in diesen Jahren nahe gekommen. Heute weiß ich viel besser, was er denkt und empfindet, und auch er kann sich besser in mich hineinfühlen – jedenfalls ab und zu. Mehr kann man wirklich nicht verlangen. Dafür hat er so viele andere Qualitäten, die ich auf keinen Fall missen möchte – seine Zuverlässigkeit, seine Treue, seine Aufrichtigkeit und sein unbedingtes Vertrauen auf Gott. Das ist mir an jedem Tag eine Stütze. Außerdem mag ich seinen Geruch – so frisch und sauber wie eine reine Quelle – und ich seufze vor Behagen und rutsche noch ein klein wenig näher zu ihm hin.

Dr. Meier erzählt Anekdoten aus dem Klinikalltag, allerdings höre ich nur mit einem Ohr zu, weil ich immer zum Haus hinüberschielen muss.

„Wo sind die Kinder?", fragt Sumeiken, die meine Halsverrenkungen bemerkt hat.

„Wo werden sie wohl sein – in der Küche natürlich!", meint Dr. Meier. Claire ist eine begeisterte Köchin und unser Jonathan hat plötzlich seine Vorliebe für die indonesische Kost entdeckt. Früher ließ er sich selten dazu herab, meine Küche auch nur zu betreten, doch aus Sumeikens Küche ist er kaum noch wegzulotsen.

Dann höre ich Schritte auf dem Weg. Jonathan kommt und hält Claire an der Hand.

„Wir möchten euch etwas sagen“, beginnt er. Ich setzte mich kerzengerade hin. *Jetzt kommt es . . . der Augenblick, den jede Mutter von Söhnen fürchtet und zugleich herbeisehnt.*

„Wir beide, also Claire und ich . . . wir . . . wir haben uns . . . also . . .“

„Stotter hier nicht rum, denk nach und sprich anständig“, knurrt David. Das ist einer der Momente, in dem ich ihm am liebsten eine schalldichte Papiertüte über den Kopf stülpen würde, weil er ganz und gar vergessen hat, dass auch er einmal jung gewesen ist – und über beide Ohren verliebt – hoffentlich in mich.

Jonathan hat sich durch den Tadel seines Vaters gründlich aus dem Konzept bringen lassen. Claire springt für ihn ein und sagt mit ihrer glockenklaren Stimme: „Wir lieben uns und wollen immer zusammenbleiben.“

„Potz Donner!“, brummt Doktor Meier und stellt sein Teeglas ab. David kratzt sich am Kopf.

Manchmal sind Ehemänner keine große Hilfe, denke ich und stehe auf. Ich ziehe die beiden jungen Leute an mich und drücke sie ein bisschen. „Ich freue mich so für euch. Ihr versteht euch gut, nicht wahr?“

Claire strahlt mich an. „Ich habe noch nie einen Menschen getroffen, der genau weiß, was ich sagen möchte“, gesteht sie. „Jonathan ist wunderbar.“

„Und du bist die Frau meiner Träume“, sagt Jonathan, und zum ersten Mal in seinem Leben kann ich mir vorstellen, dass doch noch ein Held aus ihm wird. „Ich werde nie eine andere Frau lieben als Claire, und ich werde mich nie mehr von ihr trennen!“

„O lala!“, sagt Dr. Meier. „Das ist ein großes Versprechen. Kannst du es auch halten?“

Und der beste David von allen meint: „Ihr seid noch viel zu jung für eine solche Entscheidung."

Er hat natürlich Recht – und auch wieder nicht. Wann ist man alt genug für die Liebe? War ich damals alt genug, reif genug? Und trotzdem hat meine Entscheidung standgehalten, meine Liebe hat überlebt.

„Wir können warten", erklärt Jonathan feierlich.

„Wir müssen ja auch noch die Schule fertig machen", sagt Claire.

Das ist das Stichwort für Sumeiken, die bisher – man höre und staune – noch gar nichts gesagt hat.

„Kinder, Kinder, wie stellt ihr euch das denn praktisch vor?"

„Ganz einfach, ich bleibe hier", sagt Jonathan und Claire ruft zur gleichen Zeit: „Ich fahre mit nach Deutschland!"

Große Verblüffung, Schweigen. Dann sagt Dr. Meier: „Vielleicht sollte Claire tatsächlich für einige Zeit nach Deutschland fahren, aber ohne Jonathan. Den behalten wir so lange hier."

Sein Vorschlag stößt nicht gerade auf Gegenliebe . . .

„Wie kannst du nur so grausam sein!", schluchzt Claire, und Jonathan erklärt feurig: „Nein, nur das nicht. Ohne Claire überlebe ich keinen einzigen Tag."

Bevor David irgendetwas schrecklich Vernünftiges sagen kann – vielleicht ‚Das ist Unsinn' oder ‚Jetzt übertreibt mal nicht', oder ‚Ihr werdet euch noch oft in eurem Leben verlieben' , nehme ich die beiden an den Händen.

„Wir Eltern freuen uns über euer Glück. Ihr seid euch ähnlich, weil ihr Eltern aus zwei Welten habt. Wenn ihr euch gegenseitig unterstützt, dann werdet ihr in jeder dieser Welten ein echtes Zuhause finden – hier und in Deutschland. Ihr werdet hier in eurem Mutterland glücklich sein, aber auch weit hinterm Himmelsrand in der Heimat eurer Väter. Ihr seid frei, ihr könnt wählen. Und wie ihr auch entscheidet, immer wird euch ein Rest an Sehnsucht bleiben. Ihr werdet euch fühlen wie der Vogel Garuda, der über die Bäume hinwegfliegt, die Wolken durchstößt, weil er die Sonne küssen will, aber er wird sie nie erreichen ... Vielleicht muss es so sein. Vielleicht muss die Sehnsucht in uns wach bleiben, Sehnsucht nach einem anderen, einem besseren Land ..."

Die anderen schweigen lange.

Dann sagt Jonathan: „Ich danke dir, Mutter." Es ist das erste Mal, dass er mich ‚Mutter' nennt, nicht ‚Mama', und es tut einen Augenblick lang weh wie eine verspätete Geburtswehe. Aber dann ist der Schmerz verebbt und ich spüre eine neue Freude, eine neue Freiheit: Mein Sohn ist erwachsen und hat mir eine Tochter gebracht. Sie schmiegt sich an meine Schulter und ich atme ihren Duft – ein neuer Duft, frisch und zugleich betörend.

„Ach, Jati", schmeichelt sie, „erzähl uns doch von deinem Dorf."

„Ja, bitte", sagt auch Sumeiken, und David lächelt mir aufmunternd zu.

Jonathan und Claire hocken sich zu meinen Füßen nieder auf den Boden, der noch sonnenwarm ist vom Tag. Dr. Meier rückt seinen Sessel näher, Sumeiken schenkt uns Tee nach, dann sitzen alle still und schauen mich an. Und ich beginne meine Geschichte:

„‚Wen die Götter hassen, den strafen sie mit einer schönen Tochter', sagte meine Mutter oft und dann wussten wir alle, dass sie dabei nicht etwa an mich dachte, sondern an Bagus, meine ältere Schwester. Wenn ich die Augen schließe, dann sehe ich sie noch heute vor mir: Das Haar hängt ihr wie ein schwarzer Schleier über den Rücken, ihre Augen gleichen Mandeln, die hinter dem Wimpernvorhang hervorblitzen. Ihr Mund verspricht Süßigkeit und wenn sie geht, dann folgt sie einer heimlichen Melodie, sie schwebt wie ein Nebel in der Morgensonne, und ihr Schritt wird auch dann nicht schwer, wenn sie den frisch gefüllten Wasserkrug auf der Schulter balanciert ..."

Und Claire lauscht – die Augen verträumt, die vollen Lippen halb offen – und ich liebkose ihr Gesicht mit meinen

Blicken, weil es so ebenmäßig und kostbar ist, dass man es am liebsten aus feinem Porzellan gießen und auf einem Sockel in der Vorhalle aufstellen würde, damit es jeder ansehen, jeder genießen kann . . .

Und während ich weitererzähle, bin ich auf einmal unendlich dankbar, denn neben Claire verblasst jede Bagus zu einem Nebelgespinst. Und dabei ist Claire sanft und klug und außerdem ist sie das Mädchen, das mein Sohn gewählt hat.

Und dadurch wird sie meine Tochter – und doch auch ein Stück von mir, oder nicht?